U0908649

狼

神秘特种兵之

铁血征途

独狼/著

时事出版社

读者书评

读者，哈里波大：一部男人的书。军人的豪放、悲壮、热血与真挚的情感，不屈不挠、嗅觉敏锐的狼一样的性格，那一幕幕惨烈的真实战斗场景，那一个个性格各异却一心为国家荣誉而战的特种兵，将点燃男人心底深埋的澎湃激情！

编剧，吴燕一：这才是真正的老A。畅快的灵感来自于生活，优秀的文字来自于对生活的体验，独狼的文字正是融汇了这两点，读起来才让人倍感热血沸腾。我敢肯定，一旦这部小说拍成电视剧，势头绝对超越《士兵突击》。

编辑，田田：可做好莱坞大片脚本的小说。随着狼部队走入山洞，精彩好戏马上上演，所有你想看到的恐怖场景一一出现之后，段虎营救总统女儿的情节，让我想到许多好莱坞大片的类似镜头，又是劫车，又是穿越，种种好戏尽在其中，给人看大片的畅爽之感。如果要说这本书最大的卖点，那么我敢说，它完全可以做好莱坞脚本！我有理由相信，这部精彩的作品一定会给当代军事小说注入一种新的力量。

《武警机动队》作者黄明军：一部“原生态”小说。《狼》是一部现代反恐斗争艺术和传奇色彩融会贯通的精彩小说。作者通过营救A国总统女儿玛丽娅这一条故事轴线，完成对全书大局在生物学所谓“原生态”上的两个大手笔：一是尊重现实与客观生活，很好地塑造了“段虎、地狼、雪豹”这些貌似很“生态”的钢铁战士，生动展现中国特种兵的爱国精神与英雄主义、铁血丹心与人世常情；二是描写原始丛林的“原生态”；丑恶的蔓藤、凶残的蟒蛇、红色的鲜血，既描绘了原始森林自然美丽的风光和异国风情，又折射了中国军人的铮铮铁骨和男儿血性。《狼》的这两种原生态源于一种精神，一种为国献身争光的精神，更有一种军魂在闪现。

序

一部让人热血沸腾的军事佳作

殷　谦

（当代知名作家、文艺评论家）

这是我为作者独狼（谭国瑞）的第二部小说作序，他的第一部小说《迷失的子弹》我认真读过。而这部小说——《狼：神秘特种兵之铁血征途》，让我对作者又有了新的认识和看法。相比之下，这部小说较《迷失的子弹》更加圆润和成熟。看过谭国瑞的几部小说书稿，很难将他的小说与文学联系起来，确切地说他是在讲故事，而我是在听故事，虽然小说没有注入什么文学元素，但字里行间流露出的真情实感足以打动读者。

也许对一个成熟的作家来说，小说的语言也是极其考究的，但我在谭国瑞的小说中看不到这种考究，并且没有小说家策划的叙写技巧，尽管如此，这也毫不影响它是一部好小说。好的小说应该是什么样的呢？在我看来，好的小说并不是华丽的词藻堆积出来的，而是真实、深厚的情感酝酿而成的——好的小说是作者对他人命运和处境的人道关怀，也是作者的道德态度和情感方式的升华。在这部小说中，作者正是以一种介入的姿态，抑或以一种体现着爱意和同情的伦理姿态来展开叙写的，因此我认为这是一部包含着中国军人伟大情感内容的小说。

读稿伊始，我对这部小说存在一定的偏见，原以为作者是在宣扬一种狼性，或者宣扬一种丛林文化或丛林道德。我向来反对狼文化，凡是为狼树碑立传，大唱赞歌的文字我一般都深恶痛绝。人类如果个个都成了狼，或有了狼性、狼心，那么这个世界将会多么凄惨和悲凉。军队要具备必要的狼性是可以理解的，

面对自己的敌人，军人确实应该把自己变成一匹狼，因为敌人不可能是一只羊，反而很有可能是一匹更加凶残的狼。《狼：神秘特种兵之铁血征途》中所描述的一支中国特种兵，就是具有“狼性”的兵种，而在那种特殊环境下若没有这种必要的狼性，那么这支特种兵的存在就没有实际意义了，因为他们的代号是“狼”。正如小说中所说的，教官“恶狼”告诉所有队员：“不管你们以前是做什么的，到这里都是一只狼，因为我们的代号就是狼……”，“任何时候，任何地点，你们都要有狼的凶狠、狼的血性，要不然我们就会败得一塌糊涂，不但体无完肤，而且会彻底丢掉中国人的颜面！”这支特种兵是在他国执行一项特殊任务，所面对的敌人是一匹匹毫无人性的狼，所以在这种地方、这种环境、这种时候，唯有将自己变成“狼”才能战胜对方、取得胜利，才能通过鲜血和死亡的较量来换取真正的和平。

《狼：神秘特种兵之铁血征途》围绕讲述一支中国特种兵受命前往动乱A国解救原总统女儿玛丽娅的故事，作者将悬疑小说中具有的恐惑感和紧张感描绘、渲染得淋漓尽致，反讽性的暗示引人思索事像背后的深意，时而机智幽默得令人捧腹大笑，亦复忍俊不禁，使人在一种神秘、兴奋、紧张的强烈体验中思考相信与疑惑、虚伪与诚实、虚假与真实等等重大问题。

小说中有一批这样的“狼”：有足够的胆魄和勇气面对可怕的罪恶和沉重的问题，他们不是纯粹的、残忍的狼，而在更多时候，他们以狼的残暴和凶猛来以恶制恶，而后将温柔和善良的目光投向那些需要温暖和阳光的人，让他们摆脱灾难重获自由。虽然在战斗的时候他们有可怕的狼性，但我们也能看得见他们眼中的泪影，也能感受到他们是有血有肉、有情有义的铁血男儿。可见作者谭国瑞是在以理念为基源而智性地写作，并没有为文造情而陷入乏味空洞的沼泽，而是凭借虚拟性的情节和推理性的想象支撑起一个耐人寻味的主题，从而使自己的小说具备了引人入胜的魅力。

这部小说值得一看的理由还不至此，除了故事好，而且小说为我们提供了一种可以吸取的精神力量。我认为谭国瑞的《狼：神秘特种兵之铁血征途》里有一种温暖的情感，那就是光明感。英国著名批评家马修·阿诺德曾经说过，优秀的文化都是向上提升人的，都是要提供光明的。在这部小说中我也读到了作者的“光明感”：“父亲一直是个真正的军官，不能因为我坏了他的名声……我一定要挺下来，别人能受的我就可以受，别人不能受的我也要撑住……”，“你们任务成功与否直接关系到祖国的荣誉和声望，必须胜利！”……这些在我看来都充满一种富有力量感的、自信的、自觉的追求以及创造光明的精神。文

化具有核心意义的构成部分就是文学，文学担负着培养优良的情感、道德以及美好、健康的审美趣味的责任，担负着人们追求光明与美好热情的任务。所以，在我们时代的文学作品里，能这样自觉地追求和创造光明的，真是一件稀罕的事。

看多了私有形态的文化写作，常常为此而感到遗憾。他们自私地宣泄个人的情绪和愤怒，比如作品中宣扬暴力与残忍，只要戴上为国家、为民族的帽子就可以无情地施暴或杀戮。他们把毁灭和占有当作快乐的文学，通过对他人的亵渎、蔑视、仇恨、诅咒来安妥自己的灵魂。而在这部小说中作者描述过这样一个情节：“不是段虎心狠手辣，这本来就是一个残酷的竞赛……也就是在段虎一脚下去，俄罗斯队员挣扎几下再也起不来的时刻，全场一阵欢呼雀跃，考官也开始鼓掌。”看到这里的时候，我暗自叹息，以为作者犯了同样一个错误，那就是把自己的快乐建立在对别人的伤害之上，没有包容和同情的心理。但这样的叹息显然是多余的，作者进而又描述到正当进行“栗色贝雷帽”的授予仪式时，主考官叫段虎上台，“听到考官的喊话，段虎并没有直接奔向主席台，而是快步奔到俄罗斯队员面前，将他扶起……场内又是一阵掌声……”在这个瞬间，作者赋予了人物博大的精神和健康的情感，使人物有了无私的“公有性”，冲出了地域和种族、信仰和时代等因素形成的阻隔，从而在读者的内心世界产生出了深刻的影响。因此可以得出这样一个观点：所谓文学的境界始终还是决定于心灵的善良和纯洁，决定于人格的境界。

《狼：神秘特种兵之铁血征途》使人们懂得如何去付出爱、如何去获得爱，又如何去捍卫自己做人的尊严，同时告诉人们什么是尊严的价值、什么是爱的意义。小说中充满了柔情和善念，表现了对人类、对世界、对祖国、对万物的深沉爱意。同时在这个温暖的情感基础上，作者也表达了自己对恐怖行动和恐怖事件的深刻思考和忧患意识，揭示了恐怖主义分子心灵硬化和道德沦丧等一些真相。

当今世界，恐怖主义肆无忌惮地滋生和蔓延，各国采取国际反恐合作等措施共同打击极端势力和恐怖活动，包括各国组成的特种兵、维和部队等国际组织都在制止恐怖主义、种族主义和极端主义。在这部长篇小说中，作者叙述了中国特种兵在国外执行反恐任务的故事，其中充满热情地描述了中国特种兵维护和平的丰功伟绩，以及对自己的祖国那种“虽九死其犹未悔”的热爱和忠诚。这部小说不仅是为中国特种兵大唱赞歌，而是向读者展现了一种可贵的精神——维护和平的精神、热爱祖国的精神、打击恐怖主义的精神、克服艰难险

阻的精神……这些精神无疑都是一种意义现像和价值现像。作者首先为自己确立了可靠的价值立场和稳定的思想基础，才展开这样充满意义感的小说创作，并赋予作品深远的精神视境和丰富的思想内容。

至此，再不赘述，还是各看各的小说，各想各的事吧。

2008 年 8 月 7 日于北京鸭子桥北里

目　录

引 子

神 秘 部 队

一个阴森森的山洞里透射出一丝丝淡幽幽的光，长长的一列人影整齐地贴在空空如也的地面上。光是冷冷的，还带着几丝凄凉和落寞，周围也出奇的安静，仿佛到了一个真空的世界，让人窒息。这里所有的一切都是那样的诡秘莫测，让人有一种不寒而栗的感觉。

时间仿佛在一瞬间凝固了，空气也仿佛停止了流动，世间的万物也在这一刻陷入了死一般的沉寂。

“所有人都听好了，一周时间，没有假期，不许和家人联系，更不允许向任何人透露此次行动的一切情况，你们来到这里，没有别的选择，听话照做是你们唯一的权利。”突然，在阴森的只有墙上几个小孔可以勉强挤进几缕阳光的山洞里，出现了一个脸上蒙着黑色面罩、身穿绿色迷彩服、腰挎一把军用匕首的彪形大汉，刚才的声音就是他站在一个高台上发出的。

这名男子看上去体态很壮，胳膊上的肌肉高高隆起，面罩下跳动着一双杀气腾腾的眼睛，让人不敢对视。

他站在台上，目光炯炯地扫视着面前所有的人。台下 13 个人都静静地听着，像一座座大山般巍然不动——面罩和匕首是他们仅有的装饰。

这 13 个人全部和彪形大汉相同的打扮，且一个个都精神抖擞的，脸上还布满了深冷的杀气。

“从明天开始，早晨 6 点起床，晚上 12 点睡觉，中午没有休息时间……记住了，这里不是你们的老部队，不管你们以前是做什么的，到这里都是一只狼，因为我们的代号就是狼，以后你们没有姓名、没有军衔，也没有番号，狼就是你们唯一的代号！”此时，彪形大汉的话语里充满了不容置疑的威严。

队员们依旧保持着规矩严整的军姿，没有一个人动，也没有一个人说话，连呼吸声也很轻很轻，甚至连一个多余的眨眼都没有。

彪形大汉见所有人都规规矩矩的，于是放低了嗓门继续说道："同志们，你们都是特种兵，都是从各大军区挑选过来的精英，但是此次行动非同小可，你们还不知道任务的具体情况，当然现在也不需要知道，我要告诉你们所有人的是……"说到这里彪形大汉稍微停顿了一下，接着又大声说道："无论任何时候、任何地点，你们都要有狼的凶狠、狼的血性，要不然这次我们就会败得一塌糊涂，丢掉性命事小，而丢掉中国人的颜面可是大事！大家听明白没有？"

"明白！"

众人的声音整齐而有力，在窄窄的山洞里回荡了很久很久……

面罩、匕首、狼、中国人的颜面……不知道这些敏感的字眼究竟代表着什么？这到底是一支怎样的部队？他们将要执行的又是什么特殊而神秘的任务呢？

第一章

教官恶狼

“狼1号，狼2号……”彪形大汉在铿锵有力地叫着。

“到!”

“到!”

……

每个人的声音都是那么的掷地有声，特种部队出来的人就是不一样，身上不但有着一股常人少有的豪气，而且长年的残酷训练、无数次的惊险任务，已让他们练就了一副钢筋铁骨和如狼似虎的吼声。更何况现在他们就是“狼”，必须要有狼的血性，所以大家都不甘示弱，每个人喉咙里发出来的都是震天的嘶吼。

众所周知，做一名特种兵不难，但要想在特种队伍里成为数一数二的佼佼者，那就并非易事了。不过，对每一位特种兵来说，成为特种兵里的特种兵才是他们的终极目标。

彪形大汉每喊完一个名字，队员马上答“到”，然后迅速以标准的跑步姿势站到另一边。

“4个人为一个小组，第一小组5人，按纵队站好，以后我们都是以小组行动。”

“第二小组，狼6号，狼7号……”

“到!”

……

当彪形大汉喊完狼13号的时候，3个小组已依次站好，果然训练有素。

这时，彪形大汉走下高台，边看边在队伍前后转悠起来。空旷的山洞里，

不断地回响着咯噔咯噔的军靴声，令每个人的脊背都冒着阵阵寒意。

“告诉你们，现在所有的队员都没有名字，全部以代号相称。在这里，你们也没有灵魂，就是一群被我折磨的恶狼。说白了，你们没有自由，没有尊严，如果想在这里找到自我的话，我劝你们趁早打消这个念头！”彪形大汉一边走一边说着，冰冷的声音让人感觉很窒息。

“哼！”队伍里不知是谁出人意料地发出了一个与当前气氛极不协调的声音。

作为一名军人，自然知道部队里的规定，但有时候总会有那么几个不服气的刺头出来找找事，但他们也绝对是过硬的特种兵，正因为过硬，才“有种”发出和别人不一样的声音。

“是谁？”彪形大汉显然听到了这个不服气且带着轻蔑的声音，脸色一沉，突然怒吼道，“有种给我站出来！快点！！！”

“我！”一个干脆利落的声音从队伍中响起，并且充满豪气。

由于每个人脸部都蒙着面罩，又穿着同样的迷彩服，而且身高也差不多，彪形大汉只好凭着自己的感觉去寻找声源。

“5号，出列！”猛然间，彪形大汉在确认找到目标后怒吼道。

话音刚落，队伍中立刻走出一个人来。看来，这5号可能对当前的情形不太满意，或者对彪形大汉的话有些反感，所以他根本没有按照任何军事要领去做，而是懒散地走到彪形大汉面前站住了。

“是你？”彪形大汉厉声责问道。

“是！”5号满脸不服气地说，“是又怎么样？”

“你学过队列没有？”彪形大汉的语气有些低沉，但十分严肃。

“笑话，当然学过。”5号依然有些轻蔑。

“那就对不起了！”彪形大汉说完抓住5号的手臂一拧，一脚就踹在他的小腿肚子上。

“哎哟！”顿时，5号尖叫一声就倒了下去。

这一拧可不打紧，5号的手臂竟然动不了了！

事情发生得太突然，所有人顿时都懵了，瞬间的动作、麻利的身手，5号甚至一点反应都没有就被撂倒了，真叫人瞠目结舌。眼前的一幕不禁让队员们大吃一惊，就算5号身手再不济，也不至于连一点躲避的表示都没有吧，可他确实没来得及做出任何反应，而且好像还受了内伤。

“我告诉你们！”彪形大汉狂叫着，“不要不服，这就是不服的下场，谁不服的话，一起滚出来！”

停留了片刻，队伍里没有发出任何声音。

“不瞒大家说，你们玩的都是小儿科，什么特战大队、警卫师，我都不放在眼里，知道猎人学校吗？知道中国的西点吗？知道魔鬼训练营吗？我都待过，我经历的东西比你们看的还要多得多，所以谁也不要有怨言，不要跟我耍小聪明，到最后只会害了你们自己。如果你们还承认自己是一名中国军人，那就请记住，这里才是你们真正的训练营，这里才是你们军旅生涯的最高起点。”

“啊!”大家还没有从彪形大汉的话里回过神来，又听到5号的一声惨叫，看来这家伙确实伤得不轻。

彪形大汉瞥了5号一眼，瞬间又抓住他的胳膊拧了一下，确切地说不是拧，而是使劲的一推一拉。

“5号，入列吧。”彪形大汉说。

5号慢慢地动了动胳膊，感觉筋骨好像舒展了些，手臂也能动了，真是太神了！此时，他已没有了原来的傲慢和无理，一个标准的转身，跑步入列，然后转体站好。

“忘了告诉大家，我叫恶狼，是你们这次集训的教官，不过以后大家不要喊我教官，要喊我恶狼，听明白没有?”彪形大汉在原地徘徊着，大声地说道。

“明白!”13名队员齐声高喊，看来他们已彻底被恶狼的气势给镇住了。

“很好，不过5号所犯的错误可不是你们一句‘明白’就可以完事的，我说了你们以后都是以小组为单位的，从5号刚才‘哼’那一声就开始了。”恶狼说完，走到第一小组跟前。

“我现在命令，鉴于5号犯的错误，第一小组连带受罚，俯卧撑500个，马上开始!”

听到恶狼的话，大家这回倒是没有发懵，因为这是他们都很熟悉的惩罚程序，对于俯卧撑则更不陌生了，所以个个都俯身趴了下来。

“第二小组、第三小组，看着第一小组辛苦地在受罚，你们忍心吗?”恶狼突然出人意料地问道。

却没有人敢回应。

“我问你们忍心不忍心？没听见吗？快说!”彪形大汉不耐烦了。

“忍心!”

“忍心?”恶狼反问道，“你们的战友正在经历不幸，难道你们真的忍心?”

“不忍心!”

“不忍心，说得好。”恶狼冷笑了起来，“那就陪战友一起共患难吧。”

“每人俯卧撑500个，开始!”恶狼转瞬之间又变了脸色。

500个俯卧撑倒不算什么，可大家却对恶狼的故意折腾感到有些不满，当然是敢怒而不敢言。

不一会儿，队员们大汗淋漓地站了起来，汗水浸透了脸上的面罩，手臂上的酸楚也清晰地传递了出来。

“好，大家表现还不错，下去休息吧。”

“哦，还有一件事情，在这里大家不要互相打听各自的情况，否则后果自负!”恶狼最后叮嘱了一句。

“解散，回去休息，明天正式训练。”说完，恶狼转身就走了。

第二章

深夜惊魂

“看来这里真不是什么好玩的地方。”段虎——这个位列狼1号的特种战士心里默默地想着。

段虎，曾经是海军陆战队的一名上尉，具有过硬的军事本领和应变能力，曾经多次在军事比武大赛中斩获头奖，还因具备过人的能力而一再推迟复员的时间，更因为接受神秘的任务而莫名地消失过一段时间。这次，他也是在不知情的情况下接到通知，然后被人用黑布蒙着脸坐车一路颠簸来到这里，虽然经历过不少大演习和生死考验，但此刻山洞里阴森的环境和恶狼凶神恶煞的语气还是让他心里不由自主地打起鼓来。

当然，这一切主要是因为不知道这次任务的属性，要说怕那是不可能的，在段虎的军旅生涯里还从来没有出现过“怕”这个字，就在此次行动之前，他还刚刚参加过争夺“栗色贝雷帽”的比武。

那是一个秋风习习、艳阳高照的日子。

在海边的一个特种训练场里，正面坐着的是考官，一边是中国海军陆战队队员，另一边是俄罗斯海军陆战队队员，各种考核设施、器材等都已准备完毕，就等着考官一声令下，比赛即刻开始。

这里不但聚集了全军最优秀的海军陆战队队员，还有国外的对手——俄罗斯海军陆战队队员，竞争自然十分激烈。当然，这不但是一次与友军的切磋交流，更是中国特战队员之间的一次特别较量。

在这些队员里，有一个身材魁梧、目光炯炯的小伙子。他看着眼前的一切，自信的神态浮现在刚毅的脸上，嘴角还透着一丝倔强。他就是段虎，一名出生

于军人世家的中国海军陆战队队员。此次，他的目的就是与这里的队员争夺象征着海军陆战队员最高荣誉的“栗色贝雷帽”。

“栗色贝雷帽”诞生于俄罗斯，与1980年的莫斯科奥运会关系密切。当时，为了确保奥运会的安全，苏联政府于1978年下令在内卫部队捷尔任斯基师组建一个特别训练连。此后，经过层层选拔，组建了著名的“勇士”特种部队。而设立“栗色贝雷帽”考试的想法，出自“勇士”特种部队前指挥官——获得过“俄罗斯英雄”称号的谢尔盖·雷休科。当时，他正好受到美国前特种兵米罗什·萨布回忆录《“阿尔法”命令》一书的启发。作者在书中指出：在美国特种部队中，任何时候任何事物都不是轻易得到的，如果想要获得标志性的“绿色贝雷帽”，必须经过非常残酷的训练，要付出很多汗水甚至是鲜血。看过这部作品之后，雷休科深感震撼，产生了在自己领导的部队中设立“栗色贝雷帽”考试的想法。按照他的构想，“栗色贝雷帽”不只是一种衣装，而更代表着特种部队的最高职业水准。

1988年，雷休科的想法得到了朋友维克托·普季洛夫的支持，两人一起编写了特种兵身体素质及战术养成考试通过条件。直到现在，这些考试条件仍在俄罗斯特种部队中实行，其内容只做过很小的改动。1993年5月31日，时任俄罗斯内卫部队司令的阿纳托利·库利科夫签署命令，批准了《内卫官兵获得“栗色贝雷帽”称号专业考试条例》，“栗色贝雷帽”由此正式成为代表俄罗斯特种部队最高职业水准的标志。正因为“栗色贝雷帽”是俄罗斯特种部队和快速反应部队最高荣誉的象征，加之它的选拔以科目极端困难、要求极其严格而著称，所以只有那些具有最出色专业水平、最强壮体魄和最好心理状态的特种兵才有可能获得佩戴“栗色贝雷帽”的殊荣。

“嘟嘟!”随着考官的哨声响起，队员们如猛虎般扑了出去。

这是第一小组，段虎也在其中。

首先要进行的科目是负重13公斤的12公里越野跑。

此时，段虎的身上除了手里几公斤重的步枪外，再就是背囊里的13公斤负重了。对于段虎来说，这些都是些小儿科，平常的训练难度和强度都比这高得多，所以他并不在乎。不过他也深深地知道这只是开始，要完成全部的科目必须要掌握好战术，更要有良好的心理素质。

一开始，段虎并没有像其他人那样拼命地奔跑，他要攒足了力量直到做最后的冲刺。

“砰!”在奔跑的过程中，考官们还不时地朝队员们发射子弹。当然，这种子弹并不是真的，但也大大干扰了队员们的注意力，影响了他们的行进速度。段虎时而匍匐前进，时而跳跃前进，以避开这些“枪林弹雨”。

同时，在段虎和队员们的后面，随时都有一个特别小组在后面给大家施加心理压力。当段虎为躲避一颗子弹迅速趴下匍匐前进时，特别小组开始向他身上倒泥和泼水，这让他感觉浑身像沾了一层胶皮，身体慢慢重起来。

不过，这一切都没能阻碍他前进的步伐。

好不容易爬过泥浆，段虎起身，一颗爆炸物又在他脚下炸开，其他队员也一样，不过最后大家还是圆满完成了这一阶段的考核。

完成越野跑之后，紧接着就是短跑冲刺，虽然段虎刚才只排在第三位，但冲刺之后，他的优势已十分明显，最终排在了第一位。

下面的科目是翻越各种障碍，其实是到了表演特技的时候，因为无论过哪一个障碍，对于方法都没有死规定，大家可以自由进行，充分展示自己的本领。不过这一轮也比较残酷，只有获得全优的人才有机会进入下一轮考试，段虎当然是通过了，看着身边的队员又少了一些，他心里非但不高兴，反而更加紧张，因为他知道留下的都是些精英，下面的竞争将会更加激烈。

完成接下来的射击比赛之后，身心疲惫的特种兵们又接到新的任务——立刻投入到“解救人质”的强攻行动中去。

此次解救人质的地点是一个六层楼高的房子，里面没有任何窗口，只有六楼顶上的一个通道和一楼的一个出口，其他都是封闭的。考核要求队员们6人为一组，先攀上六楼，救到人质后再从一楼出来。

“开始！”考官一声令下。

话音刚落，6名队员就身手敏捷地纵到楼下，抓起绳子开始攀爬，段虎也在其中。只见6个人壁虎一般手脚并用，不一会就到达了楼顶。正当段虎也准备跃上去的时候，突然停住了，因为直觉告诉他有些不对劲。

“啊！”果然，第一个上去的队员一声惊叫，而后“鲜血直流”，他被“绑匪”打死了。见状，段虎倒吸了一口凉气，还真是不能大意啊。瞬间的愣神之后，他马上跃了上去，一边在六层搜寻，一边想着对策。

令人大为惊讶的是，六楼不但没有人质的身影，竟然连绑匪也看不见。段虎的眉头皱了起来，这简直太离谱了。其他队员也是你看看我、我看看你，显得有些不知所措。

很快，多年的经验就告诉段虎——人质一定藏在一个让人意想不到的地方。所以，他没有再到五楼搜寻，也没有去四楼、三楼、二楼，而是直奔一楼。在

一楼搜寻未果后，段虎就大胆地断定绑匪和人质都在地下室，必须马上找到地下室的入口。

想到这，段虎在一楼来回转悠着，试图寻找水流的声音和下水道的气味，果然发现了下水道的铁盖。他心里一阵高兴，赶紧把枪背好，慢慢掀开铁盖探身下去。就在下水的一刹那，他突然感觉身子猛地往下一沉，一股巨大的水流将他带了下去。

“哎呀!”段虎感觉碰到了一个硬东西，赶紧睁开眼睛，原来是撞到了一个铁栅栏，其下是一个坡道，水还在继续流着。

段虎赶紧定了定神，看看腕上的表，离任务结束只有 2 分钟了，得赶紧行动。

他搜寻了一阵，用直觉确定了人质和绑匪躲藏的地方，但不敢硬冲，只悄悄地拿出烟雾弹扔了进去，地下室顿时浓烟滚滚。里面的人由于受了烟雾的熏呛和干扰，枪声有些稀落。

段虎趁势摸了进去，顺着墙角一直冲到里面，果断地击倒了绑匪。人质就在眼前，段虎心里那个高兴啊，走上前去就给人质松绑。就在松开绳子的一霎那，他眼前寒光一闪，一把匕首迎面而来，当然不是对准他的脑袋和脖子，而是他身上的血袋。这一惊可非同小可，人质还会袭击，这是段虎万万没有想到的。但是为了赢得象征最高荣誉的栗色贝雷帽，段虎当即把心一横，用胳膊挡住了匕首，只听“扑”的一声，鲜血直流，段虎受伤了。

“你?”扮演人质的士兵显然被段虎的气势给镇住了，握着匕首的手也垂了下来，乖乖地配合他爬出了地下室。

不一会儿，两人一前一后地上到一楼，出了门口。

段虎把“人质”交给考官，撕下自己迷彩服的一角简单地包扎了一下伤口，紧接着又跑到一个放置无线电台零件的桌前，迅速地将其组装起来，并与指挥部取得联系，报告自己已经完成了指定任务：“总部，总部，我是 5 号，我是 5 号，我已顺利完成越野、障碍、射击和解救人质的行动，报告完毕，收到请回答。”

报告完毕，段虎又进入了第二大阶段的考核。这一阶段相对比较简单，就是在规定的时间拆装几十种枪械零件，段虎又顺利地通过了。

如果说第二阶段是幸运的天堂，那么第三阶段简直就是残酷的地狱，也被队员们称为“地狱 12 分钟”。在这 12 分钟里，仅剩的 4 名队员将分别与考核组请来的 4 位高手进行每轮 3 分钟的徒手格斗。格斗对于特种队员来说算得上是

家常便饭，但一次对付4个可不是什么容易的事儿。这4位高手不但技艺超群，而且都是部队培养出来的佼佼者！况且格斗中也没有其他更多的禁忌，大家可以尽情地施展自己的技能，这12分钟将是最惨烈的激战。

进入最后一轮的包括3位中国特种队队员和1位俄罗斯特种队队员。此时，他们都虎视眈眈地盯着彼此，心里暗暗较着劲。

格斗开始后，段虎和那名俄罗斯的队员都以最快的速度打倒了4位高手。毋庸置疑，象征着最高荣誉的“栗色贝雷帽”将在他们两人之中产生。

此时，考核场地变得静悄悄的，考官和队员们都在静静地等待着最终的结果。

段虎深吸了一口气，看了看对方——那个俄罗斯特种队员体型彪悍，比自己足足高出一个头。此时他的迷彩服也和段虎的一样，上面全是泥土，而且都湿透了，胳膊、大腿上也都有血迹。其实这样已经算是很不错了，在刚才的格斗中有的人还掉了牙齿、折了腿脚。

俄罗斯队队员双眼直勾勾地盯着段虎，似乎在说：你来吧，我要让你尝尝我的厉害。

段虎不再多想，展开拳脚就和俄罗斯的队员打斗了起来。

令段虎万万没有想到的是，这个俄罗斯的队员竟然还会中国武术，居然以凌厉的身手化解了自己的几个险招。就在段虎一拳出去而撤拳慢了一拍的时候，俄罗斯队员已经一脚将他踹倒在地上，这股狠劲让他半天没能爬起来。

“9、8、7、6、5、4……”就在时间还剩3秒的时候，段虎咬紧牙关毅然地站了起来。

他心里很明白，如果自己起不来了，那可不单单是“栗色贝雷帽”的问题，而是中国军人永远站不起来的耻辱。想到这，他浑身顿时有了一股特别的力量，不但站了起来，还飞起一脚朝俄罗斯队员踹了过去。俄罗斯队员猝不及防，被段虎狠狠地踢倒在地上。

但是，让段虎始料不及的是，俄罗斯队员在挨了他致命的一脚后，竟然迅速以一个鲤鱼打挺的姿势立了起来，以至于段虎的第二次进攻都没能及时跟上。

几招下来，俄罗斯队员对段虎的身手也刮目相看了，不再主动进攻，而是站在原处“暗藏杀机”。

“他在积蓄体力做最后的死拼。”段虎突然意识到。

知道了对方的真实意图，段虎再也不敢犹豫，所有在场的中国队员此时都在齐声呐喊：“加油！加油！中国军人必胜！中国军人必胜！”

听到战友们的呐喊声，段虎立刻感觉身上力气大增，他扭了扭身子，晃了晃胳膊，再度冲向俄罗斯队员。

段虎知道，俄罗斯队员身强体壮，和他硬拼自己不一定占得了上风，所以他上来并没有按常理出招，而是先虚晃一拳，然后趁俄罗斯队员伸手准备接招时，突然整个身子高高跃起，翻了一个跟头，身形落到俄罗斯队员身后重重地推出了一掌。可别小看这一掌，若从后肋骨切入可比拳脚要厉害得多。俄罗斯队员这次是真的顶不住了，身子一个前趴，重重地摔在了地上。

段虎没有因此而庆幸，更没有手软，当即又冲俄罗斯队员的腿上狠狠地踹了一脚。只听见一声沉重的惨叫传来，看来俄罗斯队员一时半会儿是起不来了。

不是段虎心狠手辣，这本来就是一场残酷的军事竞赛，平时军队的大演习里还有伤亡的，段虎对俄罗斯队员已是手下留情了。

就在段虎一脚下去，俄罗斯队员挣扎几下再也站不起来的时候，全场一阵欢呼雀跃，考官也鼓起掌来。

“现在进行‘栗色贝雷帽’的授予仪式。”主考官发话了，“中国军人段虎请上台领奖。”

听到考官的喊话，段虎并没有直接奔向主席台，而是快步奔到俄罗斯队员面前将他扶了起来。两只手紧接着在他腿间上下一错，随着“唉呀”一声，俄罗斯队员站了起来，场内又是一阵掌声。

然后，段虎飞快地奔上主席台，按照规定，单膝跪地，从头上取下原来的贝雷帽，接过并深情地亲吻着来之不易的“栗色贝雷帽”。

这时，段虎心潮澎湃：自己终于戴上了代表海军陆战队员最高荣誉的“栗色贝雷帽”。起身之后，他开始宣誓：“为祖国服务！为特种部队服务！”

这个强有力的声音回荡在训练场里，也回荡在段虎的心里：“我终于成了一名出色的特种兵。”

是啊，段虎确实是一名优秀的特种兵，他什么都不怕，不过任务的不确定和恶狼的语气还是让他，包括所有的队员都有些隐隐的不安，但他们毕竟是训练有素的战士，瞬间的不安过后心里便恢复了平静。

500 个俯卧撑做完后，段虎和大家一起走进一个很大的房间，里面没有床，只有一片空地。

“这是什么地方？”不甘寂寞的 5 号又开始唠叨，“搞得真神秘，我还是第一次遇到这样的环境和这样的教官。”

“哥们，你们都是哪里的?”5号见没人理自己，冲着段虎喊道。

5号真是好了伤疤忘了疼，转眼就忘了恶狼刚才嘱咐过的话。

屋里的人还是没有搭理他，因为谁也不知道彼此是干嘛的，而且恶狼也禁止他们互相打听。

段虎看看5号，摇头示意他安静。可5号偏偏不吃这一套，还在不停地嘟囔着，“这带着面罩、穿着衣服睡觉是不是太过分了，何况是6月天，还是在这个破地方……”

依旧没有人说话。

不一会，大家开始吃饭，所谓的饭也很“魔鬼”，就是压缩饼干，所有当兵的都应该吃过。那是一种非常不舒服的东西，形状如同四方小块的豆腐，不过生硬得很，而且是一斤压缩成一两的东西，吃了会让人噎得慌，还不能多喝水，否则饼干在肚子里涨开，那就更难受了，所以大家吃完也只能是干捱着。

夜很静，所有的队员都不知道自己身在何处，这里绝对是人迹罕至的地方，外面是大山连着大山，里面是一个几百里渺无人烟的山洞，出口已被堵死，看来大家真的要在这里与世隔绝一个星期了。

“一星期?”段虎想起恶狼的话不免有些纳闷，“自己经历过无数的特种训练，可这么短时间的集训还真没有见过，恶狼到底在搞什么名堂?这次执行的到底是什么任务啊?”

“叮铃铃……”突然，一阵急促的警铃响起，大家一跃而起。在部队里呆久了，各种自然反应都已成为一种习惯，谁都知道这是紧急集合的信号。

领教过恶狼的厉害，队员们都不敢怠慢，迅速地整理好所有装备，跑步来到大厅。

段虎是第一个到的，他脸上蒙着面罩，腰间挎着匕首，身上背着专用的背包，手里是最新研制的比九五还要先进的03式自动步枪。

不一会，13名队员全部到位。

队员们依次按各自的位置站好，等待恶狼的出现和故意刁难的训话，可是半天都没有见到人影。

“这又是怎么回事?看来这里真的很神秘，恶狼更是让人捉摸不透。”段虎心想。

“不许动，都给我举起手来，不然就一枪崩了你们。”空洞的夜里，一声大喊突然传了出来。

声音的重复加上屋里不断出现的回声，让人顿时感觉有些毛骨悚然，一种

不寒而栗的感觉爬上了每个人的脊背。

见状，段虎的大脑立刻飞速地运转起来：“这到底是怎么回事？难道真的遇上了不测？”

所有的人都十分紧张，并不是因为胆子小，来这里的人都是经过千挑万选的，况且大家都经历过不同寻常的训练，段虎甚至参加过几次大的军事行动。不过在此时，在这样的环境里，加上恶狼的一番折腾，所有人的心里都没底，好多人甚至在想自己是不是到了国外的某个特训营？

每个人的想法虽然不一样，但惊骇的程度却是相同的。

惊骇归惊骇，他们毕竟不是一般的人，瞬间的不安过后，队员们立刻端好手中的枪，子弹上膛，迅速分散，并向能隐蔽身体的地方卧倒。

“听见没有，都放下枪，不然你们会死得很惨，死得很惨！”声音还在继续，但始终不见人影，更不见恶狼的踪迹。

“是不是恶狼在考验我们？很多特殊训练都是这样的。”段虎突然想到了这一点，思维不断地翻转着，并不时地调整着手中的03式自动步枪。

对了，忘了说说这是03式自动步枪。

03式5.8毫米式自动步枪，采用活塞短行程和枪机长导引设计，护木为左右开瓣式，在手持部分设计了较深的横槽，很像散热翅片结构，这部分的内部也进行了加厚，由于塑料导热慢，这种结构使护木发烫时射手仍然可以操枪射击。同美、俄装备的M16A2及AK74相比，它的重量和体积都要小一点，战术性能却毫不逊色，故障率也更低。03式5.8毫米式自动步枪采用折叠式枪托，让枪可长可短，便于利用各种地形、地物隐蔽自己头部并发挥火力，对远距离目标的命中精度高，射击时火药燃气也不会刺激眼睛。除了战场适应性好以外，03式步枪更符合传统的单兵用枪习惯，人机适配性更佳。在作战中，03式打开折叠枪托后，可以安上刺刀进行肉搏。此外，03式5.8毫米式自动步枪都有配属产品，如激光瞄准镜、多功能刺刀及下挂榴弹发射器等，同时枪上还设有简易夜瞄装置，能在昏暗环境或夜间对可见目标射击。

03式自动步枪就是专门给这批队员做的，足见执行的任务也非同一般。

段虎和所有人都默默地等待着，等待恶狼的出现，他们多么希望这是恶狼为训练他们胆识而临时布置的一道作业。

可是，事情并不如他们想象的那般简单。一段时间的寂静过后，山洞里突然响起“刷刷刷”的脚步声，洞里没有灯光，黑暗中隐隐约约可以看见无数的身影正在向这边移动。

“大家都注意！”段虎第一个通过耳麦向大家喊话。他在老部队经常带领队员们参加各种行动，具备良好的组织能力和指挥能力，而且还是第一小组的组长，所以自然而然地担负起了临时组织指挥的职责。而且，他还深知，无论出现什么情况，现在都必须保持镇定。

“收到！”所有人都小声回答。

山洞里依旧是一片难言的寂静。

“这到底是怎么回事？”所有人都十分诧异。

“开始搜索目标。”段虎又小声命令。

大家依言开始通过瞄准镜搜索大厅及附近的目标，奇怪的是竟然没有发现任何可疑的目标。

“难道这些都是幻觉？”段虎怀疑起来。

“哗！”突然，大厅里的灯光全亮了，所有人都不可避免地暴露在明处，但是大家都没有动，他们都曾经参加过大大小小的特种训练，自然明白这是教官为考验队员而做出的举动。

“不对！”段虎突然警觉起来，“没有这样考验人的。”

此时，他不但看到了慢慢压过来的蒙面人，而且在人群里看到了被绳索捆绑着的恶狼。

“搞什么名堂？”5号又开始不耐烦了，“搞的跟《冲出亚马逊》里的情节一模一样，谁信啊？搞也应该搞点新鲜的啊！”

“《冲出亚马逊》？”当段虎听到5号说出这几个字时，不由得想起了自己那段比《冲出亚马逊》还要苦的陆战队生活。

第三章

进入地狱

一个清晨，海畔，海军陆战队某大型特种兵训练场里。

潮湿的海风掠过海面袭向岸边，特种训练场里，几百名身着海军训练服的新兵，正在热火朝天地进行严格的新兵军训，段虎也在其中。

“哎呀妈呀！真累啊！”一天无休止的训练和班长的吆喝让段虎顿时忘记了自己当兵前的豪言壮语和美好憧憬。

队列、单双杠、障碍、射击，不到一个月，一系列的军事课目训练段虎都尝试过了。他之前也听说新兵连一般是三个月左右，快一半了，慢慢熬吧。

可就在新兵训练到第三十一天的时候，大家却听到了和往常一样的集合哨音，段虎迅速地穿好衣服，跑了出去。

“同志们，恭喜大家！”值班排长整完队后，新兵连长站在队伍前面说，“你们马上就要离开这个地方了！”

“马上离开?”段虎心里一怔，“难道自己是要提前下连了?”

“是的，你们在这里的训练已经全部结束！”

听到新兵连长的这句话，段虎更加确认，“我真的要下连了！就要戴上那神圣的肩章，受领部队的军衔了！”他心里那个高兴啊。

“回去收拾东西，马上跟我走！”段虎正在兴奋间，突然听到一个不同的声音，抬头一看，新兵连长早已闪到一边，替而代之的是一个黑黑的、戴着上尉军衔的军官。

“难道这就是老兵连的连长?”段虎此时倒有些惊讶起来。

“管他呢，皮肤黑并不代表人不好！”段虎在听到一声解散的命令后，迅速跑进屋里，收拾好自己的东西。

当大家再次听到紧急集合号时，都以飞一般的速度冲了出去。

“都站好，我现在点名。”黑上尉军官说完，拿起一个花名册。

“李雷!”

“到!”

……

“段虎!”

“到!”

段虎在答“到”的时候，突然看见上尉停顿了一下，往自己站的方向瞅了瞅。

“上尉看上我了!”段虎想，“估计是因为我的名字有些特别吧。”

“新兵一连120人全部到齐，前60人上第一台大轿，后60人上第二台大轿，开始登车!”上尉命令完，闪到了一旁。

领命后，新兵们按次序开始登车，所有人脸上都洋溢着灿烂的笑容，因为他们以前都是坐大厢——也就是部队的141，这次竟然可以坐大轿，看来分的单位错不了。

车子顺着海边的道路行进着，看着蓝蓝的大海，听着海鸥的鸣唱，再吹着那凉凉的海风，段虎心里感到无比的惬意，不禁想起了自己的父母——

“儿子，你到部队后一定要听领导的命令，不能怕苦怕累，一定要给我们段家争口气，要有所作为啊！还有最重要的一点，你不要和任何人提起海军XX旅旅长——也就是你爸，我！不要提起你是我的儿子，更不要打着我的旗号乱搞事情，明白吗?”段虎焉能不明白父亲的苦心：“请旅长放心，段虎一定会努力，不辜负您的期望，为海军陆战队作出自己的贡献。”

这一切段虎都做到了，并且一刻也不敢忘记自己从军的使命——自己的理想、父亲的夙愿。

他更明白，自己来到部队不是为了舒服，而是为了到海军陆战队接受最艰苦的训练，挑战生命的极限。

想到这，段虎的心头突然涌起一阵壮志未酬的悲哀，不禁在车里大喊大叫起来：“我要下车，我要回去!”

“干什么!”车上的一个上士班长见段虎有些失控，呵斥道。因为1996年还没有实行新的军衔制度，所以还有上士的称谓，现在都叫士官。

上士的呵斥引来了众人的目光，所有的新兵都朝段虎看了过来。

“神经病啊!”有的新兵嗤之以鼻，竟然发出这样的声音。

是啊，放着好好的大轿不想坐，倒想回去坐让人发闷的大厢，确实不可思议、令人费解。

“我就是要下去，我要做特种兵！”段虎还是那样的坚决。

“少废话！”上士加重了语气，“这里是部队，不是你家，军人以服从命令为天职，你的新兵班长难道没教你这个？”上士责问道。

“我……”段虎听到这话，不敢再说什么，他自然知道有令必从的道理。

车子还是一如既往地行驶着，没有人再理会段虎，他的心情也越发沉重起来。看着其他新兵指指划划、乐乐呵呵的样子，他竟然有种要把人家揪起来揍一顿的冲动，但是他不敢，因为那样不但违规，而且是间接的抗命——发泄对命令的不满。

“到了，都下车！”就在段虎郁闷不已的当口，上士突然吆喝道。

听到命令，新兵们开始陆续下车。段虎仔细瞅了瞅，这个营地也靠近海边，而且房子很豪华，“难道真的是天堂？”段虎刚才虽然为坐大轿而不满，但此时却又隐隐约约感觉到这里并不是那么简单，也许这里并不是什么天堂，而是地狱。

“向右看齐！”

“向前看！”

“稍息！”

“立正！”

“连长同志！120个天使全部到位，请指示！”上士开始向上尉报告。

“天使？”段虎听到这个词，觉得简直有些肉麻。

“放行李，然后吃饭、分班、自由活动，晚上洗澡、睡觉。”上尉一句话把一天的工作都分配完了。

“典型的舒服连队，为了省事都这样做。”段虎在家里也听父亲说过类似的事情。

“是！”

“把行李放到对面的大厅，然后去吃饭。”

大家按照上士的命令，放下行李，排队来到饭堂。

“这哪里是饭堂，简直是五星级宾馆嘛！”走进饭堂的那一刻，大家不禁发出由衷的赞叹。

白白的墙，顶上有五彩的灯，桌子就像饭店里的一样可以转动，还有桌布，地面是透明如水的大理石……

所有的布置和装潢无不让大家联想到豪华的宾馆、饭店。

等饭菜上来后，大家更是一惊——八个人一桌，六菜一汤，而且个个都是好菜，味道自然更不用说了，简直就是特级厨师的手艺。

大家开始有些晕头转向了：这到底是哪里，部队里还有这么好的地方？

每个人都不敢相信，但是眼前的事实又让大家不容置疑。

吃过饭，上尉进行了分班，但最后说的一句话却让段虎大惑不解。

“今天，我将让你们在这里过上天堂一般的日子！”

“天堂？”段虎现在对天堂这个字眼有些敏感，倒是思念起地狱来了。

“哇！真的是天堂。”当和段虎分到一个房间的李雷惊呼时，其他人也跟着惊呼起来。

四个人的房间有漂亮的床和被褥，还有电脑……

“这！”段虎也开始犯疑，“究竟是自己的预感错了？还是在做梦啊？”

“同志们，我先躺一会。”李雷嬉笑着着说。

“不要啊，小心挨班长骂。”同屋的王小虎提醒。

“是啊，这样不符合条令规定的。”屋里的另一个战友左林也及时说道。

“你们啊，大老粗一个，没听上尉说吃完饭自由活动吗？再说你看看我们现在这样的居住环境，这条令是不是也需要改一下了。”李雷大大咧咧地说道。

“也是！”两人同时说，不过他们没有乱躺，而是开始慢慢整理自己的行囊。

“段虎，我问你个事！”李雷从床上起来，“你在来的车上为什么要求回去？”

段虎此时正从行囊里拿出自己的衣服，准备叠好放到衣柜里，听见李雷这么一说，停住手一字一句地说道：“我到部队要的不是享受，而是受罪！”

“神经病、笨蛋！都不知道你在说什么！”李雷说完又躺下了。

段虎拿出包里的笔和纸，准备给父亲写一封信，告诉父亲自己没能完成他的心愿……

“紧急集合！”当大家还在睡梦中的时候，集合的哨音突然响起。

“什么？”李雷睡眼惺忪地问道。

“紧急集合！快点！”段虎催促道。

“不会吧？”李雷竟然还不相信，可是当他听到屋里一阵声响之后，才知道这不是梦境，而是真实的，于是赶紧爬起来，开始穿衣。

当段虎跑出去的时候，操场上已经有了几个人，上尉和上士正在队前站着。

所有人都陆陆续续地跑了出来。

“向右看齐！”

“向前看!”

“第一列报数!”

“1”

“2”

……

“10”

“前后报数!”

“1”

“2”

……

“12”

“报告连长，海军陆战队魔鬼训练营 120 名傀儡全部到齐，请指示!”上士报告着。

“稍息!”

“是!”

“稍息!”

“魔鬼训练营!傀儡!”段虎听到这话虽然有些吃惊，但上尉白天的一些话和这里非同寻常的环境早让他有了心理准备，倒是其他新兵惊讶不已，开始窃窃私语起来。

“上尉是不是喝多了?”

“开玩笑也不至于这样吧?”

……

“都他妈的住嘴!”上尉竟然开始骂人了。

下面的人再也不敢说什么。

“也许大家记得我说过的话——今天，我会让你们过得很舒服。是的，我做到了，你们该享受的都享受了，可现在的时间是凌晨零点零一分了。”上尉抬起手腕上的表看了看，“所以今天已经过去，明天到来了，你们的新生活开始了。”

“我现在正式宣布，我们这个部队没有任何番号，你们所有人以后也没有姓名，没有军衔，没有身份，没有职务，你们就是一群傀儡，我们的代号都是海狼。魔鬼训练营也是我起的，而且从现在开始你们他妈的都不是人，都是狼!”上尉连骂带吼地说道。

上尉前后的转变和此时的狂暴无礼让所有的新兵都害怕起来，段虎虽然很希望经受特种训练，但还是对眼前的一切感到很震惊。

“你们以为新兵连结束了?”上尉冷冷地说，“还差得远呢，你们的魔鬼训练时间是一年，前面过去了一个多月，我们还有十一个月的时间，但是那一个月的时间我们将在晚上补偿训练，现在就开始!”

“绕操场跑50圈!”上尉下令了。

大家哪敢有半点不服，都开始跑起来，可到了20儿圈时很多人就顶不住了，因为操场一圈大约有一里地，50圈就是20几公里，谁也没有跑过这么长。段虎最长也就全副武装地跑了10公里，此时他也有些支持不住了，头脑发晕、腿脚不稳。

“不要停!”上尉怒吼着，“谁停下，就再罚10圈。”

这一声怒吼还真的起了作用，大家好像又来了一些精神，继续奔跑起来。

可毕竟是50圈啊，最终还是有人没能坚持下来。

段虎其实也是强撑下来的，到最后谁也顾不得自己是什么模样了，能跑下来就算是胜利了。

“不错，我欣赏大家，连滚带爬总算跑下来了!”上尉以轻蔑的口气说道。

“他这哪里是表扬?简直就是在伤人的自尊心。”段虎心想。

“从今天开始，我不再叫你们傀儡了，叫什么呢?叫你们狗!因为你们是爬完的，等你们哪个真正跑下来了，我再给他的名字转正，转正后才是真正的狼。”

上尉的这一番话深深地刺痛了每一个新兵的心。

他也看出了大家的不满，却丝毫没有放松语气:“谁不想待在这里，就给我滚蛋，多一条狗少一条狗我一点也不稀罕。”

当上尉说出这句话时，不亚于给每人都打了一针强心剂，大家那股不服输的劲头都给激上来了，就连有些吊儿郎当的李雷都憋得满脸通红，似乎非要和上尉一较高低，为自己的“狗衔”正名。

“所有人听好，这里的训练就是这样，愿意的留下，受不了的现在就可以站出来打背包走人，我照样会笑脸相送的。”

不过却没有一个人动，不是因为跑步累了，而是大家心里都憋了一股劲。

“好!默认等于接受，现在你们就是我手下的120条狗。现在我命令:狗做俯卧撑500个，然后回房睡觉。”说完上尉就走了。

此时的天有些阴冷，风也呼呼的，刮得人脸直生疼，可是没有一个人偷懒。

不一会，天空下起了小雨，大家依旧在做着属于“狗”的动作。

雨慢慢地大了，但还是没有人起来。

“啊——”段虎终于第一个做完了500个俯卧撑，立刻起身狂叫，发泄着心中的怒火。

可是他哪里知道，这只是一个开始，后面的惊涛骇浪正在等待着他。

做完500个俯卧撑回到房间，段虎整个身子就像散了架一样，尽管他的身体素质一直很好，从小受父亲的熏陶、锻炼也很多，但这样的情形还是第一次遇到。

“我的妈呀，简直要了命了！”李雷又喊了起来。

“行了，别叫了！”王小虎赶紧说，“你是不是还想再做500个俯卧撑啊？”

“是啊，这里已经不是什么天堂了！”左林也说。

“嗯。”此时的李雷也不敢咋呼了。

段虎抬头看看墙上的挂表，时间正好定格在凌晨4点。

“四，死？”不知为什么，段虎竟然联想到这个字眼。

“还是赶紧睡吧，兄弟们，明天还不知道会是什么样呢？”左林说道。

闻言，屋里的4个人都和衣倒下了，此时走廊里的灯也灭了，所有的人呼呼地进入了梦乡。

窗外的雨还在下着，哗哗地打在玻璃上，刚才训练场上的脚印和手痕已经被雨水冲刷得痕迹全无，真不知明天又会是怎样的一番折腾。

“嘟嘟！”突然，两声哨响划破了凌晨沉寂的天空。

“怎么回事？”所有人都有些发懵。

“又是紧急集合，大家快点！”左林喊了起来。

“等会，不对啊，这不像紧急集合的哨音啊？”王小虎若有所思地说。

“对啊，这是起床的哨音啊！”李雷也说。

“那我们就开灯吧。”段虎说着把灯打开。

在部队，紧急集合都是为了执行秘密行动，是不允许开灯的，但起床就另当别论了。

“都给我起床！还在磨蹭什么！”就在大家手忙脚乱时，上尉已经开始在外面吼叫起来。

段虎赶紧按照部队的规定理好行装，带好军帽，系好武装带，跑了出去。

“报告教官，120条狗全部到位，请指示！”上士整队完毕，向上尉报告。

“让他们趴下。”上尉下令。

“是，都趴下！”上士命令道。

所有人听了这话都大惊失色，惊恐之状在脸上乍现无遗。

见大家行动迟缓，“都给我趴下!”上尉吼了起来。

所有人都经受了昨天的一番折腾，加上又都是刚入伍一个多月的新兵，对上尉已是畏惧三分，赶紧按要求趴下了。

段虎虽然胆大，但上尉的举动也着实让他心有余悸、不敢违抗。

“不对!”段虎突然发现了一个问题——现在上尉穿的不再是昨天的常服，也没了上尉的军衔，而是一身花色的迷彩服，肩上好像还有一个肩章，不过离得太远，看得不是很清楚。

“很好!”上尉看着一个个趴下的人，一副心满意足的样子，“我喜欢听话的人，更喜欢能屈能伸的铁血男儿，你们虽然年龄不大，军龄不长，但我希望经过一年的训练，你们都可以成为军队里的精英，都能成为一只有血性，并且机敏、智慧的海洋之狼。”

上尉在趴下的人堆里来来回回地走动着。

“不过有一点，也就是前提，你们必须熬过一年的魔鬼训练，以后我不会再对任何人有一丁点儿的笑脸，从现在就开始。”

“俯卧撑 100 个，马上开始。”上尉又恢复了他那严厉的语气。

也许地上太凉了，趴得时间长了大家都感觉有点不舒服，一听到上尉的命令，所有新兵的兴趣都上来了，操场上顿时出现了生龙活虎的热烈场面。

“我这个人不喜欢浪费时间，你们做你们的俯卧撑，我给大家说说一日的生活制度，都要竖起耳朵听，如果谁忘了或是听得不周全，耽误了训练，可别怪我没提醒啊。”

“早晨 5：00 起床，然后……因为你们已经耽误了一个月的时间，所以每天晚上还要增加一个小时的俯卧撑训练。”上尉一口气说了很多，“大家听明白没有?”

“明白!”每个人都不敢再含糊。

“还有，3 天一次游泳训练……”上尉又补充道。

“你们一个个不是很羡慕军人，喜欢他们的那种英姿吗?你们也可以做到的。在这里我会对大家进行全能化的训练，从手枪到火箭炮，从摩托车到坦克车等等，我都会让大家学会的。”

此时所有人早已做完了 100 个俯卧撑，但是没人起来，因为他们还没有接到命令，只好继续趴在地上。

“好了，我说完了。现在你们进行 20 圈跑步。如果你们不想当狗，想成为

一只狼，那么跑完20圈后，能坚持下来的都可以改成海狼!”

“开始吧!”

随着一声令下，所有人都开始跑圈。

段虎知道，真正的训练正式开始了，魔鬼的影子即将深深地侵入他们每一个人的身体。

20圈跑下来，所有人都快要晕倒了。身体的劳累、饥饿，使刚才上尉说的那一通乱七八糟的一日生活制度没一个人记住了，里面很多的专业术语他们没时间也没精力去记，但是大家还得违心地说记住了，他们知道反正无论什么时候自己说的都不正确，永远都是错的。

“终于可以成为狼了，狗东西!”段虎心里想着。其实，他也不知道狗东西到底指的是什么，就是突然间十分感慨。

此时已经是凌晨6点，太阳刚刚露脸，海浪也在欢呼雀跃着，只有海军陆战队魔鬼训练营的操场是一片死寂，没有人说话，只有大口大口的喘息声和一双双惊恐的眼睛。

上尉这时正朝队员们住的宿舍望去，当看见上士和几个人拿了很多衣服走过来时，他开始整队：“全体狗集合!”

“他妈的，怎么还是狗?”段虎这个从小就桀骜不驯的男孩在心里咒骂着：“你不得好死！你不得好死!”

“现在我正式宣布，你们所有人从狗转正为狼，但不是海狼，因为你们还差得远，也许一年过后你们才会成为这个骄傲名称的拥有者。”

“下面发衣服，所有人一年内穿的就是迷彩服，没有军衔，头上的黑头巾就是你们的像征。”

“1号!”上尉开始喊。

没人应答。

“我说1号，你没听见吗?”上尉吼起来，“站在第一列的第一名，你给我滚出来。”“是!”说完，第一名按照新兵连学的动作跑步出列。

“教官好！有什么吩咐?”第一名说道。

“入列!”上尉看都没看他一眼。

“是!”第一名入列。

“第一名，你给我听好，你就是1号，依次往下排，2号到120号。刚才我让你滚出来，你却走了出来，现在我不但要你真正地滚出来，还要罚你多做一天的狗。上士先给其他人发衣服。大家以后记住，谁违反规定或让我看着不舒服，那么就会重新回到狗的行列！”

“2号！”

“到！”

第二名跑步到前面，从上士手里接过迷彩服、黑头巾、军警靴，还有一个肩牌。

“3号！”

“到！”

第三名也跑了出去。

此时的第一名正在被上尉单独调教，让他真的从队列里滚了出来，而且反复几十次。可是上尉仍然不依不饶，没有半点喊停的意思。

“66号！”

“到！”段虎听到上士叫自己，心想：“不错的号，也许以后自己真的会很顺，但愿吧，祈祷！”

“66号，你他妈的是猪啊？没听见叫你吗？”就在段虎愣神之际，上尉已经开始骂人了。

段虎光想好事了，忘了迈开自己的腿，听到上尉的怒喝，赶紧往外跑，可是一切已经晚了。

“你也给我滚出来吧！”上尉的声音虽然小，语气却凶得很。

“完了！”段虎立刻为自己的沾沾自喜而后悔了，只得自我安慰“折腾就折腾吧，反正100多斤都他妈的交给上尉了。”

这滚的滋味可真不好受，段虎把整个身子都圈了起来，然后朝发衣服的地方“滚”了过去。

可是这滚真的要比走慢得多，而且难控制得多，费了好大的劲，段虎才终于滚到了他自认为的终点，可随即上尉的一句话却让他彻底崩溃了。

“是滚到我这里来，谁让你到哪里去的？重新滚回去，再滚过来。快点！”

段虎此时真的很想发作，不过还真的不敢，怕到时自己连狗啊猪啊都做不成了，万一成了老鼠，那他还不如去当一条狗呢。

衣服发完了，段虎和那个所谓的1号还在继续滚着，由于没有上尉的吩咐，他们谁也不敢起来。

此时已是早上7点，到了应该洗漱和整理内务的时间，上尉看了看表，刚想说话，突然眉头一皱，像是想起了什么，又停住了。

“7点，起点，正好相符，既然是起点，那么我们就从军人最基本的东西开

始，下面站军姿。”上尉发话了。

“怎么会这样?”段虎刚听到起点的时候还很高兴，虽然上尉说的生活制度他没全部听明白，但什么时候吃饭、休息他倒是记得一清二楚，以前在新兵连也很厌恶整理内务，可是现在他把这看成是享受。现在，随着上尉的话锋一转，段虎整个人好像从高空坠到了万丈深渊，心一下子就凉了。

“不要在心里骂我，我可是学过心理学的，你们心里想什么，脸上就会立刻表现出来，如果让我发现，我会更加严厉地惩罚你们，还有，制度是死的，人是活的，我宣布从现在开始，一切训练都由我的心情而定。对了，你们还不要忘了我说过的一日生活制度。总之，你们不要想当然地去做自己想做的任何事情!”

南方的天气本来就很热，加上刚才的一番折腾，每个人都已筋疲力尽了，却还要站军姿，真比魔鬼还要魔鬼，应该算得上是地狱生活了。

大家心里想着，但脸上却不敢露出半点不满之色。

“不要以为我是真的在折腾你们，你们想想，我所说的一日生活，也就是科目的训练，你们根本就不会，我现在是从起点训起，好让你们早日接受，省得到时候再变狗变猪。”上尉一边在人群里走，一边不断地说着。

“混蛋教官!明明是自己失言，却要狡辩成是为我们好，真是混蛋，混蛋，大混蛋!”段虎在心里狠狠地骂着。

其实，现在每个人心里都在这样骂着。

此时的太阳特别毒，汗水顺着每个人脸颊往下淌，浑身都湿透了，可还是没人敢动一下。

中午12点，太阳开始直射在每个队员的脑门上，很多人都感到头晕目眩，要不是之前一个月的苦练打下了一点基础，估计很多人早就倒下了。不过现在也很难说，严重的缺水已经让部分队员有些支持不住了。

“快吃中午饭了，一定要挺住!”段虎不断地给自己打气鼓劲。

在离训练场不远的海边，几只海鸥在水上嬉戏着，突然岸上的椰子树有些异样，叶子开始抖动，好像起风了。

“起风了!”段虎心里暗自庆幸，终于可以凉快一下了。

不一会，风越来越大，呼呼地吹到每个人的脸上。

“真爽啊!”所有队员的心里都在说。

也许老天故意要和大家捉迷藏，不一会儿，风又没了。

“都给我坐下!”上尉突然发话了。

“好烫啊！太过分了。”刚坐下去，大家就禁不住喊出声来。

“烫个屁，都给我脱衣服！”上尉听到了队员们的抱怨。

“脱衣服？干嘛啊？”队员们疑惑不解。

“快点脱！都他妈的大男人，怕什么！”上尉怒吼道。

队员们虽然有些惊讶，却不敢违抗命令。

段虎也脱下迷彩服，摘掉头巾，当然靴子也随之脱掉了。

训练场上刚才还是绿黑辉映的一排人墙，现在已成了黄绿相间的肉堆。

“没有尊严了！什么都没了！”段虎心里暗暗想着。

“听我的命令！”上尉开始发话，“按坐姿要领坐好，双掌合十。”

“这不是和尚念经吗？”段虎想，“可这光着身子的和尚还真没见过。”

“嗤……”段虎正想着，突然听到前面传来一个莫名的声音，他定睛一看，“这回真成和尚了。”

原来一把剃头的推子正在1号的脑袋上飞舞着，操作员是上士。

“大家听好，理光头有两层含义：一是在这个大热的天，让大家凉快凉快；二是为了让你们不要给我留可以抓的小辫子。”上尉冷冷地说，“除了在理发的可以低头，其他人都把头仰起来，好好来一个日光浴，这对大家的身体有好处，也好彻底地清醒一下。”

队员只得照上尉的话去做。可这是在大中午啊，太阳最厉害的时候，坐在水泥地面上，感觉只要一动皮都要粘下来一块，况且是脸冲着天空，简直是烧烤啊。每个人的脸都被烤得火辣辣的，浑身的汗哗哗地流着，倒还真有些晒日光浴的味道。

时间短了还可以坚持得住，但2个小时过去了，上尉仍然一声不吭，只要看谁有小动作，他过去就是一脚。

终于熬过了火热的太阳，段虎想了想：接下来应该是射击训练了吧，终于可以好好地发泄一下了！

“全体起立！”随着上尉的喊声，队员们纷纷站了起来。

“穿衣！”

在这里，每一个细节都要根据命令完成，任何私自做决定的事情，哪怕做对了，也是违反规定，也要接受严厉的惩罚，所以队员们站起来后，在没听到上尉穿衣的命令前都不敢轻举妄动。

“按照规定，下面应该是什么科目？”上尉问，“66号回答。”

“打靶训练，进行射击。”段虎故意把射击说得很重。

“说得不错，不过我还要纠正一点，不是射击，是瞄靶，你们刚到这里，需要适应这里的训练方法，而且现在也不是你们发泄的时候。”

“下面告诉大家怎么做，我们用的是99式步枪，每个人的枪头要挂一块砖，以后会慢慢地增加到2块、3块，而且要求是蹲姿，如果谁能在一个小时内连挂3块砖并且坚持半个小时，我就特例允许他打5发子弹。”说完，上尉一挥手，枪就摆到了每个队员面前。

“开始领枪！”上尉说道。

“1号。”

“2号。”

……

上士喊着大家的号码开始发枪。

虽然大家也在新兵连打过枪——81式，但眼前的枪不但漂亮，而且性能非常优越，比起81式要好得多，是99式5.56mm自动步枪。

99式5.56mm自动步枪是95式5.8mm班用枪族中的自动步枪，由99式5.56mm自动步枪、白光瞄准镜和微光瞄准镜构成，可以安装5.8mm枪族用多功能刺刀和快速装卸国产35mm下挂防暴榴弹发射器发射35mm系列防暴榴弹，还可以实弹发射40mm系列枪口榴弹。99式5.56mm自动步枪为无托型结构，导气式自动方式，机头回转闭锁机，长行程平移击锤式击发机，杠杆式枪机缓冲装置，采用北约标准供弹具接口的30发铝合金弹区，带有保险装置的单、连发发射机，预壳式刚性抛壳机构。配有觇孔式机械瞄具，并具有简易夜瞄装置，能在傍晚或夜间对可见目标进行射击。白光瞄准镜体积小、质量轻、分划能简易测距。夜间使用时，有高能锂电池照明分划，不用工具即可调整分划，使用方便，对远距离目标可以进行精确射击，其总体性能领先于国内同类产品。二代激光瞄准镜在夜晚可以对130m以内的个人目标进行射击。99式自动步枪在95式5.8mm自动步枪的基础上，主要在供弹线路、30发铝合金供弹具和抽壳机构上做了大量的分析和计算工作，并经过几次大型试验加以验证和改进，最终使全枪具有较高的可靠性。可靠性总体水平优于M16A2、AUG、TAMAS、TNC、G41等世界名枪，与俄罗斯AK系列相当。

枪确实很先进，但是队员们也要开始经受更加严峻的考验了。

“蹲姿！”待枪全部发到队员手里后，上尉下令了。

“举枪瞄准！”上尉又发话了。

“瞄什么啊？”段虎看看前面没有靶牌，远处也尽是椰子树，到底该往哪里

瞄啊。

虽然牢骚满腹，每个人还是把枪举了起来，不过蹲姿着实让人难受，时间一长腿肚子就直哆嗦。

不一会，每个人枪上都开始挂砖头，且分量逐渐加重，每个人的枪头都颤了一下。

段虎的手腕赶紧又用了用劲，尽量使枪保持平衡。

第二块砖接着上来了……

第三块砖又接着上来了……

这时大家都有些挺不住了，手里的枪不断地落下，又起来，又落下，如此反反复复，如此一来后背早就挨了不少拳头。

“都给我老实点!”上尉看见谁的头低了，走到背后就是一拳，“你们他妈的怎么这么没力气，都给我挺住。”说完在30号背上也打了一拳。

段虎此时也挺不住了，枪头慢慢地落下来，汗珠子也随之淌了下来。

“你他妈的也不行了吗?”上尉走到段虎身后。

段虎本来就没力气了，经他这么一吓，枪一下子就掉到了地上。

“你这个木瓜！知道这把枪值多少钱吗?”上尉拎起地下的枪，“摔坏了，你赔得起吗?”

“就算你赔得起，我的规矩你也给破了。”上尉突然怒目圆睁，照着段虎的背后就是一脚。

段虎猝不及防，一个狗啃屎就趴在了地上。

“你!”段虎回身冲上尉也怒目圆睁着。

“怎么了，不服气?”上尉的目光更凶，“哪里不服说说看，这次破例给你个说话的机会。”

“你不是说就挂一块砖头，怎么成了三块?”段虎此时也不怕了，满腹的怨恨全都发泄了出来。

“混蛋!”上尉骂道，“什么一块、三块，我就是制度，我就是规定。你是个爷门儿就给我站起来。”

听了上尉的话，段虎豁然起身，站在了他面前。

“嘭!”上尉一枪托子就砸向段虎的腿部。

段虎“哎呀”一声又跪倒在地上。

“你算个什么东西，敢和我讲条件?”上尉气愤不已，“刚把你转正成狼，你就分不清东西南北了，从今天开始你还是狗，给我滚!”

“狗！滚！狗！滚！”段虎的心中不断重复着这些话，突然怒从心头起，这些天他一直没有发作，就是因为想着父亲的那些话，可现在他受够了这地狱般的生活，他要反抗。

“66号，赶紧给我滚过来！”上尉还在怒喝。

段虎慢慢地滚着，等快到上尉身边时，突然身形跃起，照着上尉的前胸就是一拳。上尉蹬蹬蹬地向后退了几步，“扑通”一声坐在了地上。

不是上尉功夫不好，而是猝不及防，因为他根本没料到段虎敢跟自己来这一手。

“你……”还没等上尉说完，上士和几个士兵已经把段虎摞倒在地，让他动弹不得。

“好小子，你牛！”上尉站起身来，走到段虎身边说道。

“完了！要挨揍了！”段虎心里想着，已闭上眼睛等待受罚。

“都给我放下枪！”上尉冲队员们大吼道。

“由于66号违反了规矩，按照连带受罚的规矩，你们今天将和他一样接受严厉的处罚，和教官顶嘴、不服从命令、殴打教官，他的错可不轻，你们也要跟着受罪了，谁要是怨的话就怨66号。还有他犯的错你们都给我记好了，谁也不许再犯，这可是最大的忌讳。”上尉说完一挥手，上士和几十个士兵就分别围着训练场站了一圈。

“对66号的处罚是绕训练场跑50圈，你们也跟着一起受罚，50圈，快跑！”上尉说。

“真狠啊！”段虎心想，“他这样做，大家都会怨恨我，看来以后得好好听话了，对抗是没用的。”想是这么想，可是段虎还是很不服气。

对于上尉的刁难，谁也无力反抗，只得拖着疲惫的身子继续跑起圈来。

时间一分一秒地过去，吃晚饭的时间马上到了，队员们50圈也快跑完了。

“其他人停下！”上尉终于发话了，“66号，你还得继续。”

听到命令，所有人都像一团泥一样瘫倒在地上，一动也不动，此时他们恨不得把地面当成自己的床。

段虎还在继续，身子也不听使唤了，时而跌倒，时而乱晃，但就是不能停下来，就算是爬，都必须爬完这50圈。

“开饭了，都很饿了吧，不过十分抱歉地告诉大家，你们都被取消了吃晚饭的资格，因为段虎犯了错，你们也要跟着受罪！”上尉冲着瘫在地上的队员们说道。

听到吃饭，大家本来都来了精神，纷纷爬了起来，可是再一听到上尉说不让吃了，一下子又坐到了地上。

段虎还在跑着，好像没有听见上尉的话，其实他心里非常明白：上尉是不会轻易放过自己和战友的，不仅仅是因为他打了上尉，而是他想杀鸡儆猴，在队员心中树立自己的威信。

“66号，你力气很大吗？还能动手打架，现在给你消消气。”上尉说着，手一挥，旁边早已开来的水车打开了龙头，冲着段虎就猛冲起来。

其实就在刚才，段虎心里有过激烈的斗争——把这件事告诉海军陆战队的领导，让他们来处理上尉。可是紧接着，他又想起了父亲的话：“到部队千万不要提起我是你的父亲！更不要打着我的旗号乱搞事情！”

“是啊，父亲一直是个真正的军官，不能因为我而坏了他的名声。说不定父亲本来就知道这里的情况，但是他希望我来这里锻造、磨练，所以跟我说了那番话，我一定要挺下来，别人能受的我就可以受，别人不能受的我也要撑住，我一定要让所有人，包括上尉对我刮目相看！”想到这里，段虎也不知从哪来了一股劲，步伐猛然快了起来，竟然飞快地在训练场飞奔起来，水龙头竟然成了他的推进机。

不一会儿，50圈就跑完了。

所有人都看呆了，就连上尉也有些惊讶，看来这个66号的确很不简单。

“报告教官，66号50圈跑步完毕，请指示！”就在上尉惊愕之际，段虎已经跑到了他的眼前。

“蛙跳100个，百米50趟，开始！”上尉醒过神来继续下令。

段虎早已做好了思想准备，等上尉一说完，马上答了声“是”，随即就蹲下开始进行蛙跳。

“其他人也一样，赶紧开始！”上尉冲其他队员喊道。

所有人又投入了蛙跳和百米冲刺中。

这么一折腾，很多人真的受不了，百米完毕，顿时晕倒了几十个。

可是上尉仍然不理会，叫人拉过水管子来冲，一会晕倒的队员又醒了过来。

天早已经黑了，海浪拍打着岸边的礁石，海风也起来了，队员们经过无数次的来回折腾，衣服湿了又干，干了又湿，突然吹到呼呼的海风，禁不住打起了冷战，有的人已经浑身冰冷了。

可是他们没有想到，残酷的训练还在后面，就是因为段虎的莽撞，大家尝到了真正的海军陆战队苦刑。

第四章

魔 鬼 训 练

“1—2—3—4。”漆黑的夜里，海浪似乎停止了翻滚，大海都变得安静了，可寂静的院子里却发出了嘹亮的口号声，而且一浪高过一浪。

跑完百米后，段虎包括所有的队员都以为可以回去吃饭了，可上尉的一句话又让他们彻底绝望了：“现在我们喊半个小时口号，一会要吃饭，大家先把胃撑大，然后好好地饱餐一顿。”

“完了！今晚惨了！”段虎心里暗暗叫苦不迭。

他知道，这样的折腾不到极限是不会停止的，自己现在倒真的无所谓了，可是就怕有的人吃不消，更怕大家把怨气真的发到自己头上来。

“喊口号，我知道大家都会，既然这样，就让你们玩个有新意的。”上尉说着走到段虎面前。

“今天你很风光啊，66号，号码也很顺，那就让你一顺到底，从现在起给我喊66遍‘1—2—3—4’。开始吧。”上尉说完，重新走回原地。

“1—2—3—4。”

……

这就是刚才所听到的口号声。

“66号，喊66声，依次类推，1号喊一声，120号就是一百二十声。”上尉开始具体安排。

“1—2—3—4。”训练场响起了五花八门、不同声音的口号。

训练场的大灯这时全部打开了，可是口号声依旧不断。不一会儿，上尉的面前又多了一张桌子，桌子上还放了一盘猪头肉和两个馒头。上尉拿起筷子慢慢地吃了起来，看来他也很饿了。

他这样做不但解决了自己饥饿的问题，而且大大地刺激了所有的队员。大家都咬牙切齿起来，当然不是单纯地恨上尉，很多也对段虎有些不满了：你说好好的，干嘛要去打教官？打教官能有好果子吃吗？

所以，大家在喊口号的同时，目光都斜瞄着段虎。段虎也看到了，不过他只是一个劲地喊，好像无视大家的存在一样。

最难熬的就是120号，他喊完120声后已有些窒息了，再也说不出一句话来，声带也好像被拉断了一样。

“现在该吃饭了吧？”段虎心里想，“再不吃饭就要晕了，应该折腾到极限了吧？”

可是他们哪里知道，今晚就是一个魔鬼肆虐的夜晚。

上尉吃完饭，好像更有劲头了，竟然开始在训练场和大家叫起号来。

“我知道大家现在需要发泄，那就来吧。”上尉蹲起马步做好了准备。

没人敢动，经过刚才的事情，大家都已经有些懵了，更别说和教官较量了。

“都不过来是吧？”上尉的脸色变得更加难看，“是不是你们都感觉累了，那好，就一起上啊。”

大家还是没有动静。

“这样吧，看你们有的也快趴下了，就选几个代表和我比，其他的和我的士兵比。”上尉先把身形站起来，“6号、8号、66号、88号，你们过来!”

被叫到号码的人只得一起走到上尉面前。

“你们每个人先打我2拳，然后一起上。”上尉重新蹲好马步。

几个人面面相觑，谁也不敢再动一下。

“别以为站着不动你们就是好人，同样违反了规定，这也是命令，必须服从。”上尉狠狠地说。

“我来。”段虎第一个站了出来。他想，反正自己已经得罪教官了，干脆把一切都揽到自己身上吧。

段虎虽然在跑步的时候已经想开了，但毕竟身体经受了摧残，他早就压不住火了，既然有这样的好机会可以发泄，他岂能错过，先打了再说。

段虎定了定神，把浑身最后一股劲都聚到了自己的右拳头上，然后看了一眼皮肤黝黑的上尉，心里说：“这可是你让我打的，不要怪我啊。”

“啊!”当段虎把攒足了劲头的拳头打在上尉肚子上时，竟然给震了回来，而且人也倒退了几步，一个趔趄就坐在了地上。

其他人也是同样的结果。看来这个上尉还真的不简单，肯定练过金钟罩、

铁布衫等硬功夫。

"呀!"见此情景，段虎和其他3名队员都有些急眼了，一起冲了上去。只见上尉不慌不忙，等他们快到近前时，一个飞拳、飞腿就再一次把他们全部放倒了。

这下，没人敢再上前了，都趴在地上直直地看着上尉。

"你们差得太远，不是我要折磨你们，而是为了真正地锻炼你们，如果现在谁还不服，照样可以出来和我单挑。"上尉说道。

单挑，双挑也不行啊。所有人都明白了自己和上尉的差距。

"下面要进行的科目就是格斗里的后倒，这本应该是下午的科目，由于被66号耽误了，所以现在补上。"上尉竟然容不得大家休息片刻，转脸又冲队员们吩咐道，"这个科目就是身体跃起，狠狠地向后倒去，可能比刚才还要痛些，不过都必须给我挺住，真得挺不住的今天就不要睡觉了。"

晚上10点是部队熄灯休息的钟点。可是现在，这帮人——刚入伍一个多月的年轻小伙儿，却在一个荒无人烟海边的海军陆战队训练基地进行着疯狂的摔打……

就这样，上尉的魔鬼训练又持续了两天。第三天的时候，大家一吃过早饭就被拉到了一个陌生的场地。

"狼们。"上尉好像现在也承认了大家的称谓，不再叫猪啊狗啊的，"这里是我们的新训练场，将是我对你们实施特殊训练的另外一个地方。我相信，这里的一切会让你们终生难忘的。"

"终生难忘?"段虎不明白上尉这话是什么意思。

他看了看训练场，单双杠、障碍、铁丝网、射击靶，还有投弹区等等几个地方，好像没有什么的特别啊。

"还有一座小楼?"段虎一扭头，看到了一个没有装饰的空洞小楼，"莫非是给我们休息的地方?"

"不像，休息也不用爬到五楼啊。"段虎心想，"噢，明白了，是让我们早晨跑完步后观赏风景的地方。"想到这里，段虎竟然在心里偷笑起来。

"下面我们要进行的科目是跑步。"上尉开始说话，"这次跑步不规定你们跑多少圈，也没有时间限制，不过你们要给我好好地看清训练场上的所有器材和场地，并牢记在心，明白了吗?"

"明白!"队员们回答完毕，开始绕场小跑。

等一圈跑下来，段虎心里的疑惑已加重了不少，"这个训练场有些不一样。"

训练场的单双杠和一般的有些区别，杠的下面不是平地，也没有沙子，而是一个深坑；障碍更不是400米和单纯的几样设施，而是增加了吊环、云梯等等辅助器材；射击场就更有意思了，靶牌的后面有一个柱子，柱子上有一面大镜子，正好照在靶牌的前方，极大地影响了射击的准确率，干扰了队员的视线；其他的设施也和普通的设施大不一样。

就这样转了几圈，上尉也没有喊停，大家只好继续跑着、看着。

一直跑了2个小时，上尉仍然没有喊停的意思，队员们真的有些急了，别看是慢跑，可是时间长了也很难受，还不如快跑来得痛快呢。

“没有时间、没有距离、没有任何限制的跑步，是不是很舒服啊?”上尉开始拿个大喇叭在训练场的楼上大喊。

队员们没有人出声。

“告诉你们，别不识好歹，不想跑的可以围着操场快跑50圈。”上尉的话语又开始变得严厉，甚至是粗暴起来。

队员们只好继续跑着。

就这样，大家竟然一直跑了整整一个上午。

吃饭的时候，队员们都吃得很少，好像把胃口都跑没了。不过大家也知道，不吃更不行，恐怕会熬不过这个下午。

下午，上尉把大家集合在训练场，此时队员们又看到了那个神出鬼没的上士。

“大家是不是感觉上士很瘦小啊?”上尉指着上士对大家说，“那么，今天我就让大家见识见识他的真本事。”

上尉说完，上士已经在障碍前站立，等上尉一声“开始”，上士的身子就飞一般地窜了出去。

过障碍、越深坑、登云梯……

不一会，障碍完成，接着就是单双杠，一到八练习，特别是单杠八练习的大回环，上士不但不用辅助的背包带，而且下面还是个大深坑，队员们都为他捏了一把汗，不过他顺利地完成了；然后就是投弹、射击、匍匐等一系列科目，上士全部完成，干净利落，而且没有一点累的意思。

最后，上士走到小楼前，此时已经从楼顶顺下一根绳子来。只见上士一手抓住绳子，双脚随即上蹬，队员们还没有回过神来，上士已经攀到了楼顶，然后一个放手就落到地面上。整个过程漂亮利索，看得所有队员都目瞪口呆。

“大家都看到了吧，这才是真正的特种战士，他可是曾经获得过‘栗色贝雷

帽’的铁杆军人。”上尉的语气里满是赞扬。

“栗色贝雷帽?”段虎那时还真不知道其为何物呢。

“想必大家还不太清楚这个栗色贝雷帽是什么，我告诉大家，它是俄国为奖励出类拔萃的特种兵而设计的。当然，想得到这顶帽子的人，必须经过特殊的训练，还要能经受常人所不能忍受的东西。那是一个十分艰难的过程，不过只要大家努力，一定也会有机会戴上这顶帽子的。”上尉的语气里竟然有了一丝鼓励的意味。

“大家刚才都看到了上士的精彩表演，现在你们也开始吧。”说完，上尉又重新回到小楼的高处。

受到上士和栗色贝雷帽的鼓舞，队员们顿时勇气大增，一个接一个地开始过障碍、单双杠，而且都是按照规定的标准去执行。

顿时，训练场就像一条长龙在飞舞，队员们一个个都在翻腾、飞跃，真正的训练开始了。

就这样，上尉、训练场、饭堂、宿舍，一连串的东西每天都在反复循环着，正是这样艰苦甚至魔鬼残暴的训练最终让段虎成了一名优秀的特种兵战士。

第五章

谜 团 重 重

“嗷……”突然，大厅里发出的一阵诡异的叫声打断了段虎的回忆。

这一声就像是地狱里厉鬼发出的哀嚎，让所有人都不禁打了个冷战。随即，山洞里又传出和尚念经的木鱼声，一会儿又是飞机的轰隆声、战争的炮火声，甚至还有小孩的哭声……

一时间，所有人的思维都变得有些麻木，段虎的脑袋也像着了魔一样生疼：“不好，是思维干扰，可这到底是谁干的啊？恶狼没必要这么折腾大家吧？在这个神秘的地方，就连自己都不知道是怎么进来的，难道还会有匪徒入侵？”

紧接着，段虎的脑袋里又发出一连串的问号：“这到底是什么地方？我们一周后即将执行的又是什么任务呢？”此时的情景，让段虎有些丈二和尚摸不着头脑，惊恐之状浮现在他的脸上，大大的疑惑布满了他的愁眉。

严重的思维干扰也让大家慢慢地失去了防范之心，所有人都无力地垂下了手中的枪，开始揣摩这到底是怎么一回事。

“啊！”就在大家惊魂未定的时候，突然由远及近地传来一个撕心裂肺的声音。段虎吓得浑身哆嗦，心也猛地抽搐了一下。

“啊——”声音越来越近、越来越大。

此时，段虎的脑袋里已装不下别的东西了，除了炮火硝烟就是嘶声哀嚎。慢慢地，他感觉自己开始耳鸣，最后浑身发软，差点要晕厥过去：“不好，这肯定还是训练，就像武打小说里的内功制人、外音干扰，我一定要挺住！”

就在所有人都快要支持不住的时候，声音嘎然停止，接着又是一片死一般的寂静。

大家慢慢地清醒了过来，可是没有一个人敢乱动，都像在静静地等待着什

么。每个人的眼神都有些呆滞，可是始终也没有等来刚才的那个声音。

段虎和大家一样等待了很久、迟疑了很久，可是最终他熬不住了，慢慢地从躲避着的遮掩物后面移了出来。他懂得“与其坐以待毙不如拼命一搏”以求生路的道理，不管现在身在何处，也无论这是训练还是突发事件，作为一名特种兵，如果没有灵活的机动战术，就永远不能成为一名优秀的战士。

“所有人注意，各小组向四周搜索。”段虎俨然一副指挥官的模样。也难怪，他曾经参加过维和战争，经历了很多大场面，在这样的情况下，他最终还是保持住了镇定。

见有人出来指挥了，大家开始分头搜索。

段虎和自己小组的 4 名成员慢慢向大厅的前方摸去，由于是晚上，5 个人关上了枪上的红外瞄准镜，以防身在明处而被人袭击。

事实就像恶狼所说的那样，这里空间很大，往前走了不到 50 米就出现一个更大的厅，而且地面不是水泥的，是泥土的，大厅里还立着几根柱子。段虎以手势示意，5 人迅速分开，各自潜伏在一根立柱下慢慢前进。

“啊!”突然，段虎等人又听到了一声惨叫，声音是从身后传来的。段虎正待回身去看，“吱嘎”一声，后面的门竟然关上了。

“好像不是在训练。”段虎也懵了，一时间不知该如何是好。恶狼也不出现，人人都如坠迷雾一般。

他们只得继续向前走着，足足过了十几道门，还是没有尽头。而且，每过一道门，后面的门就自动被关死了。

5 个人走着走着，耳边突然传来“哗哗”的流水声，“怎么回事?”段虎心想。

他停下前进的脚步，打开手电灯，观察了一下四周，没有什么可疑的动静，只得顺着水流的声音寻了过去。

走到近前，段虎看见了一条小河，还有河上的一座独木桥，虽然心中满是谜团，但他知道自己已经没有选择了，只有往前走才能彻底弄明白事情的整个经过。

刚要踏上独木桥，这时旁边的一块牌子引起了段虎的注意：“过此桥者需慎重，过了这座桥，再也没有回头路，如果没想清楚，拔掉这块牌子，后面的门会自动打开，就可以再回到原处。”

正当 5 号跨步向前就要拔掉牌子的时候，“且慢!”段虎急忙阻止，并用手按住 5 号的手，“不要乱动，以防有诈!”

5号的手连忙缩了回去，段虎看了他一眼又说："如果你真的拔掉这个牌子，就证明是退缩，明白吗？愿意跟我走的，马上来。"

段虎说完，头也不回地踏上了独木桥。桥其实就是用一根木头搭起来的，只能容一个人通过。段虎向前走了两步，就听见吱呀呀的响声，桥也压下去了一节，他只得小心翼翼地弯腰前行。

好不容易走到了桥对面，段虎已感觉腿脚有些发软，出了一身冷汗，回头看看："我的妈呀！"桥的距离竟然有几十米远。这是估计，虽然黑夜没法看得特别清楚，但段虎还是能感觉到。

"吱呀呀！"段虎听见桥上又发出了颤巍巍的声响。

没过一会儿，2号、3号也过来了。

就在4号过来不到几分钟，突然听见"咔"的一声，桥竟然断了，"怎么回事？"

"5号呢？"段虎呼唤着5号，"5号，你怎么样？"

没有人回答。

"不会是出事了吧？"2号问。

"5号，5号，你怎么样？"段虎又呼道。

"我，我没事……"对面突然传来喘息不定的声音，"我还没过去，这里突然出现了一阵烟雾，我有些发晕，而且桥也突然断了，我现在哪里也去不了了！"

听着5号颤抖的声音，再看看这阴森的地方，段虎意识到虽然大家是第一次见面，但他们是一个群体，"不抛弃、不放弃"——这才是军人最高的理念。

但是，段虎仔细瞅了瞅四周，好像除了断桥之外再也没有可以过去的地方。他又向墙角走去，光秃秃的墙，宽宽的河流，再无其他任何建筑物。

"这下可怎么办？这是什么味道？"突然，段虎闻到了一股奇怪的气味：他又仔细嗅了嗅，是毒气——"不好，看来我们真的遇到麻烦了，或是误入了某个陷阱。"

"快来救救我！"这时，5号发出了惊慌失措的求救信号。

段虎感受到了5号的焦急与无奈，可一时也不知该如何是好。

烟雾越来越大，5号经过刚才的突发事件此时已经有些懵了，呼救声越来越弱。段虎也一样，从来没遇到类似的情况，但他知道此刻必须先保护好自己才能去救人。想到这里，他赶紧从背囊里拿出毛巾堵住嘴，然后示意其他人也赶紧照自己的样子做。

“离开还是营救?”段虎的脑袋在不断地思索着，其实当他用毛巾堵住嘴的时候，就已经决定了不会抛弃自己的战友，更不会见死不救。

段虎又仔细瞅了瞅四方，突然恍然大悟：“哎呀，怎么这么笨啊，从水里游过去不就得了!”

是啊，一晚上千奇百怪的变化，让人把最原始、最简单的方法都给忘掉了。

想到这，段虎把枪、背囊什么的都放在地上，然后扎紧裤腿，试探着慢慢下水。

水不是很深，但是却很凉很凉，段虎一下去就有种刺骨的感觉，但是为了战友，必须得坚持，不能放弃。

慢慢地，水越来越深，段虎小心翼翼地向前游去，3 米，2 米，1 米，终于到了对岸。

上岸后，段虎发现 5 号已经昏迷不醒，惊恐加上毒气已让他失去了知觉。段虎把他的枪和背囊背在自己身上，然后托起 5 号，慢慢地游向对岸。

毒气慢慢地蔓延开来，水中的段虎觉得有些心慌气短，游到一半，他真的支撑不住了，可双手仍紧紧地抓住 5 号。

“坚持住，我们来了!”这时 2 号、3 号也出现在水中。

“真是兄弟啊，患难见真情!”段虎心底涌起无尽的感慨。

终于，3 个人一起拖着昏迷的 5 号游到了岸边。

“快走！快走!”段虎已被毒气逼得有些惊慌，一上岸就背起 5 号继续前进。

“我们的枪呢？背囊呢?”4 号突然在段虎身后惊叫起来。

段虎赶紧回头，是啊，枪没了。

这是怎么回事？难道会有其他人?

可是毒气已经慢慢地袭了过来，容不得多想了，更不能有片刻的停留，段虎一使眼色，几个人心领神会，拿起 5 号的东西和他一起进入了下一道门。

“真累啊，我们休息一下吧?”跑了一会，2 号气喘吁吁地说。

“休息什么！给我起来!”突然，一个炸雷般的声音在山洞里响起。

2 号看着段虎，段虎也看着 2 号。

“不对啊!”两人同时惊呼起来。

“这里只有我们五个人，怎么会有第六个声音呢，难道这里有鬼?”段虎惊恐地想着，脊背上不觉升起了一阵阵寒意。

第六章

真 相 大 白

“你们的一举一动都在我的控制之中。”又是那个声音。

段虎猛然想起来了，那是恶狼的声音。

“啪啪啪!”突然，房子里的灯光全部打开，黑暗的世界顿时一片明亮。

“不错，就是我!”恶狼站在高高的楼上吼道，“这是我导演的一场训练，是不是很可怕啊，不过这才是特种兵真正需要的训练。”

“所有人给我听着，都赶紧到这里来集合，快点!”恶狼大声地喊道。

就在恶狼说话的同时，房子里的四面墙上已各出现一个大屏幕，显示了每个人所在的位置，而且很清晰：大部分队员都在不断地搜索前进，少数人已经没有力气了，只好重新回到原来的集合地点。

听到恶狼的喊话，在其他地方的队员也一起看向大屏幕，脸上惊愕的表情十分相似。瞬间的发呆之后，队员们好像都来了精神，一起朝恶狼站的地方直奔了过去。

不多时，全部队员到齐，5 号也醒了过来。

“向右看齐!”

“向前看!”

“稍息。”

恶狼下楼整理好队伍，然后从第一排走到最后一排，仔细地瞅了瞅每个人，最后回到队伍中央：“怎么样？大家是不是有很多的感慨要发，有很多的不解要问，有很多的话要说啊?”

“没人回答，是不是又没劲了?”恶狼突然大声吼道。

“不是!”队员们虽然被折腾得够呛，但他们也深深知道，作为一名特种兵，

只有倒下的躯体，而没有倒下去的精神。

“那就好，实话告诉你们，这确实是我精心准备的一场训练，也可以说是战前演习，但是我很失望，你们当中没有一个人及格，第一小组差点就过关了，可是他们却误判了毒气。那是什么毒气啊，只不过是我洒的一种药罢了。这就充分说明，你们别说成为一名优秀的特种兵了，就连合格还差得很远呢。”恶狼瞪着眼睛，狠狠地看着大家。

“我需要我的队员有杀气、有虎威，但是我更喜欢胆大心细、心理素质过硬的军人。我希望你们每一个人都是一匹恶狼！有狼的气魄！”

“现在看看大屏幕。”只见恶狼手腕一抖，屏幕上立刻出现了刚才所有队员行动的画面……

“你们有钢铁的躯体，可是却无法忍受奇怪外音的干扰，这说明你们的心理素质还不过硬，当时要不是1号把大家组织起来，我想你们会全部乱套的。”恶狼说着，满意地看了看段虎。

“一周后将要执行的任务，我虽然现在还不能说，但是我要训练的不再是让你们去做单双杠、跑万米、打靶射击等等，因为你们已经掌握了这些，唯一欠缺的就是心理素质，特别是对特殊环境的适应和突发事件的反应能力，今天就是很好的例证。所以我说你们还差得很远，以后的训练也没有规定科目，不设具体时间。随时随地！”

“今晚就在原地休息。”恶狼发出最后的指令后转身上了楼。

大家面面相觑，更加明白自己这次执行的不是一般的任务，甚至可以说是即将踏上一条死亡之路。

虽然是在山洞里，队员们还是感觉有些冷。是啊，大冬天的在哪里都冷，不过还得睡啊。

段虎刚想解下防弹衣，突然想起：“如果有意外情况怎么办?”接着他又想起恶狼说的话，所以提高了警惕，停下了手。

见状，所有人都是和衣而卧的。

“谢谢你！1号。”5号过来对段虎表示感谢。

“别客气！我们都是兄弟！”段虎说完，原地躺下，闭上了眼睛。

第二天，所有队员啃完自己包里的压缩饼干后，赶紧收拾利落，全副武装地等待恶狼的折腾。

一上午过去了，没有任何动静。

一天过去了，恶狼也没有出现。

“怎么回事?”段虎和大家发出了同样的疑惑。

“喂！1号。”5号又凑了过来。

“什么事?”段虎问道。

“你看昨天倾盆大雨，今天却又是风平浪静，恶狼葫芦里到底卖的是什么药啊?”5号不解地摇了摇头。

“我也不知道。”

“肯定是在想怪招呢。”爱凑热闹的5号又聒噪起来，“他是不是不把我们折腾成神经病不罢休啊。”

“不要乱说，小心恶狼听见。”2号也过来说。

“他怎么会……”5号刚想说他怎么会听见，突然想起了昨天的事情——恶狼的训话和墙上的大屏幕，赶忙止住了，耸耸肩膀走到一边不言语了。

夜晚又来临了，其实对于所有队员来说，每一天都是夜幕，因为在这样封闭的地方，要是没有几盏灯光，那白天和黑夜根本没什么区别。

大家都躺下了，其实好多人根本没有睡着，总担心着又会发生点什么。

然而，这一夜却是一片风平浪静。

第七章

疑惑重现

一连三天，恶狼都没有出现，大家倒觉得不正常了，心里都开始犯嘀咕。

到了第5天，大家的压缩饼干也快吃完了，可还是没有见到恶狼的身影。

“我们不能再这样等下去了！”段虎对大家说，“一旦干粮吃完，我们该怎么办？”

“是啊！”

“恶狼到底使的是什么招儿啊？”

“就是，参加了好多次训练和行动，这次怎么这般神秘啊！”

……

此时，所有的队员都顾不上什么大屏幕了，也顾不上恶狼说过的话了，你一言我一语地议论起来。

“我们上去看看！”段虎打断了大家的话。

“谁跟我去？”段虎问道。

“我！”2号首先站了出来。

“我也去！”3号也站了出来。

“好的，那我们第一小组先上去，大家在这里不要乱动。”

说完，段虎带着大家慢慢地登上楼梯。

上楼后，段虎向下看了看，“啊！”不禁惊讶万分。

段虎惊讶什么呢？

原来，站在楼上向下望去，整个房子就像游戏里的暗道，一间连着一间，无边无际，在下面还真没注意。而且，所有的房子没有房顶，但有一个大的顶子。段虎现在终于确定，这里肯定是一个大山洞，而且是不一般的结构，“不多

想了，还是进去吧。”

段虎向前走了两步，推门准备踏进恶狼前几天进过的房间。

门刚一开，“啊!”段虎这个平时胆子特大的特种兵也不由得一声惊呼，踏出去的脚也赶紧收了回来。

原来，开门后他看到的不是什么房间，而是一个悬空的地洞，黑压压的，仔细一瞅，原来是个断崖。

“怎么会这样？恶狼呢？他到哪里去了？这里怎么会是个断崖？……”一连串的疑问在段虎的脑袋里飞速地运转着。

段虎在楼上走了一圈，挨个房间看了看，竟然都是一样的情形，全是断崖。

“1号，这又是怎么回事?”5号东瞧瞧、西望望地问段虎。

“我也不知道。”段虎也很纳闷。

“这里到底是什么地方？恶狼呢？去那儿了?”2号也在问。

“是啊，我们这次到底是执行什么特殊任务？经历过那么多的训练和实战，就这一次最玄乎。”3号也紧皱着眉头。

“先下去吧。”段虎想了想说道。

“好吧，没别的去处了!”大家都很无奈。

就在段虎他们准备下楼的时候，大厅里的灯突然全部熄灭了，眼前一片漆黑。

“2号，5号!”段虎叫起来。

“在!”

“在!”

2号和5号在黑暗中答应着，可是谁也无法碰到彼此。

段虎只好在黑暗中摸索着，完全没了方向感，因为眼前已经黑到伸手不见五指的地步了。

突然，段虎感觉脚下一滑，随即身子一歪就向下倒去。

耳边则传来呼呼的风声，段虎就感觉身子悬空了，既在不断地往下坠，又感觉飘飘忽忽的，整个人如同腾云驾雾一般。

“1号呢?”当10分钟后大厅里的灯再次亮起的时候，5号突然看不见段虎了，好奇地问2号。

“我也不知道!”2号也刚刚从瞬间的迷糊里苏醒过来。

“那赶快找找啊!”5号催促着。

“上面到底怎么回事啊?”下面的人不明就里，都在大声地询问着。

“别看了，快点找!”5 号见 2 号还试图走到楼边和大家解释，赶紧拉着他的手说。

两人开始挨着房间找，但是都没有段虎的踪影，房间周围依旧是一个个的断崖。

“天那，到底发生了什么事?”2 号和 5 号都大惑不解。

无奈，他们只得回到楼下，众人赶紧围上来问个究竟。

“房间里到底有什么?”

“恶狼呢?”

“1 号呢?”

“你们脸色不对啊?”

……

5 号以及第一小组的其他队员此时都不知该从何说起——房间里都是断崖，可段虎却在灯灭的时候没了，说出去谁会相信呢?

可是不说也不行啊，众人一个劲追问着。“都是断崖，要不你们也都上去看看吧。”5 号说。

“断崖！不会吧？我们也去看看吧。”所有人都不相信 5 号描述的情形，说着大家就准备一哄而上，可是一想起刚才突发的事情和进来后的各种诡秘事件，大家还是决定分组轮流上楼。

“这可怎么办？1 号是我们的队员，也是我们的战友，他失踪了，我们应当一起想办法去找才对。”曾经被段虎救过的 5 号提醒道。

“是啊，是啊，不能坐视不管的。”所有队员七嘴八舌起来。

“可是怎么找啊?”大家又发出同样的疑问。

“这里没有别的出口，楼上也只有那么几个房间，1 号肯定是在无意中坠崖了，还有恶狼也消失了，我想这些都是很大的迷团。大家都是特种兵出身，应该对这些谜团很感兴趣，为了早些找到答案，我们就拼死一搏吧。”5 号鼓舞着大家。

“你有什么想法?”2 号问。

“下断崖，寻 1 号，解谜团!”5 号说完，把枪在身后固定好，率先走上小楼。

三个小组的队员也相继跟了上去。

5 号弯下腰，扶着崖壁慢慢地往下走，到了一半突然感觉手抓不牢了，紧接着纵身就坠了下去。下意识地，他赶紧用双手护住脑袋，这一自然的反应是每

个特种兵独有的意识，也是多次训练实践的结果。

下坠时，5号和段虎的感觉一样，也是飘飘悠悠的："难道我已经到了天堂？不会这么快吧？也罢！人生自古谁无死，留取军名照祖国。"他把文天祥的诗改编后用到这里了。

其他人待5号下去后，估计他已经落地并且不会发生人员冲撞的情况，于是挨个跳了下去。

5号落地后没有摔着，竟然感觉身下的东西更软："不好，怎么还在动？"他感到不对劲。

于是，倒地的同时，他赶紧原地跃起，身体本能地向后一退，"啊！"脚下又是软绵绵的东西，而且感觉还在动，"这是什么啊？"

"蛇！"第一小组的其他队员下来后，也有了同样的感觉，大家齐声高呼。

可是已经晚了，因为4个人所在的包围圈里到处都是蛇，大的、小的、花的、绿的……

不一会儿，每个人都感觉腿上好像被绳子勒住了，原来蛇已经缠到了他们的腿上。

"赶紧跑，跑出这一段再想办法！"5号提醒大家。

闻言，4个人赶紧向前一路奔跑，腿上的蛇虽然有被摔掉的，但仍有个别的还在继续攀爬着。

"哎呀！"终于有人叫出声来。

5号知道一定是有人被蛇咬了，但他依然不断地奔跑着，否则定会命丧蛇群的。

等跑出一段距离后，有人打开了手电筒，大家这才发现3号的腿正在流血，而那条吃得津津有味的花蛇还盘旋在他腿上。见状，5号迅速地跑过去，一把精准地卡住蛇的七寸，把它从3号身上揪开，重重地摔在洞壁上，"他妈的，去死吧！"5号气愤地吼叫起来。

当5号正义愤填膺地为3号包扎伤口的时候，段虎却在享受着蛇的美味。

第八章

山洞险境

原来，段虎坠崖后就昏了过去。也不知过了多久，他慢慢地睁开眼睛，发现自己在一个山洞里，周围全是岩壁和弯曲的通道……

段虎摸了摸自己的脑袋，还在；又拧了一下自己的大腿，“哎呀”也感觉到了疼痛。他这才确认自己不是做梦，不是幻觉，而是坠崖了，还到了一个陌生的地方。

现在也没有别的出路，段虎只好一个人继续摸索着前进。山洞里没有灯光，也没有阳光，“幸好枪和背囊还在！”段虎暗自庆幸着。最起码防身的东西还在，如果真的遇上不测也好应付。

段虎坠落的地方正好是山洞的尽头，他只得回过头向前走去。

他突然想起了自己的军用手电筒，这可是每个特种兵必备的东西，今天算是派上了用场。他从背囊里摸索到了手电筒，然后一手持枪，一手拿电筒，慢慢地向前走着。

在山洞里一直走着，段虎觉得这里好像是个无底洞，根本没有尽头，手电筒里发出的光也越来越弱。段虎知道电量快不足了，赶忙关上，也顺势坐在地上休息了一会。

休息得差不多了，段虎又重新起身往前走，但这次只能摸黑了，手电筒的最后一点光亮还要留在紧急的时刻用。

就这样，段虎走走停停，山洞还是没有尽头，他也不知道自己到底走了多长时间。当最后一块压缩饼干都吃完了以后，段虎有点撑不住了，劳累、饥饿、潮湿、阴森……所有这些东西让他心力交瘁、筋疲力尽。

他只好一屁股重重地蹲在地上，疼也顾不得了。

慢慢地，段虎开始感觉眩晕，劳累和饥饿让他暂时昏厥了过去，头靠在山洞的侧壁上便没了知觉。

正当他朦朦胧胧地做着吃美味佳肴的美梦时，突然感觉身上有东西在蠕动，还软绵绵的。“蛇！”他一下子就惊醒了。因为他曾经在一次执行任务中被蛇咬伤，所谓一朝被蛇咬，十年怕井绳，段虎虽然不至于怕井绳，但对蛇确实有了一种敏锐的反应。

段虎被突如其来的蛇惊醒了，且不知从哪里来了力量，他在纵身跃起的同时还将爬在身上的两条蛇狠狠地摔了出去，待落地后又打开电筒寻找它们的踪迹。

两条蛇被他在情急之下用力甩出去之后，重重地弹在洞壁上，立刻就晕厥过去了。段虎见状，正要逃离这神秘之境，可是身子一晃，又重重地倒在了地上。

显然，他的身体因饥饿而有些虚弱。无奈，他只好坐在地上再休息一会儿。

“好饿啊。”段虎感到了肚子正空荡荡地叫唤着，“对了，眼前的不速之客不就是另类的美味吗？”

段虎顿时兴奋起来，赶紧扒了两条蛇的皮，用匕首将蛇肉切成块状，然后用打火石引燃捡来的一小堆乱枝，再用石头随便搭了一个架子，又用匕首串起蛇肉放在火上烤起来。慢慢地，一丝香味弥漫开来。段虎用鼻子嗅了嗅，还真挺香的。

而山洞的后方——也就是段虎沿着跑过来的足迹上，5 号正背着 3 号在行进着。3 号的腿被蛇咬伤后，2 号赶紧给他吸出了毒血，然后从背囊拿出自己的急救包给他包扎好。幸亏只是咬破了一点皮肉，经过及时的包扎已无大碍，但 3 号暂时还无法走路。于是，4 号拿起 3 号的装具和武器，5 号则背起 3 号继续前进。就这样，他们一边躲避蛇群，一边继续寻找段虎。

走了一会儿，5 号有些累了，因为干粮已经吃完了，他又背着胖胖的 3 号，确实有些支持不住，只好慢慢地放下 3 号，自己则坐在地上大口地喘着粗气。

“休息一下吧，我这里还有一块压缩饼干，你们吃了吧？”2 号从兜里掏出一块有些压碎了的饼干递给了 5 号。

5 号接过来，看看有些虚脱的 3 号，赶紧把饼干的外包装去掉，送进他的嘴里。

“我不吃！”3 号摇摇头说。

“吃吧！”还没等 3 号伸过遮蔽的手，5 号已经把饼干整个塞进了他的嘴里。

“我……”3号还想说什么。

“你的唾沫星子都沾上了，没人会吃了。”5号用这种玩笑的方式让3号把饼干吃下去。

3号一看这情形，知道自己不吃也不行了，只好一边嚼着，一边感激地看着5号和2号。那目光让人觉得他此时不再是一名战士，倒像是一个含情脉脉的少女。

“继续前进吧。”5号见3号差不多吃完了，背起他就走。

2号和4号连忙跟上，继续往前走着。

“看见没有？烟。”突然，5号看到了从不远处飘来的袅袅稀烟。

“还有烤肉的香味呢。”往前又走了一段，2号又闻到不寻常的味道。

“看来有人！”4号确定，“肯定是1号。”

“快走！”5号催促起来。

此时，段虎正洋洋得意地吃着香喷喷的烤蛇肉，那感觉真是无法比喻了，由于是在冬季，而且是在山洞里，确实有些凉，这一丝烟火竟然像暖炉一样，烤得段虎心里暖洋洋的。

吃完自己做的小餐，摸摸肚子，段虎有些心满意足，而后就靠在小火堆旁睡着了。

突然，他隐隐约约地听到有急促的脚步声传来，虽然是在睡觉，但军人特有的警觉还是让他感觉到了地面的颤动。

“什么人？”段虎迅速起身，把枪端起，向声音传来的地方举枪瞄准。

脚步声越来越响，人影也越来越近。

“什么人？”段虎没有贸然行动，又问了一声。

“1号，是你吗？”对面的来人问道。

“1号？”只有这次集训队的人知道我这个1号，看来是自己人，不过为了以防万一，段虎还是向前走了几步，仔细地看了看。

“1号，我是5号！”就在段虎向前移动脚步的时候，5号看到了他，大声喊道。

“是我！”终于看到队友了，段虎竟然有些激动，“你怎么来了？”

“当然是来找你了！”5号放下3号，紧紧地抱住段虎，“你坠崖后，大家不放心，就一起下来找你。”

“谢谢大家！”段虎和5号紧紧拥抱着。

“你没事吧？”段虎也看到了3号。

“没事!”3号一脸的不在乎。

“那就好!”段虎看着脸色有些虚弱的3号，长出一口气。

“对了，你们来晚了，要不然可以让大家一起享受烤蛇的美味。”段虎笑笑说。

“别提了，我们刚才差点就让蛇给吞了。”5号说。

“蛇!”被蛇咬伤的3号突然想到了后面的蛇群。

“对啊，快跑!”2号也开始催促大家，因为他已经听到了沙沙的声音。

“怎么回事?”段虎赶紧问。

“蛇群来了，来不及多说了，快走，1号。”5号说完又伸手打算去背起3号，可是手竟然打滑了，他知道自己快没力气了。

段虎见状，赶紧背起3号向前奔去。

可山洞还是没有尽头，也没有其他的出口和洞门，不过段虎和队员们都知道，现在唯一的选择便是拼命地往前跑。也许是险境激发了人的意志力，大家此时的速度竟然快了起来。

正当大家跑得气喘吁吁，心里暗恨没有出口时，奇迹突然出现了，前面居然出现了三个门，不过此时蛇群也追到了跟前。

“进门!”段虎赶紧说，然后背着3号第一个进入，其他人也跟着进入。

进去后，5号就把门关得紧紧的，把蛇群挡在了外面，自己也顺势坐在地上，把头靠在一边。

段虎也把3号放下，看来大家都需要休息一下了。

喘够了气，段虎这才看了看门里面的情况，前面好像有一个开阔的地方，“5号，你在这里看着，我到前面瞧瞧。”段虎说道。

“好的，你去吧。”

段虎起身，从2号手里接过自己的装备背上，枪托在手里，往前走去。

走出这个狭窄的通道，前面就是一个开阔的地带，就像原来的山洞，“难道我们又转回来了?”段虎自言自语道。

“应该不会!”段虎之所以会做出这样肯定的判断，是因为他看到了前面有一尊佛像，而且一尊很高的大佛。他走到佛像近前，拜了一下，倒不是因为信佛，而是他觉得佛就应该受到世人的尊敬。

拜完佛像，段虎在四周走了走，也没发现什么异常情况。

“啊!”当段虎走到大佛的后面时，却看到了不同寻常的东西，顿时惊得目瞪口呆，半天说不出话来。

第九章

野狼袭击

大佛后面到底有什么呢?

段虎在半晌的呆立之后，使劲地揉了揉眼睛，再度定睛望去——大佛后面居然藏着一幅血淋淋的图画。上面大约有十几个人：有的面目狰狞，手里举着大斧头；有的仰面躺着，已经被开膛破肚；还有的抓起肚子里的五脏六腑乱嚼起来，一边嚼着，血还不断地流着。如此恐怖的画面，无论谁见了，都会毛骨悚然、不寒而栗的。

段虎刚想走开，突然感觉自己的腿被什么东西绊住了，回头一看，“我的妈呀!”原来地下还有一排排的死人骨头!

“自己到底身在何处啊?”段虎也不得而知，但他估计这不是什么真实的东西，而是恶狼还在不断地训练他们，只是方法比较另类罢了。“这也许是出于这次任务的需要，也许是恶狼本人独创的一套训练方法，无论如何自己都要顶住，不能被这些小鬼小神吓倒，否则真的会连一个普通士兵都不如。”段虎暗暗地给自己鼓劲。

想到这里，段虎又开始向里面走去，因为他看到血淋淋的图画下竟然还有一个门洞。

寻着门洞向里走去，段虎又看到了另外一番天地，里面更加开阔，不过空荡荡的，什么也没有，中间倒是有一个画着八卦图的圆圈，他一脚就迈了进去。

“咣当!”突然，外面的石门重重地关闭了，随即从四周的墙后“嘎吱嘎吱”地冒出一圈佛像来，震耳欲聋的声音随之撞着段虎的耳膜，“哈哈哈……”。

声音在里面环绕开来，不断地回荡着，段虎顿时感到耳鸣不止，双手不自

觉地堵住了耳朵。

“你们不会连这点外音干扰都承受不了吧?”

“这是对你们的特种训练，你们不是一般的战士，也不是一般的特种兵，所以必须要有特殊的训练!”

段虎突然想起恶狼说过的话，是不是自己出现了幻觉，还是思想压力太大而导致出现了错觉?

想到这里，段虎赶紧睁开紧闭的双眼，然后定了定神。突然，声音消失了，所有的东西都没了，眼前亮起了灯光，“这不是我们刚才离开的地方吗?”段虎惊奇地喊了出来。

那么，段虎所说的“刚才离开的地方”到底是哪里呢?

就是他们第一天来到这里——也就是晚上突然听到集合警铃和恶狼训话的地方。

可段虎再细细一看，不对啊，这里怎么还有狼?

突然，段虎看到一只眼睛瞪得大大的狼正恶狠狠看着自己。它浑身的毛都立着，眼睛里闪着绿色的凶光。

段虎迅速地用眼角瞟了一下整个山洞，没有什么异常，可是眼前这条狼分明需要段虎——这个特种狼战士来解决掉，况且洞门紧闭着，自己已是别无选择了。

想到这里，段虎给自己鼓了鼓劲，把枪放在地下，解下背囊，手里紧握着匕首。

这个匕首可不是普通的匕首，它近距离的威力甚至比枪还要厉害得多。

段虎的一系列动作，狼也看在了眼里，它在片刻的沉寂之后，猛然朝段虎窜了过来。

段虎早有防备，等狼跃到近前伸着爪子向他扑来时，他顺势往旁边一闪。没想到狼的反应也极快，一转身，又向段虎袭来。

段虎想躲已经来不及了，一下子被狼用嘴咬住肩膀，顿时鲜血直流。

段虎“啊”的惨叫了一声，知道自己必须快速反击，否则小命必定会顷刻间丧于狼嘴。想到这，他就用脚猛蹬狼的后腿。狼被蹬得疼痛难忍，“嗷”的一声就放开了他。段虎随即一记飞脚踹向狼身，狼猝不及防，一下子被踢出数步远后倒地。

“嗷!”狼显然很不服气，突然平地而起地发起了第二轮攻击。

段虎不敢怠慢，赶紧起身迎狼。

可就在段虎手持匕首准备与狼决一死战的时候，突然脚下一滑，一个趔趄倒在地上，这时狼也冲了过来。无奈，段虎只得用双手抓住了狼的恶爪。此时，狼已有些发疯，嘶吼着不断张开血盆大口靠向段虎。

不一会儿，段虎的全身就被狼撕扯得不成样子了，如果一直僵持下去，局势将对他大为不利。于是，他在与狼分离搏斗的同时，赶紧将匕首调整好方向，瞅准机会把它一下子就插进了狼的咽喉。

“嗷！”狼一下子就像泄了气的皮球，身子软了下来，慢慢地松开段虎，然后倒地，血流不止。

段虎还是不敢大意，直到确认狼已经死去才一屁股坐在地上大口地喘着粗气，浑身的汗水和被狼撕咬后流下的血水交融在一起，咬伤的肩膀也是疼痛难忍。他赶紧拿出药水给伤口消毒，然后用纱布包裹起来。

休息片刻，段虎转而回到了大伙身边。

“你怎么了？1号。怎么会这样？”几个人看着满身是血的段虎，同时惊奇地问道。

“没什么，刚才是我这个狼1号和真狼决战了一下！但是我最终赢得了狼战的胜利！我才是真正的恶狼。”段虎这时竟然还有心思开玩笑。

“怎么？附近还有狼群？”3号说。

“什么狼群，就一只。真有狼群，我还不被它们吃的连毛都不剩了啊！”

“也是！”2号说。

紧接着，几个人拿好东西，在段虎的引导下一起到了刚才狼战的地方。

经过商议，由2号负责警戒，段虎和3号、4号、5号都沉沉地睡了过去。

一夜无话，第二天醒来时，大家都感到饿得头昏眼花的。

“我们没吃的了，怎么办？”5号问。

“我不管了，你们想办法吧。昨晚我警戒太累了，先睡会儿。”一晚上都没休息的2号说道。

段虎想想也是，大伙都饿了好长时间了，可是这里除了石壁就是石壁，还可以吃什么呢，难道真要像20世纪60年代那样啃皮带？不行，皮带啃了扎什么呢。

“狼！”段虎想到了他的“手下败将”，于是走到狼跟前，拿起匕首开始肢解狼体。

“吃点美餐。”段虎说着，把狼肉剁成一块一块的，首先递给3号。

“谢谢！”3号知道生吃狼肉不好，但这个时候已别无选择，总比饿死要强得多。

段虎自己也扯了一块，慢慢地嚼了起来。

就这样，他们用狼肉继续维持着自己的生命。

就这样，段虎和其他人整整休息了一天，感觉精神好多了，准备继续前进。

“1号，依你的判断，这到底是训练还是实战?”5号始终解不开心中的谜团，当然这也是所有队员的谜团，于是他一边走一边问段虎。

“依我的看法啊，训练的可能性最大，不过这确实是非比寻常、特别另类的训练。恶狼这样做估计有他自己的想法，你应该还记得他开始说过的话，这一切都说明这次的任务和我们以前执行的有很大的不同。”段虎说道。

“是，看来我们要时刻准备着，无论是训练也好，还是真的遇到了不测，特种兵必须……”

“啊——”还没等5号把话说完，走在后面的2号和4号就同时喊了起来。

段虎赶紧回头一看，也禁不住大吃了一惊。

到底发生了什么事呢?

原来，大家的后面竟然出现了一群黄蜂，黑压压的，叫人看了头皮直发麻。此时，黄蜂正在“嗡嗡”声中向段虎他们冲过来。

“赶快跑!”看到此情此景，段虎赶紧招呼大家快跑。

几个人当然不敢有任何耽搁，飞奔着直向前冲。

可是，人的奔跑速度再快，也无法和黄蜂相比啊。眼看段虎和队员们就要被黄蜂围绕起来时，救命稻草出现了。

原来前面出现了一排火坎，而且还有几个火圈。此时，段虎立刻想到，黄蜂怕火，只要快速跳过去，就可以躲避黄蜂的追赶。

“赶快过去!”段虎冲大家喊起来。

不过让他们意想不到的是，火圈的另一边也聚集了很多的黄蜂，而且有一部分已经爬到了几个人的身上。

“怎么办?”段虎有些急了，他可知道黄蜂群的厉害。

段虎和队员们开始晃动自己的手臂挥打黄蜂，可是根本无济于事。

“嘎吱!”突然，山洞的左边开了一个口，段虎和队员们赶紧跑了进去，洞口也随之关闭了。

“好险呢!”段虎暗叫着。

眼前的山洞并没有什么特别之处，还是光秃秃的岩壁。

“都没事吧?”段虎问道。

“没事!”

“那就好!”

段虎说完，开始在岩壁四周用手敲打，寻找出口。

刚才的洞口虽然可以打开，可此时此刻是万万不可以再出去的，成群的黄蜂一定还在门口守着他们呢。

他在洞里转了一圈也没什么特别的发现，只好挨着2号坐了下来。

“你在想什么?”2号看着段虎发呆的样子问道。

“没什么。”段虎歪歪脑袋说。

“是不是在想洞口在哪里?”

“不是。”

“噢?”

“其实，我突然想到了我的未婚妻。”段虎说完有些伤感起来。

“未婚妻?”2号惊讶地问道。

“是的。”段虎说，“就在这次任务的当天，也就是我被通知参加这次行动的时候，刚好是我和未婚妻订婚之时。”说着，他的目光中出现一道明亮的光……

一个寒冷冬天的夜晚。

在人们热热闹闹的一番逗趣后，一对胸前佩戴大红花的男女出现了。

房子里亮着几盏灯，把两个人的脸映得火一样的红。

他们手挽手慢慢地走到桌旁坐下，桌子上摆着一瓶红葡萄酒和几个小菜。两人没有说话，男的把酒打开，给女的倒上，然后自己也倒了一杯。

“干了这一杯!”男的说。

“好的。”女的说。

两个人脖子一仰，第一杯酒下肚。

“再喝一杯，好事成双嘛。”男的又说。

女的害羞地“哼”了一声，又喝了下去。

“芸妹。”男的对女的说。

“虎哥。”女的也回应男的。

“没想到经过那么多的风风雨雨，我们终于重逢了。”

“是。”

“现在你终于如愿以偿了，当然我也感到非常的幸福。芸妹，我爱你。”

“我也爱你，虎哥。”

女的说完一下子扑到男的怀里大哭起来，男子也开始喜极而泣。

这对幸福的年轻人就是段虎和他的未婚妻茹芸。

段虎和茹芸从小青梅竹马。段虎从军后，茹芸一直和他有联系，不过茹芸的父母不同意这件事，她自己也被父母带着出了国。可是后来，茹芸不顾父母的一再反对，并且要挟说不让自己和段虎来往就自杀，这才得以顺利回国，并找到了正在部队的段虎。领导知道此事后，就成全了他们的好事，给他们举办了简单的订婚仪式。

“芸妹，让你受苦了，以后我会好好待你的，天天陪在你的身边。”

“虎哥，谢谢，我也会伺候你一辈子的。”

……

段虎、茹芸，两个人在美丽的夜晚说着温馨的情话。

就在这时，门外响起了敲门声。

段虎走到门口，轻轻地把门打开。

“队长，请进。”段虎认出了自己的队长。

队长没有说话，而是示意段虎出门。

段虎走出房门，队长示意他再走远些，段虎只好跟着队长来到了院子里。

“队长，到底什么事，搞得这么神神秘秘的？”段虎不解地问道。

“段虎啊……”队长欲言又止，“你和茹芸还好吧？”

“队长，到底什么事？你就直说吧。”段虎有些急了。

“是这样的……”队长低下头，似乎还是不想说。

“队长，有什么事你就说吧，无论发生什么事，我都会服从组织安排的，因为我是一个军人。”段虎冲队长郑重地说道。

“那好吧，我还是和你说了吧。”队长的眼睛紧盯着段虎说，“是有了新的任务，必须你去。”

“好，那就请队长吩咐吧。”

“段虎！”队长喊道。

“到！”段虎马上立正站好。

“现有一个紧急任务，需要你去执行，马上动身！”

“是！”

“段虎，今天本来不应该和你说的，但是这次的任务非常紧急，而且据上面的人说还很艰巨，所以指名要你去。”队长走到段虎面前抚慰道。

“队长，没事，我和她说说就动身。”说完，段虎重新回到屋里。

“什么事啊?”茹芸有些疑惑。

“没事……我……”段虎走进屋里，看到茹芸那幸福的眼神，感到难以开口。

“是不是有任务了?”

“我……”段虎不知该如何开口。

“有事你就说吧。”茹芸十分平静地说。

“有新的任务必须我去执行，而且现在就要出发。”

“是吗?既然是上级的命令，那就去吧。”茹芸虽然有些依依不舍，但她知道军令如山倒。

“那我走了，等我回来。”段虎说完，在茹芸的额头上亲了一下，头也不回地走出了房门。

“不知道这次执行的是什么任务，什么时候可以回去。”段虎想到自己的未婚妻，不免有些伤感。

“是啊，到现在都不知道任务是什么。”2号说道。

“但愿早日安全、顺利地完成任务，我不希望茹芸等得太辛苦了。”

段虎不是那种离开家人就不能活的人，相反他很独立，经过部队的磨练，他已经从一块废铁打磨成了一块好钢，甚至有时候，特别是面对敌人的时候，他会十分冷血。但是段虎又和所有的普通大众一样，也是有血有肉、有感情的人。

这次出征前，不但是他和未婚妻茹芸的订婚之喜，其实还有一件让他始终心存内疚的事情，那就是没能和身患绝症的母亲见上最后一面。

“1号，你哭了?”5号看见段虎眼角微微渗出的泪水，疑惑地问道。

“是吗?”段虎掩饰地应了一句。

然后，他用手一摸自己的眼睛，粘乎乎的，“我哭了?”段虎问自己。

“是，你确实哭了。”4号也说。

“噢。”段虎突然感觉到一丝茫然。

“我不可以哭！现在还不是我哭的时候!”段虎用衣袖把眼泪擦干。他知道，自己现在是一个钢铁战士，而且还是一只狼，所以不能哭。

“1号，你听。”就在段虎的思绪还没完全从自己的情感里回来时，2号说道。

“什么声音?”段虎在发出疑问的同时，也竖起耳朵倾听起来。

“好像是有人在说话。”2号说。

“好像是，而且越来越近了。”

“恶狼，我听出来了，好像是恶狼的声音。”段虎断定。

第十章

密令下达

“1 号!”就在段虎竖着耳朵努力倾听的时候，洞里突然开了一个口子，紧接着恶狼出现了。

“恶狼，你怎么在这里?”段虎急切地问。

“都给我回来!”恶狼通过对讲机大声喊道。

不一会儿，队员们就前前后后、陆陆续续地赶了过来。

“向右看齐!”

“向前看!”

“稍息!”

恶狼一系列的喊话，让队伍霎时由一片凌乱变得整整齐齐。

“你们都不合格!”恶狼恶狠狠地说道。

“知道你们犯了什么错吗?”恶狼顿了顿，“首先在 1 号坠崖的时候，你们不应该全部一起下去找，应该留人继续观察情况；在遇到蛇群的时候，你们有些慌乱，最主要的错误还在于没有人能够站出来领队。你们都是特种兵，每一个人既是一个战斗者，又是一个领导者，特别是在像 1 号这样具有领导气质的队员消失或不在的时候，必须要有人站出来，盲目决定和没有组织的一群战士终究会被对手击败的，那就更谈不上顺利完成任务了。”

“为什么我们这里没有军衔，没有姓名?为什么我们的代号是狼?为什么我又叫恶狼?你们明白吗?”恶狼突然加重语气冲队员们大声喊叫了起来。

“因为我想让大家知道，你们到了这里都是一样的，我要你们每一个人都是一匹恶狼，13 只恶狼就是一个狼群，大家说，那将有怎样的战斗力?”恶狼攥起拳头狠狠地说。

“我们大家必须时刻具有狼的精神：不屈的性格、敏锐的嗅觉，最主要的是还要有狼的团队精神以及默契的配合，这才是成功的关键。”恶狼在说这些话时放低了声音，但语气丝毫没有减弱。

“好了，对大家的考验——也就是我说的另类特种训练到此结束，一周的时间很快，大家好好休息，等待任务的到来。”

“这次对你们的训练确实另类，我也没有想到，其实我自己也没有经历过，也许这就是任务的需要。对你们设置这样的科目，也是为了训练你们在特殊环境和条件下的自我生存和战斗能力，这几天够刺激了吧？”恶狼说完，第一次露出了会心的微笑。

“好了，不多说了，其实我也不知道任务是什么，大家等待吧，解散！”恶狼下了最后的命令，不过还是那么无情，一点都没有离别前的依依不舍。

夜里，大家正在熟睡，突然听到“轰隆隆”的声音，山洞的门随即轰然打开。

“直升机！”大家抬眼就看见了洞口的直升机。

恶狼此时也跑了出来，看到从直升机上走下的人，赶紧跑过去敬礼。

直升机上下来两个人，没有多余的话说，径直走到队员面前，恶狼赶紧整队。

“现在我宣布密令！”其中一个身穿将军服的大高个说道。

“你们要执行的任务是：解救一个人质，她是总统的女儿。因为A国发生政变，反政府武装占领了总统府，总统逃跑了，政变首领就把他的女儿当作人质抓了起来，想以此要挟总统，令其现身，因为总统不但有很多的军界维护者和支持者，而且手里还掌握着一份绝密的材料。”将军说着，一挥手，另一个人从包里拿出一沓照片来，接着就走到队伍里。

“总统叫扎拉，他的女儿叫玛丽娅，这是她的照片，你们好好保存，总统现在已经非常安全，你们的任务就是在反政府武装所占领的总统府里解救出玛丽娅，而后安全地将她护送到现在总统避难所在的B国。”将军一边说着，一边用凝重的眼神看着大家，“这次的任务我们是受联合国之邀，所以你们成功与否直接关系到祖国的荣誉和声望，必须胜利！”

“明白！”队员们齐声高呼。

“我相信大家，一周来确实也让大家受惊了，但是作为特种队员，作为一支即将执行特殊任务的组织，必须要经受特殊的训练，我想大家也不是第一次参加这样的训练，更不是第一次执行这样的任务。唯一不同的是，以前是在国内，

现在是要出国，将面临环境不熟、情况复杂等一系列问题，但是只要大家齐心协作，你们一定会取得最终的胜利，为国家赢得无上的荣誉！”

“当然你们所做的一切也许不会为人所知，在凯旋归国的时候更不会有鲜花、美酒和庆功宴，但是你们的经历、你们的功绩将会永远载入军队的史册、祖国的史册。”将军说完，给所有队员敬了个最高规格的军礼，然后头也不回地上了直升机。

这时，恶狼走到了队伍前面，“狼 1 号！”他开始点名。

“到！”段虎的声音很干脆，心中更是充满万丈豪情。

“狼 2 号！”

“到！”

“狼 3 号！”

“到！”

……

“狼 10 号！”

“到！”

……

“狼 13 号！”

“到！”

点完名，恶狼并没有像大家想象的那样安排任务的具体细节，而是动作麻利地从腰上取下匕首，然后在手里挥了几下，“咔”的一声就将匕首接到了枪头上。

“无论是射击还是肉搏，我要求大家必须反应迅速，动作要狠、准、稳，最后一定要胜利！”恶狼的话里带着明显的命令和强迫的意味，和将军的殷殷期望有着明显的不同，但都是为了同一个目标——祖国的荣誉、军队的荣誉。

“你们大家都听懂我的话了吗？”恶狼狠狠地问道。

“听懂了！”所有队员大声答道。

“现在我命令，马上登机！”恶狼下了命令。

队员们赶紧整整行装，一个接一个地上了直升机。

随着“轰隆隆”的声音不断升高，直升机开始起飞，段虎所能看到的依然是山，看来这里确实是非常隐蔽的地方，它也将永远地留在每个特种战士的内心深处。

第十一章

队 员 失 踪

大约过了两个小时，直升机开始慢慢降落，段虎也看到了一个军用机场，但是这里没有任何明显的标志，只有几座房子和两架飞机，看来平时很少用，而且又在丛林深处中，肯定是军队的秘密防地。

直升飞机刚一停稳，大家就又听到恶狼的吼叫：“赶快下机，然后上另外一架飞机。”

段虎下去后，看到一架运输机的舱门早已打开，上去后还看到了很多食物和饮料。

“因为周边国家也有战乱，所以我们必须绕行，这里有供大家几天吃喝的食物，没事就多睡觉，等下了飞机你们就不会再有囫囵觉可以睡了。”恶狼这时的语气渐渐平静了。

飞机在跑道滑翔起来，不一会就升入了高空。

“在阴暗的山洞里窝了一周，这会儿又连续转了两个地方，不知道要把我们弄到哪里去?”段虎胡乱地寻思着，虽然已经知道了此次任务的目的，但心里仍然充满对未来的不确定感……

飞机在空中犹如一只蝴蝶在翩翩起舞。

“宇宙真是浩大无边，那么多的飞机，那么多的星球，可仍然显得如此渺小。”段虎睡了一觉醒来无聊时又开始胡思乱想，“以后等世界和平了，没有环境污染了，我就搬到大气层来住。”

“1 号，想什么呢?”看着段虎恍若梦游的样子，3 号凑过来问道。

“没什么，胡思乱想呢。”

“是不是想媳妇了?”

“本来没有，不过让你这么一提，还真的有些想了。”

“噢，那你就好好想吧。”

“算了，还是想想我们即将执行的任务吧。”

“任务？我看没什么好想的，不过既然是受联合国的邀请，而且关系到国家的颜面，我们就要全身心投入，把事情做得漂亮。”

“也是，不过……”

“准备降落了。”段虎的话还没说完，就听见机长在喊。

“大家准备下机，不过我要申明一点，下面有联合国的特别代表迎接我们，希望大家不要太随意了。”恶狼顿了一下，接着说道，“还有，我们的面罩现在可以全部拿掉了。”

“太好了。”大家欢呼起来，并不是因为面罩贴在脸上太紧，而是老搞得自己人不像人、鬼不像鬼的有些不太舒服。

“段虎。”刚摘下面罩，2号就喊了出来。

“干什么！”恶狼狠狠地瞪眼看了过来。

2号赶紧收声。

“地狼！”段虎也低沉着声音打了个招呼。

和大家想象的一样，恶狼摘掉面罩的面目也是很狰狞的，一副凶相，加上强壮的身体，十足给人一种威风凛凛的感觉。

飞机缓缓降落，从上空看下面应该也是一个军用机场，有一些人正往飞机这边张望着。

飞机落地后，大家依次走下飞机，恶狼走在最前面。

“您好！利斯先生！我们恶狼小分队到了。”恶狼敬礼。

“你好！恶狼先生！”联合国特别代表利斯也说，“欢迎到来，如果有什么需要的话尽管吩咐。”

国内给国外发传真的时候，发的就是每个人的代号，真实姓名是不会透露的。

“没有！”恶狼说。

“那好，我不多说了，等完成任务回来后，我请大家到巴黎去旅游。”利斯笑道。

“谢谢！请分配任务。”恶狼已迫不及待。

“这样，营救总统女儿玛丽娅任务的大体情况已经说过了，需要你们去完成。不过由于反政府武装占据的地方已经比较多，而且设了关口，所以我们只

能用直升机送你们到最近的一个森林，如果没什么问题，开始行动吧。”

“好的，马上行动。”恶狼说完，随即走向自己的队伍。

“大家听好，为了执行营救玛丽娅的任务，我们会被空降在离A国首都不远的一个森林里，需要越过反政府武装的一个防区，然后到总统府探听到玛丽娅的下落，实施营救。这是地图，每人一份，出发吧！”恶狼果断地下令。

“是！保证完成任务！”队员们坚定地承诺道，并随恶狼再度登上了另一架直升机。

此时，大家终于明白了恶狼当初说的“任务完不成会丢掉祖国的荣誉”的深刻含义所在。

“段虎，多年不见，没想到我们在这里聚首了。”地狼趁机靠向段虎问候道。

“是啊。”段虎也说，“对了，4号、5号，你们说说自己的名字吧。”

3号因为有其他任务，所以和第一小组分开了。

“雪豹。”4号说。

“醒狮。”5号说。

“虎、狼、豹、狮，四只猛兽，有些意思！”段虎开玩笑地说。但他也深深地知道，此行凶险无比，真正的特种兵行动即将拉开序幕。

“请大家注意，直升机只能飞到这里了，请各位队员准备跳伞。”机长开始喊话。

段虎向下面瞅了瞅，是一大片森林，直升机正在调整方向，准备让大家在一片平地空降。

“这会儿有风，大家要系好伞绳，在下落时及时调整方向，万一走散，先进行通话联系，如果联系不上，大家就各自到地图上的这个地方会合。”恶狼拿出地图，用手指着一个图标吩咐道。

上了直升机以后，恶狼就一直没闲着，他知道此次的行动非同小可，而且自己还是领导者，如果不把所有的事情考虑在前，将很难完成任务的。

听了恶狼的话，段虎和所有队员赶紧各自拿出自己的地图，寻找到他刚才所说的地点。

“我看还是用笔标一下比较好，毕竟这不是在国内，我们对这里的地形一点也不熟悉。”段虎说道。

“对！应该标一下。”恶狼显然也考虑到了。

“准备跳伞。”看到直升机已经到了比较合适的地方，恶狼立即命令道，同时又紧了紧自己的伞带。

“跳!”随着恶狼的一声命令，大家依次跃出机舱。

耳边尽是呼呼的风声，虽然段虎在直升机上已感觉到风力不小了，但还是没有想到居然会这么大。伞基本上还可以控制，但是方向就没有那么精准了。

当段虎第一个落到地面的时候，恶狼也紧跟着下来了，随后雪豹和醒狮也相继下来了。

不一会，队员全部降落了。

大家收好伞，“6 号呢?”恶狼清点完人数后问道。

“是啊，6 号怎么不见了?”段虎也纳闷。

一见有队友失踪，大家赶紧开始在落下的空地周边寻找，可是没发现任何踪影。

“各小组迅速分头找，半小时后到这里集合。”恶狼吩咐。

“是!”队员们齐声答道。

第十二章

大熊出现

段虎、地狼、醒狮和雪豹开始向左边搜索。这片森林里除了一些大树和枯枝烂叶外，好像再也没有别的东西，不过段虎还是很谨慎。他知道，在这里也许人并不可怕，但里面的猛兽可要比他们这些虎豹厉害得多。所以他警惕性很高，一边走一边不断地观察着周围的情况。

“段虎，6号不会落到河里去了吧?”醒狮看见了远处的河流，赶忙问道。

“应该不会，距离上到不了啊?”段虎摇摇头说，“不过，我们还是过去看看，毕竟等会儿还要经过这里。”

说完，段虎和几个人一起来到河边。

这条河不宽，但是水流很急，应该非常有深度。

段虎和醒狮顺着河流的方向看了看，没有发现什么，只好重新转回来搜索。

“啊!”正当他们抬脚欲走的时候，突然从森林深处传来一声尖叫。

“赶紧回去!”段虎听到尖叫声，一下子就辨明了方向，“走!”

话没说完，身子已经纵了出去。

走在森林里面，处处都是茂密的深草，需要用手不停地扒拉开，以免打在脸上和身上。

“大家都小心点!”段虎提醒着，“小心陷阱。”

“知道了。”几个人一边答应着，一边艰难地行进着。

段虎走在最前头，小心地探着路，眼睛则四处张望着。

前面的草越来越密，走到一个岔路口时，段虎停了下来，因为他不知道应该走哪边，一旦走错了路，说不定就会迷路或者遇到什么麻烦。

“在右边。”段虎仔细地观察了一番，然后肯定地说，因为他看到右边的草

有被刺刀砍过的痕迹。

再往前走也是一片开阔地，视线很好，一圈看下来，好像四周根本就没有人。

“段虎，救命！”看似没有人的地方却突然传出了呼救的声音。

段虎四处看看，还是没有发现人，只好也喊了起来：“是6号吗？”

“是我。”地底下突然传来了声音，“我掉到了陷阱里了，就在前面。”

段虎忙沿着喊声向前寻去，突然看见地面上有一块很明显的、松软的杂草，断定那就是个陷阱。

段虎马上扒开草堆，果然看见了一个约5米深的坑，6号正满脸是伤地困在里面。

“别急，我们马上救你。”说完，段虎从背囊里取出一根长绳，慢慢地放了下去。

说到这里，我们有必要说说此次小分队的装备情况。

除了队员们身上穿的防弹衣、戴的头盔、手里拿的03式步枪外，还有很多的辅助装备：每人有一支手榴弹、五颗手雷、一部对讲机、几天吃的食物——罐头、压缩饼干，还有一些钩子和绳子等等，此外还有一个望远镜。

顺着绳子，6号不一会儿就爬了上来，“真他妈要命，没想到这空地上还会有陷阱。”6号有些愤然。

“是，以后我们大家都得小心点。”段虎顺便提醒道。

“恶狼，恶狼，6号已经找到，我们马上回去。”见6号并无大碍，段虎赶紧呼叫恶狼。

“收到，赶紧回来。”恶狼说。

“是，马上归队。”

可就在大家即将离开的时候，眼前突然出现的一只大熊却拦住了众人的去路。

大熊浑身布满黑色的鬃毛，腿有碗口粗，眼睛瞪得圆圆的，此时正张开血盆大口朝大家扑了过来。

“唰！”段虎首先把自己手里的刺刀甩了出去，因为他知道自己还不了解这里的情况，如果轻易放枪，也许会引来更多的动物甚至被反政府武装队员听见，那将会凶上加险。

大熊后背挨了一刀，“嗷”地一声闪到一旁。它好像知道匕首是段虎插的，紧接着又大吼着朝他冲了过来。

段虎、地狼、雪豹、醒狮还有6号赶紧四散躲开，他们可知道熊的厉害，那可比之前见过的狼蛇凶恶百倍，特别是这种森林里的野熊，性子很烈，个子高大，而且身上有很多油脂，就算是用枪一下子也未必打得死。

大熊见众人四散跑开，就盯上了刺杀自己的段虎，拼命地追赶，平时看似笨拙的身体现在却健步如飞。

段虎见大熊追来，赶紧向前猛跃，可是大熊此时好像着了魔一样，疯狂而愤怒。段虎跑出不远，大熊的爪子突然就扑到了他身上，迷彩服顿时被撕扯开一个大口子。大熊见状，此刻更是兴奋，越发猛扑了过来。就在段虎准备与之拼死战斗的时候，突然听见大熊发出一阵“嗷嗷”的怪叫。他回头一看，又一把匕首深深地插进了大熊的后背。随即，“嗖、嗖、嗖”，其他几把匕首也飞了过来，分别插进熊的脖子、腋窝，还有最致命的胸口。

胸口是熊的要害，一旦被击中，很难生还。

瞬间，凶猛无比的大熊就再也无法动弹。不用说，射出匕首的是地狼和雪豹他们。这几个人可都是经过特种训练出来的，如果这几把匕首都解决不了大熊的话，那他们也没必要再继续往前走了。

大熊倒地，段虎也松了一口气，雪豹奔过来拔掉熊身上的匕首，地狼和醒狮则奔向段虎。

“没事吧？”

“没事，好了，我们赶紧回去。”段虎了解此时时间的重要性。

“好！”几个人应着，整好行囊，拿好匕首，往集合地赶去。

等回到集合地，恶狼等其他队员早已回来，因为恶狼在接到段虎的报告后立马就通知了大家。

“6号没事吧？”恶狼看见6号虽然没有受重伤的痕迹，但脸色不甚好看，就上前关切地问道。

“报告，我没事！”6号赶紧回答。

“那就好！”恶狼说。“1号，你怎么回事？”看见段虎的迷彩服烂了，恶狼赶紧又问道。

“我没事，只是刚才遇到了野熊，已经被我们哥几个解决掉了。”段虎笑笑说道。

“出师不利啊。”恶狼沉下脸说。

“所有人都给我小心点，出发。”紧接着，恶狼认真地看了看地图，又拿起望远镜仔细观察了一下，然后走在前面大声地对队员们吩咐道。

所有人听命后，都端好枪，伏着身子，跟在恶狼后面。

不一会，队员们就到了刚才段虎他们搜索6号时看到的那条河边。

“咦?”段虎惊讶里带着疑惑，“刚才还是静静的水流，这会儿怎么这么急啊？而且水好像也深了很多。”

“奇怪，这到底是条什么河?”醒狮也疑惑。

恶狼没有说话，只是静静地站在河边看了一会儿，仍然不见水流减小。

“怎么办？恶狼。”段虎习惯了这个称呼，而且恶狼也乐意接受。

恶狼想了想说：“现在我们没有别的选择，大家用背包当浮体，一鼓作气地游过去。”

听到恶狼的吩咐，队员们赶紧各自整理好行装，把所有怕水的东西都放在背包里，然后把枪挎在肩上下了水。

到了河里，队员们一下子就被湍急的河水冲出好远，游起来很是艰难。

好不容易到了对岸，队员们才发现自己和预先的目的地差了很远，因为水流是向下流的，所以脱离了实际目的地。恶狼赶紧拿出地图来看看当前所处的位置。

“我们的目的地本来是在这里。”恶狼指着地图上的一个目标，“而我们现在是在这里，虽然相差不远，但是却隔了一座山，而且从地图上标的来看，海拔很高，看来需要考验一下我们的体力了。”

“没问题！这算什么。”段虎虽然刚才被大熊惊了一下，但此时却一点都不含糊，再说他本来就是一个意志坚定的人。

“好，事不宜迟，赶紧出发!”恶狼收起地图，抖了抖衣服上的水珠，然后脱下靴子倒出积水，招呼大家开始上山。

第十三章

枪声骤起

山就是这样，看着近，可是走起来却发现距离很远。

“老大，休息一会吧?”也不知走了多久，段虎此时突然要求道，大家也跟着乞求，刚才的的豪言壮语都被两条拖不动的腿和大口的喘气掩盖了。

“好的，休息10分钟。”看见大家确实累了，而且也走了近20里路，恶狼就发话了。

闻言，队员们赶紧各自找了块石头坐下来，拿出水壶灌了口水又放回背囊里。这里的天气很热，他们知道必须把水留在最紧要的时候，饭可以不吃，但水不能不喝啊。

恶狼则拿出望远镜向山上望了望，好像还有十几里的路呢，再看看周围，也都是森林。

“砰!”就在队员们休息的时候，突然从山上冲下一对人马来，枪也同时响了。

山上到底冲下来多少人，恶狼他们一时间还真看不清楚，总之是黑压压的一片。

队员们赶紧以小组为单位、几个人一堆地伏在岩石后面，开始迎战。

“我他娘的说出师不利，看来这里还真是不寻常，大家注意，都给我提起精神来，不但要击退敌人，而且任何人都不可以受伤，明白吗?”恶狼恶狠狠地说。

恶狼的话，队员们都听得很清楚，谁都知道战斗必定会伤人，但没有这股豪气是万万不可的，特别是对特种队员来说。

随着恶狼一声令下——“给我打”，队员们的子弹就“嗖嗖嗖”地飞了出去。

山上的人也开始躲在岩石后面还击，并时不时地扔出几颗手榴弹。

段虎仔细观察了一下山上的情况，来人还真不少，而且坐拥顶上之势，如果想过去，实在是比登天还难，若这样干耗着，显然对完成任务十分不利。

一边的恶狼也想到了这些，悄悄地对段虎说："1 号，你现在和 2 号、4 号还有 5 号从山的另一边绕过去，我们在这里作掩护。"

"好!"几个人答道。

"记得从后面包抄，必须一举把他们拿掉!"恶狼说。

"放心，恶狼。"

段虎说完，和 2 号、4 号还有 5 号，也就是地狼、雪豹还有醒狮一起向右移动。

其实，这就是游击战的打法。那为什么山上的人没有这样做呢？说实话，这个国家的人不是智商不高，而是从来没有这样打过仗，他们的战斗就是面对面的，就连拿着刀和棍对打，也不会想到把刀扔出去，这就是这里人的性格。

待段虎等人离开后，恶狼又是一声狂吼："给我狠狠地打!"

队员们闻声后一起探头，子弹如蚂蝗般飞了出去，山上的人只好再次把头缩了起来。段虎等人则趁势跃过山涧，进入另外一个地方，并慢慢地向山的右边移动。

可当他们真正抄到山后面的时候，不禁又大吃了一惊。

后面竟然有大约几百人正在严阵以待，摆明了一幅前一拨人不行了，他们再继续一拨拨顶上去的架势。

"这是怎么回事?"段虎心里打了一个问号，"难道有内奸？难道此次行动被发现了？还是有人猜透了?"

段虎心生疑惑，立刻决定先把这里的情况报告给恶狼。

"恶狼，恶狼，我是 1 号，我是 1 号，收到请回答，收到请回答。"段虎开始呼叫。

"恶狼收到，什么事？快说!"恶狼极其不耐烦地吼着。

"山后面有更多的人，我们现在该怎么办?"

"嗯？到底是怎么回事?"

"我们绕到了后面，可是看到更多的人在这里等着，而且弹药准备得也十分充足，请指示。"

"妈的!"恶狼更不耐烦了，不过片刻的激动后他就开始冷静下来，"撤退，退入森林。"

“是！”段虎领命后，一摆手，几个人慢慢后退，向山下的森林里跑去。

在森林里穿行，要比在山上快得多，而且对于习惯了丛林作战的几个特种战士来说，在这里真的是如鱼得水、行动迅速，就像踏在平地上一般。

不一会，恶狼也率领其他队员撤了下来。

不过，就在这一瞬间，形势又发生了突变，不但山上的人全部追了下来，而且森林的另一端也传来了“刷刷刷”的脚步声和“咔咔咔”的枪托声。

“坏了，又入伏击了？”每个队员的心里都在泛着嘀咕。

“都给我听好！”恶狼小声说道，“我估计是遇到了派别争斗，有人把我们误认为是其中的一支。所以我们现在必须想办法突围，继续前行。现在聚在一起太扎眼了，各小组独立行动，并及时和我保持联系。”

恶狼说完，手一挥，各组慢慢地潜入森林深处。

第十四章

卷入战斗

分散后，第一小组的段虎、地狼、雪豹和醒狮四人立刻两前两后地呈“S”型交替着掩护前行。

此时，山上以及森林另一头的人都已陆续进入林子，不一会儿双方就交起火来。“噼里啪啦”的枪声掩盖了一切，林子的间隙中还夹杂着人脚步来回移动的影像。

此时，段虎终于明白了恶狼刚才所说的话，看来大家真的要卷入一场派别纷争了。

“全体注意！全体注意！朝山上的方向去，想法避开火力，各小组翻过山后及时联络，等待我的命令。”恶狼开始呼叫所有人。

“是！”队员们一起回答。

听到恶狼的指令，段虎和小组里的其他人按照开始往山的方向行进。可是，复杂的环境和突如其来的态势却让一切不再按正常的轨道行驶，离奇的事情接二连三。

“砰！”突然，一颗子弹擦着段虎的耳根深深地插在了对面的树上。

“赶紧隐蔽！”段虎被吓了一大跳，转身对其他人喊道。

段虎的话刚一出口，对面便“呼啦”一声出现几十个人，同时冲这边射击。

见状，段虎只好躲到一棵树后进行还击。

对面的人好像和段虎有着血海深仇一般，子弹射得猛烈得很，明摆着是想置人于死地。

“这可怎么办？”段虎想，“怎么出去？”

眼前的情景虽然让段虎有些犯愁，但作为一名特种兵，应付这种场合还是有办法的。

“准备烟雾弹。”段虎悄声对地狼等人说，“然后趁烟雾弥漫之际上树，一举搞定这几十个人。”

“OK!”几个人应答。

说完，段虎赶紧从背囊的一侧拿出烟雾弹，转身看看其他队员，4个人已在瞬间同时把烟雾弹投向了不同的地方。顿时，丛林里烟雾弥漫，呛得人连眼睛都睁不开，不一会儿便枪声渐息、咳嗽声迭起。

趁着这个机会，段虎赶紧纵身上树，同时把下面看了个清楚——

来人大约有十几个，装扮虽然很旧但很统一，肯定是某个派别的人。

此时，段虎已无暇再分析更多了，举枪瞄准，扣动扳机，子弹随即飞了出去。

“啊!”随着几声惨叫，十几个武装分子已陆续被段虎、地狼、雪豹和醒狮的子弹干掉了。

当然，此时森林里的惨叫声可不止于这里，很多地方都是枪声、叫声交替响起。看来恶狼率领的野狼小分队的无意介入，已使原本简单的派别斗争变成了真正的战场，同时也让段虎他们在国土之外见识了什么是真正的战场杀戮，什么是真正的无情和残忍。

不一会儿工夫，森林里便血流成河。

见状，段虎却顾不得发什么感慨了，打了一个下树的手势，然后顺势滑下，直奔山上而去。

“嗯?”当段虎和队员们走出大约两里路，在快走到山脚边时，视野里突然又出现了一个小村庄，“这里竟然还有人住?”

“赶紧走!”段虎在诧异的同时也没有丢掉应有的警惕性，因为他现在实在不能确定这个刚刚发现的地方到底有没有人，“反政府武装的人不会到这里了吧?”

又走了一段路，感觉离村子已经很近了，大家迅速端起枪，做好应付突发事件的准备。

“砰!”远处传来一声枪响。段虎等人赶紧隐蔽，然后抬头观察。

段虎拿出望远镜首先向村子的方向看了看，发现了一伙持枪的武装分子正在村里奔跑着胡乱开枪。

“你要干嘛?”突然，段虎看见雪豹正在瞄准，手指即将要扣动扳机，赶紧问道。

“老大，我要杀了他们，你看看，这帮家伙他妈的不是人，竟然杀才几岁的小孩!”雪豹气愤地说道。

每个人都通过望远镜看到了这一幕，但段虎知道此时不是泄私愤的时候，他们的任务必须明确，不能因为一时的冲动而耽误了大事。

“都给我听好，没有我的命令，谁也不准开枪!”为防止意外发生，段虎轻声命令。

雪豹听到段虎的话放下了枪，虽然还有些不服，但他还是知道服从命令的重要性。

“现在我们绕行，时间还来得及。”说完，段虎跑入了侧面的小道，端枪而行。

走了不到 5 分钟，前面突然传来一声尖叫，随即众人又听到了喊救命的声音，还有枪声。

几个人此时想隐蔽都来不及了，因为这一条道的两边都是悬崖，虽然不深，但下去定会缺胳膊少腿的。段虎赶紧一使眼色，几个人身形一转就隐于一堆杂草后面，然后通过红外瞄准镜，寻找目标。

“一共 3 个人，距离 100 米，他们在追一个女的，女的好像还受伤了。”地狼一边观察一边说。

“不好，女孩倒下了!”雪豹说。

“砰!”说着，他的子弹也同时飞了出去。紧接着，段虎、地狼的子弹也飞了出去，解决掉了另外几个人。

远处接连传来几声惨叫，然后就再没了声息。

“快!”段虎说着，第一个跑到了女孩身边。

女孩累得不行了，好像已经筋疲力尽，而且还挨了一枪，满脸恐慌，看见段虎过来，神色很是慌张。

“不要害怕，我们不是坏人。”段虎冲女孩说道，然后拿出水壶递给了女孩。

女孩有些诧异和惊慌地接过水壶，打开盖子，喝了两口又还给段虎。

“砰!”此时，前面又响起了枪声。

“糟糕，被发现了。”段虎感到事情不妙，回头就想走。

可是，他突然听到女孩又叫了一声。

“对啊，还有这个女孩，怎么办?带不带走呢?”段虎的心里在做着斗争。

“老大，带上她吧。”雪豹说，“我们既然救了她就应该救到底，现在把她扔这里算什么，这不是中国军人的本色。”

"这……"段虎还在犹豫，他知道如果带上这个女孩，就会多很多麻烦。

"求求你，救救我吧！"女孩见段虎迟迟不表态，喘息着说道。

"好吧。"看着女孩可怜的样子，段虎起了善心。

"可是她受了伤，该怎么办呢？"段虎又寻思起来。

"我来背她！"雪豹自告奋勇。

"好的，醒狮、地狼断后，赶紧走！"

说完，大家沿着原路返回。

枪声越来越近，几十个武装分子已经赶到段虎他们刚才救女孩的地方。看到自己死去的兄弟，为首的手一挥，又来了几十个人，一伙人一起顺着小路猛追了过来。

女孩由于吃了子弹，身体越来越虚弱，必须想办法取出来，所以段虎只得和大家又闪进了一边的森林，寻找隐蔽地点。

"老大，我继续向前跑，引开他们。"醒狮说。

"那好，你注意安全，记得摆脱后迅速绕道赶上我们。"段虎叮嘱道。

"好的，放心吧，我会的。"说完，醒狮就继续沿着小路猛跑起来。

看见醒狮奔跑的身影，"快！赶紧追，别让他们跑了，竟然杀了我们的兄弟，肯定是政府军，一定不能放过！"后面的人立刻追了上来，队伍里的一个人还大声嚷嚷起来。

脚步声也越来越近了，段虎等人躲在一侧的灌木丛里一动也不动，连大气都不敢喘。好不容易等人都过去了，段虎赶紧出来巡视了一番，看看他们确实走远了，才给后面人打手势让他们出来。

此时，女孩已经换了地狼背着，段虎在前，雪豹断后，等危险完全消除，大家才一起向前狂奔。

女孩在地狼的身上不断地呻吟着，血也顺着地狼的迷彩服一滴滴地流下来。

"你要挺住！"地狼一边跑一边鼓励女孩。

"我来换你！"段虎说。

"不用，我没事！"地狼坚持着。

不一会，终于跑到了山脚下面，所有人都筋疲力尽了，段虎只得招呼大家暂时停下来休息一会儿。

于是，他找了一个山坡里的小沟，不单是为了隐蔽，也是为了给女孩取子弹。

"你要忍着点，虽然很疼，但是不取出来的话，你就没命了。"段虎对女孩

说道。

女孩点点头，段虎一狠心，将自己的毛巾递给女孩让她咬在嘴里。

这时，段虎也顾不得什么礼节了，一下子解开女孩的衣服，然后拿起匕首，先给女孩的伤口消了消毒，然后示意地狼。地狼心领神会，紧紧地抓住了女孩的双手。当段虎把刀子剜下去的时候，自己也是一怔，因为毕竟没给女孩取过子弹，这疼就连男人都受不了，他真怕女孩挺不住。女孩终究也没叫出声来，但是脸上的汗珠子滚滚流下，把嘴里的毛巾都咬烂了，手也在不断地抖动着。

真没想到这女孩这么坚强，居然没有晕过去。段虎心里暗暗佩服。

取出子弹后，段虎又给她消了一次毒，然后进行包扎。

“砰……”就在这时，远处又响起了枪声。

“醒狮！”段虎不由喊道。

“希望醒狮不会有事。”每个人都在心里祈祷。

“老大，我去看看。”雪豹又耐不住性子了。

“不行！”段虎说。

“可是如果醒狮出了事怎么办？我们难道要在没完成任务之前就失去一位战友？”雪豹有些伤感。

“我知道你的心情，可是为了大局，为了不暴露目标，必须等待。”段虎解释说，其实他心里更加焦急。

“这样吧，我们赶紧上山，地狼你在这里守着，接应醒狮。”

“好的！”

段虎知道地狼是一个沉稳老练的人，况且他们还在一起待过一年，留下他绝对没问题。

接着，段虎和雪豹带上女孩一起上山，地狼则隐蔽在山沟里等待醒狮回来。

这边，醒狮想把“追兵”引开，可是道路只有一条，而且很快就要回到那条河边和那个空旷地带了。那样的话，醒狮将直接暴露，肯定会被乱枪打死的。

“怎么办？”醒狮心里琢磨着，并回头仔细观察了一下，好像对方的首领已经跑在了最前面，还在不断地冲自己喊话。

见状，醒狮赶紧停下，转身通过瞄准镜瞄准，“砰”的一枪就打了出去，人群立刻乱了，为首的人也被干掉了。

趁乱之际，醒狮赶紧拿出烟雾弹扔了过去。

借着弥漫的烟雾，醒狮竟然大胆地冲到队伍里面扔出一颗手雷，登时炸倒几个，然后他又用枪射倒了几个。可对方也不是省油的灯，随即潜伏起来和他

对射，搞得醒狮没机会露头，时间一点点地被拖过去了。

“砰!”就在醒狮不知所措的时候，突然传来了枪声，对面的人也方寸大乱起来。他定睛一看，原来是地狼来了。

地狼在山沟里听到了枪响，断定醒狮一个人肯定对付不了那么多追兵，于是从后面杀了上来，来得可真是时候，替醒狮解了围。

“事不宜迟，赶紧走。”地狼接应到醒狮后，赶紧提醒。

“把他们都干掉多好!”醒狮说。

“这是老大吩咐的，再说我们没时间了。”地狼说。

“也是，那赶紧走。”说完，醒狮随地狼一起上山。

“你是做什么的?”当醒狮和地狼赶上队伍，大家在一旁歇息的时候，段虎问女孩。

“我其实也是反政府武装的一员，不过自从顶聚派占领总统府后，我们——也就是绮丽派就没了地位，我……参加派别也是为了吃饭，没想过要谋权篡政。”女孩可怜兮兮地说。“真的谢谢你们救了我!”女孩又感激地补充了一句。

“那他们为什么要追杀你?”段虎又问。

“他们夺权后，我们的派系自动解散，我回到了家里，就是刚才的小村，可是没想到他们说村里有叛军，强行搜索。本身里面很多人都是各个派别的，很不服气，就动了手。我也用枪打死了一个人，所以他们要追我。”

“噢，原来是这样!”

“对了，你们是干嘛的?”女孩也反问道。

“不瞒你说……”段虎刚想说，突然想起自己对这个女孩还不够了解，还不可以暴露此行的目的，“我们到市里去。”

“是吗?我对市里比较熟悉，可以给你们带路。”女孩子很是热心。

“那就感谢了!”段虎说道。

“可别这么说，是你们救了我的命，我只是报恩罢了。”

“好的，既然这样，那就请你带路吧。”

接着，段虎一行人就在女孩的引导下，往山上赶去。

这座山很高，而且非常陡峭，要不是中间有一条小道，估计人很难爬上去。不过这条小道还算好走，应该是反政府武装经常和政府军打游击踩出来的。山上光秃秃的一片，什么都没有，就连一棵草都懒得在上面扎根，就像这个国家的现状——一贫如洗。

大家不断地向上攀爬，慢慢地越爬越高，空气也越来越稀薄。

“喝点水吧。”段虎见女孩不停地流汗，拿出水壶递了过去。

“不用了，你们留着吧。”女孩把段虎的水壶推了回去，“我是当地人，早已习惯了这里的环境和生活，没事的，倒是你们要多多注意。”女孩提醒。

“你叫什么名字?”段虎问道。

“我啊，丽斯·卡琳娜，你们还是叫我丽斯吧。”女孩说着。

“丽斯，不错的名字，听起来不像是拿枪的，应该是拿针线的。”段虎开玩笑地说。

“哈哈哈……”丽斯也爽朗地笑了起来。

“唉哟。”一笑，丽斯刚才的伤口又疼了起来。由于刚取过子弹，身体受到一定的创伤，刚才是她自己坚持要走的，可是现在却顶不住了。

段虎看着丽斯难受的样子，赶紧把背囊解下扔给地狼，然后背起她就走。

“你放下我!”丽斯很是过意不去。

可是段虎哪里肯放，他知道丽斯能够忍住刚才的取弹已经非常不容易了，何况是在没有任何麻药的情况下，现在如果再劳累过度，那她的身体一定会吃不消的。

“好好待着，丽斯。”段虎略回了一下头说，“我们已经为你耽误了很多时间，不希望你再有任何差池，你现在好好休息，还要为我们指引道路呢。”

经段虎这么一说，丽斯也就不再言语了。

快到黄昏了，太阳慢慢落山，刚才还是一片火热的世界，现在倒有些凉风习习了，也许这就是海洋气候和内陆气候的不同之处吧。

大家吹着晚风，顿时感觉凉爽多了，也舒服多了。

“你看我们老大和那个女孩聊得还挺热乎!”雪豹对走在后面的地狼、醒狮揶揄道。

“是啊，这就叫异国邂逅。”醒狮也笑着说。

“不要乱说，小心段虎打你屁股。”地狼也开起了玩笑。

奔跑了一天，大家都很累了，开两句玩笑倒也可以放松一下。等大家登上山顶的时候，天已经渐渐黑了。

“大家赶紧休息一下。”段虎说。

大家这才放下枪，解下背囊，好好地喘了口气。

从山上看下去，一片森林中夹杂着一条蜿蜒的小河，让人顿时觉得神清气爽。

“别动!”段虎对丽斯说道，然后拿出消毒水和包扎用的白纱布。

丽斯坐在一块石头上，看着气喘吁吁、大汗淋漓的段虎，眼里透出感激的目光。

段虎解开原来的纱布，对伤口进行消毒。他本来是斜着脸的，因为丽斯的伤口在左胸，虽然男女授受不亲的习俗早已经不复存在，但在这样的情况下，特别是和外国女孩接触，他还真有些害羞，可越是斜着脸，越出乱子，手里的棉球不自然地滑到了丽斯丰满的乳房上。

“啊!”丽斯不禁叫了一声。

地狼和其他人赶紧跑过来问：“怎么了？怎么了?”

“没事，你们歇着去吧。”段虎有些不好意思了。

大家看到这一幕，也都笑笑走开了。丽斯害羞地闭上了眼睛，段虎则赶紧消毒，然后用新纱布把伤口包扎好。

“好了!”段虎收拾好纱布，冲丽斯说道。

丽斯睁开眼睛，理好衣服，看看满脸疲惫又略显紧张的段虎，也不自然地笑了起来。

“你笑什么?”段虎说。

“没什么，只是感觉你很可爱!”丽斯又笑了，然后竟然给了段虎一个吻，随之嘴里说道，“谢谢你救了我!”

“一直听说外国的女孩很开放，没想到这么开放!”段虎半天没回过神来。

“段虎老大，天不早了，是不是该走了?”这个时候，雪豹又走过来问。

“走，当然得走了。”段虎说着又准备背起丽斯。

“老大，还是我来吧。”雪豹抢在了前面。

“不用了，大家的好意我心领了，其实以前和其他派别战斗的时候也经常受伤，习惯了，也没什么感觉了，我自己可以走。”丽斯说着，自己抬腿下山。

“对啊，俗话说，上山容易下山难。”雪豹说道。

是啊，大家向山下看了看，很高，而且很陡。

“大家小心点，丽斯，你慢点。”段虎说着，追上丽斯，“你走后面!”

这次丽斯没再说什么，乖乖地跟在段虎后面，其他人也依次跟上。

下了山，天已经黑了，不过离反政府武装的封锁区也不远了。

第十五章

美 人 计 策

所谓的封锁区，其实就是在进入市区的必经路段设立铁丝网、路障、哨卡，当然还有必要的掩体，并派一定数量的人进行防守，虽然看起来没什么特别，但就是这一道关口，可以说是“一夫当关、万夫莫开”。

段虎他们现在要经过的就是这样一道封锁线：两边是山涧和悬崖，中间就是必经的哨卡，当然周围还有森林。但现在的情况是：这个封锁区有大的探照灯，而且有士兵不断地巡逻，所以要想通过很是困难。

当然也不是没有办法过去，但必须得筹划好，一旦被发现也许可以逃脱，但是再想过去可就比登天还难了。

“大家都在这里休息一下吧。”段虎招呼着。

然后，他开始呼叫恶狼。

“恶狼，恶狼，你在哪里？我们小组已越过山头，在封锁区附近，请指示！”

“我是恶狼，原地等待，马上到。”

“好！”

不一会，恶狼和其他队员就相继赶到。

“她是谁？”恶狼看见丽斯后问段虎。

“她是当地人，被人追杀，我们救了她，她叫丽斯，比较熟悉这里的地形，正好给我们带路。”段虎回答恶狼。

“这是我们的队长。”段虎又转头对丽斯说。

“你好，队长！”丽斯伸出手来。

“你好！”恶狼只是象征性地点了点头。

“下一步怎么办？总部有指示吗？”段虎问恶狼。

“下一步我们必须先通过这个封锁区。”恶狼说，“对了，丽斯小姐，你是当地人，有什么好的想法?”

“我是这样想的，如果过去，走正路估计不行，因为一看你们就不是当地的，再说你们的武器装备也没地方可以藏，更不能放下，所以只好从一侧走了。”丽斯一边比划一边说，“不过从侧边走的话确实比较难，一是要越过铁丝网和防护墙，二就是不能打草惊蛇，也就是说不能让他们发现你们一丁点儿的足迹，要不就算是过去了，也很难逃脱。”

恶狼听了丽斯的话，若有所思地点了点头：“看来我们需要好好商议一下了。”

“1号，探路先锋的任务还是交给你们小组。”恶狼对段虎说。

“地狼、雪豹、醒狮，我们去前面探探路。”段虎领命后赶紧起身，回头冲三个人说道。

“好的。”地狼、雪豹和醒狮应着，跟着段虎起身离开。

透过03步枪的红外瞄准镜，段虎看到了岗楼上的两个哨兵，同时也看见营区里——也就是铁丝网和岗楼的后面还有很多士兵正在来回走动着。

为了不被发现，大家都伏着身子向前摸索。“赶紧趴下!”突然，段虎感觉探照灯正向他们这边照来，立刻吩咐队员们。因为这个时候声音不敢太大，段虎又跟着做了一个手势：手部作握拳状态，然后弯曲手肘，举起手臂作上下运动，意思是“赶快”。

队员们看见了，赶紧躲到灌木丛后，就在这时，探照灯也向他们这边照了过来。

等探照灯过去，段虎又做了个手势：弯曲手肘，前臂指向地上，手指紧闭，从身后向前方摆动，意思是“推进”，于是四个人继续向前走。

再往前走就是铁丝网了，他们仔细看看了四周，和刚才在远处看见的差不多。段虎又打了个手势，四人迅速一边两个地分开了。

段虎沿着铁丝网向左边摸去，走到尽头的时候看到的是悬崖，另一边也全是铁丝网、围墙，要想穿越很困难，可是如果绕行的话，那又要爬很多的山，体力吃不消不说，时间也来不及了。

这可怎么办？段虎想着，看来只能往回走了。

雪豹在右边却有了一些收获，虽然这边也是悬崖峭壁，但却不是垂直的，而有一些小小的、用脚可以蹬住的把手。

“太好了!”这样的发现对于雪豹来说真是莫大的惊喜。

他又看了看其他地方，没有什么异常，都是铁丝网和围墙，不过这边的防卫不是很严，因为谁也想不到会有人从这里通过。

“段虎，你那边怎么样?”雪豹赶紧呼叫段虎。

“我这里没发现什么，很难过去!”段虎听到呼叫后赶紧回答。

“那赶紧撤，我这里可以通过。”雪豹说完，慢慢地往回摸。

等回到原地，恶狼和队员们还有丽斯正围在一起看地图。

“回来了。”恶狼赶紧问，“情况怎么样?”

“还好，雪豹找到了可以通过的地方。”段虎说。

“是的，在西边的悬崖峭壁上有一些可以蹬脚的地方。”雪豹也补充道。

“这样啊，那我们看看。”恶狼指着地图说，“我们想通过这里不容易，正门不行，只有走峭壁，过去后还有一道哨卡，那里可都是空地，想藏都不可能。”

“过去这里再说吧，任务必须完成，所以首先要过这一关。”恶狼说完，收起地图，又把枪检查了一下，第一个走了出去，大家随后跟上。

不一会儿，恶狼和队员们就来到封锁区西边悬崖旁站住身形，他仔细瞅了瞅悬崖周围的情况，然后吩咐：“还是分组过去，以防万一。”

听到恶狼的吩咐，段虎招手示意地狼、雪豹、醒狮，当然还有丽斯一起下去。

段虎小心翼翼地用手握住峭壁上的把手，然后慢慢地向前移动，其他人也跟上。丽斯打过仗，而且是当地人，反而比他们还要麻利些。攀了很久，感觉就要到对面了，段虎先爬上去露头看了看，这时虽然是深夜，但有微弱的灯光，所以还算看得清。

通过观察，段虎断定大伙已经快要穿过封锁区的范围了，赶紧缩下身子继续攀着。

终于挨到了目的地，段虎招呼大家一起上去，可就在他们准备大步向前走的时候，突然传来一声喝斥：“什么人，干嘛的?”

这一声不要紧，可吓坏了大家，段虎和其他队员赶紧又躲到峭壁下，可是脚步声却越来越近了。

“这可怎么办?”段虎也慌了神。

“干什么的?”随着脚步声越来越近，段虎听到上面的人在不断地嚷嚷着。

丽斯也听到了，她看了看段虎，眼神有些异样，同时脑袋摇了一下。段虎一时没明白她是什么意思，但是瞬间的思索后，他就和丽斯达成了默契。

于是，他从枪上取下匕首，慢慢地递到丽斯的手里。

丽斯接过匕首，插在腰间，然后身子向上一纵，从峭壁跳了上去。

“什么人?”看见突然冒出的丽斯，上面的人大声问道。

“是我，这里的村民。”丽斯不紧不慢地回答。

“村民跑到这里来干什么?”来人又问，“不知道这里是封锁区吗，擅自闯进来是要杀头的!”

丽斯瞅了瞅眼前的两个人，一个高的，一个矮的，两人都不胖，眼里却充满杀气。

“怎么办?”丽斯琢磨着对策，“看来说不好就要被他们识破。”

“长官，是这样，我好几天没吃东西了，太饿了，就想找些东西吃，转悠着就到了这里。”说着，丽斯故意装出一副很饿的样子，还顺势解开了上衣的两个纽扣，随即将半个乳房露了出来。

高个和矮个看见了，立即心怀鬼胎起来：“是吗?那我给你点吃的，想吃什么呢?”说着，高个子首先靠近了丽斯。

丽斯自然明白他们的意思，况且她就是想以此来吸引两个人的注意力，所以故意嗲着声音说：“如果你们给我吃的，你们让我干啥我就干啥!”

“噢，我们让干啥你就干啥?”矮个也问。

“是啊!”丽斯给了他们一个明确的答复。

“那好啊!”说着矮个就凑了过来，手也不老实起来，在丽斯的胸前乱摸。

“不要这样，一个个来嘛?”丽斯扭捏着。

“你先靠边，我来!”高个子色胆愈发大起来，矮个只好往后退了退。

这时，峭壁下的段虎也听到了他们的对话，抬头看到矮个正往后退，就知道丽斯的行动即将开始了。

当高个抱住丽斯，在她身上乱摸的时候，丽斯摸索到了身上的匕首，拿起来对准高个的胸膛就猛地扎下去。

“啊!”随着一声惨叫，高个胸膛里的血一下子溅了出来，丽斯随即又上去补了一刀，高个应声倒地后再也动弹不得。

矮个看见眼前的情况刚想逃跑，段虎却一下子飞身窜了上来。由于离着还比较远，他马上取下腰上的钩子，顺势甩了出去，一下子钩住了矮个的肩膀。接着他使劲向后一拉，矮个站立不稳，“扑通”一声就后仰倒地，段虎上去一拳就将矮个打晕了。

解决掉矮个后，“没事吧，丽斯?”段虎赶紧奔向丽斯。

“没事!”丽斯擦擦匕首上的血说道。

段虎望着个眼前这个皮肤黑黑但模样俊秀的女孩，心底不由得产生了一番敬佩之意。这样的时刻，这样的情形，她竟然熟视无睹、神态自然，看来绝对是个久经沙场的老手。

“我们赶紧走吧！”赶上来的地狼看着略有些发呆的段虎说道。

“好。”段虎回过神来，赶紧大踏步向前走去。

“且慢！”丽斯拦住段虎，“还是我先去前面探探情况吧。”

“也好，不过你要小心。”说着，段虎拿起高个的枪递给丽斯，“拿着这个，防身用。”

“谢谢！”丽斯感激地看着段虎。

丽斯走后，段虎拿出地图，打开小手电，开始研究前面应该到达哪里以及该怎样走。

“老大，那个女孩是不是喜欢上你了？”雪豹在段虎身旁撇撇眼睛笑着说道。

“都什么时候了，还开玩笑，小心被人发现，赶紧警戒去！”段虎沉着脸说。

“是！”雪豹见段虎一脸严肃，也就不再说什么，走到一旁观察起四周的动静。

段虎此时也赶紧向恶狼报告：“恶狼，我小组已顺利通过，虽中途遇有意外，但已经解决，下一组可以行动了。”

“好的，做好警戒，探明前方道路。”恶狼说道。

“是！”段虎说完，继续在地图上观察。

不一会，丽斯就回来了：“没什么事，前面还有一片丛林，没人！”

“是吗？那我们还要多久能到市里？”段虎问道。

“大约两个小时。”丽斯说。

“那好，我们进森林。”段虎说着收起地图，招呼着大家继续前进。

“恶狼，前方情况已经探明，没有危险，我小组先行侦查，会一路留下记号。”段虎继续向恶狼请示。

“好的。”恶狼很简单地说了两个字。

领命后，段虎、丽斯在前，地狼、雪豹、醒狮断后。

段虎每走几步，就用匕首在树上刻下一个十字的印痕，留下暗号，好让恶狼他们知道自己行走的路线。

就这样，段虎带领自己的小组在前面侦查，后面恶狼带领的小队则分组紧张有序地攀着峭壁穿过封锁区。

本身就是悬崖，虽然有带着蹬脚的峭壁，但攀起来也不是那么容易的，大

家的速度都很慢，而且还要随时防备武装分子的巡逻，所以一直持续了2个小时，全体队员们才得以过去。

攀上悬崖后，恶狼根据段虎在树上留下的印记，带领队员们飞一般地行进着。

可是恶狼在最后一个印记旁却走错了方向，只是按照正直的方向往前赶去，而此时的段虎却正在一个山洞里休息。

段虎和队员们离开封锁区时，天已经完全黑了，没有灯光，大家只好摸索着前进。

森林里不但杂草丛生，而且烂枝裹地，稍不注意就会摔跟头。段虎等人小心翼翼地前行着，可是天越来越凉，大家都已经累得不行了。

"休息，休息!"段虎于心不忍了，"不过，我们得找个好地方。"

他打起小手电往四周看了看，突然发现不远处有个山洞。"大家跟我来!"段虎说着已经快到洞口了。

而另一边，恶狼他们不但走错了方向，而且遇到了很大的麻烦，因为他们经过的地方竟是一个兵营的驻地。

当恶狼带领队员们到达森林的尽头——也就是兵营的驻地时，恰巧被巡逻的士兵发现，想躲是来不及了，无奈之下恶狼只好开了枪。

枪声一响，两名士兵应声倒地，可是也惊动了兵营里的人。很快，一群士兵涌了出来，开始疯狂地对他们进行射击。

恶狼赶紧和队员们重新躲进森林，找好掩蔽物后立刻开始还击。

开始还行，可是时间长了，恶狼就感觉这样不是办法，而且对面的士兵越聚越多，看来只有撤了。

"撤!"恶狼一声令下，队员们开始往森林深处撤退。

这一撤不打紧，后面的士兵立刻开始追击，队员们只得四散分开来走。

看到眼前的突发状况，恶狼赶紧通过耳麦呼叫大家："不要乱跑，切记不要单行，几个人聚到一起。"

队员们听到了恶狼的喊话，赶紧向彼此靠拢。此时，队员们已经别无选择，胡乱地四处奔跑更不可行，那样也许会更加迷失方向，引来更多人的攻击，所以大家开始和追兵玩起了游击战。

恶狼和8号、9号、10号四个人一起躲到一棵大树后，开始等待追兵。

有8个人追上来了，恶狼打手势示意他们行动——一人对两个，务必解决。

等8个追兵到了一定的距离，恶狼把事先握在手里的石块向一边猛地扔出，

8个追兵的脑袋应声向石块落地的方向探去。也就是在这一瞬间，恶狼手一挥，4个人猛地从树后闪出，“砰砰!”一人对两个地解决掉了敌人。

其他地方的士兵听到枪声，也开始向这边聚拢过来，恶狼和队员赶紧又向其他地方摸去。

大约过了半个小时，大部分追兵都已被队员们击毙，只留下了几个惊恐逃走的人。

“向我靠拢。”恶狼发出了命令。

队员们听到了他的命令，赶紧从各个角落向他这边奔来。

待队伍聚齐，恶狼又开始呼叫段虎：“1号，1号，我是恶狼，你在哪里?”

可是没有任何回答。

“1号，1号，我是恶狼，你在哪里?”恶狼再次重复。

还是没有回答。

几遍不停的呼叫后，恶狼不耐烦了：“臭小子，跑哪里去了?”

可生气归生气，办法还得想啊，恶狼从怀里掏出地图仔细看了一下，然后率领队员顺着市里的大体方向开始行进。

第十六章

巨蟒现身

话说段虎进入山洞坐下后也开始呼叫恶狼，但是一直没有回音。

“恶狼，恶狼，我是1号，你在哪里?”段虎再次重复，但仍然没有回音，他只好停止了呼叫。

现在这个山洞，洞口很大，就像一个大隧道的进口，可越是这样越让人感觉不够真实。

段虎打开小手电照了照，里面倒真的没什么特别之处，和所有的山洞一样，就像一个小屋，后面是封闭的，可以供人躲雨避寒。

时间一分一秒地过去，段虎一直没有联系上恶狼，但以他的时间概念来计算，恶狼应该会在天亮之前赶到，自己现在可以好好地休息一下了。

想到这，段虎招呼几个人：“我们轮流睡一会，但是不能到天亮，凌晨5点出发，地狼你先负责警戒，半个小时后叫我，然后是雪豹、醒狮。”

“好的。”地狼说着就出去了。

“要不，我也站一班?”丽斯面对段虎静静地询问。

段虎看了看她苍白的脸，摇摇头：“不用了，我们几个大男人用不着你。”说完，他把背囊放到丽斯身后：“你在这个上面睡一会吧，明天还要赶路，你要负责带我们到市里，任务还很艰巨。”

“那你呢?”丽斯问道。

段虎没有回答，脑袋斜靠在洞壁上就闭上了眼睛。

见状，丽斯不再说什么，其他几个人也陆续合眼而睡。

地狼在洞口周围警惕地巡视着，夜虽然很深，但并不安静，远处的狼吼阵阵传来，崖谷里回荡着让人惊悚的回音。

突然，天空传来几声“嗷嗷”的猫头鹰叫声，不免让地狼更加提高了警觉。他赶紧扩大自己的警戒圈，四处观望，却没有发现任何异常情况，这才放松下来。

半个小时很快过去了，地狼走入洞内轻轻唤醒段虎，然后席地而卧。

段虎走出山洞，转了一圈也没发现什么异常情况。

他静静地望着天空，月亮好像正在冲他微笑。看到月亮，段虎想起了祖国，想起了家乡。使命，多么神圣的字眼，是啊，这次行动应该说是任务，不算是使命，但是它又比使命更重要，如果完不成，真的会像恶狼说的那样，会惨得一败涂地，因为这失败可不仅是行动的失败，还有心理、形象、荣誉等等一系列的失败。

段虎胡思乱想着，越发感觉到了任务的重要性，皎洁的月光好像也在告诉他祖国正在等着他们胜利的消息。

不知不觉就过了2个小时，段虎没有再去叫其他人，而是自己一直坚持到了凌晨。

快5点了，他见时间快到了，转身往洞口走去。

“啊！”就在段虎回到洞口时，不禁被眼前的景象吓得大声惊叫起来。

到底是什么让段虎——一个特种兵受到如此大的惊吓呢？原来，洞口处正盘着一只巨蟒，浑身的花纹清晰可见，粗约一米，全身红黑相间，细细的鳞片却只有指甲盖大小；蟒腹下鹰爪形的四只足，此刻正慢慢地向洞里爬着。而此时，地狼、雪豹、醒狮还有丽斯都还在沉睡之中，情况异常危急。

“怎么办？”段虎心里急切地喊道，虽然他和很多猛兽打过交道，一路上也吃过蛇、拼过狼、斗过熊，可是眼前的巨蟒还是第一次见到，比国内的要大得多，一时间有些不知所措。

“地狼、雪豹、醒狮，赶快醒一醒！”段虎赶紧用耳麦传呼所有人。

“老大，什么事？”几个人同时回答。

“看看洞口！”

“我的妈呀！”几个人看到洞口的巨蟒时也是惊骇不已。

“老大，怎么办？”几个人同时问道。

段虎略一沉思，就说：“千万别慌，我找机会把它引开。”

“好的，老大注意安全。”

段虎深深地知道：虽然巨蟒是可以引开的，但是在这个森林里，尤其是这个杂草丛生的地方，巨蟒的行动是非常迅速的，稍有不慎，人就会落入蟒口。

但是，现在的情形却容不得段虎多想，他拿起一块大石头就向巨蟒投去。

巨蟒的身上被挨了重重一击，回过头来就朝段虎扑来，段虎赶紧向前奔跑。

巨蟒在草丛里的行动很快，一步步朝段虎逼去，他的境况越来越危险。

“唉呀!”段虎心里一凉：“这下完了”。

就这样，巨蟒在草丛里飞快地追赶着段虎，“沙沙”的声音传遍山洞的四周，地狼等人一时也不知该如何是好。

虽然没有见过这么大的巨蟒，但段虎毕竟是一个久经沙场的军人，经历过很多大风大浪，所以在紧张的同时，他的大脑也在飞速地转动着，而且人也在不断地转着弯跑。他知道，巨蟒在草丛里的直行能力很强，稍一不慎，被它缠住可就完了。

天已慢慢地亮起来，偶尔还可以听见远处传来的嘈杂声，看来封锁区的武装分子已经开始大范围地巡逻了。

“你们有没有钩子?”正当大家不知所措的时候，丽斯说话了。

“有，你要多少?”地狼赶紧说。

“有多长?”丽斯又说。

“十几米。”雪豹接口说。

“给我，把两个接在一起。”丽斯说。

“你要干什么?”雪豹不解地问。

“要救段虎，想快点离开这里就照我说的做。”丽斯不理会雪豹，冲着地狼说。

“好的。”

“三个人有三根吧，加上段虎那根一共四根，结成两条……是这样的，巨蟒虽然很大，但是也有弱点，就是它的喉咙，我说的是，一个人用钩子钩住它的喉咙，一个人钩住它的尾巴，然后迅速地将我们的绳子拴在大树上，使劲一拉，它也就差不多没气了，然后用石头狠砸它的脑袋，它就会完蛋。不过千万注意不要让它碰着，反应一定要快!”丽斯一边说一边比划。

“好的，那就赶紧行动吧。”地狼催促道。

“段虎，段虎，我们已经想好对策，你赶紧想办法绕回来，并且尽量将巨蟒引到一棵树的旁边。”地狼开始呼叫段虎。

“好的，明白!”段虎听到这话，心里顿时有了底气。

在转过一个弯后，段虎马上假装向右跑，巨蟒的脑袋也随之向右转动，可是段虎一个箭步又向左猛跑，他这样做就是为了防止巨蟒发现他的行踪而利用

尾巴拦住自己的去路。

巨蟒醒过神之后，反应果然慢了半拍，当它再去追赶段虎时，就慢了很多，这样段虎就有时间脱身了。

丽斯和地狼已经分别在路两旁的两棵树旁一前一后地拿着钩子做好了准备。雪豹在树跟前准备系绳子，醒狮则在一个高处搬好石头准备砸蟒头。

段虎一边跑也一边在观察，并且看到了埋伏在两边的丽斯和地狼等人。跑到跟前，当他感觉巨蟒的脑袋和身体都已在丽斯他们埋伏的范围之内时，赶紧一个跟头滚向一边，巨蟒也跟着追赶。就在这时，丽斯和地狼赶紧动手，同时把钩子甩了出去，不偏不倚地钩在巨蟒的脖子和尾巴上。与此同时，雪豹赶紧把绳子猛地一拉，系在大树上，并且缠了好几道。醒狮也把手里的大石头扔了出去，正中巨蟒的脑袋。突遭袭击，巨蟒虽然不会说话，嘴里却发出惨烈的叫声，看来它也是第一次遇到这么厉害的攻击，身子一软就瘫在了地上。

见状，几个人同时深深地舒了一口气，待喘息平定才慢慢地走向巨蟒，“慢着，先用石头砸砸它!”丽斯赶紧提醒大家。

是啊，丽斯是这里土生土长的，她有经验，再说万一巨蟒还有一口气，就是挨他一口，那也会小命难保的。

地狼拿起一块小石头朝巨蟒身上投去，没有反应。醒狮也投了一块，还是没有反应，“看来它是真的死了，我们过去吧。”醒狮笑嘻嘻地说。

“且慢!”正当地狼他们准备毫无顾忌地走近巨蟒时，又被丽斯喊住了。

“怎么了?”段虎赶紧问道。

“巨蟒还没死，小心它做最后的挣扎。”丽斯小心翼翼地说，“刚才你们投石头的时候，我看到它的尾巴微微动了一下，肯定没死。”

“看来这里的巨蟒也有思维，估计是蟒精了。”段虎说。

“那现在怎么办?”段虎转头问丽斯。

“稍微等等，也许巨蟒就剩那么一点点气息了。”丽斯一边说，一边眼睛紧盯着巨蟒不放。

段虎看看自己眼前的这个女人，虽然皮肤稍黑些，但长得还是非常匀称的，长长的脖子，高高的个子，瘦瘦的身躯，让人有一种看了还想看的感觉，特别是那对炯炯有神的大眼睛更是引人注目，“要是没有她，也许我们还真的会遇到前所未有的麻烦，这可是谁都无法预料的。”段虎想。

“赶紧扯钩子!”丽斯突然喊起来。

此时，大家也看到巨蟒突然剧烈地抖动起来，好像在做最后的挣扎，赶紧把钩子向两边猛拉，又将绳子缠了几圈。醒狮则赶紧拿着石头砸向巨蟒的脑袋，段虎手里的匕首也同时飞了出去，直冲巨蟒的咽喉。

终于，巨蟒动了几下，咽气了，大家也惊出了一身冷汗。

“老大，我看这巨蟒的肉很厚啊，我们取一点留着备用吧。”雪豹取出匕首就开始割巨蟒身上的肉。

“你自己留着吧，我们还怕有毒呢。”醒狮说道。

“不用了，我们必须马上赶路，时间一刻都不能耽误。”段虎说道。

“那好吧，便宜了这个家伙。”说着，雪豹把匕首撤回，放入刀鞘。

此时，段虎再次尝试呼叫恶狼，这次终于通了。

“恶狼，你在哪里?”

“我就在一个山洞附近。”

“山洞，是吗? 我也是。”

“行了，别找了，我看见你了。”恶狼说完，立刻和队员们奔向段虎。

段虎也听到山洞的一边传来“刷刷刷”的脚步声，一眼就看到了正赶来的恶狼和队友们。

“报告，一切正常。”段虎边敬礼边回答。

“你们正常，可我们不正常啊。”恶狼笑着说。

“噢，怎么了?”段虎赶紧问道。

“我们昨天碰到了一伙武装分子，和他们进行了一场厮杀，不过让少数人逃跑了，估计现在正在搜寻我们呢。”恶狼说着，拿出地图给段虎等人标示位置。

段虎看了看，转身把丽斯叫了过来。

丽斯过来看了看图上的坐标，眉头稍稍一皱，突然说道：“不好，这里可是反政府军的一个重要据点，跑回去的人肯定到市里搬兵去了，应该马上就会回来。”

“那怎么办?”段虎赶紧问恶狼。

恶狼没有像段虎那样着急，而是非常平静地想了想，然后对所有人说：“段虎所在的小组继续前行侦查探路，想尽一切办法尽快摸进市里，其他人跟我留下观察情况。”

段虎接到命令，一句话也没说就赶紧行动起来了。

第十七章

形势突变

分开后，段虎和小组的其他三人以及丽斯继续前进，恶狼则带领大家朝昨天走过的道路折回。

就这样，段虎一行人在丽斯的指引下，沿着森林的小道行走着。

“前面还有不远就到市里了，不过你们的样子让人一看就知道不是当地的，这样吧。”丽斯说着，将一些树枝引火点着，等都烧成了灰，她示意大家抹在脸上。

段虎见丽斯考虑得如此周密，很是欣慰，赶紧招呼大家行动。不一会，一个个都成了黑人，加上他们一个个也有着西方人一般魁梧的身材，还真可以以假乱真。

“这样就好了。”丽斯一边笑一边说。

“这样是不是很丑啊？”段虎问丽斯。

“没有，你在我们这里算是很帅的了。”丽斯说着脸竟然有些红了。

“是吗？”段虎又问，“你喜欢这样的？”

“是。”丽斯说着转过了头。

段虎感觉自己说的话有些不妥，赶紧话锋一转：“前面还有哨卡吗？”

丽斯转过头：“没了，不过想进总统府也不是那么容易的，见机行事吧。”

“好的。”段虎答应着，赶紧呼叫恶狼。

“恶狼，恶狼，我是1号，我是1号，我们已顺利走出森林，请指示！”段虎开始向恶狼汇报，并且不断地重复着，因为深山老林里信号不好，“这里离总统府还有十几里，我们是马上赶过去，还是等待？”

“你们先进市里，随时保持联系。”恶狼吩咐道。

“好的，明白。”

“记得，尽快找到玛丽娅，我们暂时在森林里潜伏，以便接应你们。”恶狼又补充了一句。

“是!”段虎答道，然后招呼大家，“准备出发!”

紧接着，段虎一行人慢慢地走出了森林。可刚一到大道上，丽斯又赶紧招呼大家回来。

“怎么回事?”雪豹问。

“对了，还有我们身上的装备。”段虎也想到了。

是啊，他们的装备明显不是A国的，而且也不是当地民众的，很容易让人发现，怎么办呢？大家又开始犯愁了。

放下背囊，那不现实，可不放下又不行，这可怎么办才好呢？

段虎一时也不知该如何是好。

无奈之际，大家只好坐下来想办法。段虎在原地转来转去，丽斯则沉默不语。

“这样吧，我在市里还有个朋友，她原来和我是一个帮派的，人非常爽朗热情，非常好，我马上去找她，想办法弄辆车过来!”丽斯突然站起来对队员们说。

听了丽斯的话，段虎仿佛又看见了希望，点点头：“可以，那就谢谢你了，丽斯，不过这样我感觉欠你太多了。”

“老大。”丽斯也开始这样称呼段虎，“你救了我一条命，就算是为你们做再多的事也是应该的。”

“这样吧，我陪你去，这兵荒马乱的，你一个人还是太危险了。”段虎说。

“好，那你就陪我去吧。”丽斯看上去很高兴。

“我去后，队伍暂时由地狼指挥，一切都要听他的，无论发生什么事，都不要跑出去，在这里等我回来，如果恶狼赶上来，让他也在这里等着。”段虎冲几个人吩咐道。

“好的，老大，你放心去吧。”

段虎解下背囊，把枪放下，在腰里别了一把匕首，又递给丽斯一把。

来到路上后，段虎和丽斯小心地前行着，还时不时地向左右前后观望。

此刻路上没有多少人，并不是因为时间太早，而是战乱让很多人都已经不敢在路上随便走动了。

走了一会，前面出现了一个哨卡，丽斯赶紧一把拉住段虎的手。

“站住，干什么的？”哨兵看见两人，呵斥道。

“我们是从北面逃难过来的，我们的家已经都没了，房屋炸毁了，这是要去投奔市里的亲戚。”丽斯赶紧编了个理由。

“噢，那他是谁？”哨兵看着段虎，怀疑地问道。

“他是我的男人。”丽斯连忙说。

“他怎么穿着这样的衣服？”

“是这样，那天爆炸的时候，我们都在屋里睡觉，听到后赶紧跑了出来，虽然保住了命，可是还光着身子呢，幸亏最后从废墟里扒出这身迷彩服，还有我穿的烂衣服。”丽斯说道。

“是这样，那当时你也光着身子？”几个哨兵哈哈大笑起来。

“是的。”丽斯装作害羞地低着头说。

“好了，过去吧，记得以后要穿着衣服睡觉。”又是一阵大笑。

此时，丽斯和段虎管不了那么多了，听到放行的口令，赶紧迈开大步向前走去。

段虎一直往前走，头也不敢回，生怕哨兵再过来盘查。丽斯倒有些嘻嘻哈哈的，毕竟是当地人，不用过多伪装。

不多时，他们来到一个集市，说是集市，其实也就是人们在公路两边摆的一些小摊。段虎看看这里黑黝黝的人，再看看那些吃的，觉得有些恶心，因为食物上还有苍蝇在飞。

“逛逛集市吧？”丽斯突然建议。

“不用吧？”段虎也反问道，“我们时间不多啊！”

“我知道，反正也得走过这条马路，我们就顺便在路边看看，说不定还会碰上我的女友呢。”丽斯说着，已经在一个布摊前看了起来。

“这个女人到底可不可靠？她这又是想干什么？”段虎突然产生这种想法，开始狐疑起来，“难道她是间谍？不会，应该不会，再说我们舍命救了她，她应该不会这样忘恩负义吧？肯定不会。”段虎自我安慰着，但是也对丽斯稍加提防起来了。

丽斯自然无法知晓段虎内心的变化，还在专心地一路走一路看着，段虎只好漫不经心地跟着她。等快要走到集市尽头的时候，丽斯还真的买了一些花花绿绿的布条。

过了集市就到了市里，段虎看到了一些林立的高楼大厦，墙壁上还残留着大大小小的弹孔，路上时不时地还有装甲车和汽车飞快地驶过，上面坐着反政府武装的人。他们没有在意走在路上的段虎，也许在他们看来，有一个要塞封锁区、一个紧要哨卡就可以高枕无忧了，所以他们在市里已没有多少警戒力量。

“快到我朋友家了。”丽斯突然开口说道。

“哦。”段虎应了一声。

“看见前面有棵大树没有，你就在那里等着，我先去和朋友说一声，太冒昧闯进去也不太好。”丽斯说完指指前面的大树。

段虎也看见了，于是走到大树下，看了看四周没什么动静，就靠在树边等待。

丽斯也观察了一下周围的情况，然后跑起来，一直向前猛跑，而且头也不回。

“不会是叫人来捉我吧？”段虎突然有些担心起来，“如果是这样的话，我的兄弟们会不会……”

段虎不敢多想，赶紧呼叫：“地狼、雪豹、醒狮，你们都在吗，都好吧？”

“段虎，我是地狼，我很好！”

“段虎，我是雪豹，我很好！”

“段虎，我是醒狮，我很好！”

听到段虎的紧急呼叫，队员们一齐回答，大家平和的声音让段虎的心终于放了下来。

可是，紧接着，他的担心又开始了。

“丽斯说她好友的家离这里不远，可是都快一个小时了，她怎么还没有回来，这到底是怎么回事？”段虎突然感觉情况有些不妙。

想到这，他拔腿就想往回跑，可是已经晚了，大道上驶来两辆装甲车，上面坐了十几个持枪的骠悍武装分子，眼里杀气腾腾的。

“难道我命将休矣？”段虎正胡思乱想之际，两辆装甲车已从他身边急驶而过，上面的人甚至都没有拿正眼瞧他一下，一副急匆匆的样子。段虎提到嗓子眼的心这时才算落了下来。

“段虎，段虎，我是地狼，我是地狼，我们这里出现意外情况，突然有一群反政府武装分子在森林里搜索，我们该怎么办？”耳朵里突然又传来地狼的声音。

“到底什么情况？”段虎急切地问道。

“不知道啊，我们没有出去，也没有暴露什么目标，就发现有一群人向我们这边走来，还有不到一里地。”地狼回复。

“那赶快找地方隐蔽，等候我的消息，记得千万不要被他们发现，更不要主动交火，明白了吗?”段虎想了想后对地狼嘱咐道。

“好的，明白了!”地狼答应着，又问道，“你那边现在怎样?”

“我这里很好，放心，你一定要想办法让大家隐蔽起来，等我回去。”段虎又重复了一遍。

“好的，知道了。”地狼说。

“这可怎么办?”段虎真的急了，“丽斯没有出来，也不知道情况到底怎么样了，自己更不敢在这个陌生的地方乱跑乱窜，可是一直待在这个地方是不是也很危险呢?”段虎的思路一时有些混乱。

而在封锁区前面的森林里，“地狼，我们怎么办?”雪豹和几个人一起问道。

“大家不要急，把东西拿好，我们重新折向森林的深处，暂避一下再说。”地狼说，“还有，千万记得一点，任何人任何时候都不要开枪，明白吗?”

“明白!”几个人答应着，然后迅速地向森林的深处摸去，他们现在也顾不得任何阻碍了，尽量找不易被发现的地方奔去。地狼在前面，雪豹在最后，这个时候他们也不忘撤退的队形，看来多年的训练已成为一种习惯。

远处的武装分子还在森林里继续搜索，地狼等人都可以听见“刷刷刷”的脚步声，当然还有叽里呱啦说话的声音。

几个人一边撤退，一边观察周围的情况。森林里除了树木就是杂草，后面的追兵也越来越多，地狼他们通过声音都感觉到了，可这里实在没有好的躲避之处，看来一场激战已在所难免。只是一旦动手，就要暴露目标，那么对完成任务肯定不利，甚至连能不能回去都是一个大问题，大家毕竟身在异乡，况且人也不多，一旦被包围，后果可想而知，就是神仙也插翅难逃啊。

“都到树上去，一人一棵。”正当大家不知所措之际，地狼突然看见前面有几棵大树，眉头一皱，计上心来，赶紧吩咐大家。

雪豹、醒狮听到地狼的话，背好枪就向大树上爬去。

你别说，几个人爬上去后还真挺高兴的，因为这里的树干都非常粗大，人在上面很稳当，如果不仔细看，谁也看不见有人藏在树上。

纵然是这样，几个人上去藏好身子后，还是把枪上了膛，随时准备迎战。

不一会，武装分子到了，他们用刺刀扒拉着草丛，还时不时地往上面搜索。

“砰!”突然一声枪响，子弹从雪豹的耳边飞了过去。

雪豹以为自己被发现了，正想开枪，却见头顶上有一只小鸟飞了出去。原来是树上的鸟巢不知怎么掉了下去，正好砸在一个人的头上，那个人赶紧朝树上开了一枪。好在看见是小鸟飞走了，武装分子也就没再开枪，继续向前搜索。

树上的雪豹却惊出了一身冷汗，地狼、醒狮也一样。直到看着武装分子慢慢走远，大家的心才渐渐地放下来。

在树上待了一会，雪豹正想下去，地狼突然赶紧呼叫："不要乱动！"

雪豹听见地狼的声音，连忙收回了即将下去的身躯。

"大家听着，我们在上面待一会，防备他们再折回来，就算是下去，我们也要一个一个地来，明白吗？"地狼吩咐。

"明白！"几个人同时应着。

大约过了半个小时，下面也没有什么动静，雪豹示意自己先下去看看，地狼看看四周确实没有什么情况，就打手势让他下去。

雪豹把着树干，身子一滑就下来了，落到地面后紧接着又往四周瞅了瞅。

就在这时，地狼看到树下不远处走来一个人，仔细一看，是一个反政府武装分子。

"雪豹，雪豹，你后面有人，小心！"地狼赶紧小声地呼叫雪豹。

雪豹听见呼叫，赶紧地回头张望，果然有一个人正朝自己走来，而且对方也看见了他。惊愕半秒后，对方抬枪就朝雪豹瞄准。

"不好，不但他不能开枪，自己也不可以还击，如果有了枪声，就会完全暴露目标的。"想到此，雪豹麻利地取下腰间的匕首，一下子就甩了出去。

"唉呀！"只听对方惨叫一声，枪应声脱手落地。

见状，雪豹马上朝来人扑了过去，对方也撒腿就跑。"追上，一定要追上！不光因为他手上有自己的匕首，最主要是怕他跑去报告，那样麻烦可就大了。雪豹不甘心地追赶着。

看到到这一幕，"雪豹！"树上的地狼呼叫着，可是也没什么好办法，更不敢贸然下去，只有等待。

雪豹拼命地追赶着，可对方非常熟悉这里的环境，左拐右拐的，想追上还真不容易，突然在一个拐弯处，来人居然不见了。

雪豹找不见人，自然就放慢了脚步，却再也没发现刚才那个武装分子的身影。

正当雪豹准备继续向前追赶的时候，身后突然传出一声暴叫，与此同时一把匕首已经抵在了他的脖子上，来人手腕上的血还在不停地滴嗒着。

"这小子竟然拔出了匕首，看来也准备拼死一搏了。"雪豹思忖道。

来人嘴里叽里呱啦地说着什么，雪豹听不明白，但他明白自己的生命随时

都有危险，所以准备伺机反击。

就在来人稍微一松神的时候，雪豹一个反手抓住对方的手腕一扭，然后猛一转身对着来人就是一拳，虽然动作十分麻利，但还是冷不防被来人用匕首割了肩膀一刀。

雪豹无惧肩上的刀伤，身手麻利地夺下刀来，很快就把那家伙送上了西天。

接着，雪豹擦擦匕首上的血，将尸体拖到一个隐蔽的地方，自己则开始往回走。

快要走到大树跟前的时候，他却在大树底下看到了一群人，就是那些刚才追赶他们的武装分子。一个个的正在树底下乘凉，有的坐着，有的躺着，还有的靠在树上。

“完了，回不去了。”雪豹只好躲在远处静静地观望着。

第十八章

拉拢警察

市里。

段虎在大树旁又等了丽斯半个小时，可还是没见她的身影。这下他真的急了，不管丽斯是发生了意外还是真的间谍，都没有时间再考虑了，现在自己必须马上离开这个复杂的地方。想到这里，段虎赶紧把迷彩服翻过来穿上，又弄了很多泥土在上面，显出一副破烂不堪的样子，这才慢慢地顺着路边向前摸去。他没有去丽斯去的地方，就是因为怕有埋伏或遭遇意外情况。

路上没有多少行人，不过走到一座大教堂旁边时，段虎听到里面传出不少人说话的声音。哦，看来今天是做礼拜的日子，外国人都非常信教，看来大家都在里面祷告呢。

虽然说这里是个战乱国家，可是看看眼前的教堂，也许又会让人产生错觉。教堂是一座尖顶的建筑，外表装饰得很豪华，上面甚至没有留下任何子弹的痕迹。看来，这里的人都把教堂视为神圣的地方，所以战争没有毁掉这里的东西，甚至没有伤及到教堂的任何角落。

段虎虽然有很多感慨，但此刻已没有太多心思关心这些，他的目标还是总统府，因为直到现在他还不知道总统的女儿玛丽娅到底关在什么地方。总统府的范围虽然不大，但找起来估计也不是那么容易。

他继续前行，并不时地看看地图，不一会到了总统府的外围。他赶紧停住脚，仔细观察了一会儿，总统府不是很大，也就只有一栋楼，好像有二十几层的样子。大楼前面是一个停车场，非常宽大，门口有几个哨兵端着枪在来回走动，别说进去，看来就是想接近门口也是非常困难的事。

段虎见正门进不去，只好在总统府的四周观望起来。后面没有门，两边也

没有，只有一个正门可以进，看来大白天事情不好办了，晚上倒是可以从后面的窗子爬上去。

段虎见此时没有什么机会，就在总统府的周围转了转，这样也好为救出玛丽娅后逃跑做准备。但周围还真的什么都没有，都是一些破屋烂房，以及带有弹孔的建筑，远处是一些矮楼。

看来营救工作必须在晚上进行了，白天根本无法实施，而且就算成功了也没法逃出去。段虎想到这，决定暂时先离开。

“唉呀!”正当段虎拐弯的时候，突然与来人撞了一个满怀，抬头一看，竟然是丽斯。

“你怎么跑到这里来了？很危险的！你知道吗?”丽斯发出一连串的追问，眼里还露出紧张和担心的神情。

“我……”看着丽斯焦急的样子，段虎一时间有些语塞。

“什么也别说了，赶紧跟我走。”丽斯说完拽起段虎的胳膊就走。

段虎来不及做出任何反应，跟着丽斯就飞跑起来。

等到了僻静处，丽斯才和段虎说：“刚才我朋友家的外面全是武装分子，所以我才来晚了，没想到你跑了，就猜你一定是到总统府来了。”

“你的朋友答应了吗？我们必须马上回去接应我的队友。”

“好的，没问题，跟我来。”丽斯说完拽着段虎的手又跑了起来。

不一会儿，段虎和丽斯又来到了先前的那棵大树下，再往前走是一条通道，过了通道又拐进一条小胡同，在胡同的最深处有一个小门，丽斯上去“啪啪”地敲了几下。

“谁啊?”里面传出一个女孩的声音。

“我，丽斯。”丽斯沉声说道。

门开了，里面闪出一个20岁左右的女子。

这个女子的打扮和丽斯有着天壤之别。她装束非常华丽，头上戴着头冠，耳朵上吊耳环，脖子上还挂着一条项链。穿着也非同一般，是那种面料时尚、质地很好的衣服。上身是一件和中国肚兜一个类型的上衣，下面是紧身的花色超短裙，脚穿一双拖鞋。她大约一米七的个头，身材很好，瘦瘦的。特别是她的眼睛，双眼皮，大大的，睫毛长长的，炯炯有神中透着清纯。

“快进来吧。”开门的女子招呼段虎和丽斯。

进到院子里，段虎更加惊讶，这个院子虽然处于偏僻的地方，但是布置得很好，应该算得上华丽，而且还是个二层小楼。

“我来介绍一下，这是我的朋友米娜，她原来和我在一个帮派，当然她的家庭还是不错的，父母原来是当地的小官，不过在战乱中被打死了，现在就剩下她一个人。她参加武装的目的不是为了生活吃饭，而是为了练就一身本领给她的父母报仇，当然也是时局所迫。”丽斯指着女子介绍道。

“这是我的朋友，确切地说是我的救命恩人，段虎，他现在遇到点麻烦，希望你能帮助他。”丽斯又指着段虎说。

“你好!”段虎和米娜同时伸出手握在了一起。

米娜引领着段虎和丽斯来到屋里，屋里的装饰还算不错，最起码在这样的战乱国家能有套完整的家具就已经是非常不易了。

“随便坐!”米娜招呼段虎和丽斯。

段虎和丽斯坐到椅子上，椅子是用藤条做的，应该是当地没有的，看来是米娜父亲当官时从外地所购，不过坐起来倒是挺舒服，特别是在这样炎热的季节里。

“请喝茶!”米娜又给两人端上茶。

“谢谢!”段虎显得非常客气，毕竟两人是第一次见面。

“段虎。”米娜在一把椅子上坐定后，也这样称呼段虎，“你来这里到底有什么目的?”

“我们是朋友，你可以把具体的情况告诉她。”丽斯见段虎有些发愣，赶紧插话道。

“可以，没问题。”段虎顿了一下，口气沉稳地道，“我是中国特种部队的，应联合国的邀请，来完成营救A国总统女儿玛丽娅的任务。在路上，幸亏我们遇到丽斯，才得以顺利地通过封锁区，不过我的队友还在森林里无法出来，所以想请你找辆车设法把他们运送过来。”此时，段虎已决定不再隐瞒任何事情。

“这样啊。”米娜说话的同时，一根烟已经夹在了手里。

段虎看着米娜把烟含在嘴里吞云吐雾的样子，突然对眼前这个如花似玉的女子有些反感，因为他最烦抽烟的人，而且一直认为抽烟的女孩不是什么好女孩。

可是眼下个人的好恶已经不那么重要了，段虎继续问道：“你看，你有什么好办法没有？丽斯说你很有本事!”

段虎的话语让丽斯听着直皱眉头，可米娜仍旧一副非常随便的样子。

“这个好说，我有个朋友现在在警察局做事，他很听我的话，不过你说的这件事可是大事啊，我怕他也有很大的顾忌，除非……”米娜说到这里停顿了

一下。

“你说!”段虎倒是有些着急。

“除非做完这件事，你可以带我到中国去!”米娜说完，又把烟含在嘴里。

“这个……”段虎没想到米娜会提出这样的要求，一时不知该如何作答，“这个不太方便，我想你也应该知道，帮有帮规，军有军纪，我真的无能为力。”

“不要紧张，和你开个玩笑。”米娜咯咯笑着站起身来，迈着两条性感的大腿，扭着屁股在屋里走了一圈后伏到段虎耳边说，“放心，误不了你的事，其实哪个政府执政都一样，警察嘛，就是替人做事的，我可以摆平，你就安心地在这里等着。”

段虎看着米娜一系列的动作和话语，感觉这个女人还真的不一般，不过他还是有自己的担心，如果……

段虎不敢再想下去了，当前最主要的就是完成任务，最起码要找到关押玛丽娅的地方。

“丽斯，你和段虎在这里等着，我马上去找那个小警察，一个小时后回来。”说着米娜就要出去。

“且慢。”段虎喊住米娜，“我和你一起去。”

“不用，我和那个小警察去就行。”米娜大大咧咧地说道。

“我的意思是，你和我的队友不认识，而且他们见不到我也不会来的。”段虎解释道。

“是吗？那好吧，那我们就一起去吧。”米娜说着自己走出了门。

“把你的衣服脱掉，把这身换上。”一边的丽斯说着，从一堆布团里拿出两件衣服，虽然不是很好看，但正好适合现在穿，太招摇了反倒容易被人发现。

段虎换上衣服后，跟着米娜走了。

他跟在米娜后面，换了衣服后显得有些像流浪人，但眼神依然凛冽。

“快跟上。”米娜回头招呼他，“我这个丽斯小妹还是很会关心人的，见了帅哥就喜欢，看来你是被她喜欢上了。”米娜又是一阵咯咯的笑。

“是的，她人挺好。”段虎说话间也不免有些脸红。

“记得跟紧我，跟丢了我可不负责。”米娜玩笑似地说。

不过段虎也知道，在这样的地方，说不定什么时候就会出事，所以他不敢松懈，忙紧紧地跟了上去。

出了米娜住的胡同，向左拐是一条长街，此时街上还不算特别冷清。不过战争的阴云还时刻笼罩着这片满目疮痍的土地，街上行人的脚步仍然是那样的

匆匆，匆匆得只留下一串脚印。

米娜带着段虎左拐右拐地到了一座大楼前，她回头冲段虎摆摆手，转身欲走，突然感觉不妥，“进去的时候要特别注意，千万不要说话，而且不要慌张。”

段虎当然不会慌张，他知道这种场合自己该怎么做，可是又不得不佩服米娜想得那么周全。米娜让段虎跟自己进去，估计是怕他对自己产生误会，不过段虎此时确实谁也不敢相信，就连带他来到市里的丽斯也没有完全信任，更何况是初次谋面又颇有心计的米娜呢。

走进大楼，两人在一间挂着“警察局长”牌子的房门前停下，米娜敲门。

“请进!”里面传出一个男子的声音。

米娜在前，段虎在后，两人进了办公室。

“我的小宝贝，你来了!”米娜刚一进去，里面的男人就扑了上来，搂住米娜就亲。

“别这样，大白天的。”米娜嘴上这样说，可是却不躲避男人的亲热。

“他是谁?”男人和米娜亲热时，突然看到了她身后的段虎，心里顿觉不爽，“米娜，你怎么带个陌生人来这里?”

米娜倒是不紧不慢：“你急什么，慢慢听我说。”说着在一把椅子上坐下，同时也示意段虎坐下。

“事情是这样的，他呢。”米娜指指段虎，“他是我的一个表弟，是我姨妈家的孩子。”

“以前怎么没听你提起过?”男人插嘴问道。

“瞧你说的，你和我在一起就知道快活，哪里有空说这些。”米娜继续着自己的话，“由于战乱，他的父母死了，房子没了，所以就来投奔我。你也知道封锁区那边现在很乱，可是他三个弟弟由于腿脚不便，还没过来，所以我就想请你帮忙，开车去把他们接过来。”

“这个啊，不太好吧，好像也有些违反原则。”男人思索片刻后说道。

“好你个卢奇!”米娜竟然有些火气，“是不是快活够了就不管我了?”

“你别生气嘛!”那个被米娜称作卢奇的男人连忙解释道，“我不是这个意思嘛，问题是这个时候办这个事有些不妥。”

“这个时候不妥，那你在你的办公室里和我办事就妥了?”米娜此时什么也不顾了，满脸愤怒的样子。

“好了，好了，我答应你行不行?”卢奇见米娜真的生气了，只得满口答应。

“我过两天就派人去办。”卢奇一边说一边欲抱住米娜。

“不行，谁知道两天以后你又忙什么？现在就办！”米娜一副撒娇带生气的样子。

“好的，现在就办！”卢奇无奈，“我马上安排人去。”

“你得亲自去！”米娜又开始闹腾，并在屋里大呼小叫的。

“行了，这里是办公室，不要闹了，我去还不行吗？”卢奇被米娜闹得有些受不了了。

“这还差不多！”说完，米娜抱住卢奇亲了一下。

“他还去吗？”卢奇又问道。

“当然去，不去怎么找得到他的弟弟啊。”米娜说，“我还要去呢。”

“你去干嘛？”

“他是我的表弟，我当然要一起去！再说，很久没见了，正好回忆一下儿时的童真。”米娜说着，眼里竟然有些伤感。

“好吧，那就一起走吧。”卢奇心里显然不太乐意，但是也拿米娜没办法。

出了办公室，卢奇开上了自己的车。那是一辆吉普，前面可以乘坐四个人，后面还带着小厢，搭着篷子，也可以坐几个人。

就这样，段虎坐在后面，米娜坐在前面，车子飞快地行进着，一路上也没遇着什么阻拦，由于挂着警察局的牌子，所以哨卡都没多问就放了过去。

“还有多远？”卢奇问米娜。

“快了，也就几里路。”米娜答道。

第十九章

脱 离 险 境

茫茫大森林，一眼望不到边。

雪豹此时还隐蔽在大树旁边的草丛里，由于武装分子还没有离开，树上的地狼和醒狮都不敢乱动，可就这样干耗着也不是办法啊，每个人脸上都浮现出焦急的神态。

庆幸的是，不久之后，不知是接到了上级的命令，还是休息够了，武装分子开始陆续起身离开。

大家心里都松了一口气，雪豹此时也慢慢地摸过去，然后一猫腰又爬上了树。

“还是呼叫一下段虎，看看到底发生了什么事？”醒狮提醒。

“对，群龙无首，我们老在这里等也不是个办法。”雪豹说。

“好吧。”地狼开始呼叫段虎，“段虎，段虎，我是地狼，我是地狼，你现在哪里？你现在哪里？我们这里的武装分子已经离开，我们这里的武装分子已经离开，下一步怎么办？下一步怎么办？收到请回答，收到请回答。”地狼重复不断地呼叫段虎。

此时，坐在吉普车上的段虎听到了地狼的呼叫，当然车上的卢奇和米娜也同时听到了呼叫。

“我来了，你们赶紧出来，赶紧出来！”段虎急速地回答。

“好的！”地狼收到回应后，赶紧招呼大家从树上下来，接着往森林外的路上狂奔。

“这是怎么回事？你表弟是干嘛的？怎么还有对讲设备？他不会是政府军吧？”卢奇脸上浮现出一连串的问号。

“先别管这些，你把车停到前面森林的路边上，我再详细告诉你。”米娜说。

“好吧。”卢奇无奈地把车驶到前面的森林边，然后掉头在路边停好。

此时，段虎也下了车，往森林里走了走，等待地狼等人的到来。

“事情是这样的，他呢，不是我的表弟。”米娜说。

“什么？不是你的表弟？真的是政府军吗？”卢奇急了起来。

“不要激动，听我慢慢和你说。”米娜拉住卢奇，“他是……”

米娜开始和卢奇说事情的经过，不过她刻意隐瞒了救玛丽娅这一节，只说这是一支特别部队要执行一项特殊的任务。

地狼等人赶到路边时一眼就看到了段虎，不过他们差点没认出来，还以为是坏人，赶紧停住，并准备举枪瞄准。

“我是段虎，快过来！”段虎见状，赶紧招呼大家，“时间紧迫，赶紧上车。”

大家听到段虎的声音并确认无误后，这才随着他上了吉普的后蓬子。

“什么？”卢奇听完米娜的话一下子蹦了起来，可他忘了自己是在车子里，头一下子就被车顶撞了个大包，痛得顿时尖叫起来。

“这还了得，米娜，你这是在害我，我得赶紧报告！”

“慢着。”米娜拉住卢奇想呼叫的手，“你现在已经和我们是同伙了，如果报告你也不会有好下场，还是帮他们完成这个任务，再说，你原来也是在政府军统帅下的，对不对？其实哪个都无所谓，只要你还稳坐警察局长的宝座就行。”米娜慢慢地开导卢奇，“只要你把这件事做好，那我就一辈子跟定你了。”

“真的？”卢奇喊了出来，看来他还是非常在意米娜的，当然米娜姣好的外貌也是吸引男人的重要方面。

“好吧。”思索片刻，卢奇终于做出了决定，“我可以把他们带进市里，但以后的事情我可就不管了。”

“没问题。”米娜答应着。

卢奇说完，启动车子，一踩油门就向市里的方向驶去。

一路上非常顺利，没有遇到任何的阻拦。

车子一路开着，段虎和其他队员高度警惕着，毕竟这是在一个非常危险的地方，他们若想虎口拔牙，不小心肯定不行。

“你要到哪里去？”突然，米娜见卢奇开车的方向不对，没有到她的家里，而是朝警察局的方向开去。

“回警局。”卢奇神态自若地说，突然想起了篷子里的段虎等人，忙压低声音说，“你没听见刚才我的对讲机叫了？有人呼我，肯定是有重要的事情。”

“可是……”米娜想说后面的人怎么办。

“放心吧，让他们躲在后面，没事不要出来，我处理完事情马上送他们回去。”卢奇非常有把握地说，“不过，你今晚上要留下陪我。”

“讨厌!”米娜娇声娇气的，勾引得卢奇更是心潮澎湃。

不一会，警局到了，卢奇下车进了警察局。

车后的段虎仔细辨了辨方向，心里一惊：“不好，这是警局，米娜是不是想出卖我们?”

随即，段虎给其他人使了一个眼色，几个人拿起枪，准备下车。

“我说几个爷们，都不要乱动好吗?”正当大家惴惴不安的时候，米娜来到车后，“他只是临时有事，我以自己的性命来担保大家的安全!”米娜的话说得非常硬朗，段虎也就不再动弹。

果然，没多大一会，卢奇就出来了。

“亲爱的，怎么回事?”见卢奇出来，米娜赶紧亲热地迎上前去问。

“我说有急事吧，原来是捉了一个政府军的头领，需要我来处理。”卢奇说。

“原来是这样，怎么这里还会有政府军啊?”米娜好奇地问道。

“他妈的，都是为了救总统的女儿。”

“救总统的女儿?”

“是啊，也就是总统的一些老部下，不过是找死罢了。”

“那总统的女儿现在在哪里啊?”米娜思索了一会突然问道。

“她当然在总统府的……”卢奇的话还没说完，突然感觉不妥，“你问这个干嘛?”平时对米娜很温顺的卢奇，声音突然却变得非常可怕。

“没什么，随便问问。”米娜虽然和卢奇说了这几个人是中国派来的特种兵，但没有说出具体任务，今天卢奇说到这里，她突然想借此打探个究竟，可卢奇却及时打住了。

“赶快上车!”卢奇催着米娜。

米娜上车后，卢奇直接就把车开到了她住的那条胡同里。

“请你们注意，如果下次让我碰上，恕我无礼!”待段虎等人下车后，卢奇对大家说。

“谢谢你！不过以后还请多多关照才是!”段虎故意把话语说得很柔和。

“不过也要看什么时候。”卢奇说道，“米娜，跟我走吧。”

“急什么，回去换件衣服再说。”说着米娜进屋了。

“回来了?”等了很久的丽斯赶紧迎了出来。

“是，报告丽斯小姐，我的任务顺利完成，四个大活男人都给你带回来了。”米娜指指身后的段虎等人，“不过我今晚可要受罪了。”

米娜说完，面色不好地走进屋里，不一会换了另一身短裙出来了。

“你这是?”丽斯不解地问。

“没事，去陪陪老相好的。”米娜若无其事地说。

第二十章

突发意外

“你？”丽斯好像还有些不太明白。

“好了我的丽斯小姐，你以为办事那么容易？为了完成你交给我的任务，我都把自己的终身轻易许配了。”米娜有些不高兴地说。

“委屈你了！”丽斯握住米娜的手，感激地说。

“好姐妹，不要这样说，当初要不是你救了我一条命，我哪还有今天，为你做事也是应该的。”米娜对丽斯说道。

“我走了，好好照顾他们。”米娜说完，出门坐上了卢奇的车子。

“谢谢你，丽斯。”见米娜走了，段虎走上前去对丽斯说。

“不客气！”

“可米娜为什么要这样帮我们呢？”对于这个问题，段虎有些不解。

“其实是这样的，就像你们救我一样，我当初也救过她一条命。”丽斯给地狼、雪豹、醒狮还有段虎各倒了一杯水后，坐下说道，“原来我们是一个派系的，一次和另一个派系为争一块地盘打了起来。那时候米娜是刚刚加入的，第一次战斗时她可能有些紧张，当一颗炮弹在前方不远的地方爆炸时，她就慌了，正好这时一颗子弹飞来，我就替她挡了，到现在伤疤还留着呢。”说完，丽斯就准备撩起自己的衣服给大家看，突然又感觉不妥，马上把手放了下来。

“原来是这样，那还是得谢谢你！”段虎向丽斯投去感谢的目光。

“我说哥几个，我们是不是想办法再去总统府探探情况？”雪豹突然提醒道。

“对，这是必须的。”段虎说着，“但是你们的衣服？”

段虎看着地狼和几个人的服装犯起了愁。

“不用怕，我这里有。”丽斯说着拿出几件和段虎一样的衣服。

“这是我经过集市时特意给大家准备的。”丽斯说着把衣服递给大家。

“还愣什么，赶紧到里屋去换。”段虎催促大家。

见状，地狼等人拿起衣服就进了里屋。

此时，段虎看着眼前的这个皮肤黝黑的女人——丽斯，心里思绪万千，是自己误会她了，她是在真心帮我啊！

“丽斯，谢谢你！发自内心地谢谢你！”段虎觉得无以表达内心的谢意。

“真的不用客气！”丽斯笑笑说。

“老大，衣服换好了，看看怎么样？”雪豹第一个出来喊道。

一会儿，其他人都跟着出来了。

“你别说，还真不错，有点像当地人了。”段虎看着就想笑，因为雪豹有些瘦，衣服有些肥，不过正好符合这里人的穿衣风格。

“我们走吧。”段虎见大家都准备就绪了，招呼道。

“等等。”丽斯喊住大家，“这里我熟，还是我陪大家一起去吧。”

“那好吧。”段虎想想也是，就点了点头。

不一会儿，一行人就来到总统府门前，段虎又仔细看了一下，觉得和自己刚才来时没什么两样。

“老大，我们怎么进去呢？”地狼看着眼前这个戒备森严的地方，以及几十个在门口来回巡逻的大兵，问道。

“是啊，比较难，但是再难我们也得进，我看了看后面，有窗户，可以攀上去，等天黑了就可以行动。”段虎说道。

“那好，不过我们应该再到处看看，给我们撤退时找条好路。”雪豹也说。

“对了，还有，如果见到玛丽娅，我们该怎么把她带走？如果她受伤了怎么办？”醒狮也在一边搭腔道。

“好的，大家分开四处看看，等会到这里集合。”段虎点了点头。

“好的。”大家齐声应道。

领命后，地狼、雪豹、醒狮各自向不同的方位走去，丽斯自然和段虎走在一起。

现在的时间是下午5点钟，天渐渐暗了下来，总统府周围的人也慢慢地减少了，不过门口仍有十几个士兵在来回走动着。

其实，现在探情况也探不到什么，因为根本就进不去，况且总统府只有一个正门，四周也没有什么建筑物，就算找到了玛丽娅，想轻轻松松地撤退也很有难度，看来还需从长计议。

“你在想什么?”看着段虎发呆的样子，丽斯问道。

“没什么。”段虎答道。

“是不是考虑救人后怎么撤退的事?”丽斯问。

“你怎么知道?”

“那当然，你的心思我最懂。”

“哦?”段虎有些惊讶地说，“那你说我现在又在想什么?”

“你在想我这个女人怎么这么厉害。”丽斯说着笑了起来，“好了，说正事，要想进去确实不易，只有两个办法，第一就是晚上从后面爬进去；第二就是白天从正门进。”

“说的是，不过当前最主要的还是要搞明白总统的女儿玛丽娅到底被关在哪儿。”

“看来还得找米娜!”丽斯若有所思地说。

“走，我们到后面去看看。”段虎招呼丽斯。

来到总统府的后面，两人也没有什么新的发现，一栋十几层的高楼矗立在地面，唯一看得比较真切的就是墙上的弹孔。

“你看，段虎。”正当段虎看着墙上的弹孔发呆时，丽斯用手指着楼上的一扇窗户轻声说道，“上面也有哨兵。”

“是吗?”丽斯的话让段虎更加惊讶。

“是的，还有不少呢。”丽斯更加肯定地说。

段虎顺着丽斯手指的方向看去，在总统府的10楼，透过窗户隐约可以看见有些士兵在来回走动，而且是不间断地走动。

段虎足足盯了那个窗户十几秒钟，才开口问道：“这是怎么回事?”既像在问自己，又像在问丽斯。

“难道?”就在段虎想到了什么的时候，丽斯也同时轻声说了出来：“那就是关押玛丽娅的地方!”

“肯定是!”段虎肯定地说，“要不然没必要派那么多人看守。”

“太好了!”丽斯有些兴奋，“终于找到玛丽娅了。”

“是啊，不过。”段虎话锋一转，“那么多人看守，我们上去后被发现了怎么办? 就算救到了玛丽娅，怎么把她带走呢?”段虎一口气说出了一连串难题。

“也是，我看还是明天等米娜回来再说吧。”丽斯建议。

“也只有这样了。”说着，段虎向丽斯打了个手势，两人又回到了刚才的地方。

“老大，老大，不好了，不好了。”正当段虎等得不耐烦的时候，突然传来呼叫，“我是雪豹，醒狮被总统府前的一些人缠上了，我估计是便衣。”

“啊！”段虎听了这话，有些吃惊，“到底怎么回事啊？”

“我也不太清楚。”雪豹说。

“那好，你不要乱动，我马上过去。”

等段虎赶到时，醒狮正被几个人盘问着什么。

“你是哪里人？”

“你的穿戴感觉不舒服。”

“你的家在哪里，我们送你回去。”

……

盘问醒狮的几个人都长得五大三粗的，颇有保镖的架势，穿的也和平常人不大一样，衣服比较整洁，而且大热天都是长裤长衣的。几个人围着醒狮问这问那，他只得装出害怕的样子，默不做声。

段虎一看这种情形，想自己过去，刚要迈腿，却被丽斯抓住了胳膊。

“你别动，去了也许更危险，让我去。”丽斯说完，冲醒狮跑了过去。

“你这个死家伙，成天疯疯癫癫的，也不看看这是什么地方，总统府门前是你乱跑的地方吗？”丽斯冲着醒狮就是一阵乱吼，然后对盘问醒狮的三个人说：“不好意思，他是我的男人，因为打仗时受了惊吓，所以脑袋有些迟钝，今天没看住他就跑了出来，如果哪里得罪了大家，还请多多包涵，大人不记小人过，放他一马。”

丽斯本身就是当地人，说得一口地道的土话，加上一副楚楚可怜的样子，很容易让人相信。此时，醒狮也很聪明，配合着她的话又抓又挠的，活生生一个傻子的模样。

“那以后看好他，这里可不是谁都可以来的地方，明白吗？”几个人看丽斯和醒狮的举动不像有假，于是就放行了。

“快跟我回去，别在这里丢人现眼的。”丽斯说着拉起醒狮就走。

醒狮依然傻乎乎地跟着丽斯，嘴里还叽里呱啦地嘟囔着什么。

丽斯没敢直接奔段虎这边来，怕引起他们的怀疑，只得拉着醒狮走到一边的大路上，然后转入了一个胡同。

第二十一章

中 敌 奸 计

这一切段虎都看见了，他很佩服丽斯的勇敢和机敏。当然他也不敢马虎大意，待看到三个盘问醒狮的人离开后，他才招呼雪豹，呼叫地狼，然后三人一起来到丽斯和醒狮去的胡同。

“谢谢你，丽斯。”段虎对丽斯说，接着又提醒还在发呆的醒狮，“还不快谢谢丽斯，要不然我们人没救成，还得救你。”

“谢谢丽斯小姐，救命之恩无以为报，愿以身相许。”醒狮开玩笑地说道。

“还开玩笑，都什么时候了！”段虎呵斥醒狮。

“没什么，我们还是赶紧回去吧，今晚好好休息休息，等明天米娜回来再作打算。”

“好吧，看来也只有这样了。”

几个人沿着原路回去，当然这次就更加的谨慎了。

一行人回到米娜住的房子，没想到她已早早地回来了。

“米娜？”看到米娜，丽斯有些惊奇，“你不是和那个警察在一起吗？他会轻易放你回来？”

“是的，他当然不会！”米娜点点头说，“可是今晚发生了一件特别的事情，你们知道吗？”

米娜说得十分神秘，脸上还透着异样的神情。

“到底是什么事？”丽斯有些迫不急待。

“事情是这样的……”米娜开始说话。

这一说不打紧，米娜的话让屋子里所有的人都大吃了一惊。

原来，卢奇开车带着米娜回到警局后，急忙把工作安排完，就回到了自己

的家里。

一进屋，卢奇就按捺不住了，抱起米娜又亲又摸。一阵疯狂的热吻过后，卢奇把米娜放在床上，然后脱光了自己的衣服，米娜也把裙子脱了下来。此时，两人都已经欲火焚身。正当卢奇准备和米娜好好缠绵一番的时候，一阵急促的敲门声骤然响起。

卢奇这个时候哪有心思管别的，专心地抚摸着米娜，可是敲门声却越来越大，而且伴着人的喊叫声，“局长，局长，你在吗？有重大的事情汇报。”

卢奇一听这话，虽然心里异常反感，但又不得不下床，把衣服穿戴好后走出里屋去开门。

走到门前，卢奇先问了一句：“你他妈的谁啊？大呼大叫的！”

“局长，是我，有重大的事情报告！”

卢奇打开门，只见一个穿警服的小兵急匆匆地汇报，“局长，我有重大的情况报告！”

“赶紧说！说完赶紧滚！”卢奇不耐烦地冲小兵喝道。

“局长，外面不方便，我想进去说。”小兵伸伸脑袋，四下张望了一下说道。

“什么破事，进来吧。”卢奇很不高兴小兵扰了自己的美梦。

小兵进来后，待卢奇把门关好，才附在他耳边嘀咕了一阵。

“他妈的，声音大点，说的什么东西，我这里又没人，怕什么，就算有人，谁能把我怎么样？”卢奇不以为然。

“局长，是这样的。”小兵定定神说，“头领死了，总统府乱了！”

“什么，什么，我说你把话一气说明白会死吗？”

“头领，就是发动政变的总统，他，他，他死了！”

“什么？”卢奇一听，惊讶不已，“怎么回事？”

“是的，杀他的是他的兄弟，也就是一起和他搞政变的，目前总统府内很乱，听说新夺权的头领还逼迫原来总统的女儿玛丽娅嫁给自己，所以我赶紧跑来告诉你，看看局长有什么打算？”

“这样啊，这样……”卢奇在屋里踱起步来，一时还真不知该怎么办好了，“那后来呢？”

屋里的米娜听到总统死了的消息，也是大吃一惊，差点叫出声来。

“玛丽娅不答应，他就让人把她关在了小屋里，谁知道要干嘛呢？”

“你先回去，召集弟兄们在局子里开会。”卢奇说着送走小兵，回到里屋。

米娜赶紧在床上躺好，“唉呀，你干什么啊，快来啊。”继续摆出一幅风骚

的样子。

卢奇不搭理米娜，“我还有事，你在这里等我！”说完，穿戴整齐就出门了。

“……事情就是这样的。”米娜和大家说了事情的经过，在震惊之际，段虎突然感觉机会来了。

“看来我们今晚必须行动了，要不然以后或许就没有这么好的机会了。”段虎看了一眼所有的人，说道。

“明白！”队员们异口同声地回答道。

“可以，不过还是要小心。”丽斯说道。

“米娜，你先回去，以防被那个警察发现。”段虎对米娜说道。

“好的，我马上回去。”说完，米娜就飞跑而去。

此时的米娜由于是匆忙赶回来的，裙角的带子都没系结实，风一吹，裙摆飘开，那婀娜飘逸的身影真是令人神往，不过此时段虎内心更多的却是感动。

“现在我们一起来研究一下行动步骤。”说着，段虎拿出自己画的总统府草图。

“要想进入总统府应该说比较困难，因为它只有一个门，而且我们根本不知道玛丽娅具体被关押的位置，恶狼也没有传来最新的消息，难度系数很高，这需要我们多花点心思。现在通过米娜，我们知道了玛丽娅的具体位置，但是那个所谓的头领所在的屋子，还是不得而知，所以我们当前面临的难题很多，但是如果今晚不行动，以后或许会更糟。”段虎指着地图一边说，一边看着大家。

“是啊，老大说得对，看来只有放手一搏了。”地狼说道。

“这有什么，以我们的能力完成这个任务应该是绰绰有余，何况我们在国内……”雪豹有些不以为然。

“可这不是国内！”段虎及时打断雪豹，“这不是国内，而且这里的环境、形势以及很多不可预知的情况，我们都不熟悉，要不是有丽斯，我们也许现在都到不了市里。”段虎说完看了一眼丽斯。

“我想应该这样。”丽斯开口说话了，“要想进去，还是由我来带头，因为你们需要带枪和装备。我是这样想的，现在不是挺乱的吗，我就说有要事求见现在的总统，也就是那个首领，他们肯定会去通报。我想他会见我的，因为我们本身以前都打过交道。然后，你们想办法解决掉门口的哨兵，之后我会和他周旋，你们再想办法制服他，救出玛丽娅。”丽斯一口气说完。

“想法很好，不过，丽斯。”段虎话锋一转，“你进去没问题，但我们不能干掉门口的哨兵，那样就会惊动总统府里的人。”

“也是。”丽斯点点头，“那你说怎么办？”

“这样，我把想法总体说一下，看看大家有没有什么意见。”段虎顿了一下，接着说道，“丽斯，你不能一个人进去，那样我们无法联系，这样，你呢装成一个派别的头领，然后我、雪豹、地狼一起随你进去，醒狮在外面看好武器和装备。进入总统府后，估计他们也会有人跟着，我们只能在外等候。见到那个首领后，先想办法探明玛丽娅到底在哪里，我们再干掉卫兵，然后再视情况见机行事。如果玛丽娅确实在，我们就救她出来；如果不在，我们就不行动，回来后再详细商议。大家谈谈各自的意见吧？”段虎说完，看看大家。

“可以，不过救出玛丽娅后，我们再到哪里去呢？”地狼问道。

“我们到米娜的家里暂避，因为一时也无处可去，乱跑反而会出事。”段虎答道。

“可是被他们发现后，马上会全城搜索，而且戒备会更加森严，那时我们该怎么办？”雪豹也有些担心。

“到时只好见机行事了，不过米娜认识的那个警察倒可一用。”段虎说。

“也好，估计米娜这个地方还是比较安全的，最起码警察不会搜到那里，到了那里也不敢乱来。”丽斯也说道。

“好的，那就这样，大家各自准备，马上行动。”段虎下达了命令。

紧接着，段虎他们几个人拿好武器，跟随着丽斯赶往总统府。

此时，天色已经渐渐黑了下来，路上基本没什么行人，但段虎等四名队员还是小心翼翼地前行着，以防被发现。丽斯则在大道上大步穿行，这样一明一暗更有利于大家的行动。

总统府的门前此时还和往常一样，有十几个卫兵在巡逻，广场上已没有了人，一切都显得非常寂静。

“稍等。”就在队员还要往前走的时候，段虎叫住了大家，“别忘了白天的便衣，我们还是要小心行事。醒狮，你就在旁边这个破屋子里等着我们，看好武器和装备，其他人随丽斯进总统府。”

分完工后，丽斯在前，显得大大咧咧的，十足一副派系头领的架势。段虎、地狼、雪豹则跟在后面，又全然一副跟班的样子。

“我要见你们的头领。”来到总统府门前，丽斯傲慢地对卫兵说。

卫兵上下打量一下丽斯，立刻问道：“你是干什么的？我们的头领已经死了。”

“我知道，我说的是二头领。”丽斯说道。

“他可不是随便什么人都见的。”卫兵没有好气地说。

“告诉他，我是丽斯！”丽斯的语气十分强硬。

见卫兵不动，“还不快去！”丽斯随即喝道。

也许卫兵真的信了，也许丽斯自身的威严让他们害怕，卫兵赶紧跑了上去。

不一会，卫兵回来了：“头领答应见你了，请吧。”

丽斯横了他一眼，大摇大摆地走进大楼，段虎等人也跟了进去。

总统府的外面不是很华丽，但进来后给人的感觉却是富丽堂皇的，要不是战争在此处留下了弹痕，这里绝对是一个好地方。一楼的大厅非常开阔，除了几根大柱子，就是五光十色的大吊灯，墙上还挂着一些具有当地民族特色的画像。此外还有一个大台子，不知是做什么用的，不过布置得很好，台子上的红地毯从整个台子一直延伸到门口。地板也是那种很漂亮的木制地板。墙壁是一色的白，让人置身其中感觉非常舒服。

丽斯在卫兵的带领下来到了八楼，并在一扇门前停住了。卫兵回头吩咐：“请等一下，我马上进去通报一声。”

不一会儿，卫兵就出来请丽斯进去。

丽斯进去后，段虎等人就在外面等候着。

这是一个不大的房间，里面的东西充满了古典的味道，在一个办公桌前坐着一位男子，个子很高，瘦瘦的，眼睛里却露出一股杀机。

丽斯见后，发现自己确实认识此人，还是原来在派系时见到过，只是没有打过交道。

“你好，头领。”丽斯招呼道。

“你好，请坐吧。”男人还算客气。

“你有什么事吗？卫兵说很重要，说来听听。”男人起身。

“噢，是这样，我发现了几个要救玛丽娅的人，可是让他们跑了，所以特来报告。”丽斯说。

丽斯在屋里和男人说着，屋外的段虎等人伏在门旁，听到了丽斯的这番话。

“难道她真的是间谍？”地狼小声说。

“是啊！她在出卖我们，怎么办？”雪豹也说道。

段虎此时的心情十分复杂，他既不相信丽斯是间谍，但又无法猜透她为什么说这番话。

“别急，反正我们都到了这里，等等再说。”段虎安抚其他队员。

“不对啊！”地狼突然又想起了什么，“我们进来时也没人阻拦，现在还让我

们和所谓的总统这么近距离接触，肯定有问题。”

经地狼这么一提醒，段虎也觉得事有蹊跷，可他还是无法相信丽斯会是这样的人。

“不许动!”就在大家疑惑不已的时候，四面突然跑出几十个手拿枪的卫兵，将他们团团围住，堵在了楼道里。

“完了!”雪豹说，“看来这回我们彻底栽了。”

“难道?”段虎不敢往下想，可他还是不相信丽斯会出卖自己。

“都别动，站到墙边举起手来!”一个看似卫兵小头目的人说道。

情况发生得太突然，段虎他们一时也无计可施，就算他们能耐再高，在这样狭窄的楼道里，面对几十只枪，也不敢轻举妄动，只好依言站到了墙边。

屋里，丽斯还在和男人交谈着。

“我的意思是，我怕玛丽娅出事，所以想问问她在哪里。”丽斯说完这话似乎觉得不妥，赶紧又说道，“我是想来帮帮你，来保护她，也是及时给你透个信。”

“是吗?”男人冷冷地说，“你看看这是谁。”

说完，男人从里屋拉出了一个女孩——玛丽娅。随即几个便衣也出来了，拿枪顶住丽斯的脑袋。

“你们要干什么?”丽斯感觉事情有些不对劲。

“你以为你们的事情我不知道?我放出我死了的消息就是为了引诱你们出来，没想到你们终于来了。”随着话音落下，里屋又走出一个男人，胖胖的，高高的，眼里的杀机更重。

“我……我想你们搞错了。”丽斯感觉势头不对，赶紧假装害怕起来。

“好了，你的同伴都在外面。”说着，丽斯被枪指着走到了外面。

丽斯一看，顿时惊呆了。

段虎也看到了丽斯，知道她绝不会是间谍，更不会出卖自己，这也许仅是他内心的一种感觉，但却是那样的坚定。

此时，段虎又想了想，自己确实是忽略了一些细节，刚才进来时卫兵连拦都没拦，这也太容易了，不过现在说什么都已经晚了，只有等待，看准时机然后见机行事了。

“赶紧给卢奇局长打电话，叫他来这里，把这几个人押走!”大头领冲着二头领大声地说道。

“是!”

“卢奇不在局里!”

“谁在?”

“副局长在。”

“好的，那就叫他快来押人，再叫人马上去找卢奇。”

大头领说完，立即回屋去了，丽斯和玛丽娅也被推到了墙角。

此时的段虎真是又惊又喜，喜的是终于找到了玛丽娅，惊的是下一步还不知道会发生什么事。

“事情好像有点不对劲，这个到底是不是真的玛丽娅呢?难道丽斯是假戏真做……”见状，段虎头脑里突然又冒出一连串的问号。

“报告头领，警察局的人来了。”突然，卫兵跑来报告。

“赶紧押走。”

段虎等人，包括玛丽娅在内，在几十只枪的逼迫下，慢慢地下楼，到了外面，接着又被绳索捆绑着推到了一辆小卡车上。

前面有一辆警车开道，后面的卡车跟着开出了总统府大门。

“难道我们就这样成了俘虏?我们的任务该怎么办呢?难道真的没法完成了?”段虎的心里暗暗想着，不禁长叹了一声。

第二十二章

劫车逃跑

就在段虎等人赶往总统府的时候，米娜也及时回到了卢奇住的地方。

卢奇还没有回来，米娜的心里充满了焦急和不安。她既怕丽斯和段虎出事，又不知道卢奇到底干什么去了。

“嘟嘟!”听到汽车的喇叭声，米娜知道是卢奇回来了，赶紧跑去开门，一看果然是卢奇，而且一副急匆匆的样子。

“怎么了？发生什么事了?”米娜赶紧问道。

“没什么……好了，不说这些。”卢奇话说到一半，又不说了。

“到底是怎么回事?”米娜还是紧紧地追问着。

“没什么，宝贝。我们亲热亲热，不管这些。”卢奇说完就抱起米娜。

米娜也不问了，她知道这个时候自己什么也问不出来。

卢奇刚才的兴趣被搅得全没了，现在终于处理完了这些事情，精神又重新振作了起来。

他抱着米娜狂吻着，手不自觉地乱摸起来，从胸部慢慢地移到了米娜的私处。米娜不断地迎合着卢奇，其实她也很长时间没和他做爱了，所以也异常的疯狂。

一番缠绵之后，米娜开始发问：“到底怎么回事？难道你连我也隐瞒吗?”她知道，这个时候的男人都比较温顺。

“没什么……还是不要问了吧。”卢奇还是没说。

“你坏死了，怎么到这个时候了还不跟我说实话?”米娜佯装生气地转过身背对着卢奇。

“其实……也没什么，就是头领一直想找出想要营救玛丽娅的人，让我全城搜查，而且……大头领没有死。”卢奇说道。

“什么？”米娜惊得叫出声来。

“怎么了……你？”卢奇看米娜有些反常，不禁疑惑起来。

“没什么。”米娜感觉到了自己的失态，赶紧补充道，“我就是听到死这个字有些惊恐罢了。”

“不要怕，有我保护你呢。”卢奇搂着她的腰肢说道。

“对了，那天你让我去接应的那些人到底是干嘛的？”卢奇突然想了起来。

“他们就是……”米娜不敢再说下去。

“说啊。”卢奇急了。

“真的没什么。”米娜略显躲避。

“难道那天那几个人，他们是……”卢奇好像知道了什么。

“不是，不是！”米娜说的话和表情都让她无法掩盖自己说的是谎言。

“一定就是他们！”卢奇好像明白了一切。

“不行，我得赶紧报告，这可是个重要的情况。”卢奇说着就要起身。

“求求你了！不要去好吗？”米娜拉住了卢奇。

“为什么？你想掩护他们干什么？”卢奇不明就里。

“为了报答丽斯，她曾经救过我的命，而且……”米娜说到一半又停住了。

“你怎么吞吞吐吐的。”卢奇急了。

“总之，你不要去！”米娜拉住卢奇的手不放。

“我必须去！”

“不去不行吗，你已经犯了错，帮助他们到了市里。”

“是啊，所以我才要将功补过啊。”说着，卢奇开始穿衣服了。

“不要动，不要去。”米娜突然掏出卢奇裤腰上的手枪指着他。

“你要干什么？”卢奇惊讶不已，“你要杀我吗？别忘了这几年我是怎么对你的。再说，你舍得下手吗？”

“只要你答应我不去。”米娜拿枪一直指着卢奇。

“亲爱的，放下枪好吗？”卢奇看米娜拿枪的手在微微颤抖，连忙安抚道，“我们有话好说。”

“那你答应我不去。”米娜还是坚持。

“不去肯定不行，我不可以再错上加错了。”卢奇说着将身子凑近米娜。

“别过来。”米娜的手越来越抖。

“把枪给我，快点！”卢奇生气了，怒吼起来。说着，他伸手就过去夺米娜

手里的枪。

米娜只得往怀里拉，一来二去，只听见“砰”的一声，米娜手里的枪响了……

顿时，卢奇的双眼瞪得大大的，不可置信地看着米娜，身子直挺挺地倒了下去，倒在床上，鲜血立刻溅红了床单。

米娜虽然经历过战争，可眼前的场景还是让她惊骇不已——卢奇，自己的爱人，就这样死在了自己手里。虽然谈不上有多深的感情，可是经过一段时间的相处，她对卢奇已有了好感，她也不想这样做，可是……

米娜的心乱了，一时间不知该如何是好。

“砰砰……”突然，一阵急剧的敲门声传来。

米娜意识到自己必须清醒，于是她穿好衣服，理了理乱糟糟的头发，拿起枪来到门边。

“谁啊？”米娜问道。

“局长在吗？有急事。”

“好的，你进来吧。”米娜说着把门打开了。

小兵进来后，米娜立刻用枪托打晕他，然后迅速地换上卢奇的衣服，出了门，驾车而去。

米娜此时已意识到，丽斯和段虎肯定出事了，于是上了车直奔总统府。

赶到总统府时，醒狮也正准备行动，他也感觉到事情好像进行得太顺利了，有些不正常。正在犯疑之际，他听到了汽车鸣笛的声音。

闻声，醒狮赶紧从破屋子里出来，隐约看见远处开来一辆穿警察制服的人驾驶的吉普车：“难道是卢奇？”

可是，他仔细一看，觉得不太像，这个人倒像有些女人气，因为帽子没能掩盖住她的长发。

“米娜。”醒狮终于认清了来人，赶紧招手。米娜也看到了有人，由于不知道是谁，她本不想停车，可是醒狮已经站到了路的中央。

无奈，米娜停下车来，一看，竟然是醒狮。

“他们怎么样了？”米娜赶紧问道。

“我也不知道，还没出来呢。”

“那怎么办？”

“把车先停在一个角落里，等等看再说。”

“好的。”米娜应着，把吉普车开到一个不易被人发现的角落里。

不一会，警车局的人也到了，此时段虎等人正好被押到楼下。

“看见没？都被抓起来了。”见到眼前的一幕，醒狮回身看了看米娜。

“那现在怎么办?”米娜急切地问。

“不用急，见机行事，先上车。”

醒狮说完，把武器装备拿上车，和米娜坐在车里等待着。

总统府里的警车慢慢地开了出来，前面是一辆开道的吉普车，后面是一辆押着段虎等人的小卡车。

“快点跟上。”醒狮对米娜说。

米娜点点头，立刻发动汽车紧紧跟上。

“快点。”醒狮催促米娜将车子开快些。就在车子和小卡车平行时，醒狮拿枪瞄准，一下子就干掉了司机，然后飞快地下车和米娜打开封闭的后厢，解开段虎他们的绳索，招呼大家快速下车。

“赶紧找地方躲起来。”段虎第一个跳下车，又回身招呼大家。

“我们往那边去。”丽斯果断地指着黑夜中一个方向。

就这样，一群人相互掩护着一起快速消失在茫茫黑夜之中。

第二十三章

血 洗 教 堂

大家沿着胡同一直向前奔跑，后面突然传来一阵叫嚣，而且越来越近，原来开道的武装分子发现小卡车跟丢了，折回来又发现兄弟被杀、人被劫走，赶紧开车追赶。

段虎感觉后面的追兵越来越多，但是自己对这里的地形不熟悉，一味的逃跑可不是办法，于是心里一直在琢磨着该怎么办。

“这附近有教堂没有?”突然，段虎想起一件事情，而且想到了一个不知是否可行但又必须一试的方法。

“教堂?”丽斯感到莫名奇妙，不过她迅速反应过来，“有啊，这里什么都没有，就是教堂多。”

“好!”段虎听到丽斯的话非常高兴，“赶紧带我们去这里比较有名的大教堂。”

丽斯虽然没明白段虎的意思，但还是飞快地跑到了前面。

追兵越来越近，大家的心都提到了嗓子眼儿。

“到了。”跑了一阵，丽斯领着大家在一个台阶前停了下来。

段虎大略看了一下，尖尖的屋顶，别样的装饰，应该就是教堂了。

“大家赶紧进去!”段虎招呼大家，转身和队员们还有丽斯、米娜和玛丽娅快步跃上台阶，然后轻轻地推开了大门。

此时，教堂里非常安静，有一些人在祷告。

看到突然闯入的段虎等人，里面一阵慌乱，众人纷纷起身跑到最前面的一个老妇人跟前。

老妇人没有紧张，她一直盯着段虎，然后拨开众人向他走了过来。

“请不要害怕，我们是好人，现在被人追杀，没有办法，只能到此暂避一下。”丽斯没等老妇人开口就先说话了。

“那你们是什么人?”老妇人看见眼前这些手拿武器的陌生人，非常警觉地问了一句。

“我们不是坏人，是来救原总统的女儿玛丽娅的。”丽斯赶紧又说道。

“总统的女儿?”老妇人有些不解。

“是。”丽斯说着用手指了指玛丽娅。

“这……”老妇人还想说什么，但是外面已响起了一阵急促的脚步声。

“赶紧躲起来吧。”老妇人说完，把众人领进了里屋。

“咣当!”就在段虎等人藏好之后，大门被人一脚狠狠地踹开了。

“刚才有人跑进来没有?”手拿武器的武装分子闯了进来，开始咆哮，并用枪指着老妇人和教堂里的所有人。

“没有什么人进来!”老妇人一点也不慌张。

“真的没有?”武装分子再次问道。

“这里就这些人!”老妇人还是面无惧色，有些愤怒地盯着眼前的不速之客。

几十个武装分子在教堂里走了一圈，看了看在场的修女，枪不停地来回晃动着，吓得修女们一阵尖叫。

“对不起，这里是清静之地，请你们赶快离开。”老妇人见这些人非常不友好，下了逐客令。

“好！我们走，可是如果你们真的窝藏逃犯，会罪加一等的。”说完，几十个武装分子跨出大门扬长而去。

望着他们的背影，老妇人赶紧把门关好，然后跑回里屋。

“你们是逃犯?”老妇人看着丽斯，赶紧问道。

“不是，我们是来救原总统的女儿玛丽娅的，他们当然会说我们是逃犯。”丽斯赶紧解释道。

“噢，对了。”老妇人听到丽斯的话突然又问道，“你说救玛丽娅?”

“是!”丽斯再三肯定，“有什么问题吗?”

“你们真的是救玛丽娅的?”老妇人显然还在怀疑。

“是!”段虎这时说话了，“你要不信，我给你看样东西。”

为了让老妇人彻底地相信自己的话，段虎拿出了在机场时玛丽娅父亲给的项链，上面就有玛丽娅的名字。

没想到，老妇人一看，眼泪就有些止不住了：“你们总算来了，我等了

好久。"

"这样吧，你们赶紧躲起来，说不定他们一会儿还要来。"说着，老妇人又领着大家来到了另一间小屋里，"你们先在这里躲着，我会派人送吃的，等外面平静了，我再送你们出去。"

"非常谢谢您的帮助。"段虎说。

"不用这么客气，这都是我应该做的。"

老妇人走后，大家坐在床上休息。不过十几分钟后，玛丽娅好像也有些坐不住了，眼睛也开始滴溜溜地到处乱转起来。

"我去上个厕所。"终于，玛丽娅起身说话了，说完就走出了房门。

"玛丽娅怎么还没回来？会不会有什么危险？"过了好一会儿，还未见她回来，地狼突然问道。

段虎也回过神来："你赶紧到外面去看看。"

还没等地狼起身，玛丽娅却突然出现在门口。

"你怎么去了这么长时间，没事吧？"段虎问道。

"没事。"

与此同时，教堂外响起了一阵杂乱的敲门声。

"怎么回事？发生什么事了？"大家开始犯疑。

就在这时，老妇人突然闯了进来："不好了，武装分子突然闯了进来，你们赶紧带玛丽娅走！"

说着，老妇人领出跟在她身后的、一个穿修女服的女孩。

"慢着。"丽斯赶紧叫住老妇人，"玛丽娅不是在这里吗？"说着用手指指自己身后的玛丽娅。

老妇人看了一眼说："她？她怎么会是玛丽娅呢？"

听老妇人这么一说，丽斯突然感觉有些不对劲。

段虎更是早就有了准备，等身后的假玛丽娅掏枪时，他的子弹已经飞了出去。

假玛丽娅"哎呀"一声，还来不及作出任何反应，瞬间就魂飞魄散，上了西天。

"怎么？你怎么把她给杀了？"丽斯被眼前的一幕惊呆了。

"我们上当了，这个是假的玛丽娅。"段虎说道，"既然这样，我们得赶紧保护现在的玛丽娅逃跑，过不了多久武装分子就会卷土重来的。"

"对！"丽斯突然明白了，也意识到了情况的危急。

“这就是来救你的人。”老妇人指着段虎他们，转身对真玛丽娅说道。

“是的，这里非常危险，赶紧跟我们走吧。”丽斯也急切地拉着玛丽娅的手。

同时，段虎也拿出了那条项链，将它交给玛丽娅。

玛丽娅接过项链，仔细地看了看，确认无误，激动得半天说不出话来。

“好了，什么也别说了，我这里有个暗道，你们赶紧走吧。”老妇人又在一边说话了。

“可是你?”玛丽娅看着老妇人，有些伤感。

“不要管我，你们快走吧，再晚就来不及了。”老妇人催促道。

“砰!”教堂里又响起了枪声。

“啊!”几声尖叫传来，几名修女倒下了。

段虎知道，武装分子已经冲了进来，情况十分危急。

他已来不及多想，手一挥，大家就跟着老妇人向里面走去。

来到最里面一间房间的神像后面，老妇人翻开一个盖子，一个暗道出现在大家眼前。段虎示意地狼和雪豹在前，然后他扶着玛丽娅、米娜和丽斯下去，醒狮也跟着下去。段虎回头看看暗道口慈祥的老妇人，感激之情无法言表，只得用中国军人最基本的礼仪——敬礼，来表达对老妇人深深的崇敬之情。

待段虎等人全部进了暗道后，老妇人挥了挥手，把盖子盖好，转身离开。

不过一会儿，大家就听到了激烈的枪声，段虎知道，上面的人肯定都遇害了。

当时，段虎之所以选择教堂来躲避，就是因为他知道这里的武装分子什么都敢侵犯，唯独在教堂里不敢乱来。不过后来段虎也想到了，武装分子之所以开始没有在教堂里撒野，是因为没有发现他们，而且没有接到任何命令，可第二次就是有备而来的，结果残忍地血洗了教堂。

第二十四章

疯狂突击

在老妇人的帮助下，段虎和地狼、雪豹、醒狮，还有米娜、丽斯、玛丽娅进了暗道，里面非常黑，而且只可容纳一个人通过，特别是段虎等人拿着枪、背着背包，行动起来更加困难。

“老大，前面有两个岔口，该怎么办?”走在最前面的地狼突然停下脚步，问负责断后的段虎。

“是吗? 这个我也不知道，丽斯，你们知道吗?”段虎问前面的丽斯。

“不知道。”丽斯和其他几个人一起回答道。

“那就随便走一条吧，不能再耽搁时间了。”段虎催促着。

“万一走到敌人眼皮底下，我们不就都成肉弹了?”醒狮说。

“你他娘的不要尽说丧气话!”雪豹郁郁地说。

“就算真的是那样，大不了一拼嘛!”地狼也在一边说道，然后硬着头皮选了左边的岔口，因为此时众人已经没得选择了。

左边的暗道没有大家想像中那样糟糕，相反变得更加宽阔。

“砰!”

“轰!”

就在大家终于见到一丝亮照进洞里来的时候，密集的枪声和剧烈的炮声突然在耳畔响了起来，随之暗道的顶上也开始掉灰，好像马上就要坍塌了一样。

“轰隆隆!”走在最后面的段虎回头望去，发现自己身后的暗道已经塌陷了，上面装甲车履带的声音异常清晰。

“冲出去! 这回真得要死拼了!”地狼小声地说道。

“慢着。”段虎走到前面说，“弄清情况再说，先准备好。”

段虎的话音刚落，地狼、雪豹、醒狮的子弹已同时上膛。

“妈的，没法探情况，拼吧。”雪豹几次试图探头都没成功。

“好。”段虎也下了决心，“准备烟雾弹，我和地狼先冲出去，你们保护她们。”段虎对雪豹和醒狮说着，又指指丽斯等人。

“明白！”几个人一起应着。

接着，地狼拿出包里的烟雾弹，随手扔了出去。顿时，洞外枪声大作，段虎顺势扔出几个手雷，“轰”的一声，烟雾弥漫。段虎和地狼趁势冲出洞外，一阵乱扫，然后两人各占据了一个有利地形，和洞外的人对射起来。这时，雪豹、醒狮也护着几个女人冲了出来。

待烟雾散尽，段虎才有空看看眼前的处境，不看则罢，一看则大吃一惊——自己和战友们竟然身处一个包围圈内，三面空旷，一面是水，而且远处的装甲车还“轰隆隆”地朝这边驶来。

“赶紧走！快！”段虎大声吼道。

闻声，大家一边射击一边逃跑，段虎和地狼仍然断后，虽然背后不断有子弹飞过，但幸好没有一颗击中他们。

“前面有一栋破楼房，我们是不是要上去？”雪豹指着前方问道。

“废话！再不进去我们就成马蜂窝了。”段虎气愤地说。

于是，大家一起躲进了破楼房。

房子有两层，估计是以前富人家的小别墅，不过现在已经面目全非了，只剩下很大的框架，什么玻璃、门窗早就烂了。现在大家无处可逃，只能躲进小楼暂避一时了。

“50……10、9、8……”段虎在心里默念着装甲车离自己的距离。

“该行动了。”见装甲车快到跟前了，段虎提醒地狼。

地狼点点头，枪上的榴弹发出去了，段虎也冲人群开枪了。

“砰！”就在段虎和对方激烈火拼的时候，楼上突然响起了枪声。

“怎么回事？”段虎赶紧问道。

“我也不知道。”地狼说。

“赶紧解决掉眼前的那家伙。”段虎对地狼说。

“好！”地狼应着，立即投了几颗手雷。

一阵轰鸣声传来，当前的敌人终于被消灭了，段虎却看到了从楼上慌慌张张跑下来的醒狮。

“怎么了？”段虎问道。

醒狮没有做声。

“到底怎么了？什么事让你害怕成这个熊样子？你还是一个特种兵吗？”地狼看见醒狮的样子，有些气愤。

“没，没什么事。”醒狮吞吞吐吐的。

“到底怎么回事？”段虎也急了。

“轰！”一颗炮弹落了下来，段虎和所有人赶紧趴了下来。

“快走！”炮弹过后，段虎大叫。

经段虎的提醒，大家赶紧跑出小楼继续奔跑。

段虎、地狼还是断后，不过醒狮竟然也拖拉到了后面。

“你怎么回事？跑到后面来干嘛？”段虎问道。

“我……”醒狮还是支支吾吾的。

“到底怎么了？”段虎冲着醒狮的耳朵根子大吼。

“我、我、我杀人了！”醒狮脸色扭曲地厉声狂叫。

“杀人紧张个屁，我们除了杀人就是被杀，这有什么大惊小怪的。”段虎用不屑的眼神看着醒狮，“难道你以前没杀过人？”

“可我杀死的是个孩子！”醒狮紧绷的肌肉始终无法松弛，“当我冲进楼上的里屋时，突然有一个人拿着武器朝我冲了过来，我当即开了一枪，然后就看到鲜血从那个人身上流了出来，但是没想到是一个拿棍子的小孩。他在咽下最后一口气的时候，眼睛还死死地盯着我，好像在问我为什么要杀他。我真的不是故意的，可是谁让他在那种情况下拿着一根棍子对着我呢？这不能怪我，不能怪我！”

醒狮的情绪已有些失控。

这也难怪，虽然特种兵都经历过战争的考验，但是当你杀的是一个手无寸铁的小孩时，谁的心里都会感到不安的，醒狮自然也不例外。

段虎听了醒狮的述说，心情也不由得杂乱起来，但现在不是讲感情的时候。作为一名特种兵，接受了这样的任务，遇到类似的情况也在所难免，此时完成任务才是最主要的。段虎赶紧收起自己有些伤感的情绪，大声对醒狮吼道：“这不是你的错！不是！明白吗？”

“这不是我的错！”

“我们现在要做的是冲出这里！”

“冲出这里！”

在段虎的不断引导下，醒狮渐渐恢复了理智。

跑了一会，后面的追兵渐渐被甩掉了。正当大家准备在街道的拐弯处喘口气时，突然出现了十几个武装分子。前面的雪豹和醒狮赶紧回头向段虎和地狼示意，两个人立刻向前移动，然后四个人同时出枪，瞬间将武装分子全部撂倒。

“砰!”随着一声枪响，不远处小楼上的几个窗口里浮出了几架机枪。

机枪手居高临下，让躲在拐弯处的段虎等人不敢动弹，只要稍一移动，就要暴露在敌人的视线内，也就是机枪精准有效的射程范围内。

“这可怎么办?”段虎心想，慢慢地试探着向外伸出脑袋，想弄清楚机枪手的具体位置，可是刚一露头，就被一阵火舌压了回来，随之墙上的土皮掉了下来，要不是他动作够快，还真的会被击中。

此时，后面追兵的脚步声也越来越近了，段虎已别无选择。

“干掉所有机枪手!”段虎果断地下令，话音一出，几个人立即明白了他的意思。

对方到底有几个机枪手，大家不得而知；前面还有没有伏兵，大家也不得而知。就目前的情势来看，只有冒死一拼了，但绝不能盲目地去送死，更不能搞什么肉弹策略。于是，段虎示意大家自己先出去，其余人掩护。

他从身上摘下一个手雷，然后持枪跃了出去，地狼、雪豹、醒狮则赶紧开枪掩护。

就在跃出的同时，段虎手里的枪响了，手雷也扔了出去，然后他就地一滚，观察机枪手的位置。

待他看清楚后，正准备跃回墙角，突然“砰”的一声，一颗子弹射了过来。

段虎顿时感觉自己的脑袋“嗡”的一声，好像被一个重重的东西击中了，一阵眩晕。尽管这样，他还是尽量使自己保持清醒，赶紧就地翻了几个跟头滚回了墙角。

“没事吧?”地狼等人赶紧问道。

段虎自己也不敢确定。他摸了摸脑袋，没有窟窿，也没感觉到疼，再摸摸钢盔，倒是有一个深深的弹痕。很显然，子弹击中了他的钢盔。

“谢天谢地！算是保住了一条命。”段虎暗自庆幸。

这边，段虎他们战得正酣，而玛丽娅则缩在墙角，浑身颤栗着。这个可怜的姑娘，从小娇生惯养的，何曾见过这等阵势。

“我看清了，共有 4 挺机枪，正好我们一人解决一个，不过方位你们都给我记好了，因为出去后就没有时间考虑了，一个在……”段虎此时也顾不得去安抚玛丽娅，对队员们一一交代。

“准备吧。出击!”交待完毕后，段虎一声令下。

话音刚落，四个人一起跃了出去，同时向四个方位射击，而且都顺手投出了一枚手雷。

“轰！砰!”一连串的响声过后，街前和楼上渐渐恢复了平静，潜伏的机枪手已没了声息。

“干得好!”四个人同时向彼此竖起了大拇指。

“快走!”解决掉了眼前的敌人，段虎对大家说道，“我再上楼搞挺机枪。”说完就奔上楼去。

是啊，这个时候，机枪的威力是非常大的，不过也只能拿一挺，多了就是负担了。

正当段虎拿着机枪准备下楼的时候，突然感觉手臂一凉，“啊!”他不禁喊了出来。

原来那个机枪手还没有死，虽然气若游丝，但还是拼劲全力地向段虎甩出了手里的匕首。段虎没有任何防范，好在机枪手已是强弩之末，匕首本来是朝着咽喉去的，却射偏了，结果只挨着段虎的胳膊上擦了过去，仅是挑起了一层皮肉，血还是渗了出来。

“龟孙子!”段虎气急败坏地大吼，回手给了那家伙一梭子，对方顿时脑浆迸裂、血肉模糊，立马就见了阎王爷。

“奶奶的，叫你偷袭我。”段虎余恨未消，捡起地上的匕首又插入对方的躯体搅动了一番，没想到那颗蹦出来的心竟然还痉挛般地跳动了一下。

“怎么了？你没事吧?”听到枪声后冲上来的地狼连声问道。

段虎没有说话，朝他一挥手，两个人快步走下小楼，继续前进。

大约过了半个多小时，他们终于逃出了市区，四周变得安静下来，段虎赶紧通过耳机向恶狼汇报了自己这边发生的情况。

第二十五章

监狱争斗

此时，恶狼正在和森林里的武装分子打着游击战。

原来，段虎等人走后，武装分子就开始大批地在森林里展开拉网式的搜查。为了掩护段虎等人顺利进入市区，恶狼带人先和武装分子在森林里周旋。可让他意想不到的是，武装分子竟然下了狠手，来的人手多不说，而且分了好几拨。这突如其来的架势让恶狼措手不及，一时间深陷绝境。

“难道我们的行动暴露了？对方在还没有弄清情况的前提下，竟然出动这么多人，其中必有隐情。”恶狼一边寻思，一边想着对敌之策。

他毕竟是久经沙场的老手，而且不止一次在丛林里作战，更不缺乏单枪匹马迎战一群人的经历，所以仅仅想了一会，他马上下令：“各小组迅速分开，准备迎战！”

各小组领命分开后，小心地潜伏在灌木丛或树后。不过大家并不打算打伏击，而是要和武装分子打游击战，这样做就是为了牵制住对方，让段虎等人有充足的时间进入市区，当然也是为了减少伤亡，因为一旦双方正面冲突起来，队员们占不到任何便宜，毕竟一拳难敌四手啊。

武装分子的脚步声越来越近，而且分别从东边、北边、南边三面夹击，形成了三面围攻之势。

恶狼分析了一下形势，明白在这种情况下只能打游击，而且要找机会出去，然后再想办法从背后突袭一下，这样才能让对方阵脚大乱，达到掩延时间的目的。

此时，恶狼正潜伏在森林中间一棵最大的树上，这棵树不但树干粗大，而且枝叶茂密，所以不易被人发现。紧接着，他拿起手里的望远镜不断地观察着

四周的情况。

“对方大约 600 人，从三个不同的方位向我们进发，而且手里的武器除了枪，还有小炮，看来对方是有备而来的。”恶狼一边从望远镜中观察，一边进行着高空遥控指挥。

按照恶狼的指挥，小分队忽左忽右地袭击着。如此毫无章法的进攻，让武装分子一时间乱了阵脚。但有时好事也会变成坏事，这也让他们似乎觉察到了小分队的意图。一些人开始聚在一起，疯狂地向一个小组发起围攻，第二小组的处境瞬间变得异常艰险。

在武装分子的逼压下，第二小组边打边退，最终被逼进一个山谷。谷底地形开阔，几个人顿时显得既渺小又明显，情势十分严峻。见状，大家索性把所有的东西都拿了出来，子弹全部挂上，手榴弹捏在手里，等待最后的拼杀。

300 多名武装分子慢慢地围了过去，第二组的队员赶紧潜伏在一个小山丘后面，不过这一切都没有逃过他们狡猾的眼睛。

武装分子突然改变了策略，不但从两面围了过来，而且是前面几十个先攻，后面隔几十米再跟上几十个，层层推进，让队员们根本无法动弹。

尽管已身陷重重包围，但是为了牵制对方，完成神圣的任务，第二组早已经把生死置之度外了。就在武装分子快要逼近的时候，领头的 6 号喊了一声“打”，几个人的机枪立刻噼里啪啦地响了起来。武装分子赶紧卧倒，等队员们停止射击后又向前推进。

就这样，武装分子越逼越近，队员们的子弹已打光了，只好开始往外扔手榴弹。

最后手榴弹也扔完了，尽管武装分子也死了不少，可剩下的 100 多人还是死死地压了上来，第二小组已是濒临绝境。

“上刺刀!”6 号轻轻地说了一句。

这时，队员们才意识到，死神正在慢慢地在向他们靠近。可他们个个毫无惧色，从容地从腰间取下匕首，“咔嚓”一声上到枪头上，然后静静地等待着。

武装分子见队员们没了动静，估计他们子弹已经打光了，而且经过刚才的手榴弹投掷以及小炮轰炸，此时的山谷已经炮火连天、烟雾弥漫，更加给武装分子创造了迅速靠近的机会，当然也为队员们进行最后的肉搏战提供了良好的时机。

“啊!”随着第一个冲上来的敌人被 6 号用刺刀捅死，队员们一起冲了出去。

肉搏战开始了，山谷瞬间变成了一个屠宰场。队员们嗷嗷乱叫着，双眼通

红，勇猛地朝敌人冲了上去。7 号被连刺两刀竟然还哇哇乱叫着捅死了几个人，武装分子十分震慑，发呆之际，又被 7 号捅死了几个。不过，他们很快回过神来，一阵乱射，第二小组的队员就一个接一个地倒下了，壮烈地牺牲了。

这惨烈的一幕，恶狼在树上都看到了，但却无能为力，眼角不经意已有些潮湿，骂道："熊样的，我是军人，知道军人意味着什么吗？死！"恶狼狠狠地在心里骂着自己不争气的眼泪，"死算什么，为了国家，为了神圣的任务得以顺利完成，死一百回也值得。"

确实，恶狼曾经从死人堆里爬出来过好几次，就像今天，他敢自己单独战斗，就是因为有过人的胆识和丰富的经验。有一次，他在一个黑帮卧底，后来被发现，上百人追杀，他硬是凭借超人的胆识只身从丛林里逃了出来。

其实，在他们这群特种兵里，有过卧底经历的可不止恶狼一个人，记得当初上级要他训练这 13 匹执行任务的"狼"时，就给他讲过每个人的卧底经历，其中段虎的经历是最惊险的。

当时，段虎潜伏的黑帮是国外一个很大的贩毒团伙，头目叫西米。一直以来，公安部为了缉拿这批人，费了好大劲，而且安排过很多卧底，但都被发现然后遇害了。后来，他们只得求助特种部队，段虎就是在这种情况下被上级领导委以重任的。打入敌人内部可不是一件容易的事情，段虎听了有关任务的介绍后就开始暗暗打听，终于探听到大毒枭西米的兄弟格斯正在狱中服刑。段虎认为如果想打入敌人内部，格斯是个突破口，最好能够和他接近，因为格斯是西米的好兄弟，而且是在替西米坐牢。于是，他利用公安局的关系，轻而易举地进了牢房。

当段虎被人押着来到格斯所在的监狱时，终于明白了什么叫做绝狱，怪不得西米没能把格斯救出去，的确是太难了。段虎见过不少监狱，但是在缅甸这个地处"神秘金三角"的特殊地带，监狱也非同一般，都是用石头堆砌的，无论是牢房，还是围墙。而且，围墙很厚，四周有铁丝网，周边则是丛林，几十里外都很难找到公路。所以，想逃跑是绝对不可能的，就算是越了狱也无路可逃。况且，四周都有高高的监视台和先进的报警设备，可以说是死囚之地。

段虎被 4 名狱警押着进入，打开第一道门，道路很窄，狱警则前后左右各一人地围着他。慢慢走到里面后，情况却出乎段虎的意料之外，他竟然没有看见任何一个看守狱警的影子，不禁惊讶万分。

段虎知道，在中国，监狱的每道门都有看护，以防罪犯逃走，可这里竟然什么都没有，难道有监视器？可是他看了半天也没发现任何监视设备。不过他

还是机警地发现了墙上有几个小洞，估计这后面就是躲在暗处的人。可是，躲在暗处干什么呢？难不成是等罪犯跑的时候从此用枪射击。

想着，段虎又进入了第二道门，这里就像关老虎的笼子，从上到下全是用很粗的钢筋铸成的，而且铁棍根根紧密，徒手根本无法逃出去，除非用炮弹轰炸。慢慢地，段虎又进了第三道门，这里面更是厉害，竟然全是密封的钢板，由此形成了一个大通道，只容一个人通过，根本无法快速奔跑。也许是前三道门的警戒实在是太厉害了，最后的第四道门里就显得简单多了，只是一间间普通的、均匀分割而成的房子，而且都是石头做成的。

4名狱警就这样一层层地把段虎送进了中间的3号牢房，然后转身便离开了。

这间牢房里共有5个人，不过谁都没有搭理段虎。段虎也懒得和他们打招呼，低着头走向属于自己的第六个空床铺。可就在他快要走到自己床前时，第5个人突然伸出一只脚，段虎始料不及，绊了一下，一下就向前扑去，不过他并没有倒下，而是凭着自己的功夫，一个跟头竟然翻了过去。第5个人没有想到段虎的反应会如此灵敏，顿时收敛了许多，只是向其他4个人递了个眼色。

段虎不再理会他们，在床铺上躺下，开始准备睡觉。

突然，段虎感觉面前一阵风声传来，睁眼一看，5个人竟然一起抬腿向他袭来。

“不好!”段虎大叫一声。

就在这猝不及防的情形下，一种特种兵本能使他飞身跃起，竟然一下子从5人的包围里飞了出来。

段虎的反应实在是太快，5个人来不及收脚，一下子碰到了一起，只听见“哎呀呀”几声，5个人同时抱着脚大叫起来。

段虎知道自己此次执行的任务非常特殊，而且处境非常危险和艰难，所以不想和任何人发生冲突，也不愿意招惹是非、惹人注目，但是对于欺负到自己头上来的人，他也绝不会放过。

“人不犯我，我不犯人!”这是段虎一直坚持的原则，更何况5个人的夹击很可能会让他受伤，甚至毙命，所以他必须还击。

5个人被段虎戏弄后，十分恼火，团团围在他面前站定，眼里露着凶光。

“请问各位老大，有何赐教？刚才得罪了，请多包涵。”段虎虽然语气谦和，但脸上的表情却十分严肃，眼里也充满杀气。

毕竟是受过特别训练的人，段虎自然明白在没有动手前，眼神是很关键的，只要你把对方的气势压下去，就在无形中增加了自己的胆量和威力。

显然，段虎根本就没把这几个人放在眼里，眼里的杀气也越来越浓。不过要说这5个人，也是“赫赫有名”的，只不过不是什么好名，而是地方一霸的恶名。

这5个人不但长得很有意思，名字也很有意思。

老大大山，长得最高；老二到老五分别叫二山、三山、四山、五山，而且一个比一个矮。可别看五山最矮，却是里面最残忍的一个家伙。大山比较稳重，其他三个也比较平和，但真要是动起手来，个个都是杀人不眨眼的家伙。

“你他妈的想找死，别看我们今天进了监狱，明天老子出去照样杀人放火，要不是……”五山指着段虎吼道。

“行了，退下!”没等五山说完，大山说话了。

段虎看得出来，5兄弟进来肯定是因为遭了某个奸人或当地更大势力的迫害，只是大山不想让人知道罢了。

“兄弟。”大山面带悦色地说，“你的身手不错，我们兄弟几个自愧不如，不过你是新来的，任你武功再好，不遵守这里的规矩，照样会吃亏的，如果真的打起来，你难道一拳还能敌过我们五手不成?你不行的，所以你还得遵守规矩。”说着，大山回头坐在床铺上。

“什么规矩?原来监狱里也有规矩，早说嘛，何必暗下毒手呢?”段虎紧盯着大山说道。

“看你的身手，也应该是道上的人，难道真的不懂规矩?”大山有些惊讶。

“不知道，小弟阿虎初来乍到，还请多多指点。”段虎见几个人态度稍好些了，也就不想再招惹是非了。

“规矩就是，这里我是老大，他们都听我的，你也不例外。”大山拍拍胸脯说道。

“大山哥好，二山哥好……”段虎明白自己该识时务，于是挨着问候了一遍，并且鞠了躬。

“这还差不多!”五山又说话了。

“少废话!”大山瞪了五山一眼。

虽然段虎此时显得恭恭敬敬的，可大山却知道他不是一个好惹的主儿。

“兄弟，你很直率，我喜欢，千万不要客气，以后有什么事尽管说，大哥我会帮忙的，以后你就是我们这里的老二了。”

“老大，你太抬举我了，我还不配。”段虎表现得很谦逊。

“我决定了，谁也不能改变，赶紧都叫二哥。”大山冲四个人命令道。

“二哥!”二山、三山、四山冲着段虎喊道。

“管他叫二哥，我?”五山有些愤怒。

“你怎么着，你不叫是吧？那你就做老大!”大山十分生气，厉声质问五山。

“大哥，我……”

“你什么你，赶紧叫!”

“二哥!”五山虽然叫了，但还是一副很不服气的样子。

“既然都是兄弟了，就别客气了，过来坐下。”大山招呼段虎。

“以老弟这么好的身手，怎么进来的？是不是得罪了什么高官权贵?”大山问道。

“哦，倒也不是，就是因为一个人，他也算是个小官，我开了个小铺，可他处处刁难我，我气不过，就杀了他全家，结果就进来了。”段虎知道大山在套自己的来路，不过他早有准备。

“这样啊，你够猛的!”大山翘起了大拇指。

“让大哥见笑了，小弟现在其实有些后悔了。”

“你这话大哥可不爱听，男人就是要有股霸气，出去后还是一条汉子。”

“谢谢大哥!”段虎笑着说，“对了，这里的规矩到底是什么啊?”他想起了五山刚才说的话。

“好吧，我就告诉你。”大山也是想拉拢段虎，就和他显摆了起来，“既然兄弟你问起来，我就和你好好说说，规矩呢，其实就是一切凭实力说话，就像你，虽然刚来不久，但你的功夫很好，我是这里的老大，就可以封你作二哥。当然刚才我也说了，你一拳难敌我们五手，所以第二个问题就是势力。我知道你要问，难道监狱里也有帮派?”看着段虎有些疑惑的样子，大山又兴致勃勃地说了起来，“兄弟，虽然你身手不凡，但靠单打独斗是不行的。这个监狱中有两股势力，一个是天龙会的，另一股是地虎帮的。在地面上他们龙虎相斗，在监狱里也是一样，天地相争。这天龙会的老大呢，就是格斯，他讲义气，人也豪爽，手下都非常敬重他，他也说一不二！地虎帮的老大叫猛星，因为杀人太多，所以没人可以保得了他。此人生性粗暴，而且残忍无比，手下人都怕他。所以，兄弟，我要告诉你的是，不管在这里遇到什么事情，千万不要去管，否则你会招惹很多不必要的麻烦，甚至是杀身之祸。明白吗?”

“谢谢大哥，小弟谨记就是了。”

“那就好，算你识相。”大山点了点头。

到了晚上，大家都沉沉地睡去了，可段虎却辗转反侧——这里与外界隔绝，自己连个帮手都没有，到底能不能和格斯搭上腔，能不能取得他的信任呢？这一切实在是难以预测，说不好自己还会在监狱里丢掉小命呢。

想到这里，段虎不禁打了个寒战，望着眼前漆黑的世界感叹道："不知自己能否冲出这道虎牢关啊？"

第二十六章

威 震 群 雄

在监狱里呆了几天，段虎慢慢地适应了这里的环境，最起码暂时还没人敢欺负他，而且生活得也不错，当然要分和哪里比了，想想自己以前特训时的艰苦环境，一时就感觉这里像是天堂了。

不过几天下来，段虎都没能见到格斯，他也问过大山，可大山说格斯是个大人物，神出鬼没，谁也不知道他会在什么时候突然出现在什么地方，所以段虎只有等待。

到了第十天，狱警突然宣布今天可以到外面活动，而且是足足一天的时间。段虎正感觉闷得受不了了，一听立即来了精神，整天憋在石屋里，也该出去透透气了。

“兄弟，等等!”正当段虎准备走出石屋时，五山突然叫了起来。

虽然五山刚开始和段虎的关系最僵，但经过一段时间的交流和接触，两个人竟成了好朋友。这就是五山这种人的性格，虽然容易动怒，可一旦相处融洽了他就会死心塌地地跟对方做朋友。

“怎么了，有事吗?”段虎停住脚步问道。

“千万别出去，依我的经验，今天大放风也不是什么好事，因为天龙会和地虎帮的人肯定会在今天全体出动。他们向来结怨很深，今天估计又会有一场血战。”五山说这话时表情有些惊恐，段虎还从来没见过他这样呢。

“不会吧?”段虎有些不敢相信，“狱警不管吗?”

“管个屁!”五山狠狠地骂道，“这里他妈的都是死囚，早晚也得死，多斗死几个才好，狱警巴不得呢，还省了他们天天去看守。”

“是吗？不过我还是想出去看看。”段虎坚持着。

“那不是送死吗？二哥。”五山有些着急了。

“是啊，二哥，你还是别出去了。”其他三个人也附和着。

“我不惹他们不就得了？”段虎坚持着。

“你不惹他们，他们也会惹你的。”大山此时终于也开口说话了，“不过这样吧，既然兄弟想出去，那么我们几个陪你一起去。”

“没事，大哥，我一个人不会有事的。”

“做兄弟的别说这些，再说你初来乍到的，很多事不懂，就这样，走吧。”大山说着也开始往外走。

大山带头，其他人当然没话说了，大家一起走了出去。

其实段虎并不是想出去透风，而是想见见格斯，同时找机会去接近他。

六个人走出石门，来到监狱专门为犯人准备放风的一块空地。其位于一个四面环山的、类似盆地的地方，想从这里跑出去是根本不可能的。

此时此刻，空地已经聚集了不少人，很明显可以看出分了两帮，段虎猜他们就是天龙会和地虎帮的人，而大山则独自坐到了另外的空地。

“老大，我们应该是什么派，为什么你坐在这里？”段虎问道。

“哦，忘了和你说，我们中立，就是谁也不惹，哪边都不参与。”

“原来这样啊。”段虎在心里微微思忖。

“二哥，你看什么呢？”二山看了看段虎的神态问道。

“没什么，就是在观察他们。”

“不要观察，小心哪帮瞄上你了，你可就惨了。”三山也说。

“嗷嗷！”正当两人说话的时候，一群人叫了起来。

“老大好！嗷嗷！”又是一阵狂叫。

随着喊声走出来一个人，此人浓眉大眼，个子很高，而且透着一股豪气。

“嗷嗷！”又是一阵狂叫。

随着此起彼伏的叫喊，里面又走出一个人，此人看着非常凶恶，而且脸上有刀疤，一股杀气显于脸上。

此刻，局势非常紧张，空气中弥漫着恐怖的气氛，但是两帮人却没有进一步的举动。

“这情形不是挺好的吗？”段虎问大山。

“好什么，你只知其一，不知其二，看似风平浪静，一会儿就会乌云压顶的。”大山说道。

“是吗？”

“当然，走着瞧吧！”

“前几天监狱里刚来的那个新人呢，怎么他妈的也不给老子打个招呼？是不是不把老子放在眼里啊？”地虎帮的老大猛星突然说道。

段虎听说到自己了，心里不但没有害怕，而且非常高兴，终于有机会和他们接触了，这样也就有机会认识格斯了。

“老大好！”段虎走过去，先给猛星鞠了一躬，“老大，我叫阿虎，初来乍到，没及时拜访，还请原谅，当然还有格斯老大。”

“是吗？好，既然是初来乍到，那么我就给你讲讲这里的规矩。”猛星显然是在刁难段虎，“新来的都必须接受这里的挑战。”

“老大，请问是什么挑战？”段虎还是恭恭敬敬的。

“我想先问一句。”猛星的脸色突然变得好了，“既然来到这里，估计你也不是一天两天就能出去的，想好跟着谁混没有？”

这个问题一出口，大山就倒吸了一口凉气，因为猛星的这一问，段虎如果回答得不好的话，就会引来杀身之祸。大山虽然哪一派都不跟，和猛星、格斯他们比起来也微不足道，但他毕竟曾是地方一霸，再说又不招惹是非，所以在狱中过得还算安生，但段虎可就不一样了。所以，猛星的问题刚一出口，大山及其他几个兄弟就替他捏了一把汗。

段虎也是个见过世面的人，知道猛星的用意，但他更知道自己此行的目的，总之是无论如何也不能得罪格斯的。

“老大，我当然想跟你混了，但是毕竟格斯老大也在，还是容我想想再说。”段虎的话里藏着明显的不服。

格斯听了段虎的话，虽然没有做声，心里却琢磨起这个有些天不怕、地不怕的家伙来了：“这小子，究竟什么是来头？”

猛星听了段虎的话当即就火了：“你他奶奶的，是不是不想混了？老子告诉你，你个小王八蛋，今天我还就得给你专门立个规矩！”

听猛星这么一说，段虎也火了，自己哪受过这般侮辱啊，顿时眼冒凶光，“好，我就听听你的规矩。”

段虎竟然敢这么直接地顶撞猛星，这是大山和几个兄弟万万没有料到的，就连格斯都开始为段虎担心。虽然他也是一方老大，但段虎这样不给猛星台阶下，自己也不好插手，心想猛星一定不会放过这个不知天高地厚的家伙。

猛星虽然怒气冲冲，但也被段虎的气势所震慑，多年来还没有人敢这样对自己说话，看来这个阿虎绝非等闲之辈，但是自己的话已出口，不能收回。

“格斯老大，你也听见了，这小子对我有些不尊，这对我的不敬也是对你格斯老大的不敬，你说是不是?”猛星回头冲着格斯问道。

格斯本来也想说两句的，但听猛星这么一说，就不再开口，只等着他立规矩了。

“来这里的人，必须要打败我和格斯手下的 8 个人。”猛星对段虎冷冷地说道。“格斯老大，你找出 4 个人吧。”说着，他又转向格斯。

“猛星老大，对不起，今天是你自己的事，再说这样的规矩也是你自己立的，还是你自己解决吧。”格斯虽然无法帮段虎，但是也不想派自己的人对他下手。

“好，既然这样，我就按自己的规矩办事。”猛星说完，竟然从手下中挑了 12 个壮汉。

“猛星，你不地道，怎么多了几个人?”格斯问道。

“格斯，既然你说不管，那就不要再管。”猛星怒气冲冲地怒吼道。

听猛星这么说，格斯也就不再说话，转身对段虎说道：“小老弟，能否活命，就看你自己的造化了。”

“谢谢格斯老大，如果我阿虎有幸能活下来，必将追随格斯老大。”段虎说完，在空地中央站定，面无惧色地面对着 12 个大汉。

“第一批给我上!”猛星傲慢地看了段虎一眼，对站立的大汉命令道。

“且慢!”段虎突然喝道。

“怎么? 害怕了?”猛星轻蔑地露出一丝冷笑。

“既然你猛星这么想置我于死地，那么我今天就豁出去了，12 个人太少，你再找 8 个，凑齐 20 人，那多过瘾啊。”

“你太嚣张了!”当段虎说出上面一番话时，所有在场的人，包括大山、猛星和格斯等都震惊万分。

“好，既然你这么说，我就不客气了。”猛星说完一挥手，20 个大汉已在段虎身前站立。

段虎这样做，其实自己心里是有底的，虽然对方有 20 个人，但都是一介武夫，根本没有受过什么专门的训练，以自己的身手应该可以应付，这样也好彻底让格斯信任自己，加入了天龙会，自己也就有近距离接触格斯的机会了。

想到此处，段虎先下手为强，还没等 20 个大汉反应过来，突然飞身跃向一个大汉，同时一拳飞了出去，大汉一下子倒在地上晕了过去，接着他又冲向第二个人。

“哇!”还没等大家反应过来，段虎已经放倒了5个人，看得围观的人一片哗然。

不过，这20个人也不都是吃素的，剩下的15人开始疯狂地攻击段虎，段虎则跳来蹦去地和他们周旋着。

这样的场面在监狱估计也是第一次，大家都看得傻眼了，大山更是目瞪口呆，他虽然知道段虎厉害，但没想到他竟是如此的狂，不免庆幸自己当时没和他纠缠下去。

段虎越战越勇，自己也被人击中了脸部，血从嘴角直淌下来，不过相比那十几个大汉，他的伤简直就是小儿科。

如此激烈的对打，让段虎又想起了曾经艰苦卓绝的训练，野性顿生。“啊!”突然，他发出一声狂叫，犹如晴天霹雳，让所有的人不禁身子一颤，只见他一把揪住一个大汉的脑袋，疯狂地击打起来，直到对方血肉模糊才罢手。

见状，其他几个没有倒下的大汉立刻呆着不动了，段虎如此疯狂的举动真是把他们都给镇住了，此情此景，是他们入狱多年都不曾见到过的。

猛星见此情形，立刻示意大汉们退下，他知道自己遇上了一个强手，看来不能再让弟兄们受无谓的伤害了。

段虎虽然以一己之力击退了20名壮汉，但是自己的体力也消耗颇大，而且浑身都血迹斑斑的。但他的行为足以让所有在场的人心服口服，之前从来没有人做到过的事情，今天段虎做到了。

格斯也有些难以置信，段虎的强悍实力实在是超出了他的想像，特别是他的疯狂战斗能力，更是让格斯敬佩不已。

他朝段虎望去，只见他冰冷目光此时正射出凌厉的光芒，朝猛星箭一般地射去：“猛星老大今日的规矩让我大开眼界，阿虎我会永远记住的，如果哪天有机会，我阿虎定会好好地报答一下猛星老大!”

段虎的话一出口，所有的人都听出了其中的含义，猛星也感觉自己的身子一阵发颤。他深吸一口气，虽然有些胆怯但还是大声说道：“报答就免了，不过你想和我较量或者和我树敌，未免有些自不量力了。实话告诉你，地虎帮的势力你也许还不清楚，你可以问格斯老大。”

猛星显然是想展示自己的实力，同时让格斯知道，天龙会虽然很猖狂，但还是要把地虎帮放在眼里才行。

段虎冷冷地答道：“不用问，我阿虎想做的事谁也拦不住!”说完，他不再理会猛星，朝自己刚才所在的地方走了过去，倒地就坐，格斯也跟了过去。

大山等兄弟几个见格斯老大过来了，慌忙让开。段虎本来不想起身的，可突然想到自己的任务就是和格斯接触，所以还是起身打了个招呼。格斯见状忙说道："阿虎兄弟，不要这么客气，你先好好休息吧！"

段虎这才又坐了下去，刚才一战确实消耗了他不少的体力。

"兄弟，你够牛！"格斯说。

"老大，夸奖了，以后兄弟我就跟你混了。"段虎趁机说道。

"当然欢迎！"格斯爽快地答应。

然后，格斯站起来冲着天龙会的人说道："天龙会的人都给我听着，以后阿虎就是我们大伙儿的兄弟，大家要好好照顾他！"

"兄弟！兄弟！"天龙会的弟兄们听到格斯的吩咐后，都大声地吼了起来。

声音穿过空地、透进石屋，让所有人都听到了，猛星的心头不禁一阵担忧："地虎帮要慢慢被天龙会给吃了。阿虎，你这臭小子，我不会放过你的。"

段虎终于有机会和格斯接触了，但他还是住在原来的地方，仅仅是和格斯搭上了腔，取得了他的信任，可是要想在出狱后混入天龙会，他还要继续努力……

第二十七章

一 场 恶 战

通过一段时间的接触，段虎很快融入天龙会，不但让格斯另眼相看，加上他上次一个人就打倒了20个壮汉，天龙会的兄弟们也都对他十分敬重。

虽然格斯也比较看好段虎，但很少和他单独说话，还是和以前一样，这让段虎一时找不到机会深入接触格斯，只好慢慢地等待时机。

转眼，又到了放风的时候，段虎和大山等五兄弟走出石屋，来到了空地上。

几个人坐在一个地方，悠闲地晒着太阳，大山则闭上眼睛深吸了一口气。可就在几个人都闭目养神的时候，危险突然降临到段虎的头上。

“啊！”随着段虎的一声惨叫，血已经渗了出来。

待大山睁开眼睛查看时，段虎已经跳了起来。

原来，有人突然从背后拿着小刀袭击段虎，本来来人是想插入他后背的，但段虎是什么人，是经过特种训练的特种兵，一点风吹草动就会有所察觉。

当时，闭目养神的段虎突然感到背后一阵凉风袭来，立刻知道大事不好，赶紧向一边闪躲，但胳膊还是被刀子狠狠地扎了一下，可是他随即飞身跃起，一脚就踹倒了来人。

对方倒地后，一个“鲤鱼打挺”站了起来。段虎本想再进行攻击，可是胳膊上的伤口疼了起来，于是反手一把揪住了来人，愤愤地问道：“你是什么人？竟敢暗算我？谁指示你的？”

见状，大山等五个兄弟赶紧扶住段虎，段虎顺势从自己衣服上撕下一块布条，缠到左胳膊上。这时，空地上所有的人都吃惊地望着他。

来者是一个高个壮汉，而且还是一个面目凶残的独眼龙。只见他冷冷地说：“你不就是名字叫阿虎吗？还以为真的是我们地虎帮的老大了，告诉你，你不配，我都能让你受伤，你算狗屁老大。”

“阿虎哥，怎么回事？你受伤了？谁搞的，我们弄死他。”正当两人说话的时候，天龙会的弟兄围了上来，一了解情况后差点要把独眼龙给废了。

紧接着，地虎帮的人也凑了上来，双方剑拔弩张。

“兄弟们，听我说，先别乱动。”段虎制止了大家，转脸对着独眼龙问道，“好，既然真的是地虎帮的，那是不是猛星叫你来的？”

“不是他，是我看你不顺眼。”独眼龙说。

“啊！”独眼龙的话音刚落，就感觉一阵剧痛传来——自己的另一只眼也看不见了。

原来，就在独眼龙目中无人之际，段虎一下子拔出手臂上的刀子扔了出去，速度之快让独眼龙根本没有反应的时间，他也一下子就从独眼龙变成了无眼龙。

段虎的这一狠招，让所有人都惊呆了。

显然，段虎出此下策就是想彻底向格斯证明，自己永远不会在地虎帮混，同时也向所有人表明自己也是不可欺的，从而让自己真正地在这里立足。

想到此处，段虎又玩了招更绝的——趁大家还没回过神来时，他以迅雷不及掩耳之势跑到独眼龙面前拔出刀子，接着一下子就捅进了他的肚子。

“啊！”随着一声惨叫和狂喷出来的鲜血，独眼龙猝然倒地，死了。

“哇！”四周一片惊呼，如此血腥的场面镇住了所有的人，众人纷纷后退。

段虎看了看周围的人，突然大吼一声：“猛星，你他妈的不是人，背后袭击我，算什么英雄好汉，有种的就出来。”显然，他必须让自己疯狂起来。

“谁在骂我，不想活了是不！”躲在暗处的猛星按耐不住了，“嚯”的一声出来了。

“我！”段虎大声喊道。

“你怎么了？”猛星怒气冲冲。

“你派人袭击我？”段虎质问。

“不是我，是人家看你不顺眼。”

“少废话，他是你的人，你必须把话说清楚。”

“怎么，你还想和我动手？”猛星恼怒地盯着他，一字一句地说道。

“接招。”段虎懒得跟猛星废话，目的就是想让他出出丑。

见段虎又跟猛星动手了，大家都替他捏了一把汗，毕竟他受伤了，而对手又是杀人不眨眼的黑帮老大。

段虎可不管那么多，一拳打了过去，对方也硬生生地接招了。

“啊！”突然，段虎惊叫起来，原来是猛星身旁的一个大汉接招了。

大汉身体非常强壮，就像打拳的泰森，煞是吓人，只见他哇哇地暴叫着向段虎冲过来。

这样一来，段虎的愤怒简直沸腾到了极点，他怒吼一声，一步跃起，双拳攥到一起，大力朝大汉的脑袋由上向下猛砸了下去。

大汉见段虎的双拳到了，赶紧闪躲，但因冲力过猛，虽然脑袋免遭横祸，可肩膀却重重地挨了一下，顿时一个踉跄栽倒在地。

也许一般人这时也就退却了，但这个大汉也是有些来历的，他原来是打拳击的，虽然无法和泰森相比，但身上的蛮力和不怕死的劲头却威震一方，曾经可是打遍监狱无敌手啊。

大汉待段虎再次攻击时，突然一个后翻躲过拳头，然后一个前扑，双拳直冲段虎的胸膛而来。段虎看这情形，只好双拳迎上，两人的拳碰在一起，段虎感觉身子晃了两晃，大汉则感到拳面火辣辣得生疼，还止不住后退了几步。

“妈的。”大汉在心里狠狠地骂道，他实在没有料到，段虎受了伤后竟然还这么厉害。此时，段虎的强悍、勇猛，甚至无情、残忍，虽说激起了他战斗的欲望，但也让他敬佩不已，只可惜各自为不同的主子卖命，只好兵戎相见了。

这两个人都是猛汉，一旦开始交手，注定你来我去、死打硬拼。每碰撞一下，两个人的身子都会狠狠地颤动一下，随之嘴里便发出哇哇的乱叫声，不过两个人没有退却或是停顿，只是一味地疯狂进攻。

不过，段虎因为胳膊上有伤，而且包扎的部位也渐渐松开，血渗了出来，慢慢地已经有些抵不住长时间的消耗战。大汉却管不了那么多，更顾不得什么道义不道义的，就想着赶紧把段虎打倒。

段虎自然知道大汉的用意，眼前的情形也迫使他不得不继续战斗下去。想到这，他不由得加重了力道，对着大汉的要害部位就攻了过去。

“猛星，你够狠，你明明知道阿虎现在是我兄弟，竟然找人暗害他，是不是存心跟我作对！我告诉你，如果阿虎有什么闪失，我让你们地虎帮一个不剩地葬身石牢！”格斯见段虎有些支撑不住，对着猛星吼了起来。

“我知道你们天龙帮早就想灭了我们地虎帮，有了阿虎就更感觉如虎添翼了，你说我能不除掉他吗！”猛星冷冷地说道。

“好！那我们就等着瞧！”格斯撂下一句话，闪到一边继续看段虎和大汉打斗。

这时，段虎和大汉仍在激烈地打斗着，由于这里的天气十分炎热，两个人

身上早已湿透，特别是段虎，伤口经过汗水的浸渍，此刻更是异常疼痛。他知道自己快坚持不住了，必须尽快打倒眼前这个大汉才行！此时，大汉也是大汗淋漓，在段虎的猛烈攻击下，也感觉到了沉重的压力！

虽然打斗的惯性让段虎还在不停地攻击着，但是他心里明白自己真正的威力已经过去，强撑的这点东西已经快要耗尽了，严重的失血让他感到头昏眼花，要不是特种兵强健的体魄在支撑着，他恐怕早就倒下去了。

“不行，是时候该结束战斗了！”

想到此处，段虎在躲过大汉的一拳突袭后，双脚猛地一蹬地，整个身子飞速地朝他窜去！大汉见段虎突然向自己袭来致命的一击，不禁大吃一惊，赶紧举起双臂护住脑袋。可此时段虎却改变了方向，突然落地，用拳在大汉的后脊梁狠狠地重击了一下。

“啊！”随着一声尖叫，大汉的嘴里冒出了串串血泡，接着血开始慢慢地溢出，同时身子重重地倒在地上，不一会儿就不省人事了。

段虎见大汉倒在地上再也无法起来，心里松了口气，此时他手臂上的血也开始流淌，衣服瞬间就被染红了。可他没有管这些，而是强忍着疼痛朝大汉走去，然后一脚再次踏向大汉的后心骨！只听一阵清脆的骨头裂声，大汉扑腾两下便气绝身亡了。

“哇！”人群顿时一片哗然。所有人都没有想到或者说都不敢想，段虎竟然把大汉给杀死了，他可是猛星的人啊。

段虎可不管这些，出手干净利落，一脚就让大汉去见了阎王，这让地虎帮和天龙会的人都惊讶万分，甚至有些无法接受，不免对段虎有些畏惧起来。

“他妈的，我让你杀我！”段虎仍在狠狠地咒骂着。对于大汉的死，他没有感到半点不安，倒觉得他是罪有应得，这家伙出手如此狠毒，进来前绝对是个心狠手辣的家伙，正好为民除害了，而且也好给猛星一个下马威，说不定还可以让格斯彻底信任自己。

“赶紧给阿虎兄弟包扎，快！”格斯看到段虎浑身是血，大喊起来。

一帮人开始手忙脚乱地给段虎包扎，这时，大山五兄弟也走了过来。

“阿虎兄弟，你怎么样？”大山等五个兄弟大声唤道，“兄弟，你可不能出事啊。”

“别唧唧喳喳的，等会儿就好了。”格斯吼着。

几个人不再作声，但是都没有离开，而是守着段虎。

不多时，段虎的血终于止住了，所有的兄弟开始雀跃欢呼，包括格斯也是

一阵狂喜："把阿虎弄到我的石屋，他以后就是我们天龙会的二哥。"

"二哥，二哥!"听到格斯的话，天龙会的人开始叫了起来。

随着喊声，在大家的簇拥之下，段虎被人搀进了一个石屋里。

这个石屋和其他的有些不同，虽然里面有十个铺，但只有格斯和另外两个人住，而且里面还有很多好吃的，收拾得也非常干净。格斯刚坐下，就见屋里的一个人打来了水，另一个人则递上了毛巾。

"先给老二用!"格斯指指段虎。

两个人赶紧把脸盆端到段虎的面前，拿起毛巾给他擦脸，擦洗血迹，接着又把他周身擦了个遍，足见格斯对段虎的器重。

"以后一个人伺候我，另一个人伺候老二，也就是你们的阿虎哥。明白吗?"格斯冲着两个人说道。

"是，老大，我们记住了。"两个人赶紧回答。

"你们快扶老二到铺上休息。"

两个人又赶紧轻手轻脚地把段虎扶上一个床铺。

"怎么样，老二，好些了没有?"格斯坐到段虎的床铺边问道。

"谢谢老大，我好多了。"段虎很感激地看着格斯。

"那就好，你好好养伤。"

这边，格斯和段虎亲切地交谈着；另一边，猛星也在准备自己的计划。

"传我的命令，让所有地虎帮的人都提高警惕，随时准备行动!"猛星喝道。

"还有……"吩咐完，猛星又悄悄地把嘴巴凑到自己的两个亲信——瘦猴和胖猴的耳边，如此这般地嘀咕了一会儿。

"是，老大。"

"是，老大，保证完成任务。"

两个人应着，走了出去。

不知不觉间，一场灾难又冲段虎而来了。

段虎的伤势经过一天的休息，已经大有好转，虽然流了不少的血，毕竟是手臂上的伤，并无大碍。他本来想出去走走的，但是被格斯拦住了。格斯知道猛星现在一定非常生气，肯定在想着怎么对付段虎，所以他必须多加小心。而且格斯也是个颇有心计的人，他故意明目张胆地把段虎又弄回大山他们几个兄弟住的屋里，待天黑后再悄悄地把他叫回来。

胖瘦和瘦猴接到猛星的密令后，马上就开始行动了，倒不是因为他们非常听从他的话，而是起初被段虎打倒的 20 人中就有他们两个，所以他们对段虎也

是恨之入骨。

两人趁着夜色悄悄地来到天龙会的地盘，然后避开监狱里的耳目，进入大山兄弟几个的石屋。屋里，大家都熟睡着，两个人蹑手蹑脚地进来，开始寻找段虎的床铺。

床上的人都用被子蒙着头，两个人仔细看了又看，也没能找出来。瘦猴朝胖猴一打手势，两人一起向一个呼吸比较急促而又微弱的被窝移了过去。走近后，瘦猴一下子蒙住被窝里的人头，胖猴则把被窝底部抓紧。这样一来，被窝里的人就无法喊出声，也动弹不了了。

慢慢地，被窝里那人的呼吸声越来越小，瘦猴还不罢手，直到感觉他的呼吸完全停止了才松开手，招呼胖猴准备离开。可就在这时，被窝里的人竟然蹦了起来，冷笑道："想走？哼！没那么容易，老子的鬼魂回来找你们算账了！"

被窝里突然传出的声音让胖猴和瘦猴惊诧不已，不禁打了个寒战，难道真的是鬼魂来找自己算账了？两个人没命地往外跑，可是刚跑到门口就不得不停下来了，门外赫然出现了段虎的身影。

"妈呀，鬼啊！"瘦猴和胖猴吓得浑身筛糠一样颤抖着。

"想跑？没那么容易！不要说鬼，就是活着的人也不会放过你们！"段虎大声吼道。

伴随着段虎的怒吼，纷杂的脚步声瞬间响起，不一会就聚集了上百号人，屋里顿时灯火通明。

"我的妈呀！"瘦猴和胖猴一见这情形，吓得一屁股呆坐在地上。

他们这时才知道自己中圈套了，可是为时已晚。

"你们是猛星派来杀阿虎的？"格斯厉声问道。

两个人吓得一声都不敢吭，想着自己今晚肯定是死路一条了，说与不说都一样，格斯是不会轻易放过他们的。

"不说是吧？好，今晚就让你们尝尝天龙会的厉害。"格斯怒吼一声，做了个手势，天龙会的兄弟们一起冲了上去，对着瘦猴和胖猴就是一顿拳打脚踢，只听见两人的哀嚎声越来越微弱，十来分钟后便彻底没了声息。

另一个石屋里，猛星正在焦急地等待着瘦猴和胖猴的消息。

他一夜都没有睡，既担心自己派出去的两个人不能完成任务，又担心段虎死后自己会和格斯结下更深的怨恨。不一会，手下的弟兄就慌慌张张地来报——瘦猴和胖猴已经死了。猛星顿时暴跳如雷："他妈的格斯，敢和我作对，阿虎，你狠，早晚我要除掉你！"

“通知手下弟兄，全体集合，我们地虎帮要和天龙会决一死战!”猛星思索半天，吩咐下去。

第二天，格斯也在天龙会的各个地盘安排了人，同时召开了一个紧急会议。

“各位兄弟，我们昨天把猛星手下的人给干掉了，前段时间我们的老二阿虎也杀了他们的人，打了他们的弟兄，虽然是给我们天龙会出了口气，但恐怕也会招来杀身之祸，猛星肯定在盘算着怎么对付阿虎，怎么对付我们天龙会，所以大家一定要注意，特别是今天晚上，要防备他们的突袭。”格斯轻声和大家说道。

“是，请老大放心，我们会注意的。”天龙会的弟兄们齐声回答。

“对了，阿虎，你自己更要注意，伤口还没完全愈合呢。”格斯关切地对段虎说。

“大哥，你放心，我会注意的。”段虎笑着回答。

“好了，下面就各自去准备吧。”

格斯一声吩咐之后，所有人都下去了，段虎也躺回床上继续歇息。

天渐渐地黑了，一切都陷入死气沉沉之中，就连白天呼呼刮着的大风也停止了呼啸，整个天龙会沉浸在莫名的紧张气氛之中。

段虎和格斯都在屋里守候着，并吩咐兄弟们做好一切应对准备，他们猜测猛星和他的地虎帮今晚肯定会有所行动。

夜幕降临，格斯让手下的小头头给兄弟们传话，进入警戒状态，时刻准备行动。

格斯的准备并不多余，猛星那边的人已经开始行动了。

当猛星的地虎帮第一批10个弟兄进入天龙会地盘时，就听见哎呀声响成一片，个个扑通倒地，原来格斯的手下已给他们放了绊脚的绳子。随后天龙会的弟兄上去就是一阵狂打，几十根铁棍重重地砸在10个人的身上，刹那间人声鼎沸，惨叫声连成一片，间或还能听到骨头断裂的声音，不大会儿工夫就声息渐无，那10个人已经赴了黄泉。

段虎虽然以前也在这里打死过人，但眼前的残酷情景还是让他吓了一大跳，因为在中国根本不会发生这样的事情，而且法律也不允许。这里虽说是监狱，但更像是黑社会的杂居地，可以为所欲为。

不管段虎怎么想，反正真正的战斗已经开始，地虎帮和天龙会的人已经交上手了，而且斗争非常惨烈。

就这样，格斯和段虎在石屋里仔细留意着各种动静。外面则已经打得不可开交，嚎叫声，厮杀声连成一片……

格斯非常清楚，以天龙会当前的势力，完全能够击败地虎帮，所以他表现得非常悠闲。段虎的伤势虽然没有痊愈，但是以他的身手和应变能力，完全可以对付。不过大敌当前，段虎还是有那么一点点紧张，毕竟在这样的危急时刻，他拿不准格斯的心理，到底他有没有完全信任自己呢？所以，到底能不能顺利度过今晚这一关，他心里一点底都没有。

“格斯，你死定了！”就在段虎胡思乱想的时候，猛星不知什么时候带着人冲了进来。

“不好！”格斯大叫一声。

格斯话音未落，猛星带领的十几个人就已经冲了上来，他们个个手拿着铁棍，凶神恶煞，二话不说就照着格斯和段虎猛砸下来。

猛星的突然到来，让格斯大吃一惊，本来外面已经严密布防，而且他们所待的石屋十分隐蔽，就算地虎帮攻到这里，也会损兵折将、筋疲力尽。可是看眼前的情况，猛星和他的弟兄们竟然神气十足，而且看上去都是有备而来的。格斯不由得大为吃惊，不禁想道：“难道是有内奸？”

不过，现在格斯已顾不上想这些了，因为铁棍就要落到脑袋上了。他赶紧向旁边一闪，同时一个飞跃，踢出一脚，将两个人手中的棍子踢掉，落地的时候又一脚踹倒一个人。

段虎当然也没闲着，身手利索地躲过了铁棍的袭击，又一个扫堂腿击倒3人，然后左一拳右一拳地抡了起来，不时有人倒地，但这十几个人也不是什么软汉，倒了又起来，看样子是要拼命了。

格斯和段虎的功夫虽然了得，但是双拳难敌四手，毕竟寡不敌众，突然格斯被身后的人一脚踹倒在地。猛星则趁机扑了上去，朝着他就是一阵拳打脚踢，打得他满脸是血。

格斯气得哇呀呀地乱叫，可是手和脚都被人死死按住，无法动弹，只能任凭猛星折磨。

猛星也哇哇乱叫着，疯狂地击打着格斯，好像有一肚子的气要发泄，如果再这样打下去，估计格斯的小命难保。

“老大！”见此情景，段虎不禁大喊起来，可他现在也无法去营救格斯，因为几个人正在围攻他，使他疲于应付。

“妈的，我杀了你这个王八蛋！”猛星打着打着突然停住了手，从怀里掏出一把匕首在格斯眼前晃动着，还发出一阵阵的奸笑。

段虎心里很着急，格斯死了倒不要紧，但是那样的话自己就无法打入天龙会，也就无法完成组织交给的任务了，更何况如果格斯真的死了，自己的命恐怕也难保了。

想到此处，段虎也不管什么规矩不规矩的了，一个转身，抄起地上的铁棍就扔了出去，正中猛星的脑袋，鲜血直流。猛星"啊"的一声惨叫，捂住脑袋，回过头来怒视着段虎。

趁猛星还在愣神之际，段虎迅速奔到格斯面前，将围着他的人依次打倒，又把猛星一拳打倒在地，背起格斯就要逃跑。可是没想到，猛星突然将手中的匕首朝格斯射了过去，嘴里叫着："妈的，想走，没门！"

"不好！"段虎心里暗叫，"如果格斯再挨一刀，必死无疑。"

想到这，他也顾不得许多，一下子转身，挡住了直朝格斯而来的匕首。

"扑"的一声，匕首深深地扎进了段虎的左肋。

"啊！"段虎大叫一声，栽倒在地。

见段虎受伤了，"都给我上！"猛星暗喜，怒吼着对手下一挥手。

十几个人迅速地将格斯和段虎团团围住。

"不许动！谁动就打死谁！"就在此时，狱警冲了进来。

虽说狱警不愿管这些事，但是如果监狱里的人都死了，他们也是要负责任，所以他们看打得差不多了，赶紧过来，这一来正好救了格斯和段虎。

"监狱长，一个受伤严重，一个挨了刀子。"一个狱警喊了起来。

"赶紧送医院。"随后，救护车呼啸而来，格斯和段虎暂时住进了医院这个相对还算安全的地方。

经过两天的紧急抢救，格斯和段虎都脱离了危险，随后他们分别以有病需要保外就医为由出狱，而且永远不用再回监狱了，因为格斯的老大西米用一笔巨款买通了一连串的关系。至此，段虎终于得以顺利地离开监狱，并达到了混入天龙会的目的，虽然他为此付出了极大的代价，但为了组织交给的任务，他觉得还是值得的。

第二十八章

卧底黑帮

夜晚，天龙会总舵，天龙会会长西米正和弟兄们焦急地等待着格斯的归来。

“二哥回来了，二哥回来了。”伴着天龙会弟兄们的一阵欢呼，格斯出现了。

“大哥!”格斯叫了一声，飞快地跑到了西米面前。

“兄弟，我的好兄弟!”西米眼睛一亮，紧紧地抱住了格斯。

“兄弟，你受苦了。”看着瘦骨嶙峋的格斯，西米关切地说道。

“大哥，我没事，这点苦算不了什么。”格斯笑着说道。

“都是大哥不好，让你受委屈了。”

“大哥别这样说，小弟我为大哥分忧是应该的。”

“好兄弟！啥也不说了，今天大哥好好地为你接风洗尘。”西米看看格斯，又扫视了一下在场的所有人。

“为二哥接风，为二哥接风。”天龙会的弟兄们一齐呼喊起来。

“谢谢大哥！谢谢弟兄们!”格斯抱拳致谢。

“对了，大哥，我给你介绍一个人。”格斯拉过段虎说道。

“他叫阿虎，是我在狱中结识的好兄弟，要不是他，我可能早就没命了。”格斯感激地看着段虎。

“哦，是吗，既然他救了你的命，那么也是我的兄弟了。”西米高兴地说道，“兄弟，晚上一起给你接风，以后你就是我们天龙会的人了。”

“谢谢老大!”段虎拱拳相应。

“好了，兄弟，你先回去休息，晚上让你好好玩玩。”西米握着格斯的手说道。

“对了，大哥，三弟呢?”格斯突然问道。

“哦，你说路易啊，他有事去了国外，估计过段时间就回来了。”

“哦，原来如此，好，大哥，那小弟我就先去休息了，晚上见。”格斯说完，拉起段虎进了内堂。

经历了那么多，段虎确实已经很累了，转眼就在西米给他和格斯安排的房间里呼呼地睡着了。

也不知过了多久，“兄弟，起来，哥们儿带你快活快活去。”段虎似乎还在睡梦中，却依稀听见格斯在喊自己。

“大哥，到晚上了？”段虎醒过来，揉揉眼睛问道。

“是啊，你看外面。”格斯说道。

“是吗，你看我都睡糊涂了。”段虎赶紧起身。

“对了，阿虎。”格斯说，“以后不要再叫我大哥，天龙会的大哥是西米，我是二哥，记住了吗？”

“记住了，大哥。”

“还大哥？”

“二哥，我记住了，你放心吧。”

两个人不再说话，坐上西米为他们准备的车上了公路。

车子大约行驶了半个小时，在一家豪华的饭店门口停了下来。

“二哥来了，大哥在里面等你呢。”一个天龙会的弟兄迎了上来。

“嗯，知道了。”格斯说道，和段虎走进饭店，眼前的情形让他们不禁大吃一惊。

因为他们看见的不是列队迎接的兄弟，也不是满汉全席，更不是簇拥的美女，而是西米那张极其不高兴，甚至是非常凶恶的脸。这样的情景连格斯也从来没有见过，不禁有些纳闷，今天不是给自己接风的日子吗？但他也不敢多问，只等着西米发话。

“阿虎!”西米突然厉声叫了段虎一句。

“大哥，什么事？”段虎虽然对当前的情形有些不解，但还是恭恭敬敬的。

“你为什么要混进我们天龙会，到底有何居心？”西米怒喝道。

“大哥，你说这话是什么意思？我一点也听不懂。”段虎故意装傻。

“听不懂，好，那我就让你听懂。”

西米一挥手，进来十几个兄弟，把段虎给团团围住了。

“大哥，你要干什么？阿虎是我的兄弟，也是我的救命恩人，你不可以杀他!”格斯见西米要对阿虎下手，赶紧冲上前去阻拦。

“兄弟，你先闪开。”西米有些不高兴。

这时手下的人已把段虎按倒在了桌子上，其中一个人拿出一把匕首抵在他的胸前。

“大哥，到底咋回事，你也得和我说清楚啊。”格斯有些急了。

“和你说也无妨，三弟在国外办事，而且是在做一宗大买卖，但是这个大买卖的主子被一个人救走了，三弟手下所描述的那个人身形和阿虎一样，现在他又混进来，肯定不怀好意。”西米对格斯说道。

“大哥，不会吧?”格斯当然不相信。

“老二，这个事你就别管了，我自有分寸。”西米这话说得非常严厉，格斯也不好再说什么。

“怎么样，全招了吧?”西米走到段虎跟前说道。

“大哥，你说的我一点都不明白。”还弄不清楚眼前的状况，段虎当然不能承认。

“哦，是吗，我会让你说的。”西米说着，拿起桌上的匕首递到段虎手里，“你知道怎么做。”

见状，格斯内心很是不安，他本来就是一个十分讲义气的人，现在看到段虎有生命危险，当然不能坐视不管，“大哥，还是等三弟回来再说吧。”

“不行!”

“大哥，单凭一面之词也不好下结论啊，万一冤枉了好人就不应该了，毕竟他救过我的命。”

“那好吧，老二，既然你说话了，我就放他一马。”

西米转头对段虎说道：“老二为你求情，我就暂不追究了，但为了表达你的诚意，你必须砍掉自己的一根手指，砍哪根你自己选。”

此时，段虎心里异常紧张，脑子也迅速地转动起来：如果西米真的发现自己是卧底，那自己就死定了，况且还有什么三弟的描述，看来天龙会绝对不像之前想像的那么简单。毋庸置疑，自己现在的处境已十分危险，不过正好能乘机查清贩毒分子的真实情况，为组织提供有用的情报。他要自己砍指头，会不会是考验呢？段虎心里很不解，但现在已经身不由己，只好冒死一试了。

想到这里，段虎不再犹豫，拿过匕首，高高举起，冲着自己的小手指就狠狠地砍了下去。

“啪!”就在匕首即将落到段虎小手指上时，一把刀子从侧面飞了过来，击落了他手里的匕首。

“谢谢大哥！”格斯看清了是西米发出的飞刀，赶紧道谢。

“谢谢大哥！”段虎也回过神来，赶紧走到西米面前道谢。

“哈哈哈！”西米开怀大笑，“阿虎兄弟，你通过考验了，让你受惊了。”

原来是考验，真够狡猾的。段虎心里松了口气，赶紧表现出无比的感激，“谢谢大哥的信任！”

好不容易过关了，可不能再露出一丝破绽了。段虎心想，看来他既然做出了今天这番举动，以后势必还会不断地考验自己，还得倍加小心才是。

“好了，今天是为格斯兄弟接风，大家入座。”西米一挥手，服务员开始上菜。

不多时，桌子上摆满了丰盛的菜肴，段虎逐个看了看，还真是不错，有很多都是森林里的野味，比如穿山甲、梅花鹿等等。这里森林广袤，法律也相对比较宽松，所以能很容易猎到各种野味，况且为了赚钱，商家也是不辞辛苦、想方设法地寻找猎物。

“大家静一静，静一静！”西米挥手让喧闹的兄弟们静下来，“今天是给格斯兄弟接风洗尘的日子，大家应该都知道，他是为我进的监狱，吃了不少苦，还差点送了命，我先敬兄弟一杯。”

西米说着，端起酒杯敬格斯，格斯也赶紧举起杯子：“大哥客气了，这是兄弟应该做的，兄弟先敬大哥。”

两个人稍加寒暄后，举杯一饮而尽。

“我们也敬二哥。”所有的人都站了起来。

“谢谢兄弟们！”格斯说完，又端起一杯一饮而尽。

“这第二杯呢，我还得敬阿虎，要不是你舍命相救，老二怕是回不来了。”西米冲着段虎说道。

“谢谢大哥！我真的不敢当。”段虎也寒暄着，端起了酒杯。

“兄弟，干了！”

“干了，大哥。”

段虎一饮而尽。

刚刚放下杯子，格斯又举杯对段虎说：“兄弟，真的非常感谢你救了我的命，以后有什么事尽管说，哥哥我定当全力相助。”

“二哥客气了，这是阿虎应该做的。”段虎此刻越发清楚地知道，要完成任务，必须抓紧格斯才行。

“放心，二哥以后一定会罩着你。”格斯大声说道。

“那就谢谢二哥了。”

两个人又一饮而尽。

此时的酒桌上，觥筹交错、人声鼎沸，天龙会的兄弟们都在忘我地狂欢着。不过今天西米没有喝太多酒，还时不时地扫段虎两眼。段虎也感觉到了西米的眼神，但装出一副无所谓的样子，大口地喝酒吃菜，但心里仍沉甸甸的，他知道西米还没有完全信任自己，自己的处境还是相当危险的。

格斯今天很高兴，毕竟刚从大牢里出来，弟兄们都过来给他敬酒，他自然而然就喝多了，不一会就晕晕乎乎的了，身子还有些晃动。

“你没事吧？”段虎赶紧走到格斯身边扶住他。

“我，我没事。”格斯说话也有些不利索了。

“是啊，二弟，你不要再喝了，等会还有好节目呢。”这时，西米也过来关切道。

“哦？”格斯听见西米的话，赶紧回过头来，“什么节目？大哥。”

“还有什么节目，你在牢里呆了几年，估计连女人都没见到吧，今天当然得犒劳你啊。”西米笑道，“还有阿虎也一起犒劳。”

“大哥，我就免了吧。”段虎说道。

段虎当然知道西米所说的犒劳是什么，所以他不想接受。

“阿虎，这个你说了不算，必须听大哥的，要不然又拿你当卧底了。”西米明显话中有话。

“老大既然这样说了，我也只好遵命了。”段虎听了西米的话，只好答应着。

正当大家喝得尽兴之时，一个天龙会的弟兄匆忙跑进来汇报：“老大，不好了，地虎帮的人找来了！”

“怎么了？这么慌慌张张的，有事快说！”西米喊道。

第二十九章

天狼出现

“老大，是这样，刚才小黑喝多了，我就扶他到外面透透气。结果小黑看到一个漂亮女孩，就过去逗人家，没想到那个女孩打了他一耳光，他急了，开始扯那个女孩的衣服。女孩当然不让，小黑有些急了，再加上又喝多了，一下子就掏出怀里的刀子顶在那个女人的脖子上，女人当然害怕得要死。小黑也开始犯浑，就开始非礼那个女孩子。后来，地虎帮就来了一群人，原来那个女的就是帮主的女人，结果小黑被他们抓走了。”

“他妈的，不知好歹的家伙，把今天的好兴致都给搅了。”西米说着，冲格斯说道，“兄弟，今天让你扫兴了，不过和你没关系，你和阿虎先上楼去，剩下的事我来解决。”

西米说完，一挥手，所有的弟兄都站了起来，离开饭桌，聚集到了门口。

“说了让你们不要管，上楼去！”西米见格斯也跟了过来，竟然有些不高兴。

“好吧，大哥，你们小心。”格斯说道。

西米不再理会格斯，转身对弟兄们吩咐道：“都给我精神点！”

“我们离开合适吗？”段虎靠近格斯，耳语道。

“大哥既然说了，我们就必须从命，这是大哥的规矩，如果我们赖着，反而会惹他不高兴。”格斯说完，率先向楼上走去。段虎随即也跟了上去。

刚到楼上，一个年龄在30岁左右、打扮很妖娆的中年女人就迎了上来：“两位老大，一切都准备好了，请随我来。”

这个女人的穿着和段虎所见到的当地人差距很大，上身仅穿着一件粉红色的乳罩，下身则是白色透明的超短裙，让人看了顿觉热血上升。别看这个女人年纪不大，她可是这里的大老板，还是这个饭店的主人，也是所谓的鸡头，这

里有很多国家的美女，都在她的掌控之下从事色情交易。

“这是二位的房间，姑娘们一会就来，请你们稍等片刻。”女人说完就出去了。

“哈哈，阿虎兄弟，这个不用我教你了吧，各自进房间吧。”格斯笑着说。

段虎当然知道这是什么地方，就是所谓的色情场所，他平时是从来不进的，现在却只能硬着头皮走进了一个房间。

“老大好啊。”随着一声柔柔的呼喊，一个女子走了进来。

段虎听见声音，赶紧看去，只见一个身材苗条的女孩出现在他眼前。女孩大约20出头，柔顺的长发、浑圆的臀部、坚挺的乳房，是个十足的性感美女。尤其是那双穿着黑丝袜的修长美腿，真是让人有些欲火难耐。

“啊！哦！咦！嗯！”此时，格斯的房间里已不断地传来女人的浪叫声。

段虎知道，格斯虽然是个讲义气的人，但毕竟是黑道上的，而且很长时间没有接触女性了，所以一开始就疯狂上了。

“老大，你听见了吗？人家都开始了，我们是不是也……”女人凑上前来问道。

段虎没有回答，他知道这样做会对不起茹芸，也知道这样做不符合一名军人的身份，但是任务就是一切，如果自己不按西米的意思去做，万一让他知道了，后果将不堪设想……

段虎还在犹豫着，可那个女孩早已在瞬间脱掉了身上所有的衣服，赤裸裸地站在他面前。

段虎抬头一看，不禁惊呆了：她真是太美了！

此时，他眼前突然出现了茹芸的身影，想起了自己的订婚之夜……借着酒精的麻醉，段虎一下子扑在女孩子身上……

“想跑？没那么容易，臭婊子！”突然，隔壁房间传来格斯的声音。

段虎此时的酒也有些醒了，认真地听了听，好像是一个女孩不从，正被格斯怒骂着。

“救命啊，谁能救救我！”

是中国人！

段虎听到了一个熟悉的声音，一个同胞的呼喊！

他一下子冲出房门，跑到格斯的门口，咣当一脚就把门踹开了。

“阿虎，你想干什么？”格斯看见面前怒气冲冲的段虎，不满地大叫起来。

段虎一时也有些不知所措，意识到自己太鲁莽了，忘了这可是身在异国，

现在根本就不是打抱不平的时候。

“臭丫头！你算什么？竟敢得罪我大哥，我看你是不想活了。”段虎灵机一动，冲着女孩大喊，随后又狠狠地扇了女孩一巴掌，“叫你不老实，我打死你！”

说完，段虎又扇了女孩一个耳光，女孩被打懵了，停止了哭喊，呆呆地看着他。

看着女孩楚楚可怜的样子，段虎心里一阵不忍，试探着问道：“老大，这小女孩你不要和她一般见识，交给我行吗？”

“好，你收拾她吧，哈哈哈！”格斯笑了起来。

段虎赶紧一把将女孩抓了起来，拉着她走出房门，然后进了自己的房间。

房间里的那个女人还没有走，段虎赶紧示意她可以离开了。

“啊！啊！”段虎刚坐定，格斯的房间里又传出了此起彼伏的声音。

“不要啊！”当段虎走近那女孩时，她吓得整个身子都缩成了一团，抱着肩膀直打颤。

“别怕，我不是坏人。”段虎用中文说道。

“你是中国人？”女孩惊奇地看着段虎。

“是！”

“那你？”女孩见段虎和刚才怒目相对的格斯是一伙的，不免有些怀疑。

“我不便和你细说，但是刚才我打你也是为了救你，明白吗？我不是坏人，你可以告诉我你的名字吗？”段虎一边解释一边问道。

“哦，我叫刘菲。”女孩答道。

“刘菲，那你怎么会到了这个国家，这种地方？”

“事情是这样的。”刘菲开始讲述自己的经历，“我本是一个农家的孩子，为了出人头地，过上好日子，就跟着村里的一个人进了城，可是城里并不如我想像中那么美好。我被老乡卖到了一个地方的夜总会，也许是我命好，进了里面第二天就被人救了出来，本以为这样就脱离了虎穴，没想到又进了龙潭。在一艘封闭的轮船上，我竟然不明不白地偷渡到了国外，就是这里，来到这后，我……”刘菲哭泣着说不下去了，“都已经这样了，我也就认了，可是今天，刚才那个人很粗鲁，我害怕。”

刘菲断断续续地说着，段虎总算明白了这个苦命女孩的身世。

“那你有什么打算？”段虎继续问道。

“我？”刘菲低下头，不无伤感地说道，“我也不知道，就算逃出去，我也没有能力回国啊。”

“你看这样好不好，如果有机会，我一定带你离开这里，我们一起回国。”段虎承诺道。

“谢谢大哥，但是你是?”刘菲不解地问。

“我现在的身份不便和你说，但是我保证如果我能活着，一定带你出去!”

“谢谢!”刘菲眼里满是感激之情。

“阿虎兄弟，那个小娘们你给我收拾得怎么样了？可不能放过她啊?”突然，格斯在门口吼了起来，而且“咚咚咚”地敲着门。

“不好，你赶紧上床，躲到被窝里。”段虎冲刘菲吩咐道。

“你得把衣服也脱了，要不然被他看出来了，可就惨了。”段虎又嘱咐刘菲。

“这!”刘菲有些犹豫。

“你要命还是要衣服?”段虎有些急了。

“好、好、好。”刘菲见段虎真的急了，知道这不是闹着玩的，赶紧哆哆嗦嗦地把手伸向了衣服的纽扣。

“阿虎，你小子磨蹭什么，竟然不开门，是不是不好意思让我看啊?”格斯又在外面吼道。

“大哥，我来了!”段虎说着，打开了门。

“她是你的了，我就是想来看看她到底被你驯服没有?”格斯说着，就走到床前准备掀被子。

“大哥，不要吧，她都已经脱光了，还是别看了吧。”段虎赶紧拦住格斯。

“是吗，脱光了才要看呢。”说着，格斯又开始动手。

“大哥。”段虎还想拦住。

可是已经来不及了，格斯一把掀开被子，刘菲裸露的身子尽现眼前。

“确实很美，不过竟然让你小子占了便宜。”格斯哈哈大笑。

“承蒙大哥关照。”

“小子，你走运了，赶紧脱衣上床吧。”格斯哈哈大笑起来。可见段虎迟迟不动，他的语气又开始不爽起来：“怎么还害羞啊?”

段虎还在踌躇着，格斯已不耐烦了，催促道：“赶紧吧，要不然我生气了!”

段虎知道格斯喝多了，此时他已别无选择，只好脱了衣服，只剩一条内裤，满脸通红地钻进被窝。

“好了，兄弟，你快活吧，我走了。”格斯说完，转身出了门。

段虎的身体和刘菲的身体紧紧地贴在了一起，双方都可以听见彼此急促的呼吸，而且越来越急促。

见格斯出去了，段虎赶紧松开刘菲，就要起来。“不要!”刘菲突然一把拉住了他。

“我……”

“不要说话，大哥，温暖我一下可以吗?”刘菲突然抱住了段虎……

楼上的格斯正在快活着，可楼下却一片大乱。

西米和天龙会的弟兄们在门口等着，不一会儿，地虎帮的老大琼斯就带着人来了，当然还有被他们扣住的小黑。

“西米老大，你看怎么办?”琼斯指着小黑说道。

“哦，你押了我的人，还要问我怎么办?”西米不屑。

“是吗，可是你问问你的手下都做了什么事?你管教无方啊，还敢自称什么当地一霸?”琼斯轻蔑地挑着眼皮说道。

“你!”西米怒了，把眼睛一瞪。

见状，天龙会的弟兄一起冲到跟面，地虎帮的人也拿着刀围了过来，一场血战即将开始。

“怎么，西米老大，你的手下调戏了我的女友，你居然还护着他，你以后还有没有颜面在这里混啊，你自己说说?”琼斯怒吼道。

西米不动声色，他也知道是自己手下的人太过分，如果自己再过于猖狂，确实就太不给对方面子了。

“事情既然发生了，那你说怎么办?”西米问琼斯。

“你的手下犯了错，在于你管教不严，你来处理吧。”琼斯不理他这一套。

“还是琼斯老大处理吧，要不然会说我不秉公办事的。”西米知道琼斯是借故发难呢。

“好，既然西米老大这样说了，那我就不客气了，还需要我把这小子的罪状具体描述一下吗?”琼斯一把拽过小黑。

“随便，反正小黑交给你了。”西米不想再说什么。

“好，既然这样，那我就不留情面了，你的手下调戏了我的女友，就算是法律上也不会放过他的，如果我告他，他最少要受几年刑罚，可是我看在西米老大的份上，放他一马，叫他自断一条胳膊为戒。”琼斯说完，叫人拿来了一把刀子。

“不要，老大，救救我!”小黑浑身都开始哆嗦起来，大声冲西米喊道。

“混蛋，叫个屁，谁叫你当初没管好自己，这个时候没人救你，琼斯老大对你已经够宽容的了。”西米虽然心疼，但也无可奈何。

“对了，西米老大，你看这样行吗？”琼斯又追问了一句。

“行，你想怎么处理就怎么处理。”

“好，那我就下令了。”琼斯笑呵呵地说道。

“小子，听见了吧，你老大已经发话了，你还不动手？”

小黑没有说话，也没有动。

“怎么，你他妈的是想让老子亲自动手是不是？”琼斯见小黑没有动静，有些生气，在众兄弟面前，这个黑小子竟然不买自己的账，“你他妈的以为自己是谁，不就是天龙会的一个小人物，什么都不是，就算是你们老大犯了这种事，他也得和你一样。”

小黑还是没有动。

见此情景，琼斯已是按耐不住，自己拿起了旁边的刀子。

“嗖！”一道利光闪过。

“咣当。”琼斯手里的刀子应声落地。

“谁？”琼斯大惊失色。

“我！”一个浑浊的声音响起。

只见饭店门外走进来一个壮汉，横眉怒目地立在琼斯面前。

“你是？”琼斯不认识这个人，不禁惊讶地问道。

“他是我的保镖。”一个瘦小的人也从人群里走了出来。

这个人就是天龙会的三老大——路易。

“老三，你回来了！”西米很是惊喜，立刻迎了过去。

“是啊，大哥，我回来了。”路易赶紧快走几步和西米拥抱起来。

“怎么样，一路还好吧？”西米问道。

“还好，只是……”路易想说话，不过看到眼前的情形又止住了。

“兄弟，你回来的正是时候。”西米说完，放开了路易。

“这是怎么回事，大哥？”路易问西米。

“没什么，就是地虎帮的琼斯老大想教训一下小黑。”西米看着琼斯和小黑，对路易说道。

“什么天大的事啊，值得对小黑下如此狠手，妈的也太不仗义了吧，还有没有江湖规矩啊。”路易的面目顿时狰狞起来。

“赶紧把人放了。”接着，他一个转身，冲着地虎帮的人吼道。

“路易，你刚从外面回来是吧？你没弄清楚事情的缘由，少他妈的插嘴。”琼斯见路易竟如此放肆，有些不高兴。

“是吗？那你倒是说来听听啊。”路易不服气了。

“好，既然你想听，我就说给你听。”琼斯指着小黑说道，“你们的兄弟调戏了我的女朋友，你说是不是应该惩罚他，何况如果我告了他，他会坐大牢的，实在不行，就法庭解决好了。”

“是吗？既然是这样，那你可以随意处置，不过我有一个小小的问题很不解，想问问琼斯老大。”

“哦？那你说。”琼斯知道路易的脾气比西米都要大，性子也很烈，也就顺水推舟地给自己找一个台阶下。

“你说我们的弟兄调戏你的女朋友，有什么证据吗？”琼斯显然没料到路易会来这一招。

“我女朋友说的，而且她的衣服都被小黑扯烂了。”

“哦，是吗？那你的女朋友呢？我们都没有见到她，单凭你一面之词，不能这么轻易就下结论吧，更不能如此鲁莽地处理我的兄弟吧。你这样做，我们不服，大家都不服，兄弟们说是不是？”路易回头，冲着天龙会的弟兄们大声说道。

“是，我们不服！”天龙会的弟兄们也被路易的话触动了，大声嚷了起来。

“你！”琼斯有些气愤，本来好好的事情竟然叫路易给搅黄了，“好，叫来就叫来，看你还有什么话说。”

不一会，那个女孩来了，显然已换了一身完好的衣服。

“你说，是不是那个家伙调戏了你？”琼斯问女孩子。

“是，就是他！”女孩指着小黑，语气十分肯定。

“怎么样，你还有什么话说？”琼斯冷冰冰地看着路易。

路易不动声色，看看了女孩，又看了看小黑，突然说道：“小黑，是你调戏了她，还是她勾引你的？”

小黑突然被这么一问，不禁有些发懵，此时所有人的目光也都转移到了他身上。

这个小黑毕竟不是个太笨的人，突然意识到头头问话里的含义，转而语气就傲慢起来：“是她勾引我，而且当时我喝多了，神智根本不够清醒，如果她不勾引，我是不会动手动脚的。”

“听见了吧，琼斯老大。”路易把目光逼向琼斯。

“这纯粹是胡说八道！”琼斯有些气急败坏，“我告诉你，路易，这件事不按我说的处理，咱们就没完。”

“是吗，既然这样，我也无话可说，琼斯老大要处罚一个醉酒且没有实际证据的流氓犯，那就处罚吧，谁叫你是老大呢?”路易轻蔑地看着琼斯，“不过，我是小黑的老大，他犯错也是我管教不好，就让我来替他顶罪吧!”

路易说完，径直走到小黑面前。

“放开他!”琼斯见路易送上门来了，心想正好可以借此机会好好教训教训他，于是就叫手下人放了小黑。

“怎么样，路易，你也自行断臂吧?”琼斯冷笑着对路易说。

“对不起，我没这个习惯，要不你来动手吧。”

“好，那我就不客气了。”琼斯说完，拿起刀子就要动手。

“只要你敢动，我就杀了你!”就在琼斯举起刀子的那一刹那，一个炸雷般的声音在众人耳边响起，随即一把冰凉的匕首架在了琼斯脖子上。

第三十章

虎口逃亡

“啊!”琼斯不禁发出一声尖叫。

“想杀我的主人，你他妈的活腻了!”只见一个魁梧的大汉厉声怒吼，说话间刀子又往琼斯的脖子上压了两下。

“不要啊!”琼斯有些胆战心惊，连连摆手。

虽说琼斯不是个怕死之人，且经历过那么多次的争斗，但是眼前这个彪形大汉的动作和声音还是让他有些紧张，因为还从来没有一个人敢这样对他，而且是这般的无礼和凶狠!

“天狼，不要鲁莽，琼斯老大刚才只不过是和我开个玩笑，你干嘛当真啊。”路易皮笑肉不笑地对大汉说，但眼睛却一直盯着琼斯。

“路易，放了你可以，不过你必须就小黑这件事情进行合适的处理，难道你们天龙会就是这样混的?难道你们的西米会长就是这样教育部下的?这样横行霸道?”琼斯已经十分生气了。

“你们天龙会太霸道了！太霸道了!”地虎帮的兄弟们也跟着大声吼道。

“老三，还是放了琼斯吧?”西米也不想为了一个小黑把事情闹大。

“大哥，你别管，我们不能太软了，别忘了，我们是天龙会!”路易不肯善罢干休。

“可是……”

“大哥，你别说了，这事由我来处理，有事我担着。”路易拍拍胸脯说道。

“西米，你他妈的还是天龙会的老大吗，你看你的手下都是他妈的什么东西！简直就是一群混蛋……”琼斯放声骂道。

“你还敢说，琼斯我告诉你，你以为你是什么好东西，你做的那些狗屁事情

以为谁不知道啊，你才是混蛋！”路易也不客气地回应道。

“好你个路易，你算个什么东西！你不就是天龙会的老三吗？你有什么资格教训我？你整个就是一狗腿子……”琼斯的话越说越难听。

“妈的，我宰了你！”路易动怒了。

“啊！”随着一声尖叫，琼斯应声倒地，在场的所有人，包括天龙会和地虎帮的弟兄们都大喊起来。

只见鲜血顺着琼斯的前胸流了下来，全身的衣服立刻被鲜血染红了，样子十分吓人，脸上明显带着痛苦之后的扭曲——琼斯死了！

也就是在一瞬间，眼前的情形就发生了巨大的变化，地虎帮的人一片尖叫，现场一片混乱。

片刻的吵闹之后，地虎帮的人渐渐恢复了平静，他们见大势已去，无奈地将琼斯架起，离开了现场。

这瞬间发生的一切，让所有人都瞠目结舌，原来是天狼在大家不注意的情况下靠近了琼斯，然后身手麻利地干掉了他，动作非常的专业，而且身手又极快，可以说只有一等一的高手才有这样的本事。

“大家注意了，一切都平静了，为了迎接三弟的到来，我们今晚不醉不归，兄弟们，尽情地玩吧。”西米的话一出口，就等于给所有的兄弟都开了闸门，饭店顿时热闹起来。

“二哥呢？”路易在人群中不见格斯，向西米问道。

“哦，是这样的，他刚从监狱出来，我让他上楼乐呵去了，哈哈哈……”

“哦，是吗，那我明天再找他好好玩玩。”

“对了，大哥，这次实在对不起，你让我办的事没有办成，本来天狼眼看就要成功，可是半路杀出一个女的，总之我失败了，请你处罚我吧。”

“你已经尽力了，没事。”

“二哥一切都还好吧？”路易又问。

“还好，对了，在监狱里有一个人救了他。”

“哦，谁啊？”

“他叫阿虎。”

“阿虎，长什么样子？”天狼突然问道。

“那个阿虎啊，他高高的个子……”西米描述了起来。

“是他！”听着西米的叙述，一边的天狼突然喊了起来。

原来，天狼曾经是段虎的战友，并且和他一起执行过任务，彼此非常熟悉。

听到西米的描述，天狼立刻猜到他所说的阿虎就是段虎。他马上给路易递了一个眼色，路易会意，赶紧对西米说道："大哥，你说的阿虎好像是我手下的战友，应该就是卧底。"

"是吗，不会吧，我都考验过他了，没什么问题啊。"

"老大，你不知道，他是我们国家的特种兵，经过非凡的训练，智谋和胆识都极高，所以你才没发现。"

"难道他真的是卧底？可是又是给谁卧底呢？"西米有些不解。

"大哥，要不我们现在上去看看。"路易说道。

"现在，不太好吧，老二还在上面呢。"

"也是，反正明天他也跑不了。"

路易说完，给天狼使了一个眼色，天狼会意，轻轻地在下楼的一个地方坐定。

一时间，饭店里一片乌烟瘴气。

话说楼上的段虎等格斯走后，立马从床上起来，对刘菲说："你想回国吗？"

"当然！"

"好的，不过我现在也无能为力，如果有了能力，一定救你出去。"

"谢谢大哥。"刘菲说，"对了，大哥，我想……"

"想什么？"段虎问道。

"我想……"刘菲还是不好意思。

"有什么事你就直说吧。"

"我想现在把自己给你！"

"给我？"看着眼前娇羞不已的刘菲，段虎很是吃惊。

"大哥，我愿意把身子给你。"刘菲说着，掀开被子，赤裸地横躺在段虎面前，眼里还带着一丝哀求。

"不行，坚决不行！"段虎转过脸去。

眼前可是一个才20多岁的苦命同胞啊，段虎实在是不忍心。

"大哥，我求你了，你不要我，我明天还是要被其他人糟蹋了，那样的话，我宁愿给你，大哥。"刘菲带着哭腔喊道。

段虎一时也不知该如何是好了，做了，心里不能饶恕自己，不做吧，可眼前的刘菲又怪可怜的。

"大哥，如果你不同意，那我只有自杀了。"

"不要！"段虎赶紧拦住刘菲，"我答应你，答应你还不行吗？"

“谢谢大哥。”

刘非说完，闭上了眼睛。

面对着眼前美丽的姑娘，段虎的心跳有些加速，开始慢慢地走向刘非。他虽然是一个钢铁军人，但也被眼前完美体形所吸引……

就在这时，段虎突然听到一阵急促的脚步声，心头涌上一丝不祥的预感：“赶紧盖好被子。”

“怎么了?”

“别问了！赶紧盖好!”段虎厉声说道。

看到段虎严肃的样子，刘非有些害怕了，赶紧缩进了被子里。

“咚咚!”有人敲门。

“谁啊?”段虎问道。

“我，格斯啊。”

段虎仔细辨了辨，好像是格斯的声音，就开了门。

“有事吗?”段虎的话还没出口。

“果然是你!”随着一声怒吼，门外冲进来十几个拿枪的人，随后就将段虎五花大绑起来。

“你们干什么?”段虎怒声问道。

“干什么? 哼！还记得我吗?”话音刚落，天狼走了进来。

“你，你怎么到了这里?”段虎看见天狼，知道事情不妙了。

“我就在天龙会做事，没想到你也混到了这里，不过没料到我会在这里恭候你吧?”天狼得意地说。

“是吗?”

“这次无论如何我都不能让你跑了!”

“哈哈哈，天狼，你想怎么样?”段虎的脸上看不见一丝诧异。

没想到段虎能如此泰然自若，这倒让天狼的心里有些发虚，虽然他知道段虎是一个不怕死的特种兵，却万万没有想到他此刻还能如此镇定。

“天狼，你很得意是吧，好，那你就杀了我吧。我告诉你，你永远是我的手下败将！就算是现在，你也不过是乘人之危，算什么英雄好汉！哼，杀我，你不配!”段虎嘲讽地说道。

“我他妈的就杀了你!”天狼见段虎如此不把自己放在眼里，歇斯底里地怒吼起来，就要动手。

“住手!”一个声音在门外响起。

声音刚落，路易走了进来。他喝住天狼，冷笑着对阿虎说道：“你就是阿虎啊，人挺威武，可是你能瞒得过我大哥，却瞒不过我，现在天狼已经认出你了，你必死无疑！”

“是吗？死没什么可怕的，可是我救过你二哥的命，想要我的命，你先去问问格斯大哥肯不肯。”段虎摆出了格斯作挡箭牌。

“少拿我二哥说事！我告诉你，阿虎，你是卧底，就算二哥能帮你，大哥也绝对不会放过你的！”

“把他带走！”路易一声吩咐，天狼马上带着十几个人押着段虎走出了房间。

等众人都走了，刘菲赶紧穿好衣服，悄悄地跟了出去。

一行人押着段虎，将他关进了后院一个废弃的小屋内，天狼和十几个人嘟囔一阵就走了，只留下两个人在那里看守。

躲在暗处的刘菲不敢出声，观察着四周的情况，心里却盘算着该如何救出段虎，毕竟他曾经是自己的救命恩人啊。

此时，段虎知道自己已经彻底暴露了，处境十分危险，可是现在被五花大绑，根本无法逃脱，心里万分焦急。

路易没有直接杀掉段虎，并不是因为手软了，而是因为大哥西米喝多了，虽然段虎是卧底已是不争的事实，但是不经过西米的允许，他还是不敢擅自做主的。

时间一分一秒地流逝，眼看已到了午夜，段虎依然没有想出什么办法逃脱，躲在外面的刘菲也是干着急。

“不如这样。”刘菲突然想到一个办法，于是转身偷偷跑回店里拿了两瓶酒和一些小菜，重新回到后院。

“各位大哥，饿了吧，喝点酒吧。”刘菲壮了壮胆子，笑嘻嘻地凑上前去。

“不行，我们在这里执行任务，不能乱喝酒的。”其中一个胖子说道。

“没事，这是路易老大让我送来的。”刘菲机灵地说道。

“是吗？老大还真体谅我们，那我们就喝吧。”

两个人经不住诱惑，把枪放下，放心地喝起酒来。

他们哪里能想到，刘菲已经在酒里放了迷药，不一会儿，两个人就倒在地上呼呼地睡着了。

见两人睡得跟死猪一般，刘菲赶紧跑去把门打开，悄悄地进了屋内。

“谁？”段虎听见有声响，警觉地问道。

“我，刘菲。”

“你怎么来了，赶紧离开，这里很危险。”段虎很是惊讶。

“我知道危险，可是我不来你更危险，什么都别说了，我给你解开绳子，我们赶紧离开这里吧。”

刘菲一边说一边帮段虎解开了绳子，带着他从后院逃走了。

刘菲对这里的环境和地形不熟悉，段虎就更别提了，两个人只好深一脚、浅一脚地拼命往前跑。

幸亏他们跑得及时，刚过一会儿，接班的人就来了。他们一看两个守卫躺在地上昏迷不醒，身上带的枪也没了，就知道大事不好了，赶紧跑进小屋里查看，果然发现段虎不见了，又赶紧回去报告。

还在喝酒的路易听到这个消息，顿时暴跳如雷，赶紧找到天狼，带上十几个人，开车朝段虎逃跑的方向追去。

段虎和刘菲正奋力地跑着，突然听到后面传来汽车声，就知道是追兵到了。段虎赶紧递给刘菲一支枪：“会打枪吗?”

“不会!”

“那么敢用吗?”

“你教我。”

“好，其实很简单，只要把子弹上膛，然后扣动扳机就行。”段虎一边说着，一边做着动作。

“好的，我知道了。”

“好，那就好，赶紧隐蔽!”

正说着，后面的人已经追了上来，段虎和刘菲此时已身处一栋楼前，而楼的四周都是街道，看来两人是插翅难逃。

没办法，两人只好转身躲到楼内的角落里藏了起来，可追兵却从楼的四周包抄了进来，段虎立刻意识到危险已经到来。

“砰!”段虎打烂了一扇窗户，转身小声对刘菲说，“你赶紧上楼，想办法躲起来，我断后。”

“不，我断后，我想你一定是个不平凡的人物，我都这样了，死不足惜，可是你身肩重任，必须得走!”刘菲拼命地摇着头说。

“可是你……”

“放心，我能应付，我已经学会打枪了，不信你看。”刘菲说着，冲对方发出了第一枪。

“好，那你多保重。”段虎知道，此时已容不得自己感情用事了。

说完，段虎头也不回地跳进了窗户，往楼上奔去，此时他心中充满了伤感，因为他知道，所谓的保重也许就是死路一条。

楼下的枪声越发激烈起来，段虎已顾不得许多，拼命地往楼上爬，一直爬上了楼顶。他环顾四周，紧锁的双眉不禁展开了，原来在这座楼和另一座楼之间竟然有一根绳子连着，虽然不粗，但凭自己的身手，完全可以爬过去。段虎最后低头看了一眼素昧平生却以死相报的刘菲，一下子顺着绳子滑了过去，拼命往那栋楼下跑去。正好两座楼中间有一片高墙相隔，段虎终于得以顺利逃脱。

这边，西米得知段虎是卧底并且还逃跑之后，气急败坏，下令派出天龙会两百号兄弟一起追赶，终于把段虎堵截在一个森林深处，随后又是一场恶战，最终段虎硬是凭着他的勇气和智慧，逃出了虎口……

第三十一章

穿 越 哨 卡

此时，恶狼正沉浸在回忆中，眼前不断出现自己和段虎的身影，仿佛那些回忆中既有段虎，也有他自己，以及无数的特种兵战士。“恶狼，恶狼，我是1号，我是1号，你在哪里，情况怎样？”突然，耳机那头传来段虎焦急的呼唤声，恶狼猛地醒了过来。

“我在森林里，正在和武装分子周旋，你怎么样，需要什么帮助，说！”恶狼清了清头脑，对段虎回应道。

“我现在在一个市郊，具体情况见面再说，我们已经救出了玛丽娅，现在马上就要撤离，不过需要你的支援。森林外面不远处有一个哨卡，需要你们赶到那里去配合我们，按时间算，现在行动正好。”段虎说道。

“好！放心吧，等会儿联系。”恶狼说完，伤感的心里有了一丝慰藉。要说恶狼不难过，那肯定是假的，第二小组的人转眼就全部牺牲了，那可全是自己的队员、自己的战友啊，好在现在听到人质已经顺利救出，他马上转悲为喜，通过耳机呼叫第三小组：“第三小组注意，在森林的东南方不远处有一个哨卡，1号一会就要来到，你们赶紧过去帮忙，完毕。”

“是！”小组的队员们应着。然后，他们绕过武装分子的包围圈，奔向哨卡。

大家都接令而去，可是恶狼却留在了森林里。他在干什么呢？

他没有躲在树上，而是往西边——也就是森林的深处走去。原来，他留下是为了吸引武装分子的注意力，以便段虎等人顺利通过。

为了营造小分队仍然在森林里活动的迹象，恶狼想起了张飞在长坂坡使用的计策，于是他也拿起树枝绑成一团，然后一边跑，一边在森林里拖动着

树枝。

干燥的天气里，地上的土极多，所以树枝弄起了很多的灰尘，一时间森林里烟尘四起。

这一幕，武装分子当然看见了，马上全部靠拢过来。恶狼则一直往森林的西边狂奔，虽然他不知道前面到底是什么境况，但是现在别无选择，只能前进，不能后退。

就在武装分子全部聚拢一起去追赶被恶狼制造的所谓的小分队时，第三小组正在紧急赶往哨卡的途中。

那边段虎给恶狼发完传呼后，就赶紧组织大家继续前行，一行人一会就到了市郊的集市。

从这里通往哨卡正好很方便，是一条直道。

“我们就这样走着去，是不是太慢了?”雪豹突然问道。

“对!”段虎答道，“我们得想办法弄辆车!”

“我知道一个地方。”丽斯连忙说道。

“那好，我去，你们在这里保护好玛丽娅!”段虎听了丽斯的话，立刻对雪豹做了安排。

“好。”雪豹和醒狮都应着。

“你一个人是不是太危险了?”地狼在一边不放心地说道。

“没事，保护玛丽娅的安全是最重要的。”

“我们一起去。”丽斯主动请缨，“我熟悉这里的地形。”

“那好吧。”段虎说完，即刻转身奔向市里。

段虎和丽斯踏着夜色迈着飞快的步伐来到市里，丽斯伸手向段虎示意，他会意地跟在后面，不一会儿就来到一个院墙的外面。

“这里是一个汽车修理厂，也许可以弄一辆车，不过可能会惊动主人。”丽斯转头对段虎说。

“顾不得那么多了。”

“那好，我进去开门，你开车，然后逃跑。”

“逃跑这个词你用得不太恰当，应该是借用。”

“哈哈哈……”丽斯笑起来。

“嘘!”段虎赶紧把食指放在嘴上，示意丽斯不要出声。

院墙不是很高，就算高也无所谓，常年的战乱已经使这里和废墟差不多，说是院墙，其实就是几块木头围成的像栅栏样式的东西，所以丽斯轻而易举地就过去了。

进去后，丽斯把门打开，段虎随即闪了进来。

院子里还真有几辆汽车，段虎来回走了一遭，正当他刚要上一辆小车的时候，突然听到“汪汪”的狗叫声。

其实，刚才两人一进来，狗就听见了声音，但不知道为什么没有叫唤……但是，当段虎要上车时，狗已有所警觉，开始汪汪大叫起来。

这一叫不要紧，屋里的主人登时就听见了，并伴随着喊声出来一个大汉。此人人高马大、虎背熊腰的，听到狗叫，只穿着一个大裤头就跑了出来，手里还拎着一根大铁棍。

“什么人?”大汉问道。

“我是外地来的，到这里迷路了。”丽斯赶紧闪了出来。

“迷路?”大汉有些疑惑，“怎么迷到我的院子里了? 而且你是怎么进来的?是不是想偷东西?”大汉瞪着眼睛，样子十分可怕。

“偷东西?”丽斯听到大汉的话，突然感觉自己可以顺藤摸瓜，“是啊，偷东西。”

“什么?”大汉听丽斯这么一说，不免更加怀疑。

“是这样。”丽斯一边说，一边用余光扫着段虎，“我实在饿得受不了，就是想找些东西吃，也没想偷什么别的东西。”

丽斯在和大汉编着谎话，段虎却在她瞬间的余光里明白了她的意思。就在丽斯一边说话一边走动，大汉也跟着移动脚步的时候，段虎赶紧移动身形来到大汉背后。

“谁?”突然，大汉发觉了自己身后移动着的身影，大声问了一句并迅速转身。

不过，大汉速度再快，也不及段虎反应灵敏，还没等他转过身来，段虎照着他就是一飞锤，将他打昏在地。然后，他灵敏地来到车子旁，熟练地将两根电线对接起来，发动车子，一旁的丽斯也一跃而上。

狗还在汪汪地叫着，不过它被主人拴在了一个根桩上，只能眼巴巴地望着车子绝尘而去。

出了院子，段虎发疯似地飞起车来。他这可不是在飙车，而是为了赶时间，武装分子发现他们逃跑肯定很快就会追来，幸亏这个车子的油箱是满的，估计是修好后准备试车的。

就这样，车子在路上飞奔着，坐在一旁的丽斯感觉有些发飘，甚至有些疯

狂的感觉。

“你的车技不错啊！”看见段虎在拐弯时竟然都没有减速，而且平稳地驶向正路，丽斯真是刮目相看。

“这有什么，我们经常训练的，每一个中国特种兵都可以这样做，包括地狼他们。”段虎得意地说。

“真厉害！”丽斯翘起大拇指，“中国军人牛！”

“呜……”突然，市里的警报响了起来。

段虎知道武装分子开始行动了。当他驾车到达集市时，大家都等得有些急了。

“赶紧上车！快！”段虎来不及说什么，催促大家。

地狼、雪豹赶紧扶着玛丽娅上去，随后醒狮和米娜也跟着上去了。

市里的警报越来越急促，段虎的心也提到了嗓子眼，赶紧将车子的油门踩到底，同时不忘嘱咐：“大家抓稳坐好。”

这个车子也就是一般的小吉普，没有篷子，而且很多地方都不牢固，开快了竟然有些“咔咔”乱响，所以他不断地提醒大家小心。

丽斯和段虎坐在前面，后面的米娜紧紧地抱住玛丽娅，地狼等人则在四周围成一个保护圈。

“恶狼，你在哪里？我快到哨卡了。”车子驶出一段距离后，段虎又开始呼叫恶狼。

不过恶狼此时已经听不到了，不仅因为他正在被人追击，而且进入森林深处后，信号也中断了。

“恶狼，恶狼，我是1号，我是1号，听到没有？听到请回答，听到请回答。”还是没有回音。

没办法，段虎只好依次呼叫队友。

“7号，7号，我是1号，我是1号，听到请回答，听到请回答。”段虎不断地重复着，可是没有回音。

“9号，9号，我是1号，我是1号，听到请回答，听到请回答。”还是没有任何反应。

“6号……”段虎继续呼叫着。

7号、9号……所有呼叫的人都没有反应，除了恶狼，段虎他们哪里知道，他们的队友已经壮烈牺牲了。

“我是11号，我是11号，请说，请说。”终于，有人回话了。

“我马上就到哨卡，你们在哪里?”段虎急切地说。

“我们小组 4 名队员马上赶到哨卡，到时只要听见枪响，我们就会进行攻击。”

“好的，明白。”

眼见车子马上就要到达哨卡了，段虎将车速慢慢降了下来。借着微弱的灯光，他看到哨卡周围有很多人在巡逻，旁边的屋子里好像也有人。

“11 号，在吗?”段虎又开始呼叫队友。

“在，正在等待你们。”

“好，现在你们小组攻击，我们趁乱冲过去。”

“好，明白。”

“地狼、雪豹、醒狮，准备好武器，你们先把哨卡岗楼上的人干掉，听到枪声，我们的人会发起攻击，然后我们也得一路开枪，争取冲过去。其他人一定要坐好。”段虎果断地下令。

“好，没问题!”

车子慢慢地向前挪着，等到了一定距离，段虎猛地加速，地狼三人也迅速出枪。

岗楼上的哨兵被干掉了，与此同时对面的小组也开火了。

激烈的枪声在沉寂的夜空响起，刹那间火星四溅、哀号不断。

段虎凭借着队友们的掩护和自己高超的驾驶技术，很快越过哨卡，然后一路向前奔去。

“11 号，我们先走了，你们顶一会。”冲过哨卡后，段虎长吁了口气，开始呼叫队友。

“好！没问题!”

慢慢地，身后的枪声越来越远，段虎回头深深地看了一眼，心里默默地为队友们祈祷着。

“我们现在怎么办呢?”一旁的丽斯问道。

段虎略一思索，说道：“我们想通过封锁区是不可能了，现在只有到前面的森林里躲起来，再想办法出去。”

“砰!”突然，一颗子弹突然飞了过来，打在车子上。

“怎么回事?”段虎心想。不过瞬间他就明白了，森林里一定还有武装分子的残余，他们一听到枪声就追了过来。

“赶紧走。”段虎又飞起车来。

可是，让大家意想不到的是，后面的武装分子竟然也是坐车而来的，而且是速度极快的卡车。

“快点开！”丽斯催促段虎……

第三十二章

森林潜伏

此时，车上的玛丽娅显得异常紧张，整个身躯都在打颤。

“不要害怕，我们是来救你的，很快你就可以见到你父亲了。”米娜安慰玛丽娅道。

“是的，放心吧，我们不是坏人，而且会一直保护你离开这里，到达一个安全的地带，也就是你父亲现在在的国家。”地狼也安慰道。

“我不害怕。”玛丽娅还是有些打哆嗦，半信半疑地问道，“我的父亲在哪里？后面有追兵，我们能安全离开吗？”

“你放心，他们是特种队员，肯定能救你出去！”丽斯肯定地说。

车子还在拼命地开着，不过由于道路颠簸，加之车子也不是很快，后面的武装分子已越来越近，甚至都可以听到“停下、再不停下就开枪了”的喊叫声。

“能不能开快些？”米娜催促段虎，“再不加速就会被人追上了。”

“已经没法快了。”段虎急得已是满头大汗。

此时已经到了晚上，路上没有人，但紧张的空气却在整条路上蔓延着，每个队员包括米娜、丽斯和玛丽娅都一句话不说。他们知道，一切都会在瞬间发生，现在除了拼命地奔跑，他们已别无选择，可至于到底能不能跑出去，他们谁心里都没有底儿。

不一会儿，追赶的武装分子已经迫在身后，眼看再有几里就会被他们追上了。“段虎，这样吧，转过弯，你迅速带人进入森林，我继续驾车往前，引开他们。”米娜突然对段虎说道。

“什么？”段虎有些惊讶，“你这样做非常危险。”

“放心吧，没事，现在只有这么一个办法！”米娜一脸严肃。

“那好吧。”段虎看米娜态度极其坚定，也不再说什么。

车子经过一个弯道时，段虎“嘎吱”把车停住，然后从车上跳下来，走到后面催促着：“大家赶紧下车。”

这时，米娜也下来了，冲大家喊道：“都快下来，时间来不及了。”

听米娜和段虎这么说，大家虽然不知道发生了什么事，但都一起下了车。

“丽斯，多保重。”米娜一把抱住丽斯说道，转身又上了车。

“多保重！米娜！”段虎等米娜上车后，不敢再多看她一眼，只说了一句让自己很难受的话。

“再见！”说完，米娜不再犹豫，一踩油门，车子窜了出去，向前方的封锁区驶去。

“大家赶紧躲进森林。”见米娜绝尘而去，段虎回身招呼大家。

地狼等队员，还有丽斯和玛丽娅听到段虎的话，不敢有一丝怠慢，赶紧往森林深处跑去。

由于天黑，武装分子拐过弯后看到车子还在向前飞奔，就追了过去。

可能武装分子的内部也下达了通知，又从四方赶来了6辆车。几辆车一起追赶着米娜开的车，而且车上站满了荷枪实弹的武装分子。看来，现在的头领已经动用了重要的力量，决心重新抓住段虎他们。

虽然段虎和大家暂时躲过了危险，但很多危险却接踵而来。陌生的森林、漆黑的地方、出没的野兽，说不定还会有野人或其他武装，再加上食物的短缺和精神的压力，每个人心里都充满了恐惧。当然精神压力最大的要数玛丽娅了，谁也不知道她还能支撑多久。

和段虎他们分开后，米娜驾车飞快地往前跑着。她明白，自己此行必死无疑，因为后面有大量追兵，前面就是封锁区，自己无法冲过去，更无法后退，跳车也不行，怎么做都会被他们发现，眼看距离已经很近了，她只有硬着头皮往前冲了。

前面就是封锁区了，米娜知道自己无法闯过，后面的子弹不时地打在轮胎和车厢上。没办法，她只好往一边开了，可那是悬崖啊……

车子一直冲着，眼看就要到悬崖边上了，却突然停住了，怎么回事？

米娜看看四周，没有什么人，原来是子弹把轮胎打爆了，车子被迫停了下来。

此时米娜已无暇多想，艰难地下了车子，准备往森林里跑。

没走两步，她又停住了：“我这样不是引狼入林吗？不就暴露了段虎他们的行踪吗?”她想着,“不行,我还得回去。”

就在这犹豫的一瞬间,什么都晚了,武装分子已经冲了上来,举枪把米娜围住了。

米娜看着这架势,知道自己已无处可逃了,只好站在原地不动,车子也被人围住了。

“老大,车里没人,只有这个女人在这里。”一个小兵模样的人对一个黑黑的高个说。

“把这个女的抓起来。”黑高个吩咐。

闻声,武装分子一起走向米娜,向她逼了过去。

“别过来!”米娜威胁道,然后做出了让所有在场人都不可思议的举动。只见她慢慢地脱掉自己的衣服,露出丰满的乳房,接着把短裙也脱了,露出了三角内裤。

所有的人都傻了,因米娜的举动而不解,也被她那魔鬼般的身材吸引住了。

米娜慢慢地在人群中间扭着屁股走来走去,武装分子的眼睛都看直了。

“砰砰!”随着两声枪响,几个武装分子应声倒下。

就在所有人为米娜的胴体所诱惑时,她以迅雷不及掩耳之势,突然靠近一个人就是一阵乱射,随即倒下几个人,但是所有人的枪也同时对准了她。

“砰”的一声,米娜倒下了,鲜血渗进了泥土里,但是她却笑了,笑得是那么安详和幸福,因为她完成了使命,而且还拉上了几个垫背的,她心里非常高兴,脸上满是安逸的表情。

米娜英勇的一言一行被隐蔽在远处山头的段虎他们看得清清楚楚。

“米娜!”丽斯从心里大喊。她的好姐妹就这样走了,她真的很伤心。

“不要难过!”段虎看见丽斯流泪了,赶紧过来安慰,“我们还得赶路。”

段虎说完,继续向前走着,他也知道米娜死了,但此时不是感情用事的时候,还必须快点赶路,要不然一会儿武装分子发现他们逃进了森林,一定会追来的。

漆黑的森林里没有一点亮光,大家只好漫无边际地盲目行进着,但有一点是可以确定的,那就是现在只能前进,不能后退,虽然不知道前面会是什么,但后退绝对是死路一条。

晚上的森林里有些潮湿,水珠打在身上,把衣服都湿透了,不过没有人顾及这些。

走了一段路,玛丽娅就顶不住了,她毕竟是总统的女儿,从小娇生惯养,

没有吃过苦，一下子肯定受不了，这不就差点被一根树枝绊倒。

“我能休息一下吗?”玛丽娅终于开口了，“让我休息一会好吗?”

“不可以休息!”段虎的语气很生硬。

“你就让她休息一下吧?”丽斯也哀求道。

“不行!”段虎的语气还是那样严厉。

此时，丽斯突然觉得眼前这个男人有些霸道而且没有人情味。她斜眼看了段虎一眼，可他脸上没有任何表情，只说了一句：“地狼你背她。”说完，又用手指了指玛丽娅。

地狼二话没说，把背囊递给雪豹，背起玛丽娅就继续前行。

真是屋漏偏逢连夜雨，不一会森林里竟然下起了雨，大家赶紧去寻找隐蔽的地方。

就在这时，脚步声骤然响起。

“赶紧潜伏。”段虎小声对大家吩咐道。

感觉又有一丝危险逼来，大家赶紧原地趴下，一动也不敢动。

这时从远处来了一群人，好像都拿着枪，看样子这帮家伙一直都在这里来回搜索着。

好不容易等来人都过去了，段虎才和大家慢慢起身，地上的水气把衣服全部沁湿了，穿在身上非常不舒服，但是大家顾不得这些，依旧继续前行。

“我看这样，下这么大雨，我们必须找个地方躲避，毕竟今晚也走不出去，所以要把身体休养好。”段虎见大家都有些狼狈，实在是不忍。

“我们还是到原来的山洞吧，毕竟那里有美味。”突然，段虎想到了起初的山洞，而且还有一条巨蟒在那里等待着他们去猎食呢。于是，段虎按照自己的记忆，引领着大家慢慢地向山洞靠近。

此时，雨越下越大，几个人迈着沉重的步伐在森林里走着，长时间没有进食导致大家的身体都有些发虚。

不一会，段虎终于带领众人找到了那个山洞，赶紧招呼大家把背囊都放下，还给玛丽娅整了个还算舒适的“小床”。这个从未吃过苦的姑娘可经不起这一番折腾，已经精疲力尽了，好像还有些发烧。

“地狼，去看看那条巨蟒还在不在，弄点肉回来。”布置好一切，段虎又回身冲地狼吩咐道。

“好的，没问题。”地狼说着，拿起匕首走了出去。

见洞里还有一些烂树枝和几块石头，段虎就引起火来点着了，这不但可以

烤蛇肉，还可以取暖。

虽然这个国家紧临大海，每天的温度都很高，但是晚上海风一吹，又会特别凉，这就是热带海洋性气候的明显特点。

段虎把火点着后，立刻拿出药箱，给玛丽娅服下几粒药，并把自己的衣服搭在她身上。

玛丽娅此时已没有力气说话，点点头算是致谢。

地狼拿着匕首来到洞口，居然看到那条四分五裂的巨蟒还在洞口盘着，样子有些恐怖。他可不管这些，拿起手里的匕首，非常麻利地从巨蟒身上割下几块肉，拿回了山洞。

这时，小火也旺了起来，段虎正在添加仅有的几把柴禾。地狼走过去，把巨蟒的肉分成薄薄的小块，然后用匕首插起来烤。

不一会，肉烤好了，段虎首先递给丽斯一块。在丽斯看来，此时的段虎又是那么的温和，和刚才的无情判若两人。她接过肉放在嘴里，慢慢地咀嚼起来。

这时玛丽娅已经睡着了，段虎没有叫她，几天的颠沛流离已让她不堪重负，还是让她先休息一会再说吧。

待几个人吃完后，段虎才叫醒玛丽娅，接着拿出压缩饼干和罐头，递给玛丽娅和丽斯各一份，自己也拿起一块啃了起来。

吃完食物，所有人都困了，而且外面的雨还在下个不停，要出去已是不可能了，大家就各自坐在一个角落和衣而睡了。

第三十三章

强悍野人

夜慢慢地深了，段虎本想自己给大家警戒的，可在洞里观察了一会儿，好像也没发现什么动静，看来追兵或许没料到他们会躲进森林，不管怎样，既然没有追兵，那么就是天大的好事。段虎盯了一会儿，实在是坚持不住了，也慢慢地睡着了。

不过到了深夜，他还是醒了，想想自己毕竟是这次行动的领导者，如果出了任何差错，完不成任务，自己将负最大的责任。

于是，他走到洞口，看看外面依然没有什么情况，再看看熟睡中的队员和两个女孩，实在是不忍心打扰他们了，但现实的情况又逼迫他必须要叫醒大家。

“地狼，醒醒。”段虎首先走到地狼身边，轻拍他的肩膀。

地狼一个激灵，一下子蹦了起来：“有什么情况？”

“没有，只是我们必须提前离开这里。”段虎说完，又去叫其他人。

地狼也跟着招呼其他人。

段虎走到丽斯身边，轻拍了一下她的肩膀。丽斯睁开眼睛，用手揉了揉，立刻明白了段虎的意图，赶紧起身走到玛丽娅身边叫醒这位大小姐。

待所有人都起来后，段虎又招呼队员们背好背囊，拿好枪，然后众人护着玛丽娅走出了山洞。

“我们现在要到哪里去？”丽斯问段虎。

“我也不知道，不过现在只有往森林深处走，外面肯定全是埋伏，况且封锁区肯定过不去了。”段虎心里也有些没底。

“对了，我原来听说过前面的林子里有一个大的山洞，而且可以通往另一个森林，估计应该能越过封锁区，不过只是听说，我也没有去过，好像去过的一些人都无缘无故地失踪了，所以以后就算有人经过那里也不敢进洞。”丽斯有些怯怯地说。

“是吗?”段虎对丽斯说的话有了兴趣，此时只要有一点点转机也比没有路可走要好啊。

“那我们就赶紧走，丽斯带路。”说完，段虎一挥手，一行人踏着夜色匆匆往森林深处走去。

森林就是森林，除了乱石就是杂草，走起来非常费劲，尤其是在高大的灌木丛里，段虎不得不拿着匕首在前面开路。

走了很久，前面依旧是森林，依旧是乱石和杂草，好在天渐渐地放亮了。

可就是在此时，森林的外围，一群手拿武器的武装分子正在向森林里进发，他们就是昨天追赶段虎他们的人。由于下大雨，他们没进林子，但却在四周布了暗哨，包括重要的哨卡和封锁区。现在天亮了，他们又开始了全面的大围捕。

这群武装分子走得飞快，却没有放过任何蛛丝马迹，甚至连段虎等人起先点火的山洞都细细地搜索了一遍，结果没有发现什么，才又继续进发。

段虎和大家走了一阵，玛丽娅又顶不住了，没办法，几个人只好又开始轮流背着她。

“看，前面就到了!”突然，走在后面的丽斯跑到段虎跟前兴奋地说道。

“哦。”段虎顺着丽斯的手指方向看去。果然，前面是一个开阔地，不但没有乱石和杂草，而且十分平整，好像有人经常在这里活动。

“不对啊，”段虎突然感觉有些诧异，“这里难道还有人活动?”

再往远处看，还有几棵非常粗大的树，枝繁叶茂的。段虎和大家一起走了进去，树的后面赫然出现一个山洞的入口。

“难道这里就是你说的那个奇怪的地方？这个山洞就是通往另一个森林也就是可以穿过封锁区的山洞?”段虎看着这个非常怪异的地方问身旁的丽斯。

“应该是吧。”丽斯说，“我也没来过，只是听人说过。”

“那大家先休息一下，地狼和醒狮留下，我和雪豹四处看看。”段虎说道。

大家依言把东西放在地上，段虎和雪豹则开始在周边侦察起来。

四周也没什么特别之处，森林里无非就是树木、杂草、石头等东西，不过他们走得更远一些时却看到了一些更为奇怪的东西——一群猴子。

“猴子?”段虎虽然不奇怪森林里会有猴子，但此时此刻还是隐隐有些不太

好的感觉。

那些猴子越来越近了，“啊！不是猴子，猴子不会直立行走，是野人!”段虎喊了出来。

说完，段虎、雪豹赶紧同时向后撤去，可是已经来不及了，一群“猴子”冲上来，把他们团团围住，手里还拿着毛竹做的长矛。

“啊!”与此同时，段虎也听到了山洞方向传来的惊叫。

尖叫声正是从几棵大树后传来的。原来一群野人突然出现在洞口，让玛丽娅不禁面容失色、惊呼不已。丽斯、地狼和醒狮却没有惊慌，他们迅速围成一个圈，把玛丽娅护在中间。

此时的情形，是谁也没有料到的，突如其来的一群野人，让大家都乱了阵脚，地狼一时也想不出更好的办法来，也不敢开枪，害怕会把追兵引来。

“XXX……”突然，丽斯灵机一动，想起了自己以前在一个酋长家里学的一些野人语言。当然她只是试探性地说出来的，意思是你们要干嘛，我们是你们的朋友，请不要伤害我们。

此话一出，随着一个人的大吼，野人逼近的脚步竟然停了下来，随即人群中闪出一条道，走过来一个年龄较大的人。这个人长得有些特别，当然这个特别是相对于野人说的，而不是丽斯他们，他身上毛发不多，看似一位很白、很稳重的老人。

“你们到底是干嘛的?”眼前的老人竟然说出了丽斯能听得懂的话。

“我们是……”丽斯见老人面目和蔼，就走向前去说话，不过为了保险起见，她还是撒了谎，“我们是一个派系的，由于现在的反政府武装占领了总统府，我们的派系也解散了，回到家后房子又被烧了，无奈逃到这深山野林，如果无意中冒犯了您老人家，还请见谅。”

“哦，是这样。”老人捋捋胡须点点头。

“那他们是?”老人看到地狼和醒狮拿着枪，而且长相和当地人也大不一样，就好奇地问。

“他们啊……”丽斯定定神，生怕露出破绽，“哦，他们是邻国的，不过也是我们派系的人。”

“是吗?”老人走近，仔细地打量起地狼、醒狮和玛丽娅。

“砰砰!”就在这时，远处突然传来两声枪响。

突如其来的枪声让老人警觉起来：“你们是来抓我们的，对吧?”说完，随即一挥手，野人重新围了上来。

“老人家，你搞错了，那不是我们的人，我说了，那是反政府武装!”丽斯还在不断地解释着。

“不要骗人了。”老头说完又一挥手，有人立刻拿来绳索把几个人给绑了。

第三十四章

追兵赶到

与此同时，在另一个地方，段虎和雪豹也面临着同样的危险。

野人把两人团团围住，虽然他们没有先进的武器，手里只有长矛，但段虎手里的枪还是没敢动一下，他知道这帮人野性十足，一旦引发他们的兽性，那么后果将不堪设想。

为了保护彼此，段虎和雪豹围成一个圈来回转悠着，野人则慢慢地向他们逼近。对峙间，段虎突然想起在一本专门介绍野人的书中看到过野人怕光，立刻想到了枪上的红外瞄准器。

他转脸看看雪豹，一个眼神的几次上下左右晃动，两人迅速明白了彼此的意思。于是，他们一起打开了红外，对准周围的人扫了一圈。野人竟然真的像见到鬼一样，四散逃窜。

“赶紧回去!”此时，段虎又想起刚才的尖叫声，断定丽斯那边出事了。果然，待段虎和雪豹摸回去后，就看见丽斯等人已经被绑在树上，一些人正拿着火把不知道要干什么。

“这可怎么办?”段虎心里暗自着急，“费了好大劲才救出玛丽娅，难道就此完结了?”

段虎不敢再往坏处想，而是躲在暗处默默观察起来。只见野人在老人的指挥下，一会儿转圈，一会儿打坐，一会儿跪拜，足足折腾了近半个小时，可这边段虎却仍没有想出好办法来。

这时，野人又拿出一根大木棒，好像是油松，点着了，然后慢慢地走到丽斯、地狼、醒狮和玛丽娅的身边。

“不好!”段虎以及所有的人都想到了那个令人震惊的事实——野人要烧了丽

斯他们。

“不要！都给我住手！”就在大家心里打鼓、脑袋飞速转动的时候，段虎竟然只身冲了出去，大声喊了起来。

这一喊不要紧，野人迅速回身把段虎围了起来。

雪豹见此情形，也赶紧举枪，准备应付随时出现的意外情况。

不过事情并没有他们想像的那么糟糕，就在野人突然围拢上来的时候，那个老者又叫嚷了几句，人群再次分开。

接着，老者径直走到段虎面前，问道：“你是中国人？”

“是！”段虎回答得很干脆，不过也很是惊讶，老人竟然说着一口标准的中国话。

“你？难道？”段虎一时竟有些语噎。

“对！我是中国人！”看着段虎那副难以置信的样子，老人很坚决地点了点头。

“哦？”段虎还是有些不敢相信，“你真的是中国人？”

“是的！我很早就来到这里。20年前，这里土壤肥沃、一片安宁，还没有发生内乱，我跟着一个朋友偷渡到这个国家，本来是想来挖金的，可是没想到金没挖成，命却差点丢了。”老人说完仰天长叹。

“是这样啊！”段虎长吁了口气，朝老者走了过去。这时雪豹也从树林里走了出来。

“XXXXXX……”见状，老人也回头对围着的野人们叽里咕噜地说了一通。

不一会儿，地狼、醒狮、丽斯和玛丽娅都陆续被松开了绳子，野人则都闪到了一旁，等待命令。

“让你们受委屈了，不知道是自家人。”老人说着，笑了起来。

“老人家，你不要客气！”段虎赶忙说着。

顿了一会儿，段虎又想起老人刚才说的话，接着问道：“对了，那后来又怎么样了呢？”

“后来，我们就跟着这里的人开始淘金，可是却没有想像中的那么美好。为了金子，帮派开战，国家开始内乱，其他国家的派别势力也搅和进来，我和朋友只好在这里四处流浪、东躲西藏。一次战乱中朋友被打死，我一个人也没了什么依靠，就和一些当地人跑到这里的深山老林，由于我会一些功夫，又在一次野兽袭击我们的时候打死了一头老虎，他们就推举我为头领——也就是酋长，从此我们就隐居在这里，久而久之，不与外界接触，就成了野人。”老人说着指

指自己，也指指其他人。

“老人家，不容易啊。”段虎听后，感触很深。

“是啊，我一直在思念自己的祖国。”老人说完，又仰天长叹了一声。

“那外面传言说，森林深处有个奇洞，而且进来的一些人再也没有出去过，想必老人家知道他们的去处吧？”段虎突然想起丽斯之前提过的那个山洞。

“当然知道，不过……”老人话锋一转，“因为他们杀了我们一个人，我们只好还击，最后杀死了他们，不过我们也死了很多人，毕竟我们没枪。”

“原来是这样，看来要是今天我不及时冲出来，我的朋友们一定也会和他们一样的下场了。”段虎一边说，一边笑。

“哈哈哈。”老人也笑了。

“对了，你们到底是干嘛的？”老人突然问。

“我们是特种兵，奉命解救该国总统的女儿。”说着，段虎指了指玛丽娅，继续说道，“本来已经逃出，可是被人发现，所以只好跑到这里来了。”

“是这样，那你们的处境现在很危险啊。”老人担忧起来。

“砰砰！”就在这时，老人担忧的事情发生了，武装分子竟然追了上来。

“赶紧进洞。”见状，老人提醒道。段虎和丽斯等人赶紧护着玛丽娅往洞里跑，老人则指挥野人布下一些陷阱。

进洞后，老人又命令野人用几块石头把洞口堵死。

“怎么这么快？”段虎有些诧异，“按常理，他们在这个时候还不会追上我们啊。”

段虎说完，看看丽斯和玛丽娅，目光里略带怀疑。

“是啊，这是怎么回事？”其他几名队员也一起发出了疑问。

“难道你怀疑我？”当段虎的目光再一次移到丽斯身上时，她有些生气了。

“没有，只是想不通罢了。”段虎移开目光说道。

“老人家，我们这个洞可以通向外面吗？”段虎又将视线转向老人问道。

“不可以啊。”老人答道。

“不会吧？”段虎有些惊讶，“难道这个不是人们常说的那个可以通往境外的山洞？”

“当然不是！”老人也惊讶起来，“那个山洞我也听说过，但是没有去过。”

“是吗？”段虎说。

“砰砰！”不容段虎他们多说，洞外再次响起了枪声，打在石头上直冒火星。

洞里的人都静静地站着，谁也不再说话，谁也不再动弹。

“怎么办?”段虎心里想。

洞外的枪声不断传来，接着又响起轰隆隆的炮弹声，让所有的人都紧张起来。

“还有没有别的出口?”段虎赶紧问老人。

“没有。”老人摇了摇头。

老人的话一出口，所有人的心顿时揪了起来，感到无比的失望——没有出口，那不就意味着要一直待在这里，可是食物不够啊，就算够，老在这里面，早晚也会熬不住的，可出去又是死路一条。

“什么味道?”就在大家沮丧之际，地狼突然闻到一股特别的味道。

不一会儿，气味越来越浓，所有人都开始捂住嘴，刺鼻的味道让人觉得很是憋得慌。

“不好!”段虎惊叫一声，“是毒气。”

毒气一点点地从洞外渗了进来，慢慢地，大家快有些撑不住了。段虎赶紧拿出自己的防毒面具给玛丽娅戴上，她现在绝对是头号保护对像。

地狼、雪豹和醒狮也各自拿出了防毒面具。

雪豹把面具递给丽斯，丽斯没接。

“我、我看这样吧。”老人一边屏住呼吸一边说道，“我叫人冲出去，你们在后面赶紧走。”

“这样不行，何况你们还没有枪，那不是白白送死吗?”段虎急忙阻止。

“现在顾不得这么多了，赶紧走。”老人推了段虎一把。

然后，老人对着野人一阵乱叫。野人立刻明白了老人的意思，各自拿起自己的竹矛，又把洞口的石头搬开，冲了出去。

“砰!”外面的枪声响了，野人倒下一片。

随后又出去一批，虽然也被打倒了，但他们手里的竹矛也同时飞了出去，武装分子显然被刺中了，开始嗷嗷乱叫起来。

“赶紧走!”老人催促大家。

“你不回去吗?”段虎问，“老人家，你不回祖国吗?”

老人顿了顿，回头看了看身后的野人，有些伤感地说道：“我和他们有了感情，现在是生死关头，我不能舍弃他们离开。”

“老人家，你还是和我们一起走吧。”地狼也说道。

“不走了，你们回去后，记得有我这个人就好!”老人淡淡地说。

“那好吧，您要保重。”段虎万分沉重地点了点头，他知道老人不走其实就

是选择了死亡。

在前面野人的冲锋和掩护下，段虎等队员赶紧护着玛丽娅从洞口往外跑了出去。

子弹不断地从大家身边飞过，几个人左躲右闪，幸亏都平安无事。

好不容易摆脱了追兵的纠缠，段虎他们又摸索着不断向前走，根本没有什么方向感，因为这里全是杂草、树木，而且都是一样的森林、一样的颜色，就连地图上标的东西也在这里全部失效，大家只好埋头前行。

走着走着，前面突然出现了几间房子，段虎拿出望远镜一看：房子的前面立着几根大柱子，上面竟然绑了一些人，旁边有几个拿枪的武装分子，墙角还躺着一个浑身是血、挣扎后惨死的女孩。

“这是什么地方?”段虎回头问丽斯。

“我也不太清楚，让我仔细看看。”丽斯说完，接过段虎手里的望远镜。

“应该是一个派别的队员，自从反政府武装实施政变后，各个派别的队员都散了，不过也有三五成群躲到深山老林里的，看来是他们杀了这里的人。”丽斯边看边说道。

听了丽斯的话，段虎不由得再次为这个战乱国家感到悲哀。战乱，得利的是权力拥有者，而受苦的却是这里的人民。

心虽然在感慨，但如果想继续向前走，还必须经过这个地方，看来不解决掉眼前这帮武装队员是不行的，可是开枪又容易暴露目标。所以段虎一使眼色，地狼、雪豹、醒狮立刻会意，各自拿起了匕首，慢慢地向前摸去。

“一共3个人，你们一人解决一个，切记动作要迅速。”见队员们都准备好了，段虎传话。

3个人顺着山沟摸到了房子后面，几个武装队员正提着枪坐在地上抽烟，还有一个在来回走动。

地狼打了一个手势，雪豹、醒狮点了点头，随即分别扑向坐在地上的2个人，地狼则把手里的匕首顺势甩了出去。

“啊!”只听见一声惨叫，在院子里晃悠的武装分子顿时倒地，随即又是两声惨叫，雪豹、醒狮两人也以迅雷不及掩耳之势将其他两人一一解决掉。

看着倒在地上的武装分子，地狼他们相视一笑，赶紧向段虎他们待的地方挥挥手。段虎会意，起身和丽斯、玛丽娅向院子走来。

“啊!”玛丽娅来到院子里，突然看到一幅幅惨状，不由得尖叫起来，蹲下身子就狂吐起来。

原来，院子里除了3个武装分子的尸体，墙角还有段虎刚才从望远镜里看到的女尸，而且走到近前更是让人惊骇不已——满身是血不说，下身被人扒光，私处更是一堆血迹，肠子都出来了，真是惨不忍睹。

“真残忍。”丽斯愤愤然。

“是啊，赶紧把其他人放下来！”段虎醒过神来，赶紧让队员们救人。

大家连忙走上前去，给绑在柱子上的三个人解了绳子，被救的两男一女一下子就冲到那个女尸边，也顾不得女尸身上的血迹，抱着就大哭不已。

“到底怎么回事？”丽斯用家乡话问他们。

“我可怜的儿媳！”

“我可怜的媳妇。”

……

几个人一时无法忍住悲痛，仍旧大哭着说不出话来。

许久，年轻的男人站起来，对丽斯说：“她是我的女人，我们刚刚结婚不久，因为很久以前父亲打猎时发现了这里的几间空屋，当市里发生政变大乱之后，我们一家四口由于无意中得罪了一个派别的首领，就躲到了这里，没想到……”男人又开始哽咽，“没想到今天他们派人找到了我们，看到我的女人年轻貌美竟然起了歹心，我们当然不从，他们就把我还有我的父母绑了起来，然后糟蹋并杀害了我的女人。”男人说到这里，又是一阵悲伤。

“求求你，带我们走吧，要不然他们会杀了我们的！”这时，年龄大些的夫妇俩也走了过来，向丽斯哀求道。

面对这夫妇俩哀怨的眼神，丽斯一时间不知该如何作答，只得抬头看了看段虎，因为他才是最后拍板的人。

段虎见夫妇两人确实很可怜，不禁动了恻隐之心，但是理智又告诉他，现在的任务是想办法带玛丽娅离开这里，而不是怜悯这几个人。

想到这，段虎把心一横：“大家准备出发。”语气里明显没有带这三个人走的意思。

“求求你，带我们走，到哪里都行！”夫妇俩见段虎态度比较坚决，转而又开始哀求看着比较面善的玛丽娅。

“带他们一起走！”玛丽娅不忍心了。

“不可以！你要知道我们自身都难保，带上他们也许就真的走不出去了。”段虎摇摇头，不容置疑地拒绝了。

“那好，不带他们我也不走！”玛丽娅的倔劲上来了，竟然坐在地上不动了。

“好吧，带上他们。地狼你和雪豹在前面，醒狮和我断后。”段虎拗不过玛丽娅，再看看一家人的惨状，终于下定了决心。

“这在任务之内吗?”一旁的地狼有些无奈，轻声提醒段虎道。

“以前不在，现在在。”段虎淡淡一笑。

“那好吧。”地狼虽然心里很不情愿，但是看到段虎坚定的眼神，又大踏步地向前走去。

约摸又走了半个小时，大家远远地望见了一座山，那个通往外界的密洞眼看就要到了。可就在大家正准备坐下休息一会的时候，突然又响起了一阵枪声。

原来，在前面不远处，狡猾的反政府武装分子竟然提前赶到并挡住了去路。

“不会吧?”段虎一个激灵，“他们怎么这么快就知道我们的行踪了?”

第三十五章

身陷重围

“砰砰!”武装分子一边开枪，一边朝段虎等人逼近。

“都给我趴下!”看到那一家三口和玛丽娅被吓得傻愣愣地站在原地一动也不动，段虎急得大声喊道。

见状，丽斯迅速把玛丽娅拉到一边隐蔽，可那一家三口却已命丧黄泉，因为他们在慌乱之中竟然跑错了地方，被飞来的子弹正中脑袋，鲜血直流、横尸森林。

“唉!”段虎一拳打在了树上，费尽力气救的人竟然在瞬间就消失了，真是让人恼火。

“准备迎敌！丽斯保护好玛丽娅!”段虎定了定神，随即迅速移到一个便于潜伏、隐蔽和射击的地方，并回头向众人吩咐道。

领命后，其他人立刻各自找到了有利的位置。

森林里本来是非常寂静的，甚至连海风都无法吹动粗大的树干和落地的树叶，可是一瞬间就变得地动山摇，子弹“嗖嗖”地穿过，好像要把所有的树干穿透一样。

段虎和队员们的武器还是非常先进的，03 式自动步枪在瞄准、射击精度和其他方面的性能都很棒。段虎第一枪出去之后，就连穿两人。

虽然武装分子一时半会儿无法靠近段虎他们，形势显然对他们有利，但是时间拖长了可没有任何好处，如果后面的武装分子再追上来，前后夹击，那可就是九死一生了。

“段虎，你们保护玛丽娅赶紧撤吧，我来断后。”丽斯见局势不妙，跑过来道。

“不可以!”段虎拒绝了，语气很坚决。

“为什么?”丽斯说这句话时有些气愤，“你不是一直怀疑我是内奸吗?现在我就证明给你看。”

丽斯说完，举枪又打死了一名武装分子。

“你别误会!”段虎赶紧解释，“我没有啊，只是一连串的事情让我怀疑罢了，可我没有针对你啊，丽斯。”

“什么都不要说了，无论怎么样，我都决定留下来断后，你们快走。”丽斯说完不再看段虎。

“丽斯，你不要这样，我不能扔下你!”段虎的情绪有些激动。

“我这条命是你救的，现在算是报答了。”

“可你已经报答过了啊，而且你的好友米娜还因此送了命，我不想你再发生什么事!”段虎有些伤感。

“快走!”丽斯有些急了，“你再不走，我就冲出去了!”

“你别，好，我走!”沉思半刻，段虎痛下了决定。

“注意，大家注意，准备向右边撤离。”段虎呼叫地狼、雪豹、醒狮。

“地狼收到!”

“雪豹收到!”

“醒狮收到!”

命令发出，大家开始做撤退的准备。

“轰!”一颗炮弹打来。

“趴下!”段虎扑到正在发疯般射击的丽斯身上，一下子把她压在身下。这种近距离的感觉让段虎全身热血沸腾，同时他也感觉到丽斯的身体在向自己靠近。

“时间紧急，我得走了，丽斯。”段虎并没有被此时的柔情冲昏头脑，危险过后，他慢慢地抬起了身子。

“再见，段虎!”说完，丽斯也迅速起身，继续战斗。

“丽斯，我走了，保重!”段虎虽然心里这样想着，但他知道丽斯实际上已经身陷绝境，生还的可能性不大，但还是祈祷奇迹能出现。

“走!”段虎最后看了丽斯一眼，头也不回地和队员以及玛丽娅一起往森林右边撤退。

“唰唰!”就在段虎他们刚刚走出几十米时，后面又传来了一阵急促的脚步声。

段虎赶紧拿起望远镜观望："不好!"原来后面的武装分子真的追了上来，而且人数不少。

脚步声越来越近，如果不想一个万全之策，实难逃脱。

"老大，你们快走，这次狙击任务由我来完成，正好过过瘾，一会我会追上你们的。"爱开玩笑的醒狮笑呵呵地说。

可段虎知道，这哪是什么过瘾，根本就是冒着生命的危险。他不希望自己的队员做无谓的牺牲，就算是做也得自己去做。

"你们走，我来断后。"段虎的口气不容置疑。

"老大，不要争了，你是龙头，没有你的指挥是不行的。再说，后面的路也不好走。好了，我去了，大家保重。"说完，醒狮立即折回原处。

激烈的枪声响个不停，段虎心里很不是滋味，他明白牺牲已是在所难免，如果任务完不成那可是万万不能的!

段虎一挥手，几个人消失在森林深处。

段虎和几个人在丛林里奔跑着，由于带着玛丽娅，所以速度快不起来。

身后的枪声不断响起，死寂的森林霎时热闹起来，段虎和所有队员正在经受着一场前所未有的考验。前面没有什么特别，高大的树干、茂密的杂草，好像整个森林就是一个模子刻出来的，让人走到哪里都是一样的路径，很容易迷路。

段虎此时也有些紧张，毕竟自己对这里的环境不熟悉，而且突发的情况让他猝不及防，现在唯一能做的就是一直往前跑。

不久，段虎听到急促的枪声嘎然停止，他知道醒狮和丽斯已经牺牲了。

"醒狮，我的好兄弟。"地狼和雪豹同时仰天长叹。

"弟兄们，打起精神，我们现在必须把玛丽娅救出去!"段虎强迫自己冷静下来，"为了醒狮，为了丽斯!"

说完，段虎拿出地图，用眼睛飞快地扫视起来，"这里通往我们原来降落地的路只有三条，封锁区和山洞已经没办法去了，现在只能绕过这片森林和前面的大山回到原来的地方，不过时间要多耽搁一半。"

"出发!"段虎的语气里没有丝毫的犹豫。

几个人在漫无边际的大森林里穿梭着，玛丽娅瘦弱的身体受不了如此高强度的奔波，早就顶不住了，但是时间紧迫，路还得赶，几个人就轮流背着她走。

在森林的另一边，武装分子不再疯狂地追赶，而朝着段虎他们奔跑的方向追了过来。

根据段虎的推断，醒狮和丽斯的断后应该会把武装分子狙击一段时间，这个时间应该够他们喘口气的了。

“休息一会吧。”赶了半天路后，段虎对大家说。

地狼放下玛丽娅，然后把背囊解下来，让一脸疲惫的玛丽娅靠在上面。

“不好！赶紧躲起来。”突然，段虎听到了脚步声，同时也看到了远处的来人。

几个人赶紧在路旁的一个坡下俯身藏好，幸亏是晚上，慢慢靠近的人没有发现他们，可大家还是惊出了一身冷汗。

“啊！”就在段虎准备起身去探探情况时，玛丽娅不小心碰到一条蛇，吓得大声尖叫起来，立刻引起了刚过去的武装分子的警觉。他们又慢慢地回身围了过来。

段虎赶紧按下玛丽娅，同时身手麻利地捏住蛇的七寸，利索地解决了它的小命。

可警觉的武装分子不但返了回来，还拿出了手电。

“不好！”段虎心里一惊，大家隐蔽的地方是一个很小的坡，稍一留神就可以发现。

段虎赶紧给其他两人递了个眼色，三个人拿好各自的枪瞄准，随时准备战斗。

“啊！”一个武装分子发现了段虎等人，正待瞄准，段虎的一发子弹已经射了出去。

其他武装分子听到枪声，赶紧躲在树后开始疯狂地射击。

可是就这样一直躲在坡下也不是长久之计，时间一长就没抵抗力了。段虎意识到目前的危险处境，又是一个眼色。地狼会意，猛烈地扫射了一阵。就在这个当口，段虎、雪豹顺势腾空而起，一个翻滚滚到一边的大树后。借着大树的掩护，两人从两边开始向前推进，慢慢地从侧面靠近武装分子。

段虎看到对面只有十几个人，躲过一发子弹后，便迅速向前跃起，同时手里的子弹“嗖嗖”地飞出，对面又倒下几人。雪豹也采用了同样的动作，只是眨眼工夫，武装分子就全部被摆平了。

“好险啊！”地狼感叹。

“我们现在面临多重困难，所以必须时时谨慎、处处小心。”段虎喘着气说道，“先赶一段路，我们再休息。”

又向前走了一阵，天完全黑了下来，段虎命令大家原地休息。

“你怎么样？玛丽娅。”段虎走过来问道。

地狼走开，在四周进行警戒。

“还好！”玛丽娅摇了摇头，有些虚弱地回答。

这一路也确实让玛丽娅受惊了，估计她以前压根就没见过这样的阵势。

“对了，想问你一件事。”段虎突然想起了恶狼嘱咐的话，赶紧问道。

“说吧。”玛丽娅抬起了头。

“你对国家的帮派熟悉吗？”段虎问道。

“不是很熟，但经常听父亲说起。”

“那你有没有听说过绮丽派呢？”段虎赶紧问。

“没有。”

“哦！”

“那你好好休息一会吧。”段虎说完，换下地狼，自己继续警戒。

此时天已经黑了，森林重新恢复了平静，湿漉漉的空气又蔓延开来，潮湿的海风吹在大家身上，闷热的感觉顿时缓解了许多。

“谁？”雪豹在警戒的时候，突然看到一个黑影，凑近后开始大声呼喊，“你是人是鬼？”

第三十六章

内奸丽斯

当那个让雪豹吃惊的人终于完全现身时，他更是惊诧不已，这个人到底是谁呢？

丽斯——明明应该去见死神的她此时竟活生生地站在雪豹面前，不得不让人在惊恐中有一丝疑惑。

“你到底是人是鬼？”雪豹虽然惊恐，但毕竟是沙场老手，马上镇定了下来，同时握好枪问道。

“人！”丽斯肯定地说。

“难道你没死？”雪豹显然不相信一个处在乱枪之下的人还能活生生地逃脱。

“是的，不过也是侥幸。”丽斯说，“我在和武装分子对射的时候，突然一不小心滑倒在地，太阳穴正好磕在一个小石子上，顿时晕了过去，醒来就没人了，也没了枪声，我估计他们认为我在乱枪中死了，也就不再管我了。”

“是这样？”雪豹还是有些狐疑，“那醒狮呢？”

“醒狮？”丽斯倒有些惊讶起来，“我不知道啊！”

“你们不是在一起吗？”雪豹看到丽斯的样子继续追问道。

“我们在一起？”丽斯还是惊讶万分，估计还没缓过神来，“让我想想。”

说完，丽斯走了两步，摸摸自己的脑袋：“醒狮，醒狮……”

“哦，我想起来了。”丽斯突然说道，“他是和我在一起，不过后来我晕了，就没见到他。”

“原来是这样。”雪豹是多么希望醒狮也没事啊。

“怎么了？”段虎听到动静走了过来。

“没事，丽斯没死，她又回来了。”雪豹说道。

“是吗?”段虎也很是惊讶,“那太好了。你没事就好,赶紧休息一下吧。”

丽斯看了段虎一眼,走到玛丽娅身边坐了下来。

此时玛丽娅还在熟睡,虽然一路的枪林弹雨让她害怕,而且寝食难安,但长时间的奔波已让她原本就很虚弱的身体很疲惫了,所以呼呼地睡着了。

“好了,雪豹,你去休息,我来警戒。”段虎说。

“你休息吧,我能顶住。”雪豹让段虎回去。

“听我的,回去。”段虎给雪豹使了一个眼色,虽然雪豹这次没有完全明白段虎的意思,但他知道老大肯定别有用意,所以就听话的照做了。

森林里还是静悄悄的,好像武装分子故意在给他们留时间一样。

“不对!”段虎从头到尾回想了一遍,感觉事情很蹊跷,“丽斯的出现、顺利通过封锁区、解救玛丽娅、假的玛丽娅、丽斯安全归来、醒狮不知死活、武装分子没有一直追击……”

段虎越来越感到事情可怕,这可不是单纯的生与死的问题,似乎藏着一个很大的阴谋或者真有卧底,可是我们这里谁会是卧底呢?就算有,为什么没人行动?

所有的疑问缠绕着段虎,他思前想后,还是没有想出个所以然来。他不敢再多想,而是迈着轻轻的脚步在四周巡逻起来。

“玛丽娅,你想不想见到你父亲?”

“当然想。”

“很快就可以了。”

“可是还要多久?这一路好害怕啊。”

“不用害怕,我们保护你。”

“对了,你父亲的那份资料是不是放在你身上了?还是放在哪个地方了?”

“当然不是放在我身上,要不然还不早让人抢走了,它在……”

“丽斯,你还没睡啊?”段虎听到了丽斯和玛丽娅的谈话,感觉有些不对劲。就在玛丽娅正准备说出资料的藏身之地时,段虎赶紧抢话。

“没有,马上就睡。我见她醒了,就和她聊聊天。”丽斯指指玛丽娅。

“哦,早些休息,明天还要赶路。”

段虎说完就走了,但却没有走远,而是转到另一面仔细地听,不过此时已没了声音。

段虎开始对丽斯产生了极大的怀疑,难道这个女人真的是……

他真是不敢多想,更不希望丽斯就是跑到这里来当卧底的,可如果她真的

是内奸，那大家岂不是很危险？

想归想，可却没有确凿的证据，段虎一时也没了头绪，只好继续警戒。他的耳朵时时刻刻都竖着，希望能听出一些蛛丝马迹来。

很多的时候，人的直觉真的很灵，但目前段虎对自己的猜疑还不敢枉下结论，只好慢慢等待真相大白。

休息好之后，几个人趁着天没亮的时候继续赶路。

森林倒是非常寂静，连一丝风声都没有，不过几个人脚下的草却刺啦刺啦地响着。

“玛丽娅，你都喜欢什么？”丽斯又开始问道。

“我啊，喜欢画画。”玛丽娅回答。

“哦，为什么？”

“我们国家太乱了，我希望用自己手中的笔描绘大好河山。”玛丽娅说着，抬头看了看天。

“不错。”丽斯说，“对了，你父亲的资料不会落入坏人手中吧？”

“不会，当然不会，资料就在我的背上。”玛丽娅终于说了出来。

这句话让丽斯颇感惊讶，其他人——段虎、地狼、雪豹也都听见了，都大吃了一惊。

“背上？”丽斯故意又问了一句。

段虎知道玛丽娅说的背上应该就是刻在背上，丽斯也应该知道，不过她还是问了一句，但脸上一丝诡异而兴奋的表情却被段虎捕捉到了。

“玛丽娅。”段虎觉得不妙，赶紧冲她叫道。

“什么事，段虎？”玛丽娅回头问。

“你过来一下。”

“好的。”

玛丽娅被叫了过来，段虎同时又给地狼和雪豹递了个眼色。两人心领神会，一起走到丽斯身后，段虎玛丽娅则走在最后，这样就割断了丽斯和玛丽娅的直接接触。

“段虎，问你件事。”丽斯说着回头朝段虎走来。

此时，地狼和雪豹也不好拦她，只得飞快地跑到玛丽娅身边站好。

丽斯却没有再说话，而是继续往前走着。段虎更加不解了，“这个丽斯到底是什么意思？”

“你不是找我，怎么什么都不说了？”段虎赶紧追上丽斯问道。

“我啊，不敢说了。”

“为什么？”

“你们把我当外人一样，处处防备我，还以为我看不出来啊。既然这么不相信我，我走好了。”丽斯有些生气。

“你误会了。”段虎嘴上虽然这样说，却不好解释什么。

幸亏丽斯没再追问，还是继续往前走着。

段虎和几个人跟在后面，就这样，玛丽娅被包围在中间。

走到一个岔路口，段虎停下来问丽斯：“该走哪条道？”

“左边的。”

“好。”段虎没说什么，但他刚才偷偷看了地图，左边应该很不安全，是个空旷地带，易遭伏击，而且无法还击。

果然没走多久，前面已是个开阔地，可丽斯还是继续向前走着。段虎没有吭声，也继续跟着。

走着走着，丽斯突然停下：“我想方便一下。”

听丽斯这样说，段虎也不好阻拦什么了。

说完，丽斯就回头朝玛丽娅所在的方向走去，由于前面还很空旷，只有到后面的丛林里才可以方便。

地狼和雪豹此时的戒备心也没那么强了，其实他们也不愿意相信丽斯真的就是段虎示意的内奸。

可就在这时，情况突变，因为段虎看丽斯走了，也就没回头，谁知丽斯突然转身，从兜里掏出一把手枪，在对准段虎的同时人已凑到了他跟前。

这样的反应速度，连地狼都没反应过来。

“坏了，丽斯真的是内奸。”地狼心里说。

“都别动！听我指挥。”丽斯挟持着段虎，开始发话，“玛丽娅，过来！”

玛丽娅显然是被吓坏了，哆哆嗦嗦地不敢动。

“再不过来，我杀了他。”丽斯的抢往段虎的脑袋上使了使劲。

玛丽娅看了看段虎，还是不敢过去。

这可怎么办，地狼着急了：让玛丽娅过去，万一有个三长两短，任务就算泡汤了，可是不让她过去，段虎的性命恐怕又有危险。

“带玛丽娅走！”段虎却毫不畏惧，冲着地狼和雪豹喊道。

“可是，老大。”地狼和雪豹都很着急，伤感地喊道，“我们不能扔下你。”

“少废话，这是命令！”段虎也急了，再次催促，“快走！”

地狼和雪豹看着段虎坚定的样子，只得带着玛丽娅慢慢地后退。

“你们真走？真的不交出玛丽娅？那就别怪我不客气了。”丽斯下了最后通牒。

还是没人作出反应。

丽斯不知道，对段虎他们来说，命重要，但是使命更重要。

“砰！”地狼和雪豹走出一段路后，听到了一声枪响。

“段虎！”大家都感觉自己的心被撕裂了，他们的老大就这样让丽斯给打死了。

第三十七章

变异战士

听到枪响后，地狼、雪豹和玛丽娅一起停住了脚步，朝身后远远地张望着，他们知道段虎牺牲了。

突然，地狼和雪豹都没了方向感，不是说路的方向，而是心里没了思路。恶狼现在不知身在何处，段虎又遇难了，两人的心里都没谱。但任务还得完成，也没有时间悲伤，就算只剩下最后一个人，任务也要完成，除非全部阵亡。

地狼和雪豹心里虽然没什么底，但毕竟受过很多训练，不多时就镇定下来了，赶紧拿出地图看方位。“我们还有两座山、一片森林和一个沙漠，穿过去就到了边境，大约要一天的时间。”地狼一边看地图一边分析。

“哦，那还可以。”雪豹感觉还算轻松。

“可以个屁!”地狼开骂了，“东南西北都分不清了，应该走哪边?”

雪豹看了看天，阴沉沉的，到处都是灌木丛、野草，还有野芭蕉，真的不好分辨。

地狼拿出罗盘，水平放好，指针此时正指向“N”，这个方向是磁北方向，不过与真北方向还有一个偏差角度。地狼马上开始计算磁偏角度差，以获得准确的方向。

一般来讲，在野外迷失方向有好多种找方向的方法：如果是带指针的手表，只需将手表托平，表盘向上，转动手表，将表盒上的时针指向太阳，待表的时针与表盘上的12点形成一个夹角，这个夹角的角平分线的延长线方向就是南方。北极星所在的方向就是正北方向。北斗七星，也就是大熊星座，像一个巨大的勺子，在晴朗的夜空是很容易找到的，从勺边的两颗星的延长线方向看去，约间隔其5倍处，有一颗较亮的星星就是北极星，即正北方。如果是在晴朗的

白天，可以用一根直杆，使其与地面垂直，插在地上，在太阳的照射下形成一个阴影，把一块石子放在影子的顶点处，约13分钟后，当直杆影子的顶点移动到另一处时，再放一块石子，然后将两个石子连成一条直线，向太阳的一面是南方，相反的方向是北方，直杆越高、越细、越垂直于地面，影子移动的距离越长，测出的方向就越准。还有，树木、苔藓、树冠茂密的一面是南方，稀疏的一面是北方。另外，通过观察树木的年轮也可判明方向，年轮纹路疏的一面朝南方，纹路密的一面朝北方。在深山密林中，人不仅会迷失方向，还会迷失路径。其实在发现迷路的时候，自己距离原有的路径一般不会超过13分钟。这时不要着急，更不能乱喊乱跑，应冷静下来，仔细回忆一下刚才走过的泉水、巨石、大树、水流、洞穴、山峰、岔路口等参照物，然后凭着记忆寻找自己的足迹，退回到原来的路线上。有一种可行的办法就是立刻分析山势走向和地势、地貌等环境，然后判断出是否有野生动物并寻找到其走过的痕迹，再沿着“兽道”走出险境，但必须非常警觉，以免遭到野兽的袭击或狩猎者设下套、夹的伤害。一般来说，山鞍或山脊会有兽道。不论是在林木遮蔽的山林中，还是在丛草盖地的山坡上，低头近看，根本找不出路迹来，只有远看，看到几十米以外，才能隐约地看出一条草枝微斜、草叶微倾、叶背微翻的痕迹，再由远而近、由近再远、远近比较之后，就能分辨出路来了。

上面这些，地狼当然全都知道，不过此时最简单的也是最实用的。他计算好方位，赶紧招呼雪豹和玛丽娅准备出发。

可是他们看到玛丽娅的时候却惊呆了，她此刻已在一棵大树下缩成了一团，浑身哆哆嗦嗦的，脸色苍白，显得十分憔悴。

“你怎么了？玛丽娅。”雪豹奇怪地问，“有什么情况吗？”

“没有。”玛丽娅没说话，地狼接上了，“她这一路受到了严重惊吓，精神高度紧张，思维有些混乱，一会就好了。”

“原来如此。”雪豹说完，独自一人跑到前面开道。

地狼来到玛丽娅面前，拉了拉她的手，鼓励她站起来。接着，两人一起跟在雪豹后面，玛丽娅很自然地走在中间，地狼断后。

走了大约两个小时，前面出现了一处密林。

密林里，脚步声刷刷地响着，地狼听到了，雪豹也听到了。他们迅速地拉着玛丽娅隐蔽在一棵大树后，静静地等待情况出现。

可是许久都没有动静，脚步声也越来越小，渐渐消失。

“奇怪，到底是怎么回事？难道是幻觉？”雪豹自言自语，因为此时他已疲惫不堪。

“砰!”“啊!”随着一声枪响，一声惨叫传出。

“狙击手!”地狼喊了出来。

地狼感觉到这是狙击手在行动，可到底是谁呢？密林里又是哪些人在行动？他的疑惑逐渐增多，不过此时要做的还是赶路，所以他没有多想，示意雪豹用匕首开路，自己则护着玛丽娅前行。

“砰!”“啊!”每隔几分钟就是一声枪响，一声惨叫。地狼猜测此时狙击手肯定躲在某一棵树上，然后瞄准目标一个个地猎杀，真是百发百中。

说到这里，有必要和大家说说狙击手以及狙击步枪的一些情况，也让大家在看小说的同时，了解部分军事和枪械知识。

“狙击手”指的是受过专门训练，完全掌握精确射击、伪装和观察技能的优秀射手，可埋伏在隐蔽地点，突然、准确地射杀敌人，通常可首发击中目标。第一次世界大战期间，英军首先使用“狙击手”这一名称。

“狙击手”使用的狙击步枪学名叫作“高精度战术步枪”，最初并非专门制造，而是在普通步枪中挑选精度相对较高的作为狙击使用，并且最早的狙击步枪没有光圈和其他辅助瞄准器具。二战后一直到朝鲜战争结束，美国海军陆战队的狙击手使用的狙击枪还是以M1903为主。到了越战开始时，由于M1903早已停产，零件补充困难，海军陆战队决定重新评估选择新的狙击枪。这次除了评估枪之外，也同时评估了瞄准镜。在5种步枪（雷明顿M600、雷明顿M700ADL/BDL、Harrington and Richardson Ultra、温彻斯特M70、雷明顿M700－40X）以及7种瞄准镜中，终于选定以雷明顿的M700－40X和Redfield 3X－9X Accu-Range瞄准镜作为正式狙击系统，定名为M40狙击枪。早期的M40是木制枪托，在越战时候暴露出种种问题。于是，陆战队在1973年越战结束后开始针对这些问题进行对M40的改良，由此产生了今天的M40A1。

1996年，美国海军陆战队开始为现役的527支M40A1寻求替代品，设计新的狙击步枪，这个方案的结果就产生了M40A3。M40A3同样以雷明登700为基础，采用新的瞄准镜座和护木，枪托为麦克米兰A4枪托，可以调节枪托底板长度和贴腮板高度，并发射改良的M118LR（远距离）弹。后来又开发出专门的狙击步枪PSG－1，它的确是世界上最精确的半自动步枪，即使300米的距离也可以保证把50发子弹全部打进一个棒球大的圆心。它的枪膛是4条膛线的多角形膛壁，弹头和枪管壁的摩擦减到最少，加上650mm长的枪管，会有较高的枪口初速，有利弹道平直度的延伸。有一个人体工学的手把，扳机可以调整，

扣发压力只有1.5kg。枪托和贴腮片也可以调整，以配合射手的体型。另外它不使用一般的双脚架，而是用一个特别的三脚架以求精确。它的标准瞄准镜稍差，只有6倍功率，不过任何符合NATO-STANAG 2324规格的瞄准镜都能装用。此外它还有一个特别装置，让枪机上膛闭锁时不发出声响，增加隐秘性。MSG是德文“Militarisch Scharfschutzen Gewehr”的缩写，意思是“军用精确步枪”，而90即开始生产的1990年。MSG90和PSG－1差别不大，为减轻重量，MSG90采用了直径较小重量较轻的枪管，在枪管前端接一个直径22.5mm的套管，看上去好像一个枪口制退器，但套管没有任何制退或消焰的作用，只是为了增加枪口的重量，在发射时抑制枪管振动。

另外，由于套管的直径与PSG－1的枪管一样，所以MSG90可以安装PSG－1所用的消声器。MSG90的塑料枪托也比PSG－1的要轻，枪托的长度同样可调，贴腮板高低也可以调整，枪管和枪托是MSG90和PSG－1区别的主要特征。和PSG－1一样，1999年推向市场的巴雷特M99系列狙击步枪，是巴雷特火器公司12.7mm狙击步枪家族的最新成员，其别名是BIG SHOT，取英文“威力巨大，一枪毙命”之意。许多枪迷都是从巴雷特的开山之作M82而喜欢上大口径狙击步枪的。经过将近20年的成功商业运作，巴雷特大口径狙击步枪的设计水平日臻成熟，M99系列狙击步枪就是其最新产品的代表作。巴雷特M99系列由M99和M99－1组成，两者在外形上极其相似，俨然一对同胞兄弟，唯一的区别就是后者为满足市场的多种需求，将枪管略有缩短，使全枪显得更加紧凑，携带更加方便。而M99的枪管比较长，弹头初速高、精度好，打击远距离目标是其长项。M99系列采用多齿刚性闭锁结构，非自动发射方式，即发射一发枪弹后，需手动退出弹壳，并手动装填第二发枪弹。该系列使用12.799mm大口径勃朗宁机枪弹，必要时也可以发射同口径的其他机枪弹，主要打击目标是指挥部、停机坪上的飞机、油库、雷达等重要设施。由于该枪采用刚性闭锁，即在还没有人为开锁之前，枪管以及机匣里的枪机可以看作是刚性连接，弹头飞出枪口时，根据作用力与反作用力原理可知，整个枪（包括枪机与其他不可动机件）是作为一个整体向后运动的，全枪的向后冲力（相当于射手肩部所承担的后坐力）较同类非自动结构的后坐力大得多。如果不采取减小后坐力的措施，射手则很难承担如此大的后坐力。为此M99系列采用了高效的缓冲器，有效地减小后坐力，使之达到射手可以承受的范围。

很多人对各种巴雷特狙击步枪赞不绝口，甚至有报道说它可以精确命中2500m处的人形目标，实际上，即使采用更高精度的比赛用弹也几乎不可能出现这种结果。根据弹道曲线分析可得：在1500m处，4m/s侧风的影响下，弹头左右方向偏移达到3m，对1000m目标射击时，弹道曲线的最高点（弹道高）距枪口所在水平面距离为2m，以如此反算到2500m处，弹着点散布应在10m的范围内，没有一定的运气因素是很难击中如此远距离的人形目标，因此更谈不上精确命中了。

当然，一个优秀的狙击手无论在任何时候、任何地点以及使用任何狙击枪，总是可以准确地射杀目标。

"真精确!"雪豹光听声音，就知道这个狙击手不简单。

"不要管这些，赶紧走!"地狼催促着。

不过玛丽娅却被吓坏了，整个人像掉了魂一样。地狼看到这种情况，只得把她背了起来。玛丽娅十分顺从，她现在已经浑身无力，就像一个活着的幽灵，眼神呆滞地望着前方。

"停住!"雪豹走着走着，突然回头冲地狼小声说道。

"怎么了?"地狼很是奇怪。

不过当雪豹的眼神和他的眼神相碰时，地狼还是大吃一惊，因为雪豹的眼睛里布满了惊恐之色。

雪豹到底看到了什么?

地狼放下玛丽娅抬头向前方看去，"啊!"他也不由得大吃一惊，嘴巴半天都没合上。

地狼到底又看到了什么?

原来，前方不远处有很多人都在慢慢地前行，随时还会倒下几个，不用说，那肯定是狙击手的"功劳"。可这些人依旧不断前行着，他们肯定是在寻找、追逐并想消灭自己的敌人——也就是未露面而伤了他们一些弟兄的、躲在暗处的狙击手。可让地狼和雪豹感到惊恐的是，这些人竟然都带着非常吓人的面具，一张张脸僵硬、无情、木讷，而且每个人身上都爬着一条青蛇……

"变异战士!"地狼突然想到这个，如果不是变异战士，肯定也注射了药剂，绝对是受人控制了。

"怎么办?"雪豹小声问地狼。

"等等吧。"地狼说，"现在我们只能暂时潜伏在这里，因为不了解情况，如果贸然前行或后退，一旦让这些人发现，必死无疑，还是静观其变吧，再说这也是我们的必经之路，没得选择。"

雪豹不再说话，为了避免玛丽娅因害怕而惊叫出声，地狼只好先用自己的毛巾把她的嘴堵上，以防万一。

前面的队伍每走几步，就有人倒下，但他们还是一往无前，丝毫没有后退的意思，真的就像被控制的变异战士。

当然，地狼也不希望他们后退，那样他们3个人也许就会暴露了。

也不知道前面的人是否真的受了控制，还是傻子，不到半个小时已倒下了一半。

可就在此时，情况发生了变化，剩下的人突然如倒戈一般转身向后退去，而且速度非常快。

“怎么办?”雪豹问地狼。

“准备战斗吧。”地狼轻轻地说了一句。

说完，地狼把玛丽娅放在一个相对安全、子弹不太容易触及到的地方后，开始瞄准。

队伍越来越近，地狼和雪豹的心都提到了嗓子眼，同时也开始准备扣动扳机。

“别动。”突然，地狼又是一阵惊恐，并及时制止了雪豹。

“怎么了?”雪豹赶紧问道。

“你仔细看看，那是谁?”

雪豹顺着地狼手指的方向看去，“啊!”随后又是一惊。

“醒狮!”两个人同时喊出了这两个字，惊骇程度决不亚于发现了新大陆，甚至比这还要强烈。

醒狮怎么会出现在这里呢？又是怎么进到这一群异类人里面的?

原来，那天醒狮为了掩护段虎等人快速撤退，就单独留下来阻击武装分子，但是终因人单力薄、寡不敌众而被团团包围。待子弹全部打完后，醒狮不想被武装分子俘虏，于是决定用匕首自尽。

就在醒狮手里的匕首快要落到自己脖梢的时候，不远处飞来一把飞刀，正好撞击在他的匕首上，“咔吧”一声，飞刀、匕首同时落地。

“嗯?”醒狮有些纳闷，“谁这么好心，还救自己。”可他不知道这个人并不是在救他，而是在利用他。

就在醒狮纳闷不已的时候，眼前出现了一个白人，甚至比他还要白，而且不像是本地人。

“他到底是干嘛的?”醒狮不解。

“跟我走!”来人不等醒狮有任何动作和语言，上前就伸手拉他。

虽然醒狮手里没了武器，也不知道对方到底是谁，但在这特殊的环境和陌生的地方，他还是比较警惕的。所以对于对方的无理拉扯，醒狮显然有些恼怒，于是反手一把抓住来人的胳膊，然后猛地往自己怀里一带，还说了一声“你给我过来吧”。

醒狮本以为可以把来人一下子拉到怀里放倒，可是万万没想到，这个白白净净的家伙不是一般人，不但纹丝没动，而且顺势腾出另一只手抓住醒狮的手腕，猛一较劲，倒是把他带到了自己怀里，然后手向下一拉，醒狮就扑通一声跪倒在了地上。

醒狮顿时惊呆了，自己可是一名特种兵，而且是非常出色的特种兵，怎么一下子就叫人给放倒了，真是不可思议，眼前这个人到底是谁?

醒狮想不出来，况且眼前的现状也容不得他多想。来人一招手，立刻过来几个人将他用绳子绑了，然后押着他一起跟在白脸人的后面。

一行人来到一个山洞里，慢慢地往里走，里面越来越宽阔，好像还有不少东西。进入一个灯光非常明亮的房间后，醒狮不但看到了很豪华的装饰和一些特殊的医疗器械，而且看到了一群眼睛直勾勾的男人——非常结实的黑人。

“这到底是哪里?”醒狮心里想，“不会是731吧?”

“不会。”只一会儿，醒狮就否定了自己的想法，“细菌试验，那是当年日本人给中国人用的，这里不可能了，不过这又是哪里呢?”

正在醒狮胡思乱想之际，其他人已把他推到中间，然后其中一个人拿起了针。

“你们要干什么?”醒狮感觉有些不太对劲。

“让你成为一个真正的男子汉!”白人说话了。

针头慢慢地接近，醒狮开始挣扎，却无计可施。“看来我是在劫难逃。”想到这里，醒狮干脆闭上了眼睛。

“啊!”随着醒狮的一声喊叫，一个大针管深深地扎进了他的胳膊。接着针管里的液体慢慢地注入，醒狮缓缓的倒下，沉沉地睡去。

也不知过了多长时间，醒狮终于醒了过来，看到了眼前的白脸人，同时看到了四周和他一样站立着的人。

“我是谁?”醒狮的记忆全部失去了。

“我是谁?”他大声地吼了出来。

这一吼声传出山洞，在森林里回荡，不过山洞里的人没有丝毫的惊讶，因为醒狮的这一声在他们看来纯属正常反应。

“你是铁人!”白脸人走过来说，“你们攻无不克、战无不胜!”

白脸人又开始对其他人喊道。

“战无不胜!”所有的人都跟着他喊道。醒狮也像着了魔一样，跟着喊了起来：“攻无不克！战无不胜!”

“听我的指挥，跟我走。”说完，白脸人走出山洞，几十个人随后跟上。

“前面有肉吃，你们是狼，赶紧追，直到猎食完为止。”

“是!”

说完，几十个眼睛直勾勾的人开始快速前行。

醒狮也在其中，他真的失去了所有的记忆，脑袋里就是肉、狼、追击……

不一会，几十个人发现了远处的猎物，他们开始更加猛烈地奔跑，真的如风一般。

前面的人也发现了后面的“群狼”，吓得赶紧奔跑，并在一个拐弯处迅速地上了大树。

几十个追赶的人看见前面的人没了踪影，就开始围着大树转圈，然后又往回跑。前面的人刚想下树，几十个人突然又折了回来。如此反复几十次，树上的人已被搞晕了，几十个人还是毫无疲惫地来回狂奔着。

“看来不好逃脱，还是废了这帮人吧?”树上的黑脸大汉自言自语道，“看来只有这样了。”

“距离……”黑脸大汉开始拿起望远镜观察、瞄准。

“砰!”黑脸大汉一枪出去，一个人倒地。

“砰!”黑脸大汉又是一枪，又一个人倒地。

当剩下最后一个人的时候，黑脸大汉停止了动作，随后就是一阵下树、奔跑的声音。狙击手竟然跑了，真是不可思议。地狼也远远地看到了这一幕，不过现在已顾不得这么多了，还是营救醒狮要紧。

见状，地狼、雪豹赶紧走了出来。

醒狮的思维此时已被枪声震得慢慢地从混乱变得清醒，并渐渐地回忆起了以前的事情，山洞、飞机、战斗、恶狼、玛丽娅、丽斯、白脸人、山洞、针管……

“5 号!”地狼、雪豹一起朝醒狮喊道。

“5 号!”醒狮自己也叫起来，“我想起来了，我是 5 号。”

“对！”

“可你们是？”醒狮的思维还是没有完全恢复。

“我是地狼啊。”

“我是雪豹。”

“不记得了，真的不记得了。”醒狮突然扶着脑袋大叫。

“他的精神受了刺激，我们还是赶紧离开这里再说。”地狼说完，拉起醒狮就跑。

“啊！”突然，地狼感觉自己的胳膊正火辣辣得生疼，回头一看，醒狮竟然用匕首刺了他一刀。

“你！”地狼怒气冲冲地看着醒狮。不过，他的脸色瞬间又好转了，赶紧告诉自己醒狮是被人控制了，自己不该这么莽撞。

“我是好人，是来救你的。”地狼赶紧说。

“好人？救我？”醒狮不解地问道。

“对！”

“那好，除非把你的枪给我！”醒狮冲地狼喊道。

“不要啊。”雪豹赶紧说，“他现在神志不清。”

“没关系。”地狼说着把枪甩给了醒狮。

醒狮接过枪，自己乐呵呵地上路了。

“跟上。”地狼招呼大家。

走了不久，前面又是一阵脚步声，几个人赶紧躲了起来。

当来人走近时，地狼不禁大吃一惊：“丽斯，她怎么在这里？”

第三十八章

死 而 复 生

地狼看见了丽斯，可更加意外的情况也同时发生了。

“砰!”随着一声枪响，醒狮顺势抓住了玛丽娅，用枪指着她的脑袋。

“醒狮，你把枪给我放下!”见状，雪豹一阵心慌，一边大吼，一边走近醒狮。

醒狮好像真的被雪豹吓住了，可还是用枪死死地顶着玛丽娅的脑袋。

“别过来，要不然我杀了她。”醒狮说，但声音有些怯怯的。

“你把枪给我放下。”雪豹继续向前。

“砰!”醒狮冲雪豹的前方发了一枪。

雪豹只好停住脚步，但脸色很难看，肌肉都绷到了一块儿。

“不要冲动。”地狼见雪豹盲目行动，赶紧呵斥。

地狼知道，此时的醒狮不是有意而为，而是无法控制自己的大脑。

“大家都闪开。”一直被人忽略的丽斯说话了，同时走到醒狮的面前。

“你放了她。”丽斯柔声说道。

“我凭什么放了她?”醒狮还未清醒。

“你看她只是个小姑娘，那么瘦，有什么好的，你不如弄我的肉吃啊。”丽斯说着，离醒狮更近了一些。

丽斯说这话时，顺势回头给地狼使了个眼色，地狼会意，赶紧后撤。

“好啊，你过来。”醒狮朝丽斯摆摆手。

“你等着我。”丽斯说着把手里的匕首放下了。

“你走吧，你的肉不好吃。”醒狮见丽斯过来了，赶紧把玛丽娅推了出去，顺势又把枪抵在了丽斯的头上。

“你不是特种兵吗？怎么好像不具备特种兵的性格？”丽斯开始和醒狮聊天。

“你管我呢？”醒狮有些不耐烦，“你们都后退。”他又指指雪豹等人。

雪豹赶紧拉着玛丽娅慢慢地后退。

“我看你根本就不是特种兵！”丽斯突然恶狠狠地说。

“我是，我就是！”

“那你怎么一点不像呢？”

丽斯开始和醒狮周旋……

“啊！”就在醒狮忙于解释的时候，地狼从后面扑了上来。原来，趁丽斯和醒狮说话的空当，地狼转到了他们后面。

醒狮被地狼踹了一脚，一个前趴倒地。地狼赶紧再次扑上去，可是醒狮已经很麻利地站了起来，向前跑去。

大家谁也没有开枪，他们不能把自己的战友当作练枪靶的敌人。

“你在这里干嘛？”地狼开始怒斥丽斯，虽然她刚才救了玛丽娅，但一想到段虎的死，地狼就控制不住了，拿起枪顶在丽斯的头上。

“要杀就杀吧，不过你要听我把话说完。”丽斯说道。

“你还有什么好说的，曾经救过你的段虎都让你给杀了，你还想连我们也一起杀了。”地狼怒喝。

“你错了，段虎还活着。”

“还活着？”地狼有些惊讶。

“是吗？”旁边的雪豹也问。

“是的，事情是这样的……”丽斯开始说起来。

段虎真的没死吗？

答案是肯定的，段虎不但没死，而且有了奇遇。

与其说是奇遇，倒不如说是又发现了一个很大的秘密，当然最终也拯救了醒狮。

就在丽斯要挟段虎的时候，他没有任何的害怕和迟疑，而是让地狼和雪豹护着玛丽娅赶快离开。

当三人安全离开并不见了踪影后，段虎才松了一口气，同时冲丽斯说道：“杀了我吧！哈哈哈……”说完就是一阵大笑。

丽斯惊呆了，果然是个临危不惧、不怕死的人。

“放开他。”

就在段虎一心准备和阎王爷会面时，又出现一个人，这个人的出现不但使段虎大吃一惊，更是让旁边的丽斯紧张不已。

“丽丽，放开他。”来人怒喝。

“丽斯，你?”段虎看看要挟自己的丽斯，再看看来人，这两个人长得一模一样，怎么两个丽斯，段虎呆了。

“不要再装了，丽丽。”来人又说。

“是，我是在装你，我向来什么都不如你，现在装一次你还不行吗?”

“这到底是怎么回事?”段虎确实被两人搞懵了。

“我来说。”来人说道。

“要挟你的人是我的亲妹妹，她叫丽丽，在给现在的武装分子做事。我当时为了阻击他们，不小心滑倒，半天没回过神来，估计大家都以为我死了，就没理我。后来，我慢慢苏醒过来，想到了你们，也想到了丽丽，因为我当时在武装分子中间看见了她，所以就一路寻来，幸亏来得早，要不然你就真的没命了。”丽斯说出了实情。

“原来是这样。”段虎恍然大悟。

“是。”

“丽丽，还不赶快放人!”丽斯催促丽丽。

“没那么容易。”丽丽说，“你是我姐姐不错，可我们不是一路人。再说你为什么不能帮帮自己的姐妹，倒管起别国的事来了。”

“是他们救了我，你不能这样。”丽斯试图说服妹妹。

“救你，又不是救我。”

“你知道吗?”丽斯开始说，“我们的父母早就被武装分子杀了，可你还蒙在鼓里。”

“什么?”丽丽惊讶不已，匕首也掉到了地上。

此时，段虎已没了什么戒备，只是专心听着丽斯和丽丽的对话，一动也不动。

“你被人家利用了，明白吗?”

“可是他们说只要我抓住玛丽娅，就放了我们的父母。”丽丽还是不相信，“姐姐，那我岂不是罪人了?”

“没事，你好自为之就行。”

“都不许动!”就在姐妹两个谈话的时候，森林里突然出现一群武装分子。

“大哥，你们怎么来了?”见到来人，丽丽赶紧迎了上去，同时一个简单的弯腰小动作就将地上的匕首拾了起来。

“来看看你的成绩如何?”

“噢，你看。”丽丽说着，用手指着段虎和丽斯。

“不许动，都给我退下，不然我杀了他。”当那个被丽丽称为大哥的人向前看时，丽丽的匕首已逼上了他的咽喉。

“都给我后退，快!”丽丽催促着。

“都他妈的没耳朵，赶紧后退。”大哥吓坏了，赶紧呵斥众弟兄。

武装分子开始慢慢后退。

“姐姐，赶紧走啊。”丽丽又开始催促丽斯。

“再见，丽丽。”见妹妹竟然如此侠义，丽斯落泪了，声音也哽咽了。她知道，这将是永别的时刻。

一转身，丽斯猛地一拽段虎，两人飞奔着向前跑去。

两个人手拉着手向前猛跑着，根本顾不上什么乱草和枝叶。

就在一个下坡路段，两人突然脚下一滑，双双滚了下去。

等落到地面时，段虎的身子正好压在丽斯身上。

丽斯看着段虎，心跳有些加速，丰满的乳房情不自禁地涨了起来，段虎也感觉血流上涌。丽斯随即一下子抱紧了段虎，段虎的思维开始混乱起来，他知道丽斯是喜欢自己的，虽然他不可以给她什么，更不可能和她有什么瓜葛，但在丽斯数次救自己的过程中，他已对丽斯产生了很大的好感。随之，丽斯的嘴唇凑了上来，段虎也将自己的身子靠了上去，两个人开始热烈地狂吻起来。

“刷刷!”正当两人缠绵不已的时候，一阵急促的脚步声让他们赶紧分开起身。

“醒狮!”突然，段虎看到了奔跑而来的醒狮。

“他跑得好快，要到哪里去?我们赶紧去追吧。”丽斯也看到了。

“且慢。”段虎拦住丽斯，“他神态不对，可能是受了什么刺激或有什么其他情况，我们再等等看。”

醒狮还在狂奔，段虎和丽斯则伏在后面紧盯着他。

醒狮跑到了原来的山洞，接着就跑了进去。

段虎和丽斯只得在外面蹲守着。

过了一会，醒狮也没有出来，段虎准备进去看看。

“我和你一起去。”丽斯见段虎要进洞，知道里面十分危险，于是执意要一起进去。

“不用，现在我们不熟悉里面的一些情况，进去的人越多越不好，这样吧，你赶紧去找地狼他们，然后到这里汇合。”

“那好吧。”丽斯拗不过他，只得走了。

段虎开始慢慢地潜入山洞。

第三十九章

误入陷阱

“事情就是这样的。”丽斯的回忆慢慢还原。

“哦，那我们赶紧去找段虎吧。”地狼恍然大悟。

“好，我来带路。”丽斯说完快步奔在前面，地狼随之跟上。

“那我呢?”正当大家准备离开的时候，大树一角的玛丽娅开始呼喊。

“对了，把她给忘了。”地狼一心找段虎，差点忘了这个重要的人。

“我看还是不要带她去，你看醒狮的样子，还有刚才的那些人，我想不是被一般人控制的，也不是一般的部队，所以带上她恐怕会更糟。”雪豹说道。

“让我想想。”地狼沉默片刻，说道，“雪豹，你留下照看玛丽娅。”

“怎么会是我?”雪豹不解地问道，“我要去战斗。”

“是啊，你可以战斗，而且很厉害，正因为这样，我才让你留下，保护玛丽娅的安全就是最好的战斗。”地狼说。

“你说得倒好听。”雪豹还是不答应。

“保护玛丽娅可不是简单的事，这里到处都是武装分子，危险重重，你或许比我们的任务更重，是不是怕完不成而找借口啊?”地狼开始激雪豹，他知道雪豹的脾气。

“呸！不就是保护一个小女孩吗，举手之劳，你们走吧，保证等你们回来，我让她毫发无损。”雪豹显然中计了，得意洋洋地说道。

“那好，我们走了，注意安全。”

就这样，在丽斯的带领下，地狼开始向段虎潜伏的山洞方向进发。

此时，段虎已经进入洞内。一开始，他发现这和其他的山洞没什么区别，

就是简单的通道和岩壁。慢慢地往里走去，他才看到了一点点的不寻常，当然是在一些一般人不容易注意的地方——山洞的地面上有一些十字状的图案。

“这是什么东西，奇怪。”段虎不明就里，自言自语道。

再往前走去，山洞开阔起来，出现了三个岔洞，段虎不知该往哪个方向走。

于是，他停下来认真地看了看，好像左边的洞口有些狭小，而且形状怪异——不是圆形，而是三角形。这让他感到好奇，所以想一探究竟。

由于三角形洞口的尖部是冲下的，段虎只得小心翼翼地抬腿迈过去。

可进去后，段虎就发现这里还真是邪门，里面照样是三角形且尖头朝下的通道，真的很难通过，于是准备向后退去，突然身后山洞的一侧出现了一道门。

洞内顿时一片漆黑，段虎忙呼“不好”，但是已经晚了，随着轰隆一声巨响，大门吱嘎嘎地关上了。

“啊!”段虎随之发出一声惊呼。

当丽斯和地狼等人赶到山洞时，已经不见了段虎的踪影。

“他可能已经进去了，我们也进去吧。”丽斯建议。

“好的。”地狼说完，跟着丽斯往里走。

两人一直走着，也和段虎一样，到了大厅，看见了三个岔洞。

“这样吧，我们分开走。”地狼说。

“好。”丽斯应着。

“你走那边，我走这边。”地狼选择了和段虎一样的三角形岔洞。

于是，丽斯慢慢地向中间的岔洞走去，洞很深，深得都看不到尽头。

大约过了半个多小时，前面出现了一个出口。丽斯有些累了，所以没有马上出去，而是坐下来休息。她知道这里危险重重，不能轻易现身明处，而且要养好体力。

休息够了，丽斯正准备迈步出去，突然听到一阵嘈杂声。

“你说我们的老大到底是谁?”一个声音有些娘娘腔的人说道。

“谁知道，都两年了，一直戴着个面具，像个幽灵，也不知道是干嘛的。”另一个浑浊的声音响起。

“说实话，这都是罪行啊。虽然我们是军人，但这样做真不够人道。”

“好了，别说这么多了，让幽灵听到，没好果子吃的，我们还是赶紧去办正事吧。”

说着，两人便没了声音，并从丽斯的眼前快速走过。

丽斯听了他们的话，感觉非常蹊跷、疑惑重重，就马上跟了上去。

出了洞口，面前是一条横向的通道，丽斯又顺着两个人离去的方向跟了过去。

前面的两个人好像有什么紧急的事情，甚至听到丽斯偶然碰到一两块小石头发出的声响，他们都不回头看一下。

再往前就是向左的一个拐弯，丽斯也跟了过去。

前面的两个人还是健步如飞，而且根本不往后看，估计他们压根就没想到会有人来这里。

走到通道的尽头，两个人拐进一个小洞，丽斯本来也想跟着进去，可就在她即将迈步的时候，眼前的情景却让她惊得赶紧用手堵住嘴巴，随即感到一阵天旋地转。

丽斯究竟看到了什么?

原来前面的两个人拐进了向右的一个山洞，丽斯为了防备起见，先用余光往左边瞄了瞄，这一瞄不要紧，真是把她吓了个半死。

左边是一排桌子，上面有很多透明的玻璃大圆罐子，可里面却盛着血淋淋的人头。确切地说，人头是泡在一种药水里的。他们一个个面目狰狞，都大睁着眼睛，好像在祈求丽斯救他们。

你说丽斯能不害怕吗?这让谁见了都会害怕的。

丽斯毕竟是个女流之辈，大半天才缓过气来，又试着准备进入右边的山洞。

进去后，好像也没有什么特别，里面就是单纯的山洞，其他什么也没有。

“人呢?”丽斯开始纳闷，“刚才明明看见两个人进来了，现在怎么不见了，真是活见鬼。”

丽斯心里琢磨着，在洞里来回走动，并不时地用手在墙壁和地板敲打，想看看有没有什么机关，可是敲打了半天，也没有任何反应。她正准备出去，突然又想起外面的人头，吓得一个激灵，向前迈的步子又停了下来。

不过，还是得出去，这里毕竟不是久留之地啊。

“不许动!”就在丽斯鼓起勇气要出去的时候，背后突然有一杆冷枪顶住了她的脑袋。

“双手高举，蹲下。”后面的人威胁道。

丽斯无奈，只得慢慢地蹲下，然后双手高高举起。

“这里到底是什么地方?后面的人是谁?刚才明明没人，难道是隐身人?”

一系列的问号在丽斯的脑袋里转悠起来。

“哎!”正当丽斯胡思乱想之际，突然感觉自己的手臂被人勒紧了，脸上也被蒙上一块布，立时就什么也看不见了。

后面的人开始拉着她的手走，如此一来她也没了方向感，只是感觉一直在往前走。

过了不一会，她突然感觉自己被推倒在一张床上，很快上衣就被人剥掉了，只剩下了里面的内衣。

“不好!”丽斯意识到自己遇上色狼了。

剥她衣服的手仍没有停下，丽斯想挣扎却又动弹不得，本能的呼叫和撕心裂肺的呐喊随着裤子最终被剥掉而变得无声无息……丽斯绝望了，没想到自己征战数年，竟然糊里糊涂地被人……她不敢再多想了，只是静静地等待那个让她愤恨的时刻。

她心里不断地想：只要自己可以逃脱，只要自己还有一口气在，定会把身边的这个人大卸八块……

不过，身边的人却没有进一步的动作，反而没了动静。

正当丽斯疑惑不解的时候，耳边突然响起了一个熟悉的声音。

“住手!”

“段虎! 对，就是他!”丽斯听出了那个熟悉而又亲切的声音。

“啊!”随着一声惨叫，身边的人应声倒地。

然后，丽斯感觉一双大手正在给自己穿衣穿裤，突然觉得有些不好意思，脸也红了起来。

这个人是段虎吗?

不错，正是他，那他是怎么来到这里的呢?

原来，段虎进入三角形的洞口后，突然脚下一滑，随即出现一个洞口，他的整个身子就掉了下去。在下坠的过程中，一种特种兵特有的也是自然的反应让他睁大了眼睛，把手里的枪端好，手指也放在了扳机上。

快要落地时，他看见了下面的灯光，同时也看见了下面的几个人。几个人的枪响了，段虎赶紧纵身一窜，原本要落地的身形向右一斜，然后顺势一扣扳机，枪身一转，子弹嗖嗖嗖地就飞了出去。

“啊! 啊! 啊!”几声惨叫，下面的人应声而倒。

纵然，段虎的性命保住了，落地时却狠狠地摔了一跤，胳膊和大腿上都蹭破了皮，不过好在没什么大碍。他赶紧找了个可以躲避的地方先藏起来，然后

慢慢地观察四周的情况。

这是一个非常小的洞，而且就像是一个通道。段虎仔细地看了看，还是大吃了一惊。原来在洞里有几个人正被活生生地钉在一个柱子上，用的还是大钢钉，钢钉通过每个人的胸深深地扎进后面的柱子上，可见钢钉的长度。

不过，奇怪的是，柱子上每个人的表情都非常安详，看不出一丁点儿难受的样子。

“奇怪？”段虎百思不得其解，“难道这些人是铁人？”

段虎脑袋里的问号越来越多，但此时他必须快速离开这里，找到出口，找到醒狮。想着，他又开始沿着山洞慢慢地往前，结果又出现一个洞口。段虎正想进去，突然里面传出来一声巨响。

段虎定睛一看，什么也没有，“奇怪？明明是什么东西爆炸了，可是为什么没有烟雾呢？”

诸多谜团让段虎瞬间意识到，这里绝对不是什么简单的地方，肯定是个秘密基地，而且一定有一伙邪恶之人在此干着不可告人的勾当。

就在这时，洞里突然响起了警铃声，而且墙壁上不被注意的红灯也闪了起来。

“晕倒，中机关了，估计是被发现了。”段虎想着，不过此时他已经别无选择，只能硬着头皮往前冲。

当段虎再次到达一个洞口时，正好看到了刚才的一幕，于是顺势救下了丽斯。

段虎赶紧给丽斯穿好了衣服，又取下她脸上蒙着的东西，丽斯的脸此刻已红得像早上初升的太阳。

“你没事吧？”段虎关切地问道。

“没事。”

“那我们赶紧走吧。”

“好。”

“对了，你是从哪里进来的？”段虎问道。

“我忘了，他们给我蒙住了脸。”

“谁？”段虎和丽斯刚向前走了不久，突然又听见一阵声响。

两个人立刻又警觉起来。

第四十章

秘密基地

突然，一个人从洞角闪出，并开了枪。

突发的状况令段虎和丽斯猝不及防，险些中弹，好在段虎身手敏捷，一下子将丽斯扑倒在地，然后迅速取下枪把上的匕首，顺势甩了出去，正好扎在对方拿枪的手腕上。只听见“啊呀”一声，对方的枪应声落地，随后整个人冲段虎扑了过来。

段虎见对方扑了过来，赶紧一个鲤鱼打挺站了起来，举拳硬碰硬地就迎了上去。

“啊!”这一声可不是从对方嘴里发出来的，而是段虎。

连段虎自己都纳闷怎么会喊出这一声呢，可拳头的疼痛却清晰地传了过来。

“他怎么会有这么大的力气?”

“闪开!”段虎还在愣神，丽斯却突然大声疾呼起来。

原来对方又一脚踢了过来，段虎这时不敢再硬接，只好一个侧身躲过，就这样一来二去，双方竟然都没有上风可占。

段虎不想就这么耗下去，想出了一招，于是他一边和对方打斗，一边示意旁边的丽斯。

丽斯立刻明白了段虎的意思，找机会拿起地上的匕首，一下子就朝对方的太阳穴刺去。鲜血涌了出来，对面的人终于倒了下去，段虎俯身瞧了瞧，又用手摸了摸他的气息，已经没了呼吸，这才示意丽斯赶紧离开。

由于刚才丽斯是被蒙着脸带到这个地方的，所以她也不清楚具体的路径和山洞里的情况，两人只好在洞里乱闯。

也许是老天有眼，当段虎和丽斯来到一个洞口时，终于听到里面有人在

说话。

“好熟悉的声音啊。”

“醒狮!”段虎终于听出了那个声音。

里面的山洞相对较大，而且好像还连着几个小洞。只见醒狮站着，还有一个白脸人坐着，两个人好像在对话。

“你的敌人就是中国特种兵，他们和你现在穿的衣服一样，你见了就是一个字，杀!”

“是!主人!”醒狮的眼睛直愣愣地看着白脸人，面无表情地说道。

“任何时候，明白吗?”

“明白!”

白脸人一边说，一边在醒狮面前晃动着一块像玉坠一样的东西。醒狮的表情依然是麻木的，眼睛也还是那样直愣愣的。

“你先在这里等我。”白脸人说完，走进了里面的小洞。

段虎刚想迈步进去，突然想到这里可不是一般的地方，而且醒狮现在也失去记忆了，所以不能贸然进去。想到这，段虎只好靠近洞口，想把里面的情况看个透彻。这一看不要紧，段虎不禁倒吸了一口凉气，不过丽斯倒是显得比较镇静，因为她刚才被掳进洞里时已经看到一切了。

那么让段虎如此吃惊的到底是什么呢?原来除了用圆玻璃罐浸泡的人头之外，这里还有很多奇怪的仪器、粗大的针管以及被解剖的人体……

“731?”眼前的一幕让段虎想起了日本侵华时的细菌试验。

显然这里和“731”不是一回事，但段虎也明白这一定是一个残害人类的基地。

“救出醒狮。”对段虎来说，这是当务之急。

凭着以往的经验，段虎悄悄进入洞内，从一个白瓶里拿出药品和针剂注入针管，开始向醒狮靠近。

醒狮此时正背对着段虎，白脸人走了后，他就一直没动，像僵尸一般。

段虎慢慢地靠近，待时机成熟后，拿起针管猛地扎入醒狮的胳膊。醒狮的身子抽搐了一下，慢慢地倒在了地上。

“不知道情况会怎么样?”段虎也是冒着胆子给醒狮注射的，根本不知道后果会如何。不过在这种情况下，他已别无选择，只能试一试了。

“现在怎么办?”目睹了这一幕，丽斯问道。

“是，现在怎么办呢?”段虎虽然经历过很多阵势，可眼前的情况还是让他

有些无所适从。

思索了片刻，段虎用力背起醒狮，招呼丽斯准备离开。

“段虎？”就在这时，洞外突然响起了一个熟悉的声音。

段虎回头一看，竟然是地狼。

兄弟相见，两人都激动不已，赶紧朝对方拥了过去。

“段虎，赶紧走，这里可不是我们想像的那么简单，我们也没办法管这里的事情，能出去就是万幸，赶紧走！”地狼催促段虎。

“是，我也觉得，赶紧走”段虎也不由自主地加快了脚步。

“想走，没那么容易！”就在这时，洞内响起一个炸雷般的声音。

这声音在洞内环绕着，来来回回：“这里不是你们想来就来，想走就走的，你们死定了！”

最终，段虎他们还是被堵在了洞口，此时洞外已有几十个拿枪的白脸人并排走来，同时洞内也出现几十个白脸人，手里端着同样的武器。

段虎明白，大家现在已是身逢绝地了，不能硬闯，只能见机行事。

随后，洞里的几十个白脸人分成两排站立着，中间出现了一个人，就是刚才和醒狮对话的那个白脸人，看来他应该是这里的头目。

“擅闯禁地者死！”白脸头目恶狠狠地说道，然后用枪指着段虎。

“禁地？”段虎说，“什么禁地？试验的禁地还是潜伏的禁地？”

“这你不用管，总之你们都得死。”白脸头目的脸变得狰狞、恐怖起来。

“死可以，但是不是应该让我们死得明白啊？”段虎又说。

“好，那就让你们死个明白。”说完，他走到那些浸泡着人头的玻璃罐前，“看见没有，这都是当地人的脑袋，当然你也说对了，我们就是做实验的，可惜啊，你们看到了，现在只能成为我们的试验品。我们就是要做一个特殊的试验，而且不久以后还要在这片土地上散布瘟疫，这里的人将会生不如死。”白脸头目得意洋洋地说道。

“你为什么要这么做？”段虎继续问道。他看着白脸头目的神情，知道自己的问话他肯定会回答的，而且会回答得很夸张。

“哈哈哈……”白脸头目狂笑起来。

“为什么？”他脸色一变，“因为这片土地原来是我们祖先的，我们要夺回来，不过这里现在都烂成这样了，我们就是想凑凑热闹、乱上加乱。”

“你们难道一点人性都没有吗？”段虎很是气愤。

"少废话，死到临头了还敢嘴硬。"

白脸头目说完，一挥手，洞里洞外几十个人齐刷刷把枪对准了段虎他们。

"你们都去死吧。"白脸头目说完，首先朝着段虎开了一枪。

就在这千钧一发之际，后面突然响起一阵枪声，洞外的十几个白脸人应声倒地。见形势突变，白脸头目惊讶不已，正欲再开第二枪。一把匕首却扎在了他手腕上，枪随即落地，射出的子弹擦着段虎的耳际而过，好险啊。紧接着，洞里腾起一阵烟雾，随即一个声音喊出："赶紧走！先往右，后往左，然后再左，最后一直右拐六个弯，即可出洞。"

听着熟悉的声音，段虎知道是自己的战友来了，可一时又想不起是谁。不过现在已顾不得那么多了，他赶紧背起醒狮跟在地狼后面，丽斯也紧随其后。洞里十几个人的枪声也在烟雾腾起的片刻后响起，段虎和地狼等人没命地奔跑，一路竟然没遇到什么拦截，就这样走走拐拐，终于又见到了太阳，见到了洞外的野草、灌木。

跑出了好大一段路，段虎再也跑不动了，只得停下来歇息。

"我们的战友呢？"大家都是满脸的疑问。

"唉！"段虎叹了口气，"他是给我们断后了。"

段虎的话已经很明白了，自己的战友肯定为了阻止那帮白脸人而牺牲了。

大家默默地低下头，谁也不再说话。

"都不许动，都举起手来。"就在大家刚刚感觉喘了一口气时，白脸头目带着人突然又出现在大家面前。

"这不是刚离虎穴，又进龙潭吗？"段虎心里想。

"没想到吧？"白脸头目有些得意，"你们的朋友死了，可是我照样还活着，而且又抓住你们了。"

"你到底想干什么？"段虎怒喝。

"没什么，这次先不杀你们，带我去找玛丽娅！"白脸头目威胁道。

"玛丽娅，你们找她干什么？"段虎有些不解。

"他们是想要玛丽娅的地图。"这时醒狮竟然醒了过来，而且神志已经恢复了正常，看来是段虎误打误扎起了作用。

"是的，不妨告诉你，她身上的地图指示着一个宝藏，那是很多人都想得到的。赶快告诉我，她在哪里？"

"好！"段虎想了想说，"我可以带你去找她，不过你得放过他们。"

“哦，你是不是想耍花招？”白脸头目很是狡猾。

“我不会，你们可以把我绑了。”段虎说着向前走了几步，把枪扔给地狼，伸出了自己的胳膊。

“好，绑了他。”

一声令下，几个白脸人过来就把段虎的胳膊给绑紧了。

“叫他们把枪都给我放下。”白脸头目还不罢休。

“这样不好吧，再说这里这么乱，没枪说不定都会让野兽给吃了。”段虎不依。

“如果不听话，你们现在就去死吧。”白脸头目怒斥道。

没办法，段虎只好示意地狼等人放下手里的武器。

地狼慢慢地把武器放下，然后顺势在放背包的时候从里面掏出了一个手雷。

“把他们也都给我绑了！”白脸头目得寸进尺地吼道。

闻言，十几个人端着枪哗啦啦地就把地狼等人给围住了，上前就想绑人。

地狼一看这情形，知道再不出手就来不及了，进而猛地把手雷摔了出去，同时就地一翻身，抄起自己的枪就对着人群扫射，醒狮和丽斯也趁机拿起枪扫射。

“轰！”一声巨响，段虎立刻被掀了一个大跟头，倒在地上不省人事。

“怎么会这样？”地狼怎么也无法相信自己的手雷会伤着段虎，况且也不至于有这么大的威力。

可就在这时，地狼等人身边也有两颗炮弹爆炸了，几个人被激了出去。紧接着白脸头目及其手下也被爆炸击中，不一会森林里就硝烟弥漫了。

第四十一章

绝 地 逢 生

当段虎醒过来的时候，身边的硝烟还没有散去，他脑海里还回旋着白脸头目要将地狼等人一起绑起来的情景。

“你这个不讲信用的王八蛋!”段虎恶狠狠地骂着。

可是紧接着他又回忆起一颗炮弹落在了自己身边，然后整个人就失去了知觉。

“我怎么会没死呢?”段虎很疑惑。

他努力地睁开眼睛看看四周，没有什么特别的，还是森林，还是大树，还是灌木丛，而此刻自己就躺在一个灌木丛里。他想站起来，可是枉费力气，只好慢慢地向前爬行，顺着记忆中的方向重新来到了刚才的山坡下。

“丽斯。”突然，他看到了丽斯，可她满身都是血。

“丽斯，丽斯……”段虎急切地呼叫着，“难道是丽斯救了自己?不是，好像不是，那她怎么会在这里，不对不对。”段虎有些发晕。

他赶紧把丽斯扶起来，又呼唤了许久，她才慢慢地睁开眼睛。

“段虎，你还活着?我也活着吗?”丽斯轻轻地问。

“是，活着，你看。”为了证实两人都活着，段虎拿起丽斯的手指轻咬了一下。

“哎呀。”丽斯叫了起来，神情也缓了过来，“我真的活着。”

“地狼、醒狮。”段虎竟然站了起来，四处呼喊他的队友。

终于，他看见了地狼和醒狮，两个人身上全都是鲜血，一动也不动，好像已经牺牲了。

“地狼、醒狮!”段虎嚎叫起来，放声大哭。

战友此时的牺牲对于段虎来说不是战斗力的减弱，而是自己出生入死兄弟死亡带来的痛心疾首。

这时，段虎脑海里已没有别的东西，好像把任务都给忘了，一心只想为战友报仇。

“嗯……”就在段虎痛不欲生的时候，旁边的地狼突然叫出声来。

“地狼！”段虎一惊，立刻又狂喜起来，“地狼，你没事吧？地狼，我的兄弟，你还活着，你还活着，是吧？”

此时，段虎真是非常激动，为自己的兄弟能从死神手里跑出来而感到高兴。

地狼睁开了眼睛，却没力气说话。段虎赶紧把他扶了起来，给他消毒包扎，一番折腾，地狼逐渐清醒了。

其实，地狼只是被其他人身上的血溅了一下，自己倒没受多少伤，不过也被炮弹的热浪击倒了，所以昏了过去。

“醒狮？”段虎见地狼没事，突然又想起了醒狮。

不过当他看到醒狮的时候，顿时傻眼了，只见他已脑浆崩裂，浑身血肉模糊、惨不忍睹。

“不！”段虎的情绪有些失控，仰天大喊。醒狮牺牲了，又一个战友离他们而去了。

“醒狮！”地狼也看到了，低声怒吼了起来。

此时，段虎和地狼的心情真是异常悲痛，丽斯也难过得啜泣起来。

沉寂了许久，段虎开始用泥土和树叶埋葬自己的兄弟，然后久久地凝视着。

“好兄弟，安息吧，让我去帮你完成未竟的心愿。”段虎在心中默念着，接着毅然地拉起地狼，招呼丽斯，拿枪进入了森林。

说实话，接下来的一切还真是亏了丽斯，要不是有她的指引，估计段虎和地狼很难走出这里。

此时，段虎、地狼和丽斯正不断地穿过茂密的灌木丛，在森林中奔走着。可能是刚刚下过雨的原因，地上的枯枝烂叶开始腐烂，发出难闻的味道，段虎、地狼、丽斯感觉有些犯晕。

段虎想起了自己在野外生存时学到的东西。在国内南方丛林中，到处都有野芭蕉，也叫仙人蕉。这种植物的芯含水量很大，只要用刀将其从底部迅速砍断，就会有干净的液体从茎中滴出。野芭蕉的嫩芯也可食用，在断粮的情况下可以充饥。所以，他开始寻找野芭蕉。

也许是老天有眼，不一会，段虎还真的找到了他需要的东西，赶紧用匕首将野芭蕉底部砍断，然后递给丽斯、地狼。丽斯真是渴坏了，忘情地喝了起来，竟然忘了给段虎留点。

段虎自然不会介意，又取出野芭蕉的嫩芯再递给丽斯。这回丽斯不好意思了，示意段虎先吃。段虎也不再推迟，放到嘴里就嚼了起来。不一会，三个人终于勉强填饱了肚子。

肚子饱了，精神有了，段虎也突然醒悟过来：现在还不是自己给战友报仇的时候，仇人是谁都还不清楚，当务之急还是要护送玛丽娅回国。

不一会，森林里刮起了大风，段虎他们的行动受到了阻碍。可就在此时，一个人影突然一闪，段虎赶紧开了一枪，虽然他不知道对方是谁，但也认定不是什么好人。

接着，段虎、地狼和丽斯赶紧跑到一棵大树后躲起来，然后慢慢地移动，同时仔细听四周的动静。

但是许久都没有任何动静，这不禁让段虎心里感觉更加没底，难道敌人已经在暗处瞄好我们了？

“不行，还得撤。”段虎认为大家躲在树后太危险，目标太大，赶紧示意地狼和丽斯。两个人默契相应，随他一起躲进了灌木丛。

可就在他们变换位置的时候，几颗子弹又随即射来。幸亏段虎、地狼和丽斯躲得快，而且有风，子弹偏离了方向，要不然其中一人必死无疑。情况危急，大家只好暂时隐藏在灌木丛中不再动弹，大气也不敢出一声。

突然，远处传来一声枪响，接着又是一声，然后就是惨叫声和哀嚎声。

“都他妈的给我死去吧！”一个声音响起。

“那不是雪豹吗？”段虎听出了那个熟悉的声音，顿时感到无比兴奋。

于是，他飞快地从灌木丛中闪身出来，躲到一个树后，只见不远处雪豹正端着枪向自己这边走来。

段虎刚想喊雪豹，突然看到他后面不远处有个人正持枪待发，赶紧就地一滚，然后啪的一枪将那人射杀了。

“雪豹！”

“段虎！”

“地狼！”

三个人都发现了彼此，赶紧冲上前去热情相拥，仿佛刚刚经历了一场生离死别。

雪豹怎么来到这里了？他不是在保护玛丽娅吗？

话说段虎等人走后，雪豹就护着玛丽娅隐身在一个灌木丛里，自始至终都不敢乱动，等待段虎他们回来。等着等着，正当雪豹有些困意的时候，远处突然传来一阵炮弹的轰鸣声。他赶紧四处观察，却没有发现任何情况，但是他也不敢再在这里久留了，赶紧带着玛丽娅慢慢地向后移动，试图找个安全地带。

走着走着，起风了，而且很大，这时炮声也没了，不过随即危险却一步步地降临了。

就在雪豹离开灌木丛走进丛林开阔处时，嗖的一声，一颗子弹就贴着他的耳边划了过去。他赶紧躲到一棵大树下，又招呼玛丽娅躲起来。然后，雪豹开始寻找目标，不过四周却没有什么异常，显然雪豹他们在明处，而敌人在暗处，处境非常危险，所以不能耽搁太久，要不然敌人会越来越多，那可就插翅也难逃了。

想到此处，雪豹做了一个大胆的决定，那就是自己飞身出去当诱饵。这样特殊的时刻，这样恶劣的环境下，实在是没有其他好办法了，雪豹准备好一切就纵身从树后飞了出去。

“砰砰!”就在他飞身出来的时候，两颗子弹也相继飞了过来。

好在雪豹早有准备，飞身出来后就地打了几个翻滚。子弹当然没打着，而且他还一眼就看清了埋伏在大树上的两个敌人，赶紧扣动扳机把子弹射了出去。

“啊！啊!”随着两声惨叫，两个人从树上掉了下来，正好落在玛丽娅的跟前。

“啊!”玛丽娅惊恐得失声尖叫起来。

“嘘!”雪豹赶紧示意她不要出声。

随后，雪豹找了一个非常隐蔽的地方让玛丽娅躲起来，自己则开始向四周搜索：一是找找段虎他们，看看下一步的具体行动；二是看看还有没有敌人，也好及时干掉，以保证玛丽娅的绝对安全，她可不能有任何闪失。

走着走着，雪豹突然发现了段虎他们。

两人一见面，“你怎么来了？玛丽娅没事吧?”段虎赶紧问道。

“没事!”

就在这时，远处传来一阵脚步声。段虎定睛一看，一部分武装分子正向这边走来，约有十几个人。段虎、地狼、雪豹和丽斯赶紧趴下，大气也不敢出一口。

武装分子越走越近，段虎的心也提到了嗓子眼，手指扣准扳机，准备迎战。

“啊!”一声尖叫声突然响起，显然他们发现了被杀的同伴，随即一阵乱枪。树后、灌木丛等各个隐蔽点都受到袭击，幸亏没伤着段虎他们，不过武装分子却向他们所在的方向越靠越近了。

眼前的情况已容不得多想，段虎赶紧滚身从灌木丛中出来，连发六枪，六人中弹，身手漂亮。雪豹也从灌木丛中滚了出来，一枪干死一个，然后飞快地躲到树后，又放了一枪，打中了离他最近的一个敌人。

段虎一直在地上滚着，但却眼观六路、耳听八方，手中的枪也响个不停，十几个人顷刻间就被两人解决掉了。

不过，段虎知道附近肯定还有不少敌人，所以他们仍然不停地变动着方向前进，忽左忽右，这样才能有机会顺利逃脱。

“你赶紧先去看看玛丽娅，我和地狼、丽斯断后。”见不到玛丽娅，段虎实在放心不下，抽空对雪豹说道。

“好的。”雪豹说完立刻离开了。

段虎、地狼和丽斯则朝雪豹相反的方向跑去。

此时，丛林里很静，但危机四伏、杀气重重，突然让人觉得静得十分可怕。

第四十二章

血 刃 同 胞

现在的情况已越发复杂，似乎陷入了一个怪圈，连段虎都搞不明白丛林里到底有多少武装、派别，可是依他的经验来判断，这里绝不单单只有当地反政府武装的人，还有其他国家力量的介入，如特种部队、雇佣兵等等，总之一切都变得扑朔迷离，必须小心行事才行。

段虎、地狼和丽斯走了一段路也没有发现任何情况，这才慢慢地向刚才的路折回。

“玛丽娅，玛丽娅……”雪豹按照刚才的来路回到远处，可是却不见玛丽娅了，赶紧轻轻地呼唤。

雪豹多次呼唤也没有得到任何回应，只好在周边不断地寻找，大树后、灌木丛、杂草边、土堆旁，可是找了大半天，还是没有一点玛丽娅的踪影。

“玛丽娅……”不得已，雪豹只好一边走一边再次呼唤着。

这一次，雪豹由远而近地听到了一个回音，不过声音有些低沉，显得有气无力的。

雪豹一阵狂喜，赶紧奔了过去：“玛……”

正当雪豹认为玛丽娅遭人袭击，赶过去准备叫她的名字时，却被眼前的一幕惊呆了。

眼前的人根本不是玛丽娅，但也是一个女人，而且是一个女人味十足的女人。她穿着紧身的黑色衣裤，手里还握着一把枪——微型的冲锋枪，可与之极不对称的是她身上沾满鲜血，尤其是右胳膊已经血肉模糊。只见女人从身上扯下了一块布进行了简单的包扎，看来伤势不轻，好像中了一弹。

“救救我！”女人喃喃地说着。

“中国话!”雪豹听清了女人的声音，断定她是一个中国人。

“你是中国人?”雪豹诧异地问道。

“是!”

“难道你是雇佣兵?”

“是!”

“啊!”雪豹不禁因女人的回答而惊讶不已。

惊讶归惊讶，但能在异国看到自己的同胞，雪豹还是十分高兴。

“你中弹了?”雪豹走近女人，关切地问道。

“是的。”女人有气无力地说，“现在有人在追杀我，而且我中弹了，所以需要你的保护。”

雪豹看着女人祈求的眼神，明显是在向自己求助。说实话，这个时候他是不应该停留的，更别提救眼前的这个女人了。

“求求你，救救我，我不想把自己的尸体扔在这个地方，我想回我的祖国。”女人近似哀嚎的声音，不断地从嘴里冒出来，仿佛已接近死亡的边缘。

雪豹不再多想，他十分清楚生命之于人的重要性，更知道作为一名雇佣兵的不易，加上同样的炎黄子孙、同样的黄皮肤。“我要救她!”雪豹下定了决心。

接着，他马上从背囊里拿出消毒水，给女孩消毒、包扎，速度非常快，不快也不行啊，因为身后的脚步声已经越来越近了。

“我们得赶紧走!”雪豹边处理伤口，边催促女人。

“好!”女人答应着，可是还没等站起来，就“啊”的一声又倒下了。

看来是她体力不支了，雪豹只好把自己的枪挎在脖子上，然后背起女人，刹那间，雪豹的后背也被血染红了。不过，此时他已经顾不得这些了，急忙向前奔去。

脚步声越来越近，雪豹的步子却越来越慢。他也一天没吃东西了，不是不想吃，可活命的时间都快没了，哪还有心思吃饭啊，此时他也有些支撑不住了。

“你先在这里等我，千万不要动啊!”雪豹说着，把女人放在一个较深的灌木丛里，自己则走到一棵树后，等待追踪的人出现。

不一会儿，脚步声没了，周围又恢复了一片寂静。

“怎么回事?难道我们被发现了?”雪豹问自己，“不应该啊，应该没有。”不过，雪豹此时所站的地方确实比较开阔，而且基本上没有任何遮挡物。

“看来对方也不是一般人!”雪豹估摸着，“可到底又是什么人呢?这个女人的同伙，还是追兵?”

他想了半天也不得其解，但又不敢轻举妄动，只好静静地伏在树后。

另一边，段虎、地狼和丽斯正慢慢地往回走，都急切地希望雪豹能顺利接到玛丽娅，然后大家一起尽快离开这个地方，毕竟任务重要啊。可是，这段丛林路却不如段虎想象的那般简单，在后来的时间里，他们不但经历了生与死的考验，而且真正品尝到了什么叫做艰辛和离奇。

段虎一边走着，一边不断地回忆着："米娜、教堂、丛林、山洞、雇佣兵……"

琢磨了半天，段虎突然想到了"雇佣兵"这个词，因为境外确实有很多这样的组织，而且参加的人为数不少，当然都是为了生存。通过近几天发生的事情来看，现在虽然不知道丛林里到底潜伏着多少人、多少帮派和组织，但唯一可以确定的是他们都是冲着玛丽娅来的。想到这里，段虎赶紧提醒丽斯加快步伐，以尽快找到玛丽娅问个明白。

"别动！"就在段虎心急如焚的时候，丽斯突然说道。

"怎么了？"段虎赶忙停住脚步，问道。

"你看！"丽斯说完，手指向前面不远处的地方。

段虎顺着丽斯手指的方向看去："嗯？"心头顿时升起一片疑惑。

原来，不远处有几个人正在树后聚精会神地端着枪寻找目标，身上穿着迷彩服，还有和段虎他们一样的背囊。

"难道是第一小组阻截哨卡的兄弟回来了？"段虎突然想道。

"兄弟……"段虎的"们"字还没说出口，突然被丽斯一把捂住了嘴巴。

"怎么了？"段虎待丽斯的手松开后，轻轻地问道。

"你再仔细看看！"丽斯提醒他。

段虎又顺着丽斯手指的方向看去。

前面的几个人还在搜寻目标，除此之外没有任何特别之处。

就在这时，其中的一个人转身了。就在这一瞬间，段虎看清了那人手里拿的不是小分队的03式自动步枪，而是一种小型的微冲："不是自己人！"

段虎马上意识到，幸亏刚才丽斯拦住了自己，看来她早已看清了形势，真是百密一疏啊。自己此时的精神都集中在玛丽娅身上，所以忽略了这些细节。

前面的人还在瞄准，似乎还没有出击的意思，由于隔着很远，也看不清到底是什么人。

"这不是雪豹给我们描述过的玛丽娅待的地方吗？"突然，丽斯问了一句。

"是啊！"段虎也想了起来，随即又担忧起来，"难道，难道雪豹被人发现或

者玛丽娅有危险了?”

段虎的疑问一出口，地狼和丽斯立刻领会了他的意思，手里的枪也慢慢地端了起来，手指放在了扳机上。

“慢着!”突然，段虎拦住正待射击的地狼和丽斯，“现在不可轻举妄动，你看他们都穿着我们国家的衣服，而且也不知道是敌还是友，所以还是静观其变吧。”

“那好吧。”地狼和丽斯应着，但手里的枪仍没有放下。

段虎手里的枪也慢慢地端了起来，准备应付一切突发状况。

大约过了十几分钟，前面的人开始有所行动，但不是前进，而是几个人同时开始攀爬上身边的大树。

“他们要干什么?”丽斯十分不解地问段虎，同时目不转睛地盯着前面。

“让我想想。”段虎眉头一皱，慢慢琢磨开来。

“想到了!”片刻之后，段虎兴奋地对丽斯说道，“他们肯定是在追击一个人，但是追到这个地方突然没影了，而且前面全是空旷地带，他们不敢贸然前进，就想爬到树上在高处或许可以搜到目标。看他们的身手，可不像是等闲之辈啊。”

“是吗?”丽斯似乎还是不大相信。

“砰!”当树上的一个人开了第一枪之后，一切又开始骚动起来。

“看来被你猜中了。”丽斯点了点头，“不过他们追击的是谁，为什么要追击呢?”

丽斯一连串的问号让段虎也无从回答，不过他却隐隐约约地感到事情好像有些不妙。

随着第一枪打响，树上的人随即开始射击。

就在此时，段虎看到更远处的大树后就地滚出一个人。滚出了大约十几米远后，那人迅速跃起，呈S形前行，然后飞快地闪入一个灌木丛，一看就是个不寻常的人。

可是，那个进入灌木丛的人没有像往常一样潜伏起来，而且怀里好像还抱着一个女人。尽管这样，他却依然神速地跳出灌木丛，隐于森林深处。

之前，潜伏在树上的几个人还是有意无意地射击着，看见女人出现后，则开始了疯狂的射击。

“是雪豹!”段虎怔怔地看着那个抱着女人的背影，再想想他刚才的身手，突然意识到那个人就是雪豹。

“不好，雪豹有危险！”段虎说着，人已经奔了出去。

这时，追踪的几个人已经分开了，中间两个，两边各一个，似乎要形成一个包围圈。

段虎一看这情形，忙招呼地狼，意思是两人一边一个。

地狼当然明白段虎的意思。

段虎打完手势，开始往左边走去，丽斯也随后跟上。

段虎的脚步非常快，几乎踩着前面人的脚后跟在跑，这当然有些夸张，但距离非常非常近，可前面的人好像只专注于前方，根本没有发现后面有人跟着。

其实，段虎早就可以开枪让此人毙命，但枪声会引起他同伴的注意，如果再多赶几步的话，就可以用匕首将其刺倒了。不过这时段虎最想知道的还是这个人到底是谁？到底想干什么？

就在段虎琢磨的空档，前面的人一会儿工夫已经奔出了很远，段虎赶紧又追了上去。

可就这一会工夫，段虎想追上前面的人已经非常困难了，体力是一方面的原因，而且看起来前面的人好像对这里的环境比较熟悉，段虎只好打开瞄准镜准备瞄准。

前面的人跑了一阵，突然转弯隐蔽了起来，段虎顿时明白了，雪豹此时肯定还没上来，这个人就是想上前面去拦截的。

这样当然不行，段虎是不会让他得逞的。等转过弯后，他也调整了方向，冲着前面的人连发两枪。只听见“啊”的一声，前面的人应声倒地。

见状，段虎赶紧跑过去，一看两枪均中心脏，人已经一命呜呼。

可是当段虎看清此人的面孔时，还是大吃了一惊，“中国人？”

自己的同胞竟然死在自己的枪下？段虎有些不忍，但此刻任务为重，容不得他感情用事。

此时此刻，段虎也没有时间多想，他知道这个人的同伙听到枪声后定会警惕很多，所以他赶紧又转身向着雪豹奔来的方向跑去，好接应一下他。

就在这时，段虎又听到了另外一边传来的枪声，知道地狼也完成了自己的任务，看来现在最重要的就是要赶快接应雪豹了。

那么，刚才的人是谁呢？

不错！就是雪豹，但他怀里的女人却不是玛丽娅。

第四十三章

女雇佣兵

雪豹本来伏在一棵大树之后，一直没见有什么动静，突然一声枪响，而且是直接冲着他所在方向来的。他立马感觉事情不妙，肯定是被发现了，所以赶紧冲着前面胡乱开了几枪，然后就地一滚，翻入灌木丛，快速抱起女人，隐身于森林深处。

可他万万没有想到的是，后面的人一会就追了上来，而且速度非常快。雪豹只好一边抱着女人，一边隐蔽，现在是没法射击了。

眼看后面的人就要追上了，雪豹也即将跑出茂密的森林而进入宽阔的地带。就在这时，段虎、地狼和丽斯乍然出现，令雪豹眼前顿时一亮。

“砰!”段虎、地狼和丽斯见雪豹深陷险境，立刻拔枪开始和对面的两人对战起来。

“雪豹，你没事吧?”段虎赶紧问道。

“我没事!”雪豹连忙放下女人说道。

“那玛丽娅呢?”段虎又问道。

“什么，玛丽娅?”

“就是呵，玛丽娅啊!”段虎重复道。

“可她不是玛丽娅。”

“什么?”段虎听了雪豹的话，惊诧不已。

“这个女人不是玛丽娅?那她是谁?玛丽娅到哪里去了?为什么不找玛丽娅?”段虎急了，发出一连串的问号。

“这个……”雪豹有些支支吾吾，“我也不知道她是谁，但她是我们的同胞，玛丽娅……”

雪豹当然无话可说，毕竟玛丽娅才是他们任务的重中之重啊。

“先解决眼前的事情，我再和你算账!”段虎惊闻玛丽娅不见了，有些气急败坏。

雪豹也不敢再说话，赶忙加入了战斗。

又一梭子弹飞了过来，段虎等人赶紧隐身躲避。

随之，四周又是一片寂静。片刻之后，还是没有任何声音。

段虎探头出去，仍然没有子弹飞来的痕迹。

“是不是他们在故弄玄虚?”雪豹问段虎。

“我也不知道。”

接着，段虎冲雪豹使了一个眼色。雪豹会意，顺手从地下捡起一块大石子投了出去。与此同时，段虎、雪豹两个人一边一个冲了出去，迅速闪于前面的两棵树后，就这样一躲一闪的，段虎、雪豹和地狼不一会儿就冲了很远。

就在段虎和雪豹前进的时候，地狼在后面开枪掩护，可是出乎他们的预料，对面仍然没有任何反应。

“怎么回事?”段虎有些纳闷，“难道是跑了?”

段虎猜测得没错，其实就在他和雪豹现身舍命追踪敌人时，对面根本就没有半个人影。

“他们是突然接到秘密指令? 还是另有缘由? 刚才不是还拼命追击吗?”段虎大惑不解，加上近几天来的所有经历，都让他捉摸不透：自己这次虽然执行的是营救任务，但却好像在无形中被卷入了一场没有头绪的纷争，或者说一个重大的阴谋围中，总之一切都变得让人无从捉摸。

“段虎，怎么办?”雪豹问。

“你还问我，我还要问你呢?”段虎一想起雪豹没有找到玛丽娅就大为恼火，万一玛丽娅出了事，那任务还有完成的可能吗。

“我马上去找。”雪豹见状，转身欲走。

“且慢!”段虎拦住雪豹，“现在森林里很乱，你一个人去很危险，我们还要从长计议，先去看看你救的那个女人。”

说完，段虎开始往回走，雪豹也跟上了。

此时，丽斯已经开始重新给那个女人包扎了。

“怎么样?”段虎问丽斯。

“中弹了，必须马上取子弹。”

“哦，我看看。”段虎看看女人，正如雪豹所说，是同胞，有一股大家很熟

悉的气息。

此时，女人也微微地睁开了眼睛，看着段虎等人，嘴唇开始蠕动。

“谢谢你们救了我。”女人虚弱地说道。

“不要客气!”段虎的语气和缓下来，“你叫什么名字?”

“我叫李芸，一名雇佣兵，刚才追赶我们的人就是我的同伙，我们本来是要找一张地图，可是……”女人说不下去了，看来是伤口发作了。

“丽斯，你和雪豹来警戒，我给她取子弹。”段虎说完，放下背囊，拿出急救包和所需物品。

所谓的所需物品，无非就是匕首，因为没有任何其他东西可以用来取子弹。

“你能忍受吗?”段虎问道。

“可以。”李芸肯定地点点头。

“那就好。”段虎说完就开始消毒。

雪豹和丽斯则走到周边，开始巡逻。

子弹打得很深，看来是心狠手辣之人所为，段虎用匕首割开了李芸的皮肉。

“哎呀。”虽然李芸说可以忍得住，但当段虎的刀子割下去时，她还是忍不住叫了起来。

“没事吧?”段虎再次问道。

“没事。”李芸颤颤地说道。

现在的段虎也顾不得这么多了，匕首“无情”地在李芸的胳膊上划拉起来。

李芸把眼睛闭上，牙狠狠地咬着，拳头攥得紧紧的，不过现在忍也得忍，不忍也得忍，生命比什么都重要，不能轻易放弃。

段虎在李芸的胳膊上拉开几道口子后，看到了那颗可恶的子弹，于是小心翼翼地用镊子取出，然后再一次彻底地对伤口进行消毒，最后用纱布包扎好。

“好了，你先休息一下。”段虎擦了擦额头上的汗，对李芸说。

李芸什么也没有说，感激地看了段虎一眼，然后闭上了眼睛。段虎又用衣袖擦了一下自己额头上的汗，其实他比李芸还紧张，生怕有什么闪失。

“我们都休息一下，然后赶紧去找玛丽娅。”段虎走到雪豹身边坐下，有些疲惫地说道。

“好的。”

说实话，现在几个人中没有一个不是筋疲力尽的，而且是连累带渴的，可是身上既没吃的，也没喝的。段虎、地狼和雪豹只得开始在森林寻找可以充饥和解渴的东西。

现在真是顾不得那么多了，森林里的野果和植物的根部都拿来充饥，有毒没毒压根都没想过。如果再不及时补充水分的话，他们即使不被毒死也会渴死的。

十几分钟过去了，大家感觉休息得差不多了，就准备上路。

“李芸怎么办?”雪豹问段虎。

“是啊。”段虎也突然意识到，刚才光忙着填肚子，竟然忘了这个女人。

“你想吃东西吗?”段虎问李芸。

“我不吃，谢谢你们救了我，你们如果有事就走吧，不要管我了，我自己可以照顾自己。”李芸善解人意地道。

“你现在这样，如果遇上刚才的人会很危险的，还是我们带你走吧。”雪豹不放心，救人就应该救到底。

“好吧。”段虎琢磨了一会，“一起走吧，彼此也好有一个照应，再说看现在的样子，你一定是和同伴闹不和了，处境很危险。”

“不过，我还不能回国，我有自己的任务，虽然现在情况突变，但我必须完成，要不然……”李芸欲言又止。

“好，不管怎样，你先跟我们走吧。”段虎一挥手，打断了她的话。

不待李芸有所反应，段虎已经示意丽斯架起李芸，开始慢慢地向前走去。

“玛丽娅，你到底在哪里啊?”段虎心里呼唤着。如果真的找不到玛丽娅，那就意味着任务彻底失败了，自己也就没脸回去了。

几个人开始在森林里寻找玛丽娅，其实就是漫无边际、毫无目标地奔走，因为谁也不知道她到底在哪里，而且此时森林里的情况也比较复杂，所以段虎尽量有选择性地指挥大家走动，不敢盲目大意。

天慢慢地黑了下来，四周又恢复了一片寂静。

“玛丽娅，你在哪里?”段虎低声自言自语，甚至感到了一丝绝望。是啊，营救玛丽娅是此次任务的重心，而且关系到特种兵的荣誉和国家的荣誉，可现在玛丽娅却没了，你说段虎能不急吗?

可是急也没用，事情既然已经发生了，只能想办法，段虎心里琢磨着：茫茫森林，危机四伏，该到哪里去找玛丽娅呢?又该怎么找呢?找到后又怎样顺利地走出这里呢……

一连串的问号在段虎的脑袋里胡蹦乱窜着，让他觉得脑袋有些发涨。

几个人还在继续走着，现在大家到底在森林的哪个方向，谁也不得而知，甚至谁也不愿去想，因为找不到玛丽娅，一切都变得没有意义了。

到了晚上，夜深了，依然没有玛丽娅的踪影，就算段虎和雪豹再着急也不能不休息了。他们只好找了一个地方，准备好好地休整一下。

晚上的丛林和白天有一些区别，白天非常热，简直是热浪逼人，可晚上还是有些凉。段虎穿着迷彩服都有些哆哆嗦嗦的，可能衣服白天全部汗湿了，晚上还有些潮，御寒功能好像不是很强。

“现在该怎么办呢？”雪豹问段虎，“都怨我没照顾好玛丽娅。”

看着雪豹如此自责，段虎心里十分生气，这毕竟不是一个小错误，而且这个个人的错误还影响到了整体，而这个整体就是国家的荣誉。

但是段虎转念又一想，雪豹之所以这么做，也是因为有一颗善心。“好了，事情已经过去，不要再想这么多了。”他尽量安慰着雪豹，让他在精神上有所放松，这个时候最怕的不是要面对多少的敌人，而是心里充满恐慌和不安。

“可是，玛丽娅找不到，我是有责任的啊！”雪豹的心里始终不是个滋味。

“这也不能全怪你，而且如果不是你，恐怕我的小命都会没有。”段虎觉得应该让雪豹彻底放松才行，于是故意扯开话题，“对了，这个女人到底是怎么回事？”

“她啊。”雪豹看看正和丽斯一起坐在地上休息的李芸，“当时我看她也是中国人，而且伤得很重，所以动了恻隐之心，没想到会……”

雪豹看起来还是十分内疚，段虎不再说话，心里琢磨着该如何处理当前的事情，以及下一步该怎么办。

“来，我再给你消消毒，重新包扎一下。”想了一下，段虎走到李芸身边说道。

“不用了吧，我感觉还好。”李芸说。

“换换好，何况这里的天气这么热，很容易感染的。”段虎坚持着。

“好的，谢谢你！”李芸对段虎笑笑说。

段虎解开裹在李芸胳膊上的纱布，然后给她消毒、包扎。

“你在哪个城市？”一边包扎，段虎一边问道。

“一个不起眼的小山沟。”李芸的回答有些含糊。

“怎么当起雇佣兵了？”段虎继续问道。

“唉。”李芸叹了一口气，“没办法，生活所迫。”

“你原来是哪个部队的？”

“没有部队。”

“你这次要执行什么任务？怎么会弄成这样？”

“我们的任务是……”李芸刚想说，突然停住了，“对不起，我们这行也是有规矩的。”

“没关系，我只是随便问问。”

虽然李芸没有正面回答什么，可段虎还是从她脸上感觉到了一些十分微妙的变化，这种变化可能是内心折射出来的东西，很不容易发现，但还是被细致的段虎发现了，他生来就有这种锐利的眼光。

“好了，多休息，丽斯，你照顾好她。”段虎说完，重新回到地狼和雪豹身边。

“我总感觉这个李芸有问题啊。”段虎说道。

“哪里有问题啊?”地狼问道。

“我也说不上来，但凭我的直觉她没有我们想像中的那么简单，所以我们还是谨慎为好，不要告诉她太多关于这次任务的情况。”

“好的，你放心吧。”雪豹答应着。

三个男人不再说话，开始微闭着双眼养精蓄锐。旁边的丽斯和李芸竟然呼呼大睡起来，看来有三个大男人为她们保驾护航，她们心里十分踏实。

“哎呀!”雪豹正欲和周公见面，突然感觉胳膊上一阵疼痛，马上醒了过来。

“不能睡!”原来是一旁的段虎见雪豹即将进入梦乡，用手掐了他一下。

“哎呀!”雪豹又是一声惊叫，不过这次不是因为段虎掐他，而是他怕自己没记性，掐了一下大腿，却忍不住叫了起来。

段虎不再理会雪豹，独自起来在周边走动，想看看有没有其他的情况。

“砰!”突然，远处传来一声枪响。

声音穿透寂静的山谷，在森林回荡着，不过片刻就没了动静。

第四十四章

惨 遭 伏 击

听到了枪声，段虎赶紧停住了脚步，地狼和雪豹也一下子站了起来，手很自然地放到扳机上。熟睡中的丽斯也被惊醒，茫然之下竟然瞬间就闪到了一棵树后。

待子弹的声音消失得无影无踪后，大家才从愣神中反应过来，段虎看见李芸竟然还在昏睡，不禁大惑不解。

“她到底是什么人？竟然没有听见枪声？或者说没有被枪声所惊？”段虎心里越想越乱，但一时也猜不出个所以然来。

虽然对李芸狐疑至深，可段虎暂时也不好过于追究。为了任务，为了顺利找到玛丽娅并将她安全地带出这里，如今之计还是想办法留下这个女人。想到此，段虎示意丽斯过来。

“什么事?”丽斯小声问道，看来她不但知道刚才的枪声有些不对，而且也看到了李芸对这些的无视。

“我和地狼、雪豹赶紧去找玛丽娅，你陪李芸在这里。记得不要暴露我们的行踪，她问起的话，你就说你也不知道。”段虎嘱咐丽斯。

“好的。”丽斯答应一声，便重新回到李芸身边闭眼装睡起来。

段虎、地狼和雪豹则快速消失在远方。

“我们为什么要走?”雪豹一边走一边问段虎。

“别问!”段虎没有回答，而是加快了步伐。

雪豹见段虎没有回应，知道他心里已有打算，紧赶几步追了上去。

黑夜中，虽然还能隐约看清楚周围的环境，但还是不像白天那样好走，所以段虎和雪豹赶了一阵，又在一片乱草堆前停了下来。

“但愿丽斯安然无恙。”段虎此时竟然双掌合十地祈祷起来。

“段虎，到底是怎么回事啊?”地狼有些不耐烦了，而且对段虎的举动感到十分不解。

“李芸是在装睡。”段虎突然说道。

“我知道啊。”地狼答。

“而且她不是雇佣兵!”段虎又说。

“哦?”地狼有些吃惊。

“那她为什么说自己是呢?”雪豹一时无法理解段虎的话。

“你想，如果是一个雇佣兵，枪声一响她怎么会没反应呢，除非……”段虎没有把话说完。

“除非她是知道这个时候会有这么一声枪响。”雪豹补充道。

“所以我说丽斯危险，但我说的危险不是丽斯会死，而是会被要挟或利用。”段虎无奈地说，“可是现在没有办法，只有留下她了。”

雪豹似乎有些明白段虎的意思了，也开始替丽斯担心起来，但他还是感觉李芸不像是敌人，最起码觉得她不是个坏人。

坏人？好人？奸人？恶人？我们谁也无法从一个人的脸上看出来，这个世界虚伪的东西太多了，就像特种兵，他们展示在世人面前的是冷血无情、钢筋铁骨，可是谁又能知道他们心底里深埋的热血和情感呢。当然，这样的虚伪是我们所需要的，这和官场上的那些虚情假意、尔虞我诈可有着本质的区别。

其实，雪豹是从李芸的眼神里看到了一丝让人怜悯的东西，不过谁又能说这不是女人的天性呢?“伪装”这个词对于特种兵来说并不陌生，而女人也同样会在一定的场合下伪装自己。如此看来，雪豹天生的善良或许会酿成一场悲剧。

三个人继续往前走着，这个时候月亮出来了，月光把大地照了个透亮。

“真美!”段虎不禁赞叹起来。

是啊，几天了，都在阴森的森林里行走，除了炮火就是硝烟，此时难得的清静和惬意让段虎禁不住感叹起世间的美好来。

“祖国的月亮应该会更圆、更亮。”地狼也开口了。

“是，我们的国家是伟大的!”此时，雪豹的豪情也被激发出来了。

想到祖国，段虎又想到了这次的使命，虽然自己事先已经估计到了任务的难度，但万万没有想到竟会如此的艰难。

“都别感慨了，赶紧走吧。”段虎不想再耽搁一分一秒。

森林就是这样，除了高大的树木就是鸟兽昆虫，当然更少不了恐怖夜色的无边笼罩。

不过今晚却特别的安静，甚至静得出奇，连一声鸟叫都没有了，这让段虎有了一丝不祥的预感。

“刷刷!”突然，寂静的森林里传来了脚步声。

段虎爬到树上一看，立即大骂起来：“他妈的。”

“怎么了?”地狼问道。

“雇佣兵。”段虎十分生气，“没想到遇到了雇佣兵。真应了我的预料。”

段虎不禁有些愤怒，这个时候时间非常珍贵，不可以再耽误一分一秒了，可是突然又冒出了一群雇佣兵，他们可都是些要钱不要命的家伙。

“李芸?”此时，段虎又想到了这个女人。

从见到李芸的那一刻起，段虎就预感到事情有些不妙，但是一切都已经晚了，看来要在异国土地上和自己的同胞大战一番了。

“不对!”段虎又仔细地看了看，发现向他们走来的既有中国人，也有外国人，但不知具体是哪个国家的。此时，对方好像已经达成了默契，一起向段虎他们三人这边走了过来。

为了在接下来的交战中掌握主动，段虎马上带领地狼和雪豹往森林右边一块高一点的坡上移动，然后潜伏在几块大石头的后面，连大气都不敢出一声。

“不至于吧?”雪豹惊讶地看着段虎，“不就几个雇佣兵吗? 有什么好怕的? 你至于紧张成这个样子吗?”

“别小看他们，一会儿你就知道厉害了。”段虎不理会雪豹的不以为然，开始检查自己的枪和子弹。

地狼从背包里取出几个手雷。雪豹虽然没把敌人放在眼里，但也深知现在的处境，毕竟森林里还有很多武装分子在蠢蠢欲动，还是不能掉以轻心。

“准备!”段虎检查完枪弹后，对两个人命令道。

地狼和雪豹当然明白段虎的意思，三个人同时举起了枪，然后通过红外瞄准镜寻找目标。

对面一共才 9 个人，不过这已经是他们的三倍了，而且来人个个面露杀机，段虎知道这又是一群亡命之徒。

不过，在 9 个人里，段虎发现了一个走在中间略微靠后的短发女人，而且其他人显然都在以她为轴心而交替掩护着在前进。此时，这个女人的脸正死一般地沉寂着，段虎断定她就是雇佣兵里的头。

“300 米，200 米，100 米……”人越来越近了。

“听我的指挥。”段虎说了一声。

地狼和雪豹已经做好了射击的准备。

“别动!”突然，段虎又发现对方有异常的举动，赶紧示意两人住手。

“怎么了?”雪豹不解。

“你们仔细看。”段虎说。

大家赶紧望去，雇佣兵竟然停了下来，其中的四人开始分别向左右两边围拢过来。

“看来他们要搞围剿。”段虎心想。

慢慢地，前面的5个人也开始行进。他们高度警惕着，估计打死也不会相信段虎他们竟敢藏在这个四面受敌、无处可逃的小坡上。

“地狼，左边，雪豹，右边，我，中间。”段虎打出了手势。

两人立刻会意，随即一左一右地分别准备好。

“砰!”时机到来，段虎打响了第一枪。

本来他是冲着女人射去的，却没想到她竟然躲开了，这不禁让他大吃一惊：“真他妈的不是一般的女人!”

当然，随后的四枪可没有浪费，四个雇佣兵同时倒地。

“砰砰砰!”地狼和雪豹也各自解决掉了属于他们两人的猎物。

瞬间，枪声嘎然停止，一切又变得静悄悄的。

“赶紧追!”段虎发现那个女人竟然逃跑了。

其实，段虎并不是怕她逃跑，而是担心她回去找来更多的雇佣兵。依段虎的猜测，这几个人只是来侦查的，大部队还在后面，所以坚决不能放过这个女人。

果然如段虎所料，追了不一会儿，女人身边就出现了上百号人。这些人在女人的指挥下又开始回头反击，这回要跑的可就是段虎他们了。

“轰!”逃跑前，三个人仍不忘扔出几颗手雷。

硬拼只能送死，段虎自然明白这个道理，可是当前的情况又让他无法不寒心啊——上百号人已开始从四面八方围拢过来，而且原来的土坡上也有了人，这下可死定了。

“看来我们必须得分开了!”段虎眼见情势所迫，只得出此下策了。

“好!”地狼、雪豹二话没说就点了点头。

“打游击战，明白吗?还要玩偷袭，总之充分发挥你们的聪明才智，保证都要活着，要消灭敌人，这是最关键的!”段虎又补充了一句。

“放心吧，我让他们好好地饱餐一顿。”

于是，三个人分别向三个不同的方向跑去。

段虎见地狼和雪豹跑向了密林深处，自己则大胆地选择了冲向小坡。

他知道，这样虽然很危险，但可以吸引敌人的注意力，好让地狼和雪豹展开偷袭，以达到游击战也就是混乱战的目的，还能迷惑敌人。

段虎大胆地往小坡跑去，上百号人里除了周围分散的，都开始追击段虎，而且坡上的人也开始瞄准他了。

段虎可不是傻子，他在快要跑到狙击手狙击范围之内时，突然停住了脚步，同时向四周甩出了烟雾弹，随后又“噼里啪啦”地开了一阵枪。

随着枪响，地狼和雪豹也开始在暗处放枪，但敌人却搞不清到底是谁放的，加上有烟雾的迷惑，他们只能继续向着段虎的方向追去。这样一来地狼和雪豹就有了可乘之机，他们迅速跑动起来，在敌人的周围打起了游击战。

这下可热闹了，手雷、榴弹、狙击步枪一起开火，几种声音交织在一起，森林里的各个角落顿时枪声四起，一时间敌人自己都有些发懵。

“一会儿，我估计他们就得窝里斗，还以为是自己人打自己人呢。”雪豹心里乐开了花。

与雪豹的心境不同，段虎却正在犯愁：“现在怎么办？如果不把坡上的家伙干掉，就有被彻底消灭的可能。虽然对方也有伤亡，但瘦死的骆驼比马大，而且包围圈已越来越小了。”

现在的情况的确很麻烦！就算能把坡上的家伙干掉，但还是无法通过坡下暴露的地带，可那儿又是自己的必经之地啊。这里不能再呆下去了，这个神秘女人带领的雇佣兵可不是吃素的，随时都有吞掉自己的可能。

“老大，你在想什么?”正当段虎胡思乱想之际，地狼和雪豹出现了。

“我在想怎么出去。”

“是啊，包围圈越来越小。”地狼也忧虑起来。

“必须占领小坡，那样才有机会。”段虎这样想着，就准备独自过去。

也就是在这一瞬间，情况又有了新的变化。

小坡上的几个人一起冲了下来，而后段虎看到那个女人，也就是雇佣兵的头领站在了上面，看样子是想指挥她的士兵作战。

管他呢，解决掉这几个人再说。

段虎、地狼和雪豹伏身在一颗大树后面。由于刚才的一阵烟雾，敌人也迷

失了方向，加上几个人在不同的方向开枪，谁也拿不准段虎他们三人究竟身在何方。

坡上下来的人也是一会儿隐于树后，一会儿交替着前进。不过段虎他们三人暂时不再放枪，而是任凭包围圈越来越小，因为他们明白坡上下来的绝非等闲之辈，必须先解决掉才行。

只有十几米远了，段虎竟然飞身出去了。

“砰!”他手里的枪也同时响了。

枪声吸引了坡上下来的几个人，他们同时涌向段虎，也同时开枪了。

段虎可真够胆大的，不过敌人还是慢了一拍，地狼和雪豹随后的射击让几个雇佣兵都结结实实地吃上了枪子儿。

“好险啊!”段虎想了想，也禁不住后怕起来。

随后，段虎他们三人赶紧捡了几个雇佣兵的弹药和手雷，随后便隐入丛林，又开始了游击战。

这次的游击战不再是迂回战，也不是打一枪换一个地方，而是三个人呈一个三角轮流把刚才捡到的手雷疯狂地往外扔，震天的爆炸声顿时在森林里回荡起来!

一切都变了！疯狂的段虎和队友让一切都变得更加疯狂了！森林里顿时哀号一片!

不过，此时伏在高处的几个雇佣兵，也开始对着段虎他们一梭梭子弹没命地射过来，看来森林里所有的人都疯了!

一场鏖战下来，上百号雇佣兵竟然死得差不多了，女人赶紧从坡上跑了下来，段虎则迅速地追了过去。

前面的女人跑得飞快，段虎一时竟然无法追上。

“对不起了，姐们儿。”段虎嘴里嘟囔着，突然停下脚步，在瞄准镜的十字里锁定了这个女人的脑袋。

“砰!”旋即，段虎手里的枪响了。

女人中弹了，“啊”的一声倒地，再也没有起来。

“你把她解决了?”地狼听到枪声，赶过来问道。

“你说呢?”段虎反问。

“那就是摆平了。”雪豹也说。

“是。”

“你真敢干啊!”地狼说。

“女人都不放过。”雪豹也开起玩笑。

“没办法，她不死就是我死。在这个战乱的地方，不会有仁义道德，也没有人讲道义。当然你可以讲，不过，讲了之后你的生命也就结束了。他们不会对我们手下留情的，在这里，男女都一样，没有性别的区分，只有生与死的选择！”段虎说着这话时竟有些感伤，突然又警觉起来，“还有没有余党？”

“余党？”地狼和雪豹也警惕起来。

“看来还得好好搜索一下。”

“搜索个屁，赶紧走吧，一边走，一边搜。”段虎下了命令。

“闪开！”地狼在喊话的同时，一下子把段虎和雪豹扑倒在地。

“砰！”刚才的女人竟然还没死，冲着三个人开了枪。

“混蛋！”段虎喊了一声，随即手里的手雷也扔了出去。

“轰”的一声巨响，女人被炸了个血肉模糊。雪豹竟然还不解气，又跑到女人跟前补了一梭子。

“怎么样，信我的话了吧？”段虎乐呵呵地说。

“信了，彻底信了。”雪豹说。

“好了，赶快走吧。”段虎催促两个人。

直到过了前面的坡，周围没发现什么人，段虎这才放下心来，看来雇佣兵是死的死，逃的逃了。

又走了一段时间，三人进入了一个很古怪的地方。说古怪，其实就是有些特别：同样是森林，可这里的树木却不够高大，而且没有任何草，更没有森林那种阴森的感觉，特别是远处还有一排排的小屋，这就更让段虎迷惑不解了。

“难道是到了小人国？”段虎自言自语。

于是，三个人慢慢地向小屋靠近。

“嗡！”随着声音，小屋里飞出无数不知名的虫子。

段虎赶紧跑，因为他不知道这到底是什么东西，不敢大意。可是跑出一段距离后，虫子就不再追赶了，而是重新进了小屋。

段虎又试着走了过去，虫子又飞了出来，待他离开，虫子又进了小屋里。

“看来是有人控制的。”段虎心想。

段虎原来就听说这个国家的原始森林里有很多奇虫异兽，而且都是非常厉害的，所以他放松的神经又开始紧张起来。

“和这些烂虫子较什么劲？”雪豹看着段虎发呆的样子，揶揄道。

“也是，绕过去就行了。”段虎点了点头，不再和虫子较劲，“我们现在去找

玛丽娅，必须要在天亮之前找到她!”

说话的同时，段虎还拿出了指北针和地图。

虽然地图在这里好像无法起到很大的作用，图上所标注的也和实际地形有很大差别，不过还是得看一看的。指北针却起到了很好的指向作用。经过一番测定和雪豹的回忆，他们三个绕过虫子的栖息地，开始向玛丽娅可能会在的方位搜寻过去。

“砰!”段虎、地狼和雪豹刚跑出几十米，又是一声枪响。

“怎么回事?”雪豹赶紧停住飞奔的脚步。

“赶快走! 赶快走!”段虎瞬间就醒悟过来了，意识到又一场危险即将来临。

“怎么了?”雪豹还在不停地问。

段虎没等雪豹的话说完，早已飞奔出去。地狼和雪豹赶紧跟上，随即后面枪声骤起，子弹擦着他们的耳根直飞过去。

三个人此时再也没有多余的想法，只是狂奔、狂奔……待到了一个拐弯处，迅速地隐于一大片灌木丛中。

“妈的!”雪豹开口大骂，“到底是谁伏击我们?”

“不是伏击，是有预谋的，这和李芸有很大的关系，肯定!”

“难道我救错了人?”雪豹又开始问自己，“而且把任务也耽误了?”

“事情还没有这么糟糕。”段虎安慰道，“如果玛丽娅现在被抓，森林里就不会这么热闹了，估计她是自己受到惊吓躲起来了，而且她身后的地图至关重要，估计这帮人都是冲地图而来的，包括李芸。现在我们面对的不只是当地的反政府武装，还有国外的集团帮派、私人雇佣兵等等力量，所以我们务必小心，不能有半点闪失。”

“是啊，在这过程中，多杀几个算几个。”雪豹想起牺牲的战友就愤恨不已。

“别动!”突然，段虎通过灌木丛的间隙看到有十几个人过来了。

“且慢!”雪豹正待开枪射击，段虎赶紧拦住了。

果然，过了几分钟，后面又出现十几个人。如果雪豹刚才贸然行动，暴露了目标的话，三个人必定会死在乱枪之下。

慢慢地，人群开始向灌木丛寻来。段虎、地狼和雪豹的心也提到了嗓子眼。

来不及了，不能再等了! 段虎看到前面的人已开始用刺刀乱挑，而且准备开枪，赶紧给地狼和雪豹一个眼色。此时此刻，地狼和雪豹虽然没有半点考虑的余地，但是惊人的默契还是让他们立刻领会了其中的含义。待前面的人快要来到近前时，段虎、地狼和雪豹就地一滚，分别从三个方位跳出，然后快速跃

起，同时手中的枪也响了。

“啊!”随着几声惨叫，对方中的几个人已经见了阎王。

段虎、地狼和雪豹还是不敢怠慢，随即又是就地一滚，向两边散开。

对面的人又在瞬间倒下几个，显然他们的神速让对方有些无所适从，但对方毕竟受过训练，也赶紧各自找了一个掩护体躲藏起来。

也就是在这一空当，段虎、地狼和雪豹已经奔出去很远，各自向一边撤开。

段虎刚刚和雪豹接应上，现在又不得不重新分开，不过他们示意彼此在前方会合。

现在，段虎也没了头绪，只能往前狂奔，不过他也明白这样跑不是办法，况且追兵越来越多，别说救玛丽娅，自身的性命恐怕都难保。所以，跑了一阵以后，段虎反而停了下来，迅速地爬上一棵大树，开始瞄准。

段虎的这一举动也真够大胆的，特别是在现在杀机四伏的情况下，万一被人发现，后果将不堪设想。

“砰!”段虎的一颗子弹飞了出去，对面的一个人应声倒地。

“砰!!!”随后又是几枪，对面的几个人全部倒下了。

解决了这几个追兵，段虎并没有急于从树上下来，而是先看看了四周的情况，接着又竖起耳朵听了好半天，确认安全后才慢慢地从树上下来。

经过一番折腾和惊吓，段虎感到浑身都十分疲惫，赶紧找了一个可以隐身的地方把枪放下，然后一屁股坐在地上，大口地喘着粗气。

看着眼前死尸脑袋里流出的淋漓鲜血，段虎暗想：自己为何杀人？这帮人又为何杀自己呢？

其实，这一切都不是他要的结果，这让他不禁深深地感叹生命的脆弱和战争的无情。

当然，段虎知道，作为一名军人，就要时刻准备参加战斗。很小的时候，他就有了成为一名征战沙场的勇士的想法，所以出身于军人世家的他毅然选择了相对比较苦的海军陆战队，这样做也是为了完成父亲的心愿。

“我一定让他成为一个勇猛的特种战士，圆我一生的梦想。”冬天的部队大院里，一个人攥起拳头对一个刚出生的孩子说道。

“看这孩子多俊啊!”

“白白胖胖的!”

“像个女孩子!”

屋里所有的人都在叽叽喳喳地议论着……

这是海军某部队营长段长庆居住的小楼。

孩子的出生无论是对段长庆还是他刚刚随军不到一年的妻子李虹来说，都是一个莫大的惊喜。

为什么这么说呢?

段长庆在家是个独子，李虹呢，也是家里的独女，双方的父母都希望能早日抱上孙子、外孙。可是李虹偏偏不争气，都快30了，一直都没有怀孕。

为此，他们找了不少名医，特别是段长庆身为一军之长的父亲段华，更是通过各种关系让他们在部队医院里查看，可是一直也没个结果。

直到李虹30岁的时候，正好赶上随军的指标到家，随即孩子也怀上了。10个月后，虽然是晚产，但孩子还是顺利地出生了，而且经过检查一切指标正常。这下可把全家都乐坏了，双方的父母和亲朋好友都来祝贺，光酒席就摆了十几桌。父母高兴的是段家终于有了香火，而段长庆和大家的想法完全不一样，特别是当他得知是一个男孩时，更是激动万分，心想终于有人可以完成自己的心愿了。

段长庆一直都想在海军陆战队做一名真正的火线突击手，可是事与愿违，军校毕业后，他被分在机关任参谋，天天没仗可打的日子让他无法忍受。最后还是在他的一再要求下，段华才勉强同意他到基层当了个营长，可这终究也没能圆他的特战梦。

等亲朋好友都走了，段长庆看着脸庞粉扑扑的大胖儿子，忍不住亲了两口。

“你轻点！别把孩子弄醒了。”李虹赶紧提醒，脸上却泛着喜悦的光芒。

“没事，这就是一个军种，未来的特种兵!”段长庆显然喝多了，可嘴里说出的话却一点也不含糊，“看着吧，老婆，我让他5岁学会稍息立正，8岁开始跑步，12岁学会各种战术，18岁参军……”段长庆说起来简直是豪情万丈，还越发刹不住车了。

“得了，孩子连哭都不会，你倒扯得这么远了。”看着自己的丈夫手舞足蹈的，李虹真是哭笑不得，既高兴不已，又有着隐隐的担忧，“对了，赶紧给孩子起个名字吧?”

“是啊!”段长庆开始在房间里打起转来。

“段奎、段林、段飞……”

“不行，不行。”刚刚说完，段长庆自己就否定了，“太俗。”

“而且也没法突出你的心愿——军队。”李虹也提醒道。

“还是老婆了解我。”段长庆禁不住搂住李虹。

“那就叫段狼吧。”

“狼，不太好吧?”李虹不太乐意。

“我是想让他成为一匹能冲锋陷阵、烈性十足的战狼。”段长庆赶忙解释着。

“那也不好，要不这样，就叫段虎吧，既不会太难听，而且也应了你的想法。”

“段虎，段虎。”段长庆默念着，突然一拍大腿，“好，我同意了。”

“哇……”小段虎这时竟然哭了起来。

“看，他听到了，听到了我们的对话，他也同意了。”段长庆兴奋地叫了起来。

“哇……”这时小孩哭得更厉害了。

“小虎不哭，小虎不哭。”李虹抱起孩子哄着。

“哈哈哈……”段长庆大笑起来，自己终于后继有人了，愿望眼看就可以实现了。

他的笑声就在屋里、院里、整个营区里回荡着。

也许是得益于段长庆从小严格正规的训练，还有军人世家环境的熏陶，段虎从小就聪明伶俐，并且爱动手，还有着一股子倔脾气，只要是他想做的事撞破脑袋也要完成。5岁的时候，段虎曾经为上不去一个小坡而自己无数次地攀爬，最后真的把脑袋磕出了血，但最终还是爬上去了。

“一、二、三、四!”军营里传出响亮的口号声。

“妈妈，我长大后也要当兵!”转眼12岁的段虎已经有了这种想法。每每听到军营里的军号声和口号，他都要停下来看半天，有时早晨在被窝里听到声音，更是激动地探出身子、竖起耳朵。

“儿子，爸爸回来了!”段长庆回到家里就喊。

“爸爸好！虎虎向首长敬礼!”段虎调皮地说着，同时举起了右手，别说还真像那么回事。

“士兵虎虎，我现在命令你冲击灶台，端碗吃饭。”

“是!”

“首长！饭已端完，请用餐。”

“好！叫你妈一起来吃。”

“是!”

……

看着爷俩像模像样、你来我往的军营般的对话，李虹会心地笑了。

转眼间，段虎就长到了18岁。

下半年，段虎高中毕业了，段长庆问他想报考哪个高中，他却说出了一番不寻常的话。

“爸爸，我要参军!”

“哦，为什么这么说?”段长庆显然早已忘记了自己当初的愿望。

“不为什么，就是想，请旅长大人批准!”段虎调皮地行了个军礼。

此时段长庆已由当初的一个营长成了一位统管大军的旅长。

“这个……”段长庆此时突然有些犹豫起来。

“我一定要去!”段虎十分坚决，“我知道这是爸爸的愿望，更是我的一个愿望!”

“哦，那好，我问问你，你怕不怕苦?”

“当然不怕!”

“如果是非常非常的苦呢?”

“那也不怕!”

“如果是真的要掉几层皮呢?”

“小时候我都流过血，掉皮算什么?”段虎反问段长庆。

见儿子的态度这么坚决，再看看他魁梧的身材，段长庆终于决定由儿子来达成自己的人生愿望——进入海军陆战队特别部队。

也许大家都听说过海军陆战队，可它到底是干什么的呢，也许很多人还并不是很熟悉。

中国海军陆战队是一支浓缩了共和国武装力量精华的特种作战部队，被誉为“陆地猛虎，海上蛟龙，空中雄鹰”的三栖雄兵，有“军中之军”之称。它隶属于中国海军，是一个具备综合作战能力、诸兵种合成的，能实施快速登陆和担负海岸、海岛防御或支援任务的作战部队。海军陆战队作战地域复杂，作战行动残酷激烈，往往需要渡海作战、背水攻坚、孤军深入、协同打击，可见它是应付局部战争和军事冲突的拳头，又是联合进攻行动的“尖刀”，在现代战争中的作用可谓举足轻重。

经过体检、审查等等一系列复杂的程序，段虎终于如愿以偿地被录取，即将踏上从军之路。

“儿子!”段长庆喊道。

“到!”多年的耳濡目染，段虎早就习惯并融入了军营的氛围，举手投足已颇有军人之姿。

“你到部队后，一定要听领导的命令，不能怕苦怕累，一定要给我们段家争气，有所作为！还有最重要的一点，你不要和任何人提起海军XX旅旅长——也就是你爸，我！不要提起你是我的儿子，更不要打着我的旗号乱搞事情，明白吗?”

“明白!”段虎大声应道，“请旅长放心，士兵段虎一定会全心努力，不辜负您的期望，为海军陆战队做出自己应有的贡献!”

“好样的!”段长庆也禁不住赞叹地为自己的儿子竖起了大拇指。

冬天的寒风呼呼地刮着，站台上没有几个送行的人，因为这是一次特别的招兵，比较隐秘，所以除了家长之外再没有其他人，而且乘坐的也是部队的专列。

纵然是这样，很多的家长和孩子还是掉泪了。

段虎也在其中，不过他没有落泪，不是因为父母没来送，而是他受部队的影响，一直都很坚强。坐上车后，看到有些身穿迷彩服的战士泪眼汪汪的，他还笑了，笑得是那样畅快，以至于很多人都呆呆地望着他，以为他受了什么刺激。

“愿望终于实现了!”只有段虎知道，自己终于踏上了向往已久的征途。

第四十五章

被袭受伤

“好冷啊!”段虎的思绪随着突然降临的淅沥小雨嘎然收回。

毋庸置疑，现在的段虎不但成了一名真正的特种战士，而且正在经受着一个严峻的考验，他知道这个任务不但是他一生的追忆，而且是他作为一名军人所经历的很重要的东西。想想父亲的嘱托，想想曾经艰苦的训练，段虎的精神顿时重新振作起来，开始冒着小雨准备和地狼、雪豹他们会合。

按照记忆中的路线，段虎向会合地点进发。

“哎呀!”段虎终于到了刚开始和雪豹说好的地方，却突然看到他正痛苦地伏在地上，脸上的汗正啪啪地往下滴着。

“雪豹，你怎么了?”段虎见雪豹痛苦不堪的样子，赶紧问道。

“他妈的!”雪豹先狠狠地骂了一句，“本来我把所有的人都干掉了，可是没想到会有人从背后偷袭，我没注意，等我听到子弹的声音时，已经晚了。命是保住了，可是我的腿受伤了。”

段虎听完雪豹的话，赶紧看了看他的伤口。此时雪豹的腿虽然包扎起来了，可血还是透过裤子渗了出来，而且他的胳膊上还有好几道口子。

“到底是怎么回事？地狼呢?”段虎追问道。

“是这样的……”雪豹开始回忆刚才的情景。

雪豹和段虎在灌木丛分开后，他和地狼向前跑了一阵，不过由于又碰上一个武装，雪豹和地狼也被迫分开了。

雪豹一个人跑着、跑着，后面的人突然很快就追了上来。他赶紧伏在一个乱石旁精准地瞄准、射击，几个人被他轻松地干掉了，然后他靠在石堆旁准备调整一下。

“嗖!”突然，一阵风声传来。

雪豹虽然有些劳累，但耳朵还是异常好使，他知道这是一颗子弹，自己后面有一个偷袭者。

意识到这个情况后，雪豹赶紧往旁边躲，子弹没有打中他的心脏，但却深深地钻进了他的大腿深处。

“啊!”雪豹再也无法忍住，大声叫了起来。

纵然是疼痛难忍，但雪豹的神经始终是非常清醒的。他在子弹进入自己腿部时大叫了一声，同时猛地转身，一发子弹就飞了出去。

“啊!”只听见对面也发出了一声尖叫。

正当雪豹的第二颗子弹准备发射出去的时候，他的身旁突然跑出一个人来，一脚将他踹倒在地。

雪豹一个趔趄倒在了地上，枪也一下子脱手了。原来是一个彪形大汉，手里也拿着枪，不过他并没有对雪豹开枪，而是动起了拳脚。

雪豹不知道这个人为什么不杀自己，难道不是对手？可是为什么又袭击我呢？

雪豹百思不得其解，当然也没有心思去细想这些东西。他一个鲤鱼打挺站了起来，彪形大汉则慢慢地逼到了他的近前。

突然，彪形大汉又是一拳，雪豹迅速地躲过，同时也一拳打了过去，彪形大汉收身不及，被雪豹狠狠地打中胸部，倒退数步。

就这样，两个人动起手来，虽然雪豹明显地占了上风，可是刚才进入体内的子弹却开始在他大腿内搅动起来，疼得他汗珠子都渗了出来，慢慢地已有些体力不支。

彪形大汉没有用枪，雪豹本来也不打算用枪的，毕竟自己刚才已经是死了一回的人了，但是此刻的情景却容不得他意气用事，身负重伤，而且还有一个未完成的重大任务，他必须尽快让自己从当前的困境中解脱出来。

想到这里，雪豹故意一个趔趄倒在地上，顺势拿起地上的枪，一发子弹地就射了出去。

对方好像料到雪豹会有此招，竟然躲过了子弹，这不禁让雪豹大为惊奇!但雪豹可不是吃素的，第二发子弹又发了出去。

这次，彪形大汉没有躲，不过雪豹的子弹也没起到作用，因为就在雪豹惊诧之际，彪形大汉已经跑到了一棵大树后，然后边射击边后退，一会儿就消失

得无影无踪。

雪豹不知道这个人到底是谁，真是太神秘了，让他恍惚间觉得对方就是自己人。

可是现在顾不了那么多了，雪豹腿上的血流了出来，他必须取出那颗该死的子弹，否则后果不堪设想。

雪豹一瘸一拐地走向森林深处，想找一个可以隐身的地方。

虽然刚才和彪形大汉打斗时，雪豹的身形还非常利索的，可他知道那是在情况危机下人所发出来的极限能量，现在一放松，所有的伤痛都聚集到腿上，引得他的心脏都在隐隐作痛。

雪豹跌跌撞撞地终于找到了一个可以隐身的地方——一处茂密的草堆。说是隐蔽，其实这里处处都有危险，刚才自己和战友不就遭遇了大熊和巨蟒嘛？所以说这里根本就没有保险的地方，只有自己保护自己才最安全。

雪豹深知，如果腿里的子弹不及时取出来，那么这条腿就废了。其实就算取出来了也很难说，这里天气那么炎热，伤口很容易感染，而且还需要一路奔波，所以只能祈求上天保佑了。

想到这，雪豹赶紧从急救包里取出消毒水和纱布，开始给自己的伤口消毒，然后把自己的衣服角含在嘴里，一支脚蹬在树上，拿起刀子就往自己的腿上扎下去。

一阵剧痛传来，雪豹没有喊出声，牙却咬得咯咯直响，在没有一点措施的情况下剜肉，其疼痛是可想而知的。而且子弹钻得有些深，雪豹只得拿刀在腿上拉开一个小口，一点一点地向深处探去。

这样的滋味相信很多特种军人都尝过，在战场上不可能不受伤，而且也不可能随时都有医务人员跟着，所以学会自救是每个特种队员必备的素质。

刀子终于碰到了子弹，但是想取出来也不是那么容易的。雪豹又拿出镊子，手哆嗦着夹了好几次才夹住子弹头，费了好大力气，出了几身冷汗才取了出来。

血淋淋的子弹咣当一声掉在地上，雪豹也一下子瘫倒在地上，剧烈的疼痛使他昏了过去。

不知过了多久，他才醒了过来。特种战士也不是铁打的，所以雪豹难免经不住这样的疼痛。

醒来后，雪豹的神智还是非常清醒的，明白此刻自己必须先和段虎它们汇合，然后再从长计议。

想到这里，雪豹又对伤口进行了消毒、包扎。

刚刚给自己动了一个小手术，现在行动当然不方便，雪豹只好背着背包，拖着枪一瘸一拐地行进着，速度很慢。

“没想到有生以来第一次让人狙击了。”雪豹一边回忆刚才的情景，一边念叨着。

“能走吗？”段虎问道，“要不我背你吧。”

“没事。”

“好，既然这样，我们先休息一下，你的腿也会好一些的。”

不一会儿，段虎和雪豹都在灌木丛中睡着了，甚至忘了还有重要的任务正等着他们去完成，可见身体已经透支了，无法再支撑了，所以一时也顾不了那多了。

不知过了多久，段虎首先醒了过来。他看看一边的雪豹，虽然是睡着了，但脸上痛苦的表情很是明显，而且受伤的大腿还在来回不停地抽动着。

段虎实在不忍心打扰他，但是眼前的情况，让他又不得不狠下心来，于是他用手轻轻推了推雪豹。

“嗯。”雪豹打了一个激灵，立马醒了过来。

“有情况吗？”雪豹警觉地问道。

“没有。”段虎说，“不过我们需要快点找到玛丽娅。”

“好！对了，让我想想。”雪豹说着，脑袋快速地转动着，“我估计玛丽娅被人抓住的可能性不大，估计是受了惊吓躲到某个地方去了。”

“好，那我们赶紧找找。”段虎说完，站了起来，快速地向前奔去。

可是没走两步，他又停了下来，暗骂自己粗心，差点忘了雪豹的腿上还有伤。

段虎赶紧回头望去，雪豹也踉踉跄跄地赶了上来。

“你没事吧？”段虎关切地问道。

“没事，好多了，你看。”雪豹说完竟然跳了几下，不过右腿明显不够利索和协调。

“那好，不行你就说。”

“好。”

两个人又开始前行。

也许是老天帮忙，两个人还没走多远，竟然看到了两张熟悉的脸。

是谁啊？

“丽斯和玛丽娅。”雪豹差点惊叫出来。

“是她们!”段虎也看清楚了。

对面的丽斯和玛丽娅也认出了段虎和雪豹，赶紧跑了过来。

“丽斯!”

“段虎!”

两个人亲切地喊了起来。

是啊，虽然不是同一国家的人，但长时间的生死患难已让他们有了很深的感情，况且段虎还曾经把丽斯放在了自知比较危险的地方，所以心里很是不忍。现在看到丽斯没事，而且还把玛丽娅也找到了，他心里不知道有多高兴。

“你是怎么找到玛丽娅的?”段虎赶紧问道。

“是这样。”丽斯开始说，“段虎，如你所料，那个李芸确实是雇佣兵，她受伤也是装的，那声枪响就是她通过信号传给同伙的，所以你们走了以后她就问我，我说不知道，她就明白自己已经被揭穿，一下子就拿枪顶住了我，扬言要杀我。我当时也有些发懵，但还是知道保命是非常重要的，于是想到了玛丽娅，想到了她身上的地图，再联系到近几天的事情，我隐隐约约感觉到这帮人就是想要地图，所以我就说我知道玛丽娅在哪里。她居然相信了，就让我带她去找。我哪里知道玛丽娅在哪里啊，当时就是瞎掰，所以我就带着她胡乱转悠，可是没想到竟然在一棵大树后真的发现了玛丽娅。可我当然不想让她找到玛丽娅，所以就当没看见一样，可是她却停住了脚步，问我树下的是不是玛丽娅，我说不认识。她就说我骗她，还往树下走去。我看事情不妙，急中生智，大声冲玛丽娅喊了一嗓子‘开枪’。其实玛丽娅手里根本就没枪，但是她伏在树后，只露出半个身子，所以还是把李芸给震了一下，随即她就拿枪对准了玛丽娅。就在这一刻，我一下子将她扑倒在地。扭打之中，李芸手里的枪脱手了，我招呼玛丽娅拿起来开枪，可是她很害怕，最终手还是哆哆嗦嗦地开了枪，结果李芸被打死了，我们就赶紧来寻找你们了。”

丽斯一口气说完整个过程，似乎还沉浸在刚才的打斗中。

“好险呐!”雪豹听了丽斯的诉说，不免为两人刚才危险的处境倒吸了一口凉气。

“不过我杀了你们的同胞。”玛丽娅这时也开始说话了。

“没关系，世界上的好人我们都要示好，但坏人也要坚决打击。”段虎安慰道，“好了，不多说了，上路。”

“慢着，还有地狼呢?”雪豹说。

“是，我知道，不过我们现在没时间寻找他了，只能向前走，但愿可以碰到他。”段虎的神情有些复杂，但也无可奈何。

几个人不再说话，跟着段虎踏上了通往边境的路。

无数的事实证明，很多事情如果出奇顺利的话就不一定是好事，这里面必定隐藏着更大的阴谋。

当段虎他们走到一个很大的山谷前时，突然听到了激烈的枪声，不一会儿就炮火连天、震耳欲聋起来。

“怎么回事?”段虎和雪豹同时叫了起来。

这段日子以来，段虎的思维里除了追击自己的人，再就是找玛丽娅，怎么还会有第三帮人，而且还在打着一场激烈的战斗。

“我去看看。”段虎说完，一个人向前走去。

前面的山谷里，子弹“嗖嗖”地来回穿梭着，让段虎一时搞不明白到底是什么状况。

但他再仔细一看，心里不由得一阵大喜，那不是第三小组的人吗?自己的战友意外出现，而且又是在最关键的时刻，段虎能不高兴嘛。

他赶紧回去，和几个人简要说了说情况，然后大家一起向第三小组所在的地方赶了过去。

“兄弟!”第三小组的人也看见了“亲人”，赶紧拥了过来，段虎立马迎了上去，彼此激动地拥抱着。

正当段虎准备加入战斗的时候，突然一颗炮弹打了过来，他赶紧一把推开几个人，自己则就地卧倒，胳膊却好像中弹了。

“轰!”炮弹所炸的地方一片狼藉。

“赶紧走!”见状，其他战友催促着段虎和雪豹，“对方势力不弱，我们估计也就能再顶一会，你们赶紧走。”

“好!”情势所迫，段虎和战友还来不及多说一句，就又带领着雪豹、丽斯和玛丽娅上路了。

第四十六章

战友牺牲

傍晚，夕阳西下。

段虎和雪豹几个人经过长途跋涉，脸上已明显有了几丝憔悴与疲惫，特别是段虎，胳膊里的弹片正隐隐作痛。虽然他故作坚强，紧咬着牙关挺着，但是眼看就快要支撑不住了，血也透过纱布慢慢地渗了出来。

“段虎，休息一下吧，要不然大家都要成驼子了！”此时，跟在段虎身后的雪豹说话了。他此时也非常疲倦了，不过还强撑着，尽量不露出一点难受之情，而是开起了玩笑，大家也跟着笑了起来。

段虎停下脚步，看看雪豹，又看看气喘吁吁的丽斯和玛丽娅，特别是玛丽娅——平常娇惯的小姐，现在身体很明显已经虚脱了，却还在苦苦地支撑着，一路上竟然没有喊一声累，这让段虎内心非常敬佩。

“是啊，段虎，休息一下吧，估计后面的人一时半会儿也追不上来，而且你的伤口现在也很严重。”丽斯也开口说话了，她看着段虎的样子十分担忧。

“你胳膊里的弹片要取出来，不然时间一长，会很麻烦的，特别是这样的大热天，很容易感染的。”雪豹也在一边说道。

段虎看了雪豹一眼，这个与自己生死患难的战友，此时虽然眼睛放光，似乎非常自在，其实不然，他的大腿缠着绷带，长时间的奔波导致浑身都被汗水湿透了，绷带也由一块崭新的白布变成了汗迹斑斑的破布。但是，雪豹一直挺着，与大家一起连续徒步赶路。

“腿上的伤好点了没有？”段虎的眼睛落在雪豹的腿上，关切地问道。

“没事！”雪豹满脸不在乎地说道。

看着雪豹强装笑颜，段虎皱起了眉头，这次的营救任务难度确实很大，但

怎么也没料到大家竟然会落到这么窘迫的局面，不但部分队员失踪，而且还牺牲了好几个战友，特别是雪豹现在的腿伤，在这样的紧要关头，谁也不能再有闪失啊。

“大家休息一下吧。”段虎说完，疲惫地走到一棵树旁坐下。

“玛丽娅，喝点水吧？”段虎坐了一会，突然想起这次任务的主角——玛丽娅。虽然她一直很坚强，但段虎还是担心她经过长时间的奔波会缺水。

玛丽娅没有说话，不过当段虎递过水来的时候，她还是非常感激地看了他一眼，然后喝了一口。

“还得走多远？我看玛丽娅快不行了。”丽斯问道。

“大概还有一天。”段虎的语气里有一丝疲惫，又抬头看看靠在大树上的玛丽娅——她脸色十分苍白，脸上却透出一股倔强和坚毅。

是啊，确实不容易，别说玛丽娅，就是段虎也有些快要支撑不住了。

这个战乱的国家到处硝烟弥漫，到处生灵荼炭，玛丽娅在这几天里连续奔波，能咬牙坚持下来，已经实属不易了。

“雪豹，地图！”段虎转向雪豹。

“好！”雪豹应道，然后从包里拿出地图，准备跑到段虎的面前，却忘了自己的腿伤，结果他一个趔趄倒在地上，挣扎了几下竟然无法站起来。

“雪豹！”段虎赶紧走到战友身旁。

也就在这一刹那，雪豹的脸色瞬间变暗，豆大的汗珠从绛红的脸上淌下，浑身不停地颤抖，大热的天竟然哆嗦起来。

段虎一看这情形，赶紧伸手摸了摸雪豹的头。

“我的妈呀，怎么这么热！”段虎惊诧不已，实在没想到看起来异常坚强的雪豹竟然会病得这么厉害。

“我真他妈的蠢！”段虎不禁在心里骂自己。他恨自己太粗心，虽然雪豹尽力掩饰着伤情，可自己作为战友本应该能想到他的情况，却还是忽略了。看雪豹的样子，应该是伤口感染，段虎赶紧撕开他大腿上的纱布，一个非常恐怖的血洞赫然出现在大家面前。

“老天爷啊！这是怎么了？”丽斯和玛丽娅也非常震惊。

段虎的身子也颤了两颤，他万万没想到雪豹的伤口竟会如此严重。那可是一个深可见骨的撕裂性伤口，虽然经过紧急处理，但细菌仍然腐蚀着健康的肌肤，黄水外流，恶臭袭来，很是吓人。而雪豹却带着这么一个巨大的伤口，连续走了这么长时间的路，足以想像他的痛苦有多深！

段虎很少动感情，这个职业也容不得他有半点怜悯之心，可是他此刻再也无法忍受内心这种剧烈的、像血一样的东西来回翻滚，眼泪终于在自己情感大堤决口时蜂拥而出。一个钢铁战士此刻已被战友的坚强和痛苦彻底融化。

“段虎！别这样，你怎么也学会哭了？我没事，这几天我都熬过来了，多熬一天也没关系，其实这个伤口谁也没有办法，特别是在这种特殊的情况下，只有硬挺、死挺！”雪豹见段虎竟然哭了起来，心里也是一阵酸楚。

“其实不告诉大家，是怕你们担心，真的，现在我们任何一个人都不能躺下，而且我也不可以拖累大家！放心，我真的没事。”雪豹的语气依然十分平静，甚至还勉强挤出了一丝微笑，“说实话，我比谁都害怕，因为我知道自己的伤势，更知道继续拖下去的严重后果，可是想想我们死去的弟兄，我这浑身就都是劲。为了他们我们必须要挺住，我雪豹好赖也是条汉子，我一定要挺回去！”说着，雪豹熟练地从背包里面取出消炎药粉洒在伤口上，又用纱布裹紧。

哭了，都哭了，几个人都哭了。丽斯和玛丽娅就更不用说了，她们真的被感动了，被中国军人的英勇无畏所震撼，段虎和雪豹则紧紧地抱在了一起。

“我们距离边境的直线距离还有 26 公里，地形大部分为丛林，但在距离边境 3 公里处有一片空旷地带，我们需要小心过去。如果一切顺利，我们大概需要 2 个小时到达这块区域。早晨丛林能见度太差，而且还有未知的危险，我们必须等到 8 点左右太阳完全升起时才能出发，争取在正午之前赶到，并迅速通过那片危险区域。”雪豹处理完自己的事情，还没忘记对大家嘱咐道。

“好，就按照你说的行事。”段虎说。

夜渐渐深了，段虎找来木棍和柴禾点起一个小火堆，他不敢把火堆燃得太大，以防被人发现。本来他不想点火的，可这海风吹起来还真够冷的，尤其是队伍里还有两个女孩子，她们恐怕难以抵御这寒冷的夜晚。在火堆旁，几个人都慢慢地进入了梦乡。

清晨，段虎早早地起来，把一切都收拾停当了。

没过一会，雪豹他们几人也相继起来了。

“出发！”段虎冲三个人吩咐道，“你们先走，我随后跟上。”

雪豹没有说话，但他知道段虎想做什么，于是马上带着丽斯和玛丽娅向前走去。

其实，段虎留在后面就是为了把火堆弄散，以防被人发现，同时再断后看看有没有其他情况。但是当他把枪端起来时，伤口又开始剧痛起来。说句实话，现在段虎和其他几个人的力气都已经全部耗尽了，只是靠一种毅力在支撑着、

前进着。

段虎处理完一切，赶紧追了上去。几个人没有再说一句话，就是默默地奔走着。

“轰!”突然，一声爆炸声传来。

“怎么这么快就追来了!”段虎有些难以置信，其他人也被爆炸声惊呆了。

怎么会有爆炸声呢?

没错，段虎刚才用最麻利的动作埋了几颗小地雷，不过看样子，敌人没有踩到，而是引爆了地雷。

听到爆炸声，段虎的脸色变得十分冷峻，他心里实在是有好多愤恨，没想到这么快就被追上了，况且他们两个受伤，还必须保护两个女人，他真不知下一步究竟该怎么办。一时间，所有人都陷入了沉默。

“追兵来了。”终于，雪豹说出了大家都想说而不敢说的话。

“是!”段虎答应着，“不过现在麻烦大了。”

沉思片刻，段虎嘱咐道：“如今之计，我们必须有人断后，拦住敌人，这个人选就是我，你们赶紧走，我将在后面阻拦追击小队。放心，我肯定可以挺住一个小时，你们赶紧越过边境，那边有直升机接应，到时候就安全了。”

“不，我不同意!”雪豹忽然大声喊了起来。

“雪豹，这是命令！一个上级对下级的命令，不是战友间的商量，你明白吗？难道你想抗命?”段虎明白雪豹的心思，担心他要坚持留下来，立刻生气地吼了起来。

“段虎，你是这里唯一一个具备完全战斗能力的人，不应该用于断后这样的工作。而且，基于我腿部的伤势，即使你能阻挡追击小队一小时，他们还可以追上我们，特别是到了开阔地，我更无法实施有效的战斗和保护，最后不但任务没法完成，还会让你丧命，所以我强烈要求去断后。”雪豹抬起头，满脸的倔强。

“不行!”段虎又大吼起来。

丽斯和玛丽娅都难以置信地看着两人，以一个人去面对一个追击小队，那将必死无疑，可是为什么，这两个人男人居然还要抢个你死我活的?

他们，到底是什么人?

丽斯和玛丽娅根本无需去猜测，长时间的生死相处已经让她们什么都明了了。

“段虎，你是这次任务的指挥员，你不能有事！还有，这次任务的成败与

否，直接关系到国家的荣誉，所以不能感情用事，为了兄弟，这次任务绝对不容失败。”

听了雪豹的话，段虎只觉得气血往上涌，心中的愤怒几乎就要爆炸，生命到底值多少钱？他知道，军人为了完成任务，必须牺牲个人，而这个牺牲的个人，基于任务的要求，绝不应该是还能够继续战斗的段虎！

见段虎不说话了，雪豹又喊道：“赶快！对了，麻烦回国后转告我的父母，就说我不能尽孝了，让他们原谅……”雪豹开始哽咽。

“走！”段虎不再坚持了，狠狠地一挥手，和丽斯、玛丽娅头也不回地离去。

三个人谁也不再作声，只是脚步飞快地一路往前奔着，因为大家都知道雪豹留下来将面临什么样的处境。段虎更是不敢再回头，不是没有力气，而是不知道自己若是一回头将会有什么样的举动，他担心控制不住自己的情绪……

雪豹待段虎等人离开后，开始迅速地向前移动，也就是朝着追击他们的人跑去。等到了一个小土坡前，他停了下来，把自己的枪放好，把所有的子弹放在一个集中且又容易拿到的地方，几颗手雷则直接挂在胸前。然后，他解开缠在伤口上的纱布，看到了一团白色的、浓浓的东西。可他毫不在乎，一下子用纱布抹掉，随手将纱布也扔了，看来他已经打算死在这里了。

当然，谁都知道，在这种情况下，想活命也未必不可，但这样一来就将无法长时间地阻击敌人，也就无法给段虎他们留出足够的出境时间，所以雪豹只有一条路可以走，那就是拼死一搏。

丛林里，雪豹一脸的刚毅，但也有更多的留恋，因为他还有很多美好的愿望没有实现。突然，雪豹浑身颤抖起来，大吼一声：“我他妈的不怕死！这才过瘾呢。”

突然袭来的颤抖让雪豹精神大振，他已经感觉不到伤口的疼痛了，整个人就像一尊矗立在大地上的雕塑，不动则罢，一动势必惊天地、泣鬼神。

就在这时，远处尘土飞扬、一片喊声，雪豹知道该来的已经来了。

他定了定神，把枪握在手里，一股热血涌了上来，眼睛死死地盯着前方，待敌人一进入视野和枪的范围之内，举枪便射！

人群顿时大乱，传来一阵狂喊乱叫，但雪豹依旧不停地扫射着，“砰！砰！砰……”

“你们都来吧！我等你们好久了！不怕死的都上来！”雪豹斗志昂扬，对着敌人狂吼道。

没过多久，他的弹药就要用完了，本想好好地杀个痛快的，但是今天，他雪豹要做的事就是尽量拖延时间，好让段虎等人顺利逃出。想到这里，雪豹开始不断地变换着射击角度。

对方的追击小队也被雪豹的障眼法所迷惑，还以为是在和一大队人战斗，所以纷纷开始找掩体，分散开来。

看着对方的动静，雪豹松了一口气，看来对方中了自己的计，应该可以多争取些时间。

但是，敌人慢慢地找准了雪豹所在的地方，而且重火力一齐朝他开来。此时雪豹已经忘记了害怕，击起的碎片不断地把他的胳膊划破，他却感觉不到丝毫的疼痛。不一会儿，子弹打完，雪豹又开始扔手雷。“轰”的一声，爆炸波引燃了树木，火势逐渐猛烈，原本躲藏在树后的敌人狼狈地跑了出来。雪豹又连续丢出几颗手雷，借着风力，森林里的灌木和杂草开始燃烧，一片烟雾。

对方看到如此情形，开始散开包围圈，大面积呈扇形地向雪豹靠拢，同时避开他扔的手雷，好在弥漫在森林里的烟雾让他们一时无法判断出雪豹的具体方位。

但雪豹十分清楚，自己是无法与他们抗衡的，自己的子弹、精力、体力都快要殆尽，不过他一定要挺到最后一刻。

此时的雪豹已经浑身是血，受伤的腿快不能动了，胳膊、肩膀还有其他地方都在渗血，就算他雪豹是铁人、超人，也挡不了子弹。此时扎在他身体里的三颗子弹已经成为废物，因为雪豹即将让自己的身体长眠于此。

终于，雪豹没了子弹，只剩下两颗手雷，而且力气也耗尽了。对方见他没了声音，也不再射击，森林突然变得死一般的沉寂，让人有些害怕。当烟雾慢慢散去时，雪豹看到了红红的太阳，这让他心里一阵温暖，“红红的太阳，好美啊！”

此时，雪豹明白，他的生命即将结束了，自己将要离开这个火红的世界了。突然，他又有些恐惧和不安——为没能给父母尽孝而内疚，只不过所有的想法都被脚步声淹没了。

对方以为雪豹死了，但还是谨慎有序地分队上来了。

雪豹满意地笑了，毅然拉响了仅有的两颗手雷。

“轰！”一阵剧烈的爆炸声传来，交织着雪豹最后的嘶吼：“段虎，我的好战友，我的好兄弟，再见了！爸爸、妈妈，永别了！祖国，我走了！”

……

前面，段虎听到了响声，下意识地回了下头，但马上就转过脸，继续向前奔走，心却如刀绞。

丽斯和玛丽娅却停了下来，她们虽然跟雪豹认识才不过短短的几天，也没怎么说过话，但只要一想到雪豹腿上的那个大洞，想到他拖着腿伤走了那么长时间，而且为了怕大家担心而装得悠闲自得的样子，就压抑不住地难过。现在，这个人又为保护大家而消失了，而且是永远地消失了，想到这，她们更是痛哭失声。

“还磨蹭什么，赶紧走，快!”段虎急切地催促着，甚至硬下心肠回头去拉两人。

“我们真的要走?”丽斯哀求地看着段虎。

段虎看着丽斯悲伤的情绪，看着她眼里的泪水，虽然不忍，但还是做了最后的决定：“我们必须走，他留下也是必须的，都是为了任务。”

此时，听到任务两个字，玛丽娅也开始哭了，任务就是救她，可是为了救她竟然牺牲了这么多无辜的人，她的内心一阵抽搐。

“你真冷血!”突然，丽斯冲着段虎大喊起来。

“我就是冷血!”现在，段虎伤感的情绪已经无处可以宣泄了。

“我也要留下!”玛丽娅竟然说出了这样的话。

“你疯了!”段虎有些急了，“赶紧走! 如果我们还不走，那就是在浪费雪豹用生命换来的时间!”

听了段虎的话，丽斯和玛丽娅突然醒了过来，伤心地回头看了一眼雪豹所在的方向，无奈地跟着段虎快速奔跑起来。

“再见了，我的好兄弟。”跑在丽斯和玛丽娅前面的段虎，眼泪又一次脱眶而出……

第四十七章

秘 密 地 图

段虎和丽斯、玛丽娅走出丛林后，三个人都长长地出了一口气。此时，他们又都想起了雪豹，悲伤之情重新向着各自的心底重重地压了过来。

丽斯和玛丽娅的眼泪再一次掉了出来，段虎却忍住了。他看着前面空旷的地带，心里默念："但愿一切顺利，让雪豹的灵魂得以安息。"

"哎呀！"突然，玛丽娅又惊叫了起来，"我们还得回去！"

此话一出，段虎不禁惊骇万分，厉声呵斥，"回去！回去干嘛?"

此时，段虎真是非常生气，眼看就要大功告成了，玛丽娅却要回头。为了这个黄毛丫头，多少战友已经走上了不归路，现在好不容易从枪林弹雨的重重包围中死里逃生了，雪豹也因此丢了性命，她却说要回去。段虎开始气急败坏："回去干什么？为什么不早说？回去了还能回来吗?"

他连珠炮似地问着，而且语气很硬，脸色也极其难看。

"我……"玛丽娅本想说什么，可是看到段虎的表情又支支吾吾起来。

"大小姐，有什么话赶紧说，时间不等人啊！"段虎此时又变得近似哀求，他知道时间已经不多了。

"是这样，我背上有个地图，你们都知道了，可是要想通过这个地图找到秘密山洞，还必须有一个密码，这个密码只有我和父亲知道。山洞里面有一份重要的文件，我必须取出来！"玛丽娅又变得神态坚定起来。

"什么重要文件，密码是什么?"丽斯急急地问道。

"关于政府的一份秘密文件，具体是什么，父亲也没告诉我。"玛丽娅回答。

"那密码呢?"丽斯又问道。

"我也不知道，但是必须取出来，不然这一切就前功尽弃了。"玛丽娅说。

“密码？丽斯怎么这么关心啊？”段虎的心里又开始犯嘀咕了。经过这么多的磨难，丽斯也一直在帮助自己，按说他没有理由怀疑丽斯，但是此刻当玛丽娅说出这一番重大的事情后，丽斯却显得那么焦急，而且一直追问着密码，这显然有悖常理。

“我们还是赶紧走吧，不然等后面的追兵追来，那可就晚了。”玛丽娅催促着。

段虎回身望了一眼周围的地形，这才抬头答应道：“让我先看看地图吧。”

玛丽娅刚才一着急，差点忘了地图就在自己背上，现在经段虎这么一说，她倒有些不好意思起来，不过想到父亲的嘱托要紧，她还是赶紧脱了上衣，露出白白的皮肤。

此时段虎也顾不得男女之嫌了，赶紧走到玛丽娅的背后仔细地看了起来，可上面都是些当地的土文，他根本就不认识。

“丽斯，你看看。”段虎招呼丽斯过来。

丽斯走到玛丽娅背后，看到了自己比较熟悉的地方，因为这些地方她都来过，而且玛丽娅所说的密洞竟然是她以前曾经想借宿的地方，只不过她当时没能打开洞门。

“怎么样？有多远？”段虎见丽斯很有把握的样子，问道。

“不远，很近，而且我……”丽斯刚想说自己曾经想在这里借宿，突然又感觉不妥。

“你怎么了？”段虎赶紧问道。

“没，没什么。”丽斯一时结巴了。

“玛丽娅，你前面带路，赶紧走吧。”段虎不再追究，催促道。

就这样，玛丽娅在前，丽斯在中间，段虎在后，三人开始向秘密山洞进发。

进入森林后，他们沿着踩出的小路向前行进。段虎拿刀走在前面，不时用刀砍断挡路的树藤。他这可是第一次进入原始森林，虽然在国内执行任务也到过很多这样的丛林，但是绝对不一样：高高的大树、鸣叫的鸟儿、各种野花、茂密的灌木丛等等，让人在感觉到美丽的同时，也容易忘记疲劳。

段虎等人不断向深处走着，行进得越深，树木越高，路就越来越难走，阳光也越来越少，让人感觉十分恐怖。他们还要时常弯腰从藤条和树枝下钻过，行动起来非常不便。而且天气越来越热，茂密的树叶完全遮住了天空的太阳，空气越来越闷，长时间的劳累奔波让他们都大汗淋漓，不时地用衣袖擦拭汗水。

来到一棵树下，玛丽娅停了下来，用手扶着树干，大口地喘着粗气，看样子真的有些顶不住了。

“我们休息一会。”段虎把背包放在离玛丽娅不远的一棵树下，疲惫地说道。丽斯也很累了，于是三个人各自找了一棵树坐下来休息。

湿漉漉的空气弥漫在整个森林，偶尔的鸟叫让人感到心旷神怡，国内的森林里大多都有椰子、芒果、香蕉等一类的东西，不但可以充饥，而且还能解渴，不过在这个战乱的国家，森林里竟然也是一贫如洗，什么都没有。

“椰子、芒果……”段虎心里不断地想着，眼前仿佛出现了这些美味的果实。

“滴嗒!”就在段虎想得出神的时候，树叶上的露珠掉了下来。

段虎此时正渴得难以忍受，就摘了树叶舔上面的露珠，“好爽!”

如此的意境实在让人有种想睡的冲动，不过段虎还是忍住了，他知道自己的职责所在，而且也知道这种意境或许会在瞬间就被枪林弹雨所摧毁。

“你怕吗?”突然，段虎问身边的玛丽娅。

“不怕!”玛丽娅坚定地说道。

段虎看着她略带疲惫的面容，心头不禁升起一股敬意，经历了炮火硝烟和枪林弹雨，这个女孩虽然开始显得有些紧张，但是后来却变得异常坚强，并且一度加入了战斗的行列，这不得不让段虎对她另眼相看。

“困吗?”段虎又问道。

“不困!”玛丽娅说得还是那么坚定，“一天不离开这里，我一天都不会困，也不能让自己疲倦，我必须积极配合你们完成任务。”

玛丽娅的话让段虎顿感信心倍增，他休息片刻，马上开始检查自己的背包和枪弹。

“压缩饼干!”当段虎非常惊喜地在自己背包的一个角落里发现一块可以充饥的食物时，那表情无异于发现了一个新大陆。

“你吃吧。”段虎说着，把仅有的一块压缩饼干递到玛丽娅面前。

“谢谢!”玛丽娅笑着接过压缩饼干。

可是，当玛丽娅发现段虎自己没有时，又把送到嘴边的手缩了回来，“你没有吃的?”

“早就没有食物了，这是刚才从包底翻出来的，我不饿，你吃吧。”

“还是你吃。”两人推让了起来。

“有好吃的不给我啊?”正当两人你推我让的时候，丽斯过来问道。

怎么把她给忘了？

“那你吃吧？”段虎又把压缩饼干递给丽斯。

“行了，我才不吃呢。”丽斯没接。

“这样吧，一人三分之一块。”段虎说。

“好吧。”三个人都同意了。

段虎就把压缩饼干分成三块，分别递给丽斯和玛丽娅，自己也留了一块放在嘴里咀嚼起来。

“好了，赶紧走吧，要不然真的没时间了。”休息了一会，段虎背起背包，开始朝前走去……

与此同时，森林里的动物也多了起来，小猴子、山鸡等等时不时地出现，在他们身前身后活动着。

“丽斯，你们这里的野兽多吗？”段虎回头问身后的丽斯。

“野兽当然很多，不光是森林里，有时还会跑到村子里。记得有一次森林里的小猴子跑到村子里偷玉米，结果一路偷一路丢，糟蹋了粮食不说，自己还没落到多少……”丽斯开始讲起以前的事情。

“哈哈哈……”说到精彩处，段虎也禁不住跟着笑了起来。

“生活在你们这个地方，还真有意思，既像世外桃源，又像……”说到这里，段虎想起了在市里看到的那弹孔和那破烂的房屋，不忍心再说下去了。

“是啊，我们这里本来是一个非常美好的地方，美丽的风光、富饶的海洋……可是多年的内战让所有一切都变了，土地在哭泣，人们在悲伤，子弹不长眼，到处都是累累弹痕。”丽斯说着也不免伤感起来。

“怎么了？”丽斯看着前面的段虎停了下来，赶紧问道。

“你看。”

丽斯顺着段虎手指的方向看去，一条绿色加花斑的骇人巨蟒此时正趴在前面的树上。虽然他以前也见过巨蟒，还杀过一条，但是眼前的这条巨蟒颜色十分特别，而且吐气的声音很大，着实让段虎吓了一大跳，丽斯和玛丽娅的冷汗也顺着脸颊淌了下来。

段虎赶紧把枪端起来，子弹上膛。大家一起屏住呼吸，紧盯着不远处的大蟒蛇。

三人就这样停住脚步观察了一会儿，却没发现什么动静，巨蟒也没有动，只是在原地吐着信子。

“它不一定会伤害我们的。”丽斯说道。

“你怎么知道？”段虎轻声问。

“你们看蟒蛇的肚子，粗粗的、鼓鼓的，它肯定刚刚吃过东西，正在做最后的消化。据我了解，在这样的情况下，蟒蛇一般都很懒惰，而且身体行动不便，它现在不会再主动攻击其他动物的。”丽斯分析道。

“那我们怎么过去呢？”段虎又问道。

“如果想绕过去，那是不可能的，因为玛丽娅说只有这一条道可以到达山洞，看来只能从这里过去。”丽斯说道。

既然别无选择，几个人只好蹑手蹑脚地向大蟒走过去。蟒蛇的下半截身子拖在地上，上半截趴在树上，离地面不到两米高。丽斯从蟒蛇下面钻了过去，段虎和玛丽娅也赶紧跟上。不过蟒蛇却没有太在意他们，仍自己悠闲自得地玩耍着。但段虎他们仍感觉头皮发麻，在经过蟒蛇身边的时候，他紧紧地把枪握在手里，枪口朝上，以防蟒蛇伸出脑袋。

就这样，段虎他们提心吊胆地依次从蟒蛇身下钻过，头也不回地跑出了很远，直到感觉进入了安全地带，才敢停下来喘口气，玛丽娅则一下子瘫坐在了地上。

“好险呐，可吓死我了，这是我一生中经历的最紧张的时刻。”玛丽娅捂着胸口说道。

“赶紧隐蔽，快点！”走了大约半个多小时，段虎三人来到一条河边，丽斯突然喊了起来。

段虎听到丽斯的喊叫，赶紧招呼玛丽娅，三个人迅速隐身到一块岩石后，虽然不知道发生了什么事情，但是在这个混乱的地方，还是谨慎为上。

过了一会，没有什么动静，段虎慢慢抬起头来仔细观察了一下，周围没有任何可疑的人，也没有一丝的风吹草动。

“嗤！”突然，段虎听到一些异样的声音，与此同时又看到了河边的一群犀牛。犀牛在河里一会儿潜水，一会儿嬉闹，甚是好玩。

“咳！原来是犀牛啊，看我大惊小怪的，真的有些神经了。”丽斯说着话不好意思地低下了头。

“不要这样说，你这股谨慎的劲头我还真是挺佩服呢。”段虎看着丽斯赞许道。

“不过犀牛还算蛮可爱的，要是碰上猛虎、大熊、大象这样的厉害动物，那我们可就要命了。”沉默的玛丽娅也开口了，“记得有一次和我父亲到森林狩猎就碰上了大象，要不是逃得及时，还真的就被它们踏成肉饼了。”玛丽娅说着，

竟然觉得自己的后背有些发凉。

三个人不再说话，在玛丽娅的指引下飞快地走着，段虎则仍时刻不忘观察周围的情况。

第四十八章

与鲨共舞

“哎呀!”走着走着，三人来到了海边，玛丽娅突然叫了起来，“怎么会是大海呢?”

“怎么了，有什么不对吗?”段虎不解。

“小时候来的时候这里是一片陆地，现在怎么变成大海了?”玛丽娅似乎非常疑惑。

“也许是地壳变化导致的。”丽斯说道。

“现在我们不管这些，先看看怎么过去。”段虎提醒道。

“这条水路浪很大，看这阵势水里估计还会有鲨鱼，鲨鱼可是非常凶猛的。”玛丽娅一脸的担忧。

段虎看看眼前的大海，也不自觉地惊叹着，果然像玛丽娅所说的那样，浪急海阔、凶险无比，海浪一波又一波，而且浪头很大，别说没有船，就是有大船也很难行进。一时间段虎也有些不知所措了，但他没有乱了阵脚，仍然鼓励大家:“什么都不要说了，只要有一线希望，我们就得争取。”

看来现在唯一的办法就是赶紧找船，但是想了一会他还是觉得不行，在这个战乱的国家别说海上没有渡船，就连当地人为生的渔船都很难看到几只，看来必须强渡了。

段虎所谓的强渡，其实就是利用森林中的木头扎成竹排，虽然不知道能不能过去，但必须一试，现在已经没有任何其他选择了。

“我想扎个竹排过去，你们敢坐吗?”段虎问丽斯和玛丽娅。

“可以。”丽斯说。

“没问题，无论如何我也得过去。”玛丽娅也说。

段虎见两个人的回答都很坚定，就开始准备行动了。

他叫玛丽娅在一边警戒，自己则和丽斯用匕首砍森林里的树枝，不一会儿就砍了很多，接着又开始用藤条扎排子。不一会儿，排子就扎好了，段虎将它拉到了海边，然后看着两个女孩："上去吧。"

丽斯和玛丽娅都没有退缩，先后小心翼翼地走上排子，然后段虎一推排子，也紧跟着跳了上去。

排子到了海里，真的渺小得如同蚂蚁一般，被海浪打得差点翻了跟头。

"你们两个一定要抓紧排子，知道吗？抓紧！"段虎很是担心两人的安危，大喊道，"千万不要被摔下去！"

说话的同时，他抓紧手里的木棍，一边掌握平衡，一边摇动着让排子冲所需要的方向行进着。

就这样，排子在大海上漂来漂去，一会儿在浪尖跃起，一会又在浪底盘旋，不过在段虎的掌控下，总算没有翻倒，可是方向却开始偏离了。

说是偏离，其实段虎根本就找不到方向了，眼前除了不断击打排子的大浪，就是茫茫的海水，无边无际。

就在段虎驾着排子行进到海的中央时，突然出现了意外。前方，一横排的巨浪竟然在海中间以迅雷不及掩耳之势断开，而且裂缝中间还有一条巨齿迅速地切了过来。

"不好！是鲨鱼！"玛丽娅首先喊了起来。

"有鲨鱼？"段虎听到玛丽娅的喊叫也大吃了一惊。

鲨鱼翅就像一根军舰的大桨，把凶猛的海浪拨在两边，直冲段虎他们的排子而来。

看到这个情形，段虎赶紧调整排子，但还是无济于事，别说小排子，就算是大船也很难顶住鲨鱼的攻击。

眼看鲨鱼就要冲到段虎面前，把他连同整个排子一起吞掉，正好一个浪头打了过来，把排子推到了一边，鲨鱼扑空了，但是它反应很快，随即又冲向段虎的排子。段虎赶紧驾着排子左摇右晃起来，可是鲨鱼却越聚越多。不多时，排子就被鲨鱼围在了中间。

此时的段虎也没了主意，身上有劲也没处使，但是眼前的险境又逼迫他快速做出抉择。

瞬间的思索之后，段虎右手拿起匕首割破了手腕子，然后迅速放下匕首，拿起一个袋子接着从腕子上留下来的血，等血流得没了痕迹，又将袋子狠狠地

甩了出去。

甩出去的袋子落在远处的水面上，鲜血一下散开，鲨鱼好像闻到了浓重的人的血腥味，全部冲了过去。

段虎利用这个空当，赶紧将排子滑向与鲨鱼的相反方向，借着风浪，顺势漂出很远，鲨鱼也被甩在了后面。

“好险呐！”望着远处的鲨鱼，玛丽娅长出了一口气。

“是啊，如果落入鲨鱼之口，那我们可就惨了。”丽斯也拍着胸口，心有余悸地说道。

“抓紧了！别没被鲨鱼吃了，自己却无辜地丢了性命。”段虎看玛丽娅说话的时候手离开了排子，赶紧提醒她。

“知道了。”玛丽娅说完，又抓得紧紧的。

“没想到还能和鲨鱼共舞，真的很刺激。”段虎此时还有闲心调侃。

“这样的舞我可不想跳！”丽斯有些发笑地看着段虎，突然想起他受伤的手腕，“对了，你的手没事吧？”

“没事，这算什么！”段虎不以为然，转而问玛丽娅，“我们应该朝哪个方向走啊？”

“我看看。我也不知道了，你看海上起雾了。”玛丽娅摇了摇头。

段虎仔细看了看远处，果然雾气蒙蒙的，而且慢慢地向排子这边袭来。

渐渐地，海上的浪头越来越大，而且瞬间风、雨、雷、电齐作，让本来就单薄的排子显得更加无助，好像马上就要在海上消失似的。

段虎渐渐地没了气力，浑身的疲惫加上鲨鱼的惊恐让他在巨浪和暴雨下感到有些眩晕，慢慢地没了方向。

排子在海上漫无目的地漂着……只有驾着排子尽早靠岸，要不然自己会支持不住的，想到这里，段虎开始调整排子，这时天也放晴了，排子慢慢地向有森林的岸边漂去。

“鲨鱼！”突然，段虎他们再一次遭遇了危险，而且这次估计是没办法躲闪了，因为排子进入了一个很窄的海沟，而且风向一直向前，看来只有拼死一搏了。

幸亏只有一条鲨鱼，可这鲨鱼比那些大熊、野狼、巨蟒厉害多了，何况还是在它们得意的海水里，一定会更加嚣张的。段虎不敢多想。

鲨鱼好像已经知道段虎他们无法逃出自己的掌心，就一直在排子的四周打着转，似乎故意在调戏他们。

段虎异常气愤，不再顾及鲨鱼，驾着排子就开始硬冲，鲨鱼的反应却让他哭笑不得：它不但没有攻击段虎，而是把排子狠狠地顶了回去，接连几次都是如此。这让段虎有些想不通了，鲨鱼为什么不吃自己，难道它也通人性，知道自己有难，是来帮忙的。

段虎胡思乱想着，却仍然无法摆脱鲨鱼的控制。

过了一会儿，他依然无可奈何，只得把枪上膛，“你们两个都给我抓紧，现在必须反击。”

“好的，明白了。”

段虎瞅准时机，向着鲨鱼的眼睛开了一枪。鲨鱼闷哼了一声，脑袋拼命地摇晃着，开始向段虎冲了过来。

段虎知道鲨鱼受到了惊吓，而且一支眼睛肯定也瞎了，于是就想从一边过去。但鲨鱼的速度之快却是他万万没有料到的，顷刻之间，它的血盆大口不但将排子含了起来，还将段虎整个吞入口中。这时段虎的头脑彻底清醒了，赶紧用双手狠狠地把住鲨鱼的牙齿，好让自己保全性命。

此时，鲨鱼已经彻底被段虎激怒，疯狂地扭动大嘴，似乎要把段虎的整个身躯嚼碎不可。

段虎的力气当然有限，此时却不敢开枪，生怕鲨鱼再次受惊后会爆发可怕的力量，真的将自己活活吞掉。

慢慢地，段虎的手臂开始下垂，这可怎么办，如果放下手臂，肯定会被鲨鱼吃了；不放下，自己又快支持不住了。

在这个危机的时刻，段虎突然想到了自己的枪，顿时有了注意。

因为枪的高度要比段虎矮一截，所以他以最快的速度把枪立了起来，顶在鲨鱼的上下鄂之间。自己同时俯下身子，把排子从鲨鱼口中撑出，而且在离开时扣动了扳机。紧接着，“砰!”一声枪响从鲨鱼口中传来。鲨鱼“啊”一声往后仰去，段虎顺势取出自己的枪，开始逃跑。

“赶紧坐到排子的前面，快!”刚逃出鲨口，段虎就狂吼道。

丽斯和玛丽娅赶紧按照段虎说的话去做。

说实话，段虎这一系列动作非常快，但这毕竟是在鲨鱼得意且行动自如的海面，他们又再次被鲨鱼追上，而且被惨烈袭击的鲨鱼此刻已变得异常凶暴。

眼看自己就要被鲨鱼吃掉，段虎急中生智，从排子上扯下一根木头，自己抱着跳入海里，然后猛地一推排子，冲着丽斯和玛丽娅大喊：“赶紧走!”

排子在段虎的推力下漂出去好远，段虎又开始冲鲨鱼开枪，鲨鱼真的被激

怒了，疯狂地进行反扑。

眼看段虎就要命丧鲨口，情况又有了新的变化，前面出现一个大的漩涡。段虎毅然决定进入里面，与其被鲨鱼吃掉，还不如进入漩涡看看里面到底有什么，也许还有生还的可能。

既然决定了，段虎就立即开始执行。于是他在鲨鱼就要接近自己身前的时候，果断地跳下排子，进入了漩涡。

进入漩涡后，段虎感觉整个身子就像麻花一样被一圈圈地拧着下陷，而且头脑晕沉，开始觉得有些憋气，而且越来越厉害、越来越厉害，慢慢地就失去了知觉。

就在段虎进入漩涡之后，海上突然恢复了平静，那条鲨鱼也沉入海底没了踪影，有的只是鲨鱼流出的血在海上漂浮着。

第四十九章

毒虫缠身

海边，一个浪拍了过来，礁石旁，两个女子浑身湿透，十分狼狈地卧在海滩上，她们就是丽斯和玛丽娅。

原来，两个人驾着排子遇上了大浪，卷入其中，所幸漂流到了岸边。

“这是哪里?”丽斯首先睁开眼，自言自语地说道。

“这是哪里?”随后，玛丽娅也醒来了，表情茫然地问了一声。

丽斯没有回答玛丽娅，慢慢地起身，眺望着大海，这才说道：“想起来了，我们刚才是坐在排子上，后来好像还遇到了鲨鱼，然后……”

“然后就不知道怎么跑到了这里。”玛丽娅接上她的话。

“对。”丽斯应着。

“我们是要找东西。”玛丽娅不断地回忆着，开始想起以前的事情。

“对啊，那我们赶快去找!”丽斯开始催促玛丽娅。

“好。”

“不行，我们必须找到段虎。”正当玛丽娅抬腿要走的时候，突然想了起来，“我们不能丢下他不管。”

“可是，茫茫大海，我们到哪里去找啊?”丽斯有些无奈。正说着，两个人的肚子叫了起来。

“你饿了吧，既然这样，我们先在海滩抓些螃蟹吃吧。”丽斯建议。

“好啊，我小时候也经常到海边抓螃蟹，很有意思。”玛丽娅有些兴奋。

说干就干，丽斯和玛丽娅撩起袖子，开始寻找螃蟹的踪迹。

“我抓到了一个。”丽斯高兴地举起自己的战果。

“我被螃蟹夹了一下。”玛丽娅还是满脸的开心。

“哈哈哈……”丽斯笑了起来。

螃蟹捉了很多，可是没有火也没法烤啊，这让两个人犯了难。

“吃吧，顾不得那么多了。”丽斯说完掰开螃蟹就生吃了起来。

“好吃吗？”玛丽娅试探性地问道。

“好吃！你尝尝就知道了。”丽斯头也不抬地回答。

其实玛丽娅也知道生螃蟹不好吃，但是随着肚子咕咕地叫着，她也顾不得那么多了，剥开蟹壳就吃了起来。

“哎呀！”玛丽娅刚吃了第一口，就惊叫了起来。

“怎么了？”丽斯赶紧问道。

“我被螃蟹夹住舌头了。”玛丽娅难受地回答。

“哈哈哈……”丽斯大笑起来，“小心点儿，不要因为太饿而弄伤了自己。”

“你还笑。”

“哎呀！”丽斯也叫了起来，“我也夹住了舌头。”

“这是老天对你的惩罚，哈哈哈……”玛丽娅大笑起来。

“你还说。”丽斯说完抓起一把泥土抹在玛丽娅脸上。

“竟敢戏弄我，看我不收拾你。”玛丽娅说完，也抓起一把泥土抹在丽斯的脸上。

两人你追我赶地大闹起来……

此时的海滩上，两个女孩忘情地欢笑着，仿佛这个国家并没有处于战乱之中，而是在一片喜气洋洋中……

而段虎在被漩涡卷进去后，又被一阵大浪给旋了出来，随即喝了几口水，幸好他在昏迷之前紧紧地抓住了一根木头，这才慢慢地漂到了岸边。

“怎么还有笑声？”昏昏沉沉的段虎隐约听到了女孩子的笑声。他努力地睁开眼，终于看到了两个身影，“丽斯、玛丽娅？”

丽斯和玛丽娅也隐约听到了段虎的呼唤，一阵惊喜，赶紧奔了过来。她们扶起段虎，在一块石头边坐了下来。

“你没事吧？”丽斯关切地问道。

“没事。”

“那就好，你先歇歇，给你吃点螃蟹。”

丽斯不说则罢，这一说还真勾起了段虎的食欲，随之肚子也开始咕咕叫起来。

丽斯拿起生螃蟹，把壳掰开，将肉送入段虎的嘴里。看来段虎真是饿了，大口地吃了起来。

“好吃吗?”丽斯问道。

“好吃，还有没有?”吃完一块，段虎还感觉不过瘾。

“有，我让你吃个够。”说完，丽斯又拿了几块过来。

三个人吃饱后，休息了一会，又继续上路了。

又走了半个多小时，三人来到了一片空地。玛丽娅却突然带头奔跑了起来，段虎和丽斯不明就里，赶紧追了上去。

直到三人跑出这片空旷地带，玛丽娅才停下了脚步。

“怎么回事？你怎么跑得那么快?”段虎和丽斯一起问道。

“是这样的，刚才的空旷地带其实并不是我们想像中的一般地面，而是有一个非常奇怪的自然现象，就是当人踩过之后，硬地就会变成漩沙，如果跑不及时，人就会掉下去的。”

就在玛丽娅解释的同时，段虎和丽斯赶紧往后看，果然后面已是一片漩沙。

“所以，你们问的时候，我根本没时间也不敢回答，不过一会儿漩沙又会变成硬地。”

听了玛丽娅的话，段虎真是大吃一惊，他没想到森林里还有这么多陷阱，甚至比战争还要可怕。

“快要到了，不过前面还有一段不太平的路程。”玛丽娅说道。

“就是龙潭虎穴我们都必须要闯过去，玛丽娅，快点带路吧。”段虎催促道。

慢慢地，段虎和丽斯在玛丽娅的带领下又重新进入一片森林。

此时，空气仿佛都凝固了，大家的心情也是各不相同。

“怎么回事?”段虎感觉并没有起风，但却听到了沙沙沙的声音，而且树叶也开始抖动。声音越来越大，段虎一时有些发懵，突然听见丽斯大喊了一声，“快跑!”

他虽然不知道丽斯到底什么意思，但感觉她似乎在强调有危险，就赶紧跑了起来，可是没跑几步，段虎就感觉脖子上好像有东西，用手一摸，是粘糊糊的东西。

与此同时，丽斯和玛丽娅也感到了脖子上落了东西。

“什么也别动，赶紧跑出这里!”丽斯的声音有些急了，催促大家。

段虎拉着玛丽娅飞快地跑了起来……大家就这样没命地跑着，终于跑了出来。丽斯率先停下了脚步，段虎和玛丽娅也跟着停了下来。

“赶紧脱衣服!”还不待喘一口气，丽斯又是一阵大喊。

“脱衣服?”段虎疑惑。

“赶紧脱掉上衣!”丽斯催促着。

“快!”

在丽斯的紧急催促下，段虎和玛丽娅什么也顾不得了，赶紧动手。等脱下衣服，三人一看，“我的妈呀!”同时叫出声来。

只见三人各自身上都有很多拇指般粗的虫子，而且正在不断地爬动着。

“赶紧把衣服全脱了!”丽斯又喊起来，“要不然虫子会把全身都咬烂的。”

虽然段虎很是不好意思，但是看丽斯的样子，知道情况非同小可，所以也就没什么可顾虑的了，一下子就把衣服全脱掉了，只剩下绿色的军用大裤头，同时也看到了腿上的虫子。

丽斯和玛丽娅也都脱得只剩下内裤了，玛丽娅似乎有些害羞，但是又不敢转身，那样的话屁股又会露出来。

倒是丽斯没有在乎这些，赶紧又说道：“这些虫子可不是一般的昆虫，我们没有办法弄下来，如果硬拽，反而会把皮给扯烂，赶紧从地上弄些泥土搓在身上，它们就会自动从身上脱落的。”

丽斯说完，自己首先从地下抓起泥土往身上一搓，虫子果然就下来了，段虎和玛丽娅也照着丽斯的样子做了起来。

一会儿，虫子没了，可是三个人都成了泥人，大家互相笑了起来。

突然，段虎想到自己还没穿衣服，不禁脸红了，赶紧拿起衣服穿起来。丽斯和玛丽娅也拿起了自己的衣服，虽然浑身沾满泥土很难受，但现在也顾不得那么多了。

段虎穿好衣服，再看看地上的虫子，问道：“丽斯，这些虫子到底叫什么名字?”

“这种虫子，我们当地人都管叫它吸血鬼，粘到身上就很难拿下来，这种东西爬动得很快，只要稍有动静，它们就会迅速地从四周爬过来，在不知不觉中粘到人的身上。我们这里有很多当地人都受过伤害，而且还死了不少人，如果我们刚才不及时脱衣服，后果就不堪设想……”丽斯不断地说着。

“这里真是危险重重，丽斯，如果没有你，这一路还真是难行。”段虎的话里充满感激。

“我们还是快些走吧。”丽斯听见段虎的夸奖，心里自然十分高兴。

“就是这里了。”三人走着走着，丽斯突然说道。

丽斯的话音刚落，段虎抬头看去，眼前的山洞没有什么特别，却能明显地看出有一个圆形洞口的轮廓。段虎向前一推，门竟然开了。

“嗯?”段虎有些纳闷，难道这就是那个秘密的山洞?

可不管怎样，洞口还是开了，段虎赶紧招呼大家进去。

可就在这时，正当玛丽娅准备开口说话的时候，旁边突然“唰唰唰”地出现了一群人。

段虎只好停住脚步，护在玛丽娅的身前。

与此同时，又出现一群人，领头的是个白脸头目，还有几个雇佣兵……

“怎么回事?”丽斯问。

“我也不知道，不过不要害怕，看这阵势，这帮人好像是要地图。见机行事!”段虎小声说道。

“知道了。”丽斯轻轻点了点头。

“明白。”玛丽娅也跟着说道。

“把地图交出来！赶快！不然你们就得死!”前面的武装分子咆哮起来。

第五十章

机关重重

段虎看着眼前的情况，心里是万分焦急，地图是万万不能给他们的，那可是在玛丽娅的背上啊，没法给，给了人也就完了，这可怎么办呢？他一时也想不出办法来。

“地图可以给你们，不过你一定要保证我们的安全!”突然，段虎想到了一个妙招，说完，他一下子就跨到玛丽娅的面前。

段虎趁大家的眼神都集中在玛丽娅身上时，迅速地从包里取出自己的军用地图，然后和玛丽娅迅速递了一个眼神。此时的玛丽娅也明白了他的意思，她看了一眼段虎的眼神，再看看段虎轻轻晃动手里的地图，立刻明白了，顺势就把段虎的军用地图拿在手里，正待抛出。突然，段虎又是一个眼神，她立刻停止了手里的动作。

天气非常热，段虎的汗珠子“吧嗒吧嗒”地直往下掉，也就在这个时候，起风了，而且越刮越大，森林的气氛非常紧张，空气都好像在瞬间凝固了。

不一会儿，这股风竟然刮成了旋风，向着洞内的方向卷了过去。

段虎见机会来了，赶紧用眼神示意玛丽娅。她立刻会意，赶紧将手中的地图顺着风向往洞口的方向抛去，同时嘴里大喊了一声：“你们不是要地图吗？拿去吧。”

地图从玛丽娅手里抛出后，顺着风势直向洞里飘去。

森林里的人看到如此情景，一阵大骚动，都开始涌向洞里。

“丽斯，你干什么?”段虎看着也急急奔向洞口的丽斯，不解地问道。

“哦，没事，我是想去追回地图。”丽斯赶紧停住脚步，回头对段虎说道。

“不用了，那个地图是假的。”段虎笑着对她说。

“啊？”丽斯听了段虎的话竟然惊讶得喊出声来。

“你又怎么了？”段虎赶紧问，对丽斯的举动越加不解。

“哦，噢，没事，我是怕他们知道了是假的回来找我们。”丽斯吞吞吐吐地说。

“放心吧！他们找不到了。”玛丽娅发话了。

“为什么？”丽斯问。

“因为洞口在另一个地方。”

玛丽娅说完，走向洞口，只见她轻轻地一按，段虎眼前立刻出现一个洞口，不过很小，只能容纳一个人通过。

“赶紧走啊！”玛丽娅提醒大家。

段虎和丽斯听了玛丽娅的话，赶紧随着她慢慢地钻入洞内。

进去后，段虎才看清里面可是宽阔得很，而且这时小洞口也“嘎吱”一声自动关上了。

这时大家才明白，原来这个密码就像玛丽娅所说，只有她一个人知道。

段虎和丽斯、玛丽娅开始向前走，洞内很平坦，不过灰尘很多，貌似很长时间没人来过了。

“你什么时候来过这里？”段虎问玛丽娅。

“哦，那是我父亲刚当总统时，已经是 6 年前的事情了。那时也不知为什么，父亲有一天突然就带我来到这个洞里，而且是秘密的，谁也不知道。到了里面后，父亲什么也没说，只是把一份文件放在了这里，然后就走了，对了，这里还有一个重要机关呢。”玛丽娅说着赶紧招呼大家停住脚步，“都别动！”

“怎么了？”段虎随即停住脚步赶紧问道。

“因为前面就是机关。”

玛丽娅说完，一招手，自己慢慢地在洞内开始走着S形，段虎和丽斯也赶紧跟上。

走了大约五十米，玛丽娅才招呼段虎他们可以自由走动了。

“你们仔细看，后面我们走过的地方出现了一块地砖，其他地方陷了下去，如果走错了，就会掉入带有木刺的深坑，必死无疑。”

“哦，好险呐！”段虎也不禁浑身冒冷汗。

他们继续往前走着，一路很顺利。走到山洞的尽头，段虎看到了一尊雕像，是一个女神，手臂高伸，拳头还攥着一个东西。

玛丽娅看了看雕像，对段虎说：“帮个忙。”

“怎么帮?”段虎赶紧问道。

“抱起我。”玛丽娅随即说道。

“这……”段虎有些犹豫。

“文件就在女神攥的拳头里，所以你得抱起我。”玛丽娅笑着说。

“好吧。”

段虎说完，走到玛丽娅身边抱起她。玛丽娅慢慢地伸手，终于拿到了女神手里的布包。打开布包后，段虎看到了一个成卷的纸筒，不过用透明的密封条封了起来。

“里面是什么?”丽斯开始问。

“我也不知道，父亲说不可以打开。”

“赶紧走吧，要不然他们真的找回来，再想走就来不及了。”段虎催促大家。

听了段虎的话，丽斯和玛丽娅赶紧跟随他往洞口走去。

出了洞口，段虎突然听见一阵熙熙攘攘的声音，原来开始追入洞内的那一群人看来知道了地图是假的，就在这里等待着他们出来。

段虎见状，思量片刻，看来只有冒死引开这群人了。

“丽斯，等会儿我们两个引开他们，玛丽娅，你自己赶紧顺原路返回，如果等不到我们，自己想办法逃出边境。”段虎说。

“那……你们不是很危险?”玛丽娅问道。

“别管这些了，如果你有事，我的使命照样没有完成。快走吧!”段虎赶紧催促。

“好吧。”玛丽娅顿了半晌才说道。

“且慢!”段虎突然又叫住正欲离开的玛丽娅。

“回去的路也很危险，而且还要经过一个海，你自己也不行。”段虎对玛丽娅说道。

与此同时，对面的人也发现了段虎他们三人，一起追了过来，同时开了枪。

子弹“嗖嗖”地在三人的头顶飞过。

段虎一看这情形，赶紧拉起丽斯和玛丽娅狂奔起来。

第五十一章

兄弟相会

虽然段虎很累，但如此危急的情况还是让他忘却了一切。他顿时像箭一样射了出去，后面的追兵一时被甩出了很长一段距离。

不过，此时的段虎也恰如一只无头苍蝇，因为这里的一切对他来说都是陌生的，他根本不知道出路在哪里。

追兵的声音越来越近，段虎的脚步却越来越慢，他真的再也跑不动了。

“段虎，你怎么样，还行吗？”丽斯看着他有些体力不支，焦急地问道。

“没事。”段虎一刻也不敢耽误，坚强地说道。

“不行就不要硬撑了。”丽斯说完，一把拽住段虎。

这一下，段虎停住了脚步。

“那就准备吧！”段虎知道后面的人已经迫近了，此时必须做好战斗的准备。

三人赶紧潜伏在一棵树后，把枪支好，手里握着仅剩下的几颗手雷。

“砰！”段虎开了第一枪。

后面的人中有人中枪了，其他的人赶紧隐蔽起来，段虎和丽斯又是一阵乱枪，同时手里的手雷也扔了出去。

对方一时没有防备，而且段虎和丽斯又是一连串不停的射击，所以暂时稍稍占了上风。

但是没过多久，段虎的子弹就快要用完了，手雷也用光了，他只好停止了射击。可就在这个时候，后面追兵的枪声却越发疯狂起来。

“糟糕，这可怎么办？”段虎心道。

慢慢地，大树的枝桠、树干也被子弹射穿了，三个人眼看就要无藏身之地了。

“怎么办?”段虎心里那个急啊，如果就这样死了，任务怎么办?其实，他自己倒不怕死，只是担心死了之后谁来保护玛丽娅出境啊。

想到这里，段虎把心一横，就想冲出去。

“砰!”突然，他们的一侧出现了两个人，并向身后的追兵开了枪。

情况瞬息万变，却让段虎有空腾出时间来撤退。而且就在撤退的瞬间，段虎看清了解救他们的人:“地狼、恶狼!”

这个时候看到他们，段虎真是非常高兴，不过却顾不得打招呼了，赶紧不断地向后撤去。

“恶狼好!”地狼打招呼。

“你好，2 号!”

“你赶紧走，我断后就行。”

“你走吧，我有经验。”恶狼说。

“老大，完成任务要紧，前面虽然快到边境，但危险还是存在，你应该和段虎一起，这样才有希望最后完成任务，这可是关系到祖国荣誉的大事!”

“祖国的荣誉，是，这也是自己一开始就和队员们说的。”恶狼心里有些感慨。可是看到自己的队员、战友、兄弟就要在枪林里搏杀，生死难卜，他还是不忍。

“2 号……”恶狼的话还没说完。“你们快走，快走!”地狼就冲着恶狼、段虎咆哮起来。

地狼说完，不由分说地冲进敌人的中心地带，此时此刻，谁都明白这一举动就意味着死亡。恶狼见状，也只好和段虎把牙一咬，头也不回地跑了，不过他们心寒啊，为了这个任务，自己有多少战友献出了宝贵的生命……

“哎呀!”身后的丽斯突然发出一声惊叫。

段虎心里一惊，猛然回头一看，原来她被绊倒了。就在这时，一颗子弹却朝丽斯飞了过来。

段虎赶紧向后一扑，挡在丽斯的前面，同时鼻孔里发出一声沉闷的叫声，然后便像一座挺拔大山一样巍然不动了。

他中枪了，幸好子弹偏了，但还是深深地扎进了段虎的右胳膊里。

“兄弟!”恶狼喊了起来。

此时的恶狼已不再像教官那般威严，一路走来，他和队员们已成了患难的兄弟。

“砰!”一颗子弹又奔着恶狼而来，他赶紧向一边闪躲。

“砰砰!”又是接连的几颗子弹，逼得恶狼不断地向一侧躲闪，让他退得离段虎他们越来越远了。

“段虎，你怎么样？到底怎么样了?”见段虎为自己受伤了，丽斯发疯似地扑了过去。

“我没事。”段虎虽然嘴里这么说着，可是随之脑袋一晃，竟然晕了过去。

“段虎!”丽斯大吼起来，也不知道从哪里来的一股劲，竟然背起段虎奔跑了起来。

不知道跑了多久，也不知道身处何方，丽斯已是筋疲力尽了，她只好放下段虎，靠在一棵树上大口地喘着粗气。

段虎在中弹的一刻晕了过去，不过他隐隐约约地感觉到自己被人背着跑了很长的一段路，这时也慢慢地醒了过来。

“你没事吧?”段虎看着气喘吁吁的丽斯，很是感激。

“没事。”丽斯冲段虎摇摇头。

“哦，那我们现在安全吗?”段虎又问。

“应该安全，没见有人追来。”

“那就好!”段虎说完靠在树上，眼睛里流露出一丝淡淡的疲倦。

休息片刻，他解开自己胳膊上的绷带，但疼痛还是让他大汗淋漓，汗顺着面颊流了下来。

丽斯赶紧走到他身边，拿出急救包，道:“我来帮你取弹片吧。”

段虎看了丽斯一眼，轻轻地点了点头，闭上了眼睛。

“我现在必须把你胳膊里的弹片取出来，要不然里面的肉会烂掉，也许你整条胳膊就废了!”丽斯一边说着，一边打开急救包。

段虎不止一次执行过这样的任务，而且也不是第一次中弹，他知道受伤的后果，此时他居然想起自己另一次中弹的经历。

那次中弹也是十分偶然的，而且是为了救一个战友而伤的。

那时候，段虎还在新兵连——也是在海军陆战队的最后一天。那天，上尉进行了最后的训话，不过这次还不算是训话，而是分配任务。

“今天的考核大家表现不错，不过今晚还有一次最后的实战考核，希望大家都可以通过。”上尉破天荒略带笑容地说。

夜晚，星星和月亮好像藏了起来，只有黑乎乎的天幕笼罩着这个地球。

段虎和所有人一样都没有睡，而是全副武装地等待着最后的考核。

“嘟嘟！”随着两声清脆的哨声，大家蜂拥而出。

“海边有一伙贩毒分子正准备向我国境内运送毒品，我们的任务就是截获。明白吗？”上尉轻轻地说。

“明白！”大家也一起小声应道。

“出发！”上尉一声令下。

段虎按捺住兴奋的心情，跟在队伍后面，一步步地向海边进发。由于距离海边很近，大家都徒步行进，这样不容易被发现。

慢慢地，队伍开始接近海边，也依稀听到了货轮靠近岸边的声音。

“准备！”上尉发话了。

大家知道，真正的猎杀马上就要开始了。

“这样的考核就是假的，对面又不知道是哪些战士假扮的贩毒分子，上尉搞得这么紧张干嘛？”和段虎一个宿舍的李雷有些不屑。

“平时即战时，演习如战场。”段虎见李雷有些漫不经心，提醒他。

此时，货轮上桥板的声音传了过来，有人开始抬着东西往下走。

“都不许动，你们被包围了，放下所有武器和毒品，否则我们就不客气了。”上尉开始喊话。

对面的人听到喊话，赶紧躲了起来，并冲着段虎他们开了枪。

“还击。”上尉下令。

“看我的。”李雷脑袋里始终认为这是演习，居然还站着射击。

“砰！”段虎的第一发子弹射了出去。

“不好。”突然，段虎惊叫起来，因为就在发出第一颗子弹的时候，他突然感觉枪管重重地回弹了一下，依他的经验，立刻就明白了这不是教练弹，而是实弹，看来这也不是演习，而是实战。

“趴下。”段虎看到李雷还站着射击，赶紧将他扑倒在地。

李雷倒下了，却还不知道是怎么回事，竟有些埋怨段虎，可段虎却被对方的子弹射中了。

“啊！”一声大叫，段虎跟着倒下了。

“段虎。”李雷被眼前的一幕惊呆了，立刻感到了事态的危急，赶紧背起段虎往后撤，枪声也在霎那间不断地响起……

“哎呀！”丽斯用刀尖挑开纱布，血一下子渗了出来，一阵剧痛传来，段虎也从回忆里醒过神来。

是啊，段虎刚入伍时就挨过子弹，现在也就觉得没什么可怕的了。

其实，军人就是拿命在和老天赌，部队的性质和军人的使命决定着他们时刻都要准备牺牲，特别是作为一名特种兵，在执行特殊的任务时，真的是把生死置之度外的。

“你忍着点，现在必须要割深一点，因为弹片钻得太深了。对了，你急救包里有麻醉剂吗?”丽斯停下手中的动作问道。

“有，不过我不能用!”段虎坚决地摇了摇头。

“还是给你用吧，要不然会很疼啊!”丽斯于心不忍。

“别！千万不要用！我挺得住!”段虎一脸刚毅地说道。

其实，并不是段虎不想用，而是他此时不可以让自己昏睡，反而要高度警惕，保持清醒的头脑。

丽斯看了看段虎，不敢再迟疑了，她也知道疼痛再所难免，随即将小刀刺入段虎的左臂，往下一划，皮肉翻开，鲜血顺着刀锋流了出来。段虎纵然是铁打的汉子，此时也忍不住了，不禁哼了一声，浑身打起了寒颤。

“坚持住!”丽斯看着段虎，轻声安慰道：“弹片太深，我不敢太用力。”说完，她右手紧握着刀，用刀尖轻轻地挑着。

段虎的脸色越来越苍白，但他还是强忍着痛楚，一声都不出。

“嗖!”随着丽斯手里的镊子一拔，弹片飞了出去。她松了一口气，赶紧给段虎消毒、然后迅速地用纱布紧紧地缠住了伤口。

段虎再一次闭上眼睛，额头的汗珠、浑身的颤抖、面容的扭曲此时都呈现了出来。

丽斯的心也在流血，她知道段虎忍受着多大的疼痛。好在追兵没有再追上来，段虎和丽斯可以稍稍休息片刻。

“玛丽娅呢?”段虎清醒后，突然想起了这次任务的重中之重。

“玛丽娅?”

“对！玛丽娅呢？她在哪儿?”段虎急切地问丽斯。

“我也不知道。”丽斯低头说道。

“什么!”段虎为丽斯的话吓着了，“你也不知道?”

“是……光想着救你了。”丽斯怯怯地说。

“你怎么回事？玛丽娅比我重要，她比我重要，你明白吗?”段虎十分生气。

“我们这几天东躲西藏为的是啥？我的兄弟们牺牲了为的是啥？雪豹为的是啥？地狼为的是啥？他们不就是为了玛丽娅吗!”段虎愤怒的地喊着。

丽斯的神情也越来越不好。

“玛丽娅呢？玛丽娅呢？”段虎咆哮着站了起来。

“她在哪儿？你还说为了救我，我的命重要还是她的命重要？是她的，她的，你明白吗？”

“我不明白！我不明白！”丽斯也开始对段虎大吼起来，“在我心里，你的命就是比她的重要，比她的重要，你明白吗？”

“我……”段虎被丽斯的举动惊呆了，再也无话可说。

是啊，他还能说什么，一个女孩为他差点把命都搭上了，他还有什么权利对人家大呼小叫的。

“丽斯……”

“你不要再说了，我去找她还不行吗？”丽斯说完回头就走。

“不要，哎呀。”段虎想拦住她，却忘记了自己的伤口，刚一迈步，就站立不稳地倒了下去。

“你没事吧？”丽斯赶忙回来扶起段虎。

“你不要去，危险，而且也不一定能找到，也许她和恶狼在一起，就算是她一个人，这种危急时刻她也会想办法和我们汇合的。”

“如果她被抓或遭遇不测呢？”

“是啊，现在都无法预料，但愿老天保佑。”段虎开始在心里祈祷，

此时的玛丽娅正和恶狼在一起。

就在恶狼被一阵子弹逼得无路可去的时候，地狼竟然只身跑到枪林弹雨中和敌人对干，同时甩出了手雷和烟雾弹。

“恶狼快走，赶快，这里交给我就行了！”地狼大声喊道。

此时的恶狼不再说话，他知道自己的战友将要用身子堵住枪眼。

“走！”恶狼大喝一声，就向森林深处跑去。

“谁？”恶狼突然在一颗树后看到一个哆哆嗦嗦的身影，赶紧问道。

“我。”随着话音一落，玛丽娅走了出来。

“是你，太好了！”见到此次任务的主角，恶狼当然高兴，同时也感到自己身上的压力增大了。

“你会用枪吗？”恶狼拿着在刚才战乱中捡到的枪。

“用过一次。”

“那就好，拿着，防身。”说完，恶狼把枪扔给玛丽娅。

“记得回去的路吧？”恶狼问道。

“当然记得！”

“前头带路吧。”

说完，两人一前一后地行进着。

森林里还算好走，也许是地狼的疯狂狙击起了作用，追兵暂时没有跟来。不过没过一会，恶狼就傻眼了。

“怎么还有大海？”恶狼指着眼前的一片水域。

“是的，怎么了？”玛丽娅问道。

“你说怎么了？没法过啊。”恶狼说道。

“不过，没法过也得过。”恶狼开始在海边转悠起来，却想不出什么好办法来。

“难道这里就是？”恶狼想起了自己以前的事。

原来，当初恶狼为了引开敌人，以便让段虎所在的小组顺利地进入市里解救玛丽娅，曾独自一人进入过大山深处，不过也因此而迷路，最后实在支持不住就睡了一觉。

这一觉可不算短，整整睡了两天两夜。

醒来时，太阳正好出来，恶狼伸伸懒腰，感觉浑身那个舒服啊，不禁想道：“真想再来一觉。”

就在恶狼惬意十足的时候，一阵急促的脚步声让他顿时清醒：“坏了，被人盯上了，他妈的，幸亏让我安安稳稳地睡了一觉，看来得干活了。”

恶狼拿起枪准备战斗，可是当他看清自己所处的地形时，彻底傻眼了。

他此时正处于一个海滩上，而且没有任何诸如石头之类的遮蔽物，身后就是波涛起伏、汹涌澎湃的大海，远处还有几条鲨鱼在游动，正因为这样，才引得武装分子赶了过来。

“砰！”从林里的枪声响了。

恶狼没有办法，只好一直后退，最终退到了海边。

枪声越来越激烈，人群也越来越近，恶狼没得选择了，只得准备进入海里，刚一迈腿，又缩了回来，“我的妈呀，大鲨鱼！”

远处的几条鲨鱼见到恶狼，也一起涌向岸边，似乎非要把他逼上绝路。

“不让我活了，那我就干脆一拼。”恶狼端枪准备和迎面而来的武装分子决一死战。

“不行。”恶狼转念一想，“与其被他们乱枪打死，倒不如和鲨鱼玩玩，也许还有生还的可能。”

心意已决，恶狼迅速向海边跑去，并停止射击，把枪跨在脖子上，身形很快跃起，瞬间就跳入大海。

恶狼当然会游泳，而且非常娴熟，不过在大海里，特别是水高浪急时，恶狼的技术也无法施展，反而感觉浑身越来越没了气力。

“啊！”突然，离岸边不远的一阵漩涡将恶狼卷了进去。

恶狼进入漩涡后，感觉整个身子就像麻花一样被一圈圈地拧着下陷，而且头脑晕沉，开始觉得有些憋气，而且越来越厉害，越来越厉害……

虽然漩涡的巨浪让恶狼有些眩晕，但他的头脑还是十分清醒：自己不能就这样不明不白地死了，还有任务没有完成呢。

他开始在漩涡里挣扎，也就在这个时候，恶狼突然感觉自己的身体和什么东西进行了碰撞，好像是一根柱子。“机会来了，”恶狼心想，“自己只要能抓住这个柱子，就可以不被漩涡卷走，也许就有生还的可能。”想到这里，他用手猛地抓住柱子，然后整个身子浮了上去。

漩涡还是十分剧烈地颤动着，恶狼用尽全身的力气，紧紧地抱住柱子不放，但呼吸却越来越困难，眼睛也无法睁开，但是他感觉自己抓住的柱子后面好像吸力不大，应该是一个水下通道，于是他张开手臂，双脚猛地一蹬柱子，身子随着往里潜去。

当他整个身子离开漩涡后，睁眼一看，自己竟然进入了一个山洞样式的地方，而且外面的水也进不来，就像《西游记》里孙悟空待的那个水帘洞，仿佛走进了世外桃源一般。

“真美啊！”恶狼不禁被眼前的景色所震撼。

恶狼开始往里面走，洞是笔直的，洞壁非常光滑，没有拐弯抹角的地方，他走起来非常顺利。

洞里没有什么特别的，恶狼一会就走到了尽头，等他出了洞口，看到的是一片森林，也就是段虎和丽斯遇到毒虫的地方。而后，恶狼听到了远处的枪声，他就一路狂奔起来……

“我可以走暗道啊。”恶狼回想起以前的事情，也就想到了渡过大海的好办法。

“跟我来！”恶狼招呼玛丽娅。

他带领玛丽娅到了洞口，刚要进去，突然想起了段虎。

“你们来的时候，怎么过的大海呢?”恶狼问玛丽娅。

“扎排子，不过也差点被鲨鱼吃掉……”玛丽想起这个，还是脸露惊恐、心有余悸。

“这样，那我得找到他们，要不然很难渡过这里的。”恶狼说。

“说得也是。”玛丽娅应着。

“你在这里等着，我去找他。”

恶狼说完，让玛丽娅躲进洞里，自己还在洞口放了一些杂草，以防被人发现。

“记得，在我回来之前千万不要出来。”恶狼说。

“还有，一定要把枪拿好。”恶狼走出一段路后又折回来说。

“知道了，你放心去吧。”

恶狼安顿好玛丽娅，开始进入森林寻找段虎。

第五十二章

顺 利 出 境

此时的段虎和丽斯正在森林里艰难地跋涉着。由于段虎受伤了，开始都是丽斯背着他，不过她毕竟是女孩子，体力有限，又加上一天都没吃东西了，没过多久，她的脚步渐渐地慢了下来。

“你怎么样，还能继续吗?”段虎关切地问道。

“我没事。”丽斯坚持着。

不过，段虎已看出丽斯脸色不好，赶紧劝她停下来休息一会儿。

丽斯听劝，放下段虎，自己则坐在一旁大口地喘着粗气。

为了不再拖累丽斯，刚一下地，段虎就拿起一根树杆支撑着，试图自己走几步。也许是生性坚强，也许是伤口愈合得快，他竟然一下子走了几十步。

“你快点回来!”见状，丽斯急了，在后面大喊起来。

段虎摆摆手，丝毫没有停下来的意思，又开始往回走。

“你看，我能走了。”他见自己走得还比较稳当，笑着对丽斯说。

“还是我来背你吧?”

“不用了，你看。”段虎为了证明自己可以走，又忍着疼痛走了几十步。

“你快停下来啊。”丽斯急了，声调都变了。

“好好好，我歇歇。”段虎见丽斯急了，赶紧背对着她坐了下来。

其实段虎并不是很累，一路上都是丽斯在背着他，坐下来只不过是为了掩饰因伤口疼痛而流露出来的虚弱。

“为什么背对着我?”丽斯有些不高兴。

“我不想让你闻见我身上的汗臭味。”段虎找了个借口。

“不是吧，你好像怕我?还把我当成间谍呢?”丽斯说完，坐到了段虎面前。

“看你说的。”

“那是为什么？”

“真的没什么。”

“你说玛丽娅现在安全吗？”丽斯默默地和段虎对坐了一会，突然问道。

“我怎么知道。”提起玛丽娅，段虎就既着急又生气。

“是不是又要怨我啊？”丽斯撅起嘴抱怨道。

“不是，我是怨自己。”

“好了，我们不说这些，还是赶紧去找玛丽娅吧。”

“好吧。”

两个人起身继续前行，这一次段虎坚持要自己走，他不想再让一个人女子背着，当然他也粗略地计算了一下，时间还来得及。

“谁？”谁知两人刚刚起身，段虎就在一棵大树旁见到了一个人影，“丽斯，小心。”

两个人都赶紧举枪戒备，不过却没有射击，这时多一事不如少一事，他们准备绕过对方。

可是来人却径直朝大树走了过来。

“妈的！准备！”段虎意识到可能遇上敌人了，赶紧给丽斯使了一个眼色。

丽斯会意，马上冲着来人就要射击。

“慢！”突然，段虎模模糊糊地看出了恶狼的身影，一下子把丽斯的枪头拨向一边。

“砰！”枪一下子打在另一棵树上。

对面的人反应也极快，就地一滚，一下子就闪到大树后面。

“恶狼，我是1号。”段虎终于认出了是自己人，赶紧大喊。

对面的人没有回答，只是在树后静静地潜伏着。

“难道我看错了？”段虎疑惑地问自己，“不可能，恶狼的身形我最熟悉了。”

想到这里，段虎再一次喊了起来：“恶狼。”

喊话的同时，他自己也走了出去。

“段虎，不要！”丽斯见段虎如此莽撞，吓得大叫。

可他没有听丽斯的劝告，依旧往前走着，并坚信这个世界上不会再有第二个恶狼。

“兄弟，你没事吧？”对方果然是恶狼，而且也认出了段虎，赶紧激动地朝他扑了上来。

段虎连忙迎了上去，紧紧地抱住恶狼：“我没事，你见到玛丽娅了吗？”

“见到了，她很好！”

“那我们赶紧去找她！”

这次，丽斯还准备背段虎，却被他一摆手拒绝了，三人开始朝原来的地方会合。

很快，他们就找到了玛丽娅，所幸她完好无损，没有受到一丝伤害。事不宜迟，几个人赶紧通过暗道到达了森林边上的开阔地带。

“终于就要完成任务了！”段虎暗想。

“砰！”可就在段虎长出一口气时，后面突然传来一声枪响，他不禁大吃一惊。

他惊异地回头，却看见恶狼已经中弹。

“狙击手，他妈的，可恶的混蛋！”段虎大骂，同时手里的枪也响了。

立刻，身后的一棵树上传出一声尖叫，一个人掉了下来。

“恶狼，你怎么样？你怎么样？”可是无论段虎如何呼唤，恶狼都没有再应答——他死了！

“恶狼！”段虎仰天怒吼，再也不顾后面的追兵会不会听到了。

与此同时，段虎后面出现了一个彪形大汉，不过他手里的枪却没有射击。

段虎可不管这一套了，开始冲着彪形大汉射击，没想到他一个翻滚竟然躲开了，这有点出乎段虎的意料之外，一看对方的身手，绝非等闲之辈，而且好像还受过特种训练。

不一会儿，段虎的子弹打完了，对方竟然一直没有朝他开枪，而是慢慢地走了过来，很明显是想和自己较量一番。段虎不怕较量，不过此时有玛丽娅在，而且自己还受了伤，他还是有些担心不能应付。

思忖间，彪形大汉已来到近前，脸上还蒙着脸罩。他二话不说，一个飞踹就朝段虎袭来。段虎闪身躲过，回手就向对方发出重重的一拳，彪形大汉随即闪过。就这样，双方你来我往大战起来。

可是，慢慢地段虎开始支撑不住，身上的伤大大影响了他的体力和身手，一个不留神，他被彪形大汉踹倒在地。

“你到底是谁？敢不敢报上姓名？”段虎没有起来，而是先问了一句。

“当然可以，看来今天你已经输给我了，哈哈哈！”彪形大汉笑了起来。说着，他摘下了面罩。

“飞鹰！”当段虎看到彪形大汉的面容时，不禁失声叫起来。

“不错，就是我，谢谢你还认得出，以前在部队你不是一直都比我优秀吗，现在该认输了吧?”彪形大汉洋洋得意地说。

这个人到底是谁呢?

他就是段虎在部队的战友，功夫也非常了得，只是每次考核都比段虎差一点。

“那你现在是什么身份?”段虎问道。

“我啊，在部队既然不能得第一，那我就离开部队了，现在的身份是雇佣兵。”飞鹰的眼里闪着傲慢。

“哦，那你这次的任务是……”段虎问道。

“你都死到临头了，我也不怕告诉你，就是为了地图，他们都傻乎乎地被你骗了，但我很了解你，所以在最后的关口堵你。”

对方的话刚一说完，段虎马上蹦了起来，搏斗重新开始。不过此时的他已不敢恋战，因为时间一长，追兵就会赶到，那时就什么都晚了。

“段虎，快带玛丽娅走!”丽斯眼看他快要支撑不住了，赶紧喊道同时突然用拳头从后面击中飞鹰的后背。飞鹰遭到突袭，不得不松开段虎，然后迅速一脚蹬向丽斯，丽斯不曾防备，“扑通”一声倒地。

不过，此时的丽斯早已将生死置之度外，她非常明白此刻必须牢牢缠住飞鹰才能确保段虎顺利出境，也才能顺利完成任务。

想到这里，丽斯的身形忽然跃起，用尽全力抱住飞鹰的大腿。飞鹰被困住了腿脚，动弹不得，就残忍地用拳猛击丽斯的头部。可她还是死死地抱住不放，任凭飞鹰如何动作，一时都无法挣脱她的纠缠。

“段虎，快走!”丽斯又是一声大喊。

段虎看到丽斯的头部和全身都被鲜血染红了，突然感到一阵撕心裂肺的痛楚传遍全身。虽然和丽斯相处的时间不长，但一路的相扶相依，已经让他们之间有了很深的感情。看到眼前的情景，段虎真的是非常的不忍，但一想到自己的任务，他又必须放弃私人的感情。

“多保重，丽斯!”段虎不忍再看丽斯，随即一咬牙、一狠心，拉着玛丽娅就向前飞奔而去。

“段虎，永别了！对不起，其实我就是内奸，那些一直追逐你们的人就是我通风报信引来的。但是你为我受了伤，还多次救了我，我很感激，现在就算是报答你了，我们来生再见吧……”丽斯看着段虎越走越远，嘴里喃喃地说着。

那边，段虎和玛丽娅已经顺利地冲出了边境，丽斯的话他是再也听不到了。

这边，丽斯的手慢慢地从飞鹰身上松开，脸上却一直挂着欣慰的笑容。

飞鹰的肺简直都要气炸了，没想到竟然让一个女人耽误了自己的大事。他暴跳如雷，恨不得把那个躺在脚边的女人撕得粉碎……不过此时再想追上段虎他们已经是不可能的了，一切的努力都将无济于事。

就在段虎和玛丽娅顺利出境的时候，空中突然传来一阵轰隆隆的声音，他们抬头一看，只见前来救援的直升机正在头顶盘旋着，救援人员的面孔也闪现在舷窗边。云梯慢慢地伸了下来，段虎让玛丽娅先上去，然后自己也登上了云梯。

飞机越飞越高，那些刚才还拼了命追杀段虎的人，此时一个个都傻了眼。半晌的愣神之后，他们开始冲着天空疯狂地射击，无奈射程已经不够了，只能眼睁睁地看着段虎离去。

不一会儿，段虎已经像一只风筝在空中飘荡起来，渐渐感到自己的身体越来越轻，可是心里却像火烧一样难受。他想起了这次魔鬼般营救任务的前前后后，想起了雪豹那张刚毅的面孔和丽斯临死前的惨状，想起了猛兽成堆的丛林，想起了队友那阳光般的笑脸，更想起了那些为了国家荣誉而不惜牺牲生命的战友们……

慢慢地，东方已经开始泛白，天色渐渐亮起来，直升机在空中划出一道美丽的弧线，消失在茫茫的苍穹之下……

图书在版编目（CIP）数据

狼：神秘特种兵之铁血征途/独狼著．—北京：时事出版社，2009.1
ISBN 978-7-80232-203-5

Ⅰ．狼…　Ⅱ．独…　Ⅲ．长篇小说－中国－当代　Ⅳ．I247.5

中国版本图书馆 CIP 数据核字（2008）第 202078 号

出 版 发 行：时事出版社
地　　　址：北京市海淀区巨山村 375 号
邮　　　编：100093
发 行 热 线：(010)82546061 82546062
读者服务部：(010)61157595
传　　　真：(010)68418647
电 子 邮 箱：shishichubanshe@sina.com
网　　　址：www.shishishe.com
印　　　刷：北京百善印刷厂

开本：787×1092 1/16　印张：20　字数：354 千字
2011 年 7 月第 2 版　2012 年 8 月第 5 次印刷
定价：29.80 元